Cultures et mondialisation

Des mêmes auteurs

Philippe d'Iribarne

La Logique de l'honneur
Seuil, coll. « Sociologie », 1989
et coll. « Points Essais », 1993

Le Chômage paradoxal
PUF, coll. « Économie en liberté », 1990

Vous serez tous des maîtres
Seuil, coll. « La couleur des idées », 1996

Alain Henry

Tontines et Banques au Cameroun
(en collaboration avec Guy-Honoré Tchenté
et Philippe Guillerme-Dieumegard)
Karthala, coll. « Économie et développement », 1991

Rédiger les procédures de l'entreprise
(en collaboration avec Ignace Monkane-Daverat)
Éditions d'Organisation, 1994 ; 3e éd. 2001

Sylvie Chevrier

Le Management des équipes interculturelles
PUF, 2000

Philippe d'Iribarne
avec Alain Henry, Jean-Pierre Segal,
Sylvie Chevrier, Tatjana Globokar

Cultures et mondialisation

Gérer par-delà les frontières

ÉDITION REVUE ET CORRIGÉE

Éditions du Seuil

ISBN 2-02-054281-2
(ISBN 2-02-034876-4, 1re édition)

www.seuil.com

Introduction

On a cru un temps que la mondialisation de l'économie, l'explosion des communications, les progrès de l'éducation, le triomphe des idées démocratiques auraient raison des différences entre pays, voire entre continents ; que dans un monde sans frontières les institutions et les mœurs allaient progressivement s'unifier. Cette convergence promettait d'être particulièrement spectaculaire au sein des entreprises. La concurrence mondiale n'allait-elle pas rendre vital, en tout point de la planète, l'abandon des habitudes locales au profit des *best practices*, d'où qu'elles viennent ? Pourtant, au fil du temps, la perspective d'un monde régi par une culture planétaire se révèle problématique. Il apparaît que l'unification des mœurs n'est souvent que superficielle, que l'adoption des jeans et du Coca-Cola peut aller de pair avec une défense virulente de maints particularismes. Même les entreprises multinationales qui, de par la force de leur culture singulière, s'affirmaient les plus capables de faire oublier à chacun les préjugés de son terroir, composent dans les faits avec des conceptions irréductiblement diverses de l'autorité ou de la justice. Plus l'internationalisation devient réalité, plus il est clair que les cultures demeurent.

Les entreprises, avides de recettes qui permettraient de gérer cette situation aux moindres frais, sont embarrassées. L'univers des différences culturelles leur paraît souvent déroutant, inépuisable de complexité, insaisissable. Il n'est guère visible au premier abord, tant en apparence la technique est partout la même et les pratiques de gestion standardisées à l'échelle de la planète. Ces différences se manifestent de manière souvent larvée et irritante : par des résistances qui paraissent sans fondement à appliquer les directives venues d'ailleurs ou les conseils des consultants internationaux ; par des malentendus entre locaux et expatriés ; par la difficulté de certains, dans des filiales lointaines, à exercer les responsabilités qui leur ont été confiées, sans qu'on sache toujours très bien ce qui est en cause, entre leur personne et l'environnement où ils baignent. La perception de ces difficultés varie beaucoup d'une entreprise à l'autre. Certaines en font peu de cas, pendant que d'autres les considèrent comme essentielles et, parmi ces dernières, les points considérés comme critiques ne convergent pas. Il serait bien commode de disposer de règles de gestion simples qui permettent de conduire un ensemble multiculturel sans avoir besoin d'affronter cette complexité [1]. Mais celle-ci se laisse difficilement oublier.

Une difficulté à aborder ces questions provient des interrogations que suscite le terme même de culture. Il évoque pour certains une force mystérieuse qui, tel l'instinct des abeilles ou des fourmis, orienterait de manière irrémédiable l'action d'humains qu'elle figerait dans une fidélité sans faille à des habitudes invétérées, laissant le gestionnaire impuissant face à une sorte de fatalité. Cette vision suscite naturellement une vive répulsion chez l'homme d'action. Mais la culture, comme cela apparaîtra au long de cet ouvrage, n'a rien d'une telle force. Si, fournissant un ensemble de codes d'interprétations au moyen desquels prend sens ce que chacun vit et fait, elle anime ses actes, elle ne les enferme pour autant dans aucune nécessité. Loin d'inviter à la passivité, l'élucidation d'un univers culturel permet de mieux comprendre les stratégies et les conduites de ceux qui en relèvent, d'appréhender ce qui les motive, ce qui est d'autant plus nécessaire pour un gestionnaire qu'il se veut novateur. Chercher à comprendre ceux dont on est responsable – y compris quand ils vous résistent – n'est pas capituler face à leur bon vouloir ; c'est se donner les moyens d'agir dans la réalité, et pas seulement

1. Par exemple gérer la technique à l'échelle mondiale tout en confiant l'approche des marchés, la gestion des ressources humaines et la communication à des instances décentralisées, supposées s'adapter d'instinct aux conditions locales ; Roland Calori & Philippe de Woot, *A European Management Model ; Beyond diversity*, Prentice Hall, 1994.

dans un monde imaginaire d'individus soumis sans réserve à sa volonté.

Sur quels apports ceux qui ont à gérer des situations où des cultures se rencontrent peuvent-ils compter pour les aider à comprendre des différences qu'ils vivent au jour le jour sans bien les cerner ? A l'heure actuelle, ceux-ci sont limités. Certes, beaucoup ont écrit depuis des siècles, pour instruire ou pour distraire, sur la diversité des institutions et des mœurs. Mais, de *La Démocratie en Amérique* aux *Carnets du major Thompson*, leurs œuvres ne concernent pas directement le monde de l'entreprise. Les styles de communication, objet d'investigations approfondies [1], ne représentent qu'une facette du sujet. De grandes enquêtes comparatives ont conduit à caractériser chaque culture par quelques chiffres [2], mais les portraits obtenus restent bien schématiques. Si la culture concerne tellement la vie des entreprises, c'est au premier chef parce qu'elle affecte la manière de gouverner les hommes. Or, étrangement, les sciences sociales ne se sont guère intéressées jusqu'ici à la façon dont tout ce qui, institutions, règles, procédures, relève de l'organisation volontaire et consciente de la société, est influencé par les mœurs. *L'Esprit des lois* reste, dans ce registre, une sorte de grand phare guère relayé.

Sans doute y a-t-il un lien étroit entre les difficultés que rencontre l'homme d'action et celles qui entravent le développement des connaissances. La conviction que les sociétés modernes et au premier chef les entreprises, fer de lance de la modernité, ont rompu, ou du moins sont en train de rompre, avec l'univers dit archaïque des traditions, a dissuadé de prêter attention à la persistance de celui-ci au sein même du plus moderne, et pas seulement à son côté. Certes, l'attention des ethnologues ne porte plus exclusivement sur les sociétés que l'on qualifie parfois de primitives, mais, quand ils s'en

1. Sur ce point, on peut faire référence aux travaux d'Edward T. Hall. Du point de vue de l'entreprise, on peut citer notamment Edward T. Hall et Mildred Reed Hall, *Hidden Differences ; doing business with the Japanese,* Anchor Books, 1987.

2. Geert Hofstede, *Culture's Consequences : international differences in work-related values*, Londres, Sage, 1980 et *Cultures and Organizations, software of the mind*, McGraw-Hill, 1991.

échappent, ils tendent à privilégier l'examen de ce qui reste ouvertement marqué par le « traditionnel », des pratiques de sorcellerie au fonctionnement d'un marché de petite ville[1]. Et, s'ils se tournent vers l'entreprise, il leur est plus facile d'y analyser les rituels que les aspects réputés « durs » de la gestion.

Il est possible, pourtant, d'échapper à ces limitations pour faire progresser les connaissances et éclairer l'action. Si la vie des entreprises est marquée par les particularités des cultures, c'est que leur fonctionnement est toujours intimement lié à une certaine manière de vivre ensemble. Des institutions et des mœurs variables selon les lieux, régissent en chacun d'eux une manière singulière de travailler de concert, d'entrer en conflit, ou d'être soumis à une autorité. Ce qui, au sein d'une société, sépare le légitime de l'illégitime, le juste de l'injuste, ce qui élève de ce qui abaisse, est présent dans les événements les plus ordinaires. Un programme de recherche a été lancé, il y a maintenant plus de quinze ans, pour élucider ces relations (voir encadré 1). *La Logique de l'honneur* a présenté, il y a presque dix ans, de premiers résultats, issus de travaux menés en France, aux États-Unis et aux Pays-Bas. Le présent ouvrage fait un nouveau point, à un stade où les investigations se sont étendues à vingt pays.

Des études de cas

Neuf études de cas ont été choisies pour composer cet ouvrage. Chacune a pour objet, à propos d'un épisode particulièrement significatif de la vie d'une organisation – événement ponctuel, mise en œuvre d'une nouvelle pratique de gestion, coopération avec un nouveau partenaire – de saisir avec précision la façon dont les difficultés rencontrées, ou au contraire les succès obtenus, s'inscrivent dans une rencontre

1. Cf. Jeanne Favret-Saada, *Les Mots, la mort, les sorts*, Paris, Gallimard, 1977 ; Michèle de La Pradelle, *Les Vendredis de Carpentras*, Paris, Fayard, 1996 ; pour une discussion de ce que devrait être l'ethnologie des sociétés modernes, Maurice Godelier, « Is social anthropology indissolubily linked to the West, its birthplace ? », *International Science Journal*, mars 1995, n° 43.

ENCADRÉ 1

Un programme de recherche

Les recherches qui ont alimenté cet ouvrage sont issues d'un programme mené par Gestion & Société, équipe de recherche du CNRS. Celle-ci consacre l'essentiel de son activité à contribuer à l'édification d'une ethnologie des sociétés modernes, en prenant comme terrain d'investigation le fonctionnement comparé des entreprises. Ce programme s'étend progressivement à un nombre croissant de pays. Les investigations réalisées à ce jour l'ont été essentiellement en Europe (Suède, Pays-Bas, Belgique, Allemagne, France, Suisse, Italie, Espagne, Pologne, Hongrie, Slovénie, Bosnie), en Afrique (Maroc, Mauritanie, Togo, Congo, Cameroun, Gabon), en Amérique (Québec, États-Unis, Mexique, Argentine)[1] et en Asie (Inde, Liban). Une part de ces recherches est réalisée à l'occasion de diagnostics demandés par des entreprises, soit à l'occasion de transfert de pratiques de gestion dans un contexte différent de celui ou elles ont été conçues, soit dans des coopérations au sein de filiales étrangères où à l'occasion de fusions. La plupart des cas présentés dans cet ouvrage sont issus de tels diagnostics.

1. On peut trouver le résultat de recherches portant sur certains des pays étudiés auxquels aucun cas n'est consacré dans cet ouvrage dans diverses publications antérieures, dont : Philippe d'Iribarne, *La Logique de l'honneur*, Paris, Éditions du Seuil, 1989, « Points Essais », 1993 (comparaison entre le fonctionnement de trois usines techniquement semblables situées en France, aux États-Unis et aux Pays-Bas) ; Michel Matheu, « Taylor et Peter au pays d'Arjuna », *Revue française de gestion*, n° 64, septembre-octobre 1987 (Inde) ; Alain Henry, « Coupeur d'électricité au Kangana ; mode d'emploi d'un témoignage », *Gérer et Comprendre, Annales des Mines*, n° 15, juin 1989 (Congo) ; Tatjana Globokar, « Ni père, ni frère. Culture régionale et autorité des contremaîtres dans une usine yougoslave », *Gérer et Comprendre, Annales des Mines*, n° 16, septembre 1989 (Bosnie) ; Janos Bogdan, Tatjana Globokar, Philippe d'Iribarne, « Fonctionnement des organisations et cultures nationales dans une industrie à processus continu », *in* P. Dubois, J. Kotaly, C. Mako, X. Richet (éds.), *Innovation et Emploi à l'Est et à l'Ouest. Les entreprises hongroises et françaises face à la modernisation*, Paris, L'Harmattan, 1990 (Hongrie) ; Alain Henry, « Vers un modèle du management africain », *Cahiers d'études africaines*, 124, XXXI. 4, 1991 (Togo) ; Philippe d'Iribarne, « Un management moderne enraciné dans une culture traditionnelle ; les enseignements d'une success-story mexicaine », *Gérer et Comprendre*, n° 65, septembre 2001 (Mexique).

entre une culture et une manière de gérer. Le point de départ est chaque fois constitué par un examen de la manière dont ceux qui sont concernés ont réagi aux initiatives des responsables. De prime abord, ces réactions paraissent souvent déroutantes au gestionnaire comme à l'observateur extérieur. Une explication passe-partout, du type refus du changement, vient parfois à l'esprit, mais ne résiste pas à un examen attentif. Il faut, pour les comprendre, les mettre en relation avec la manière dont les intéressés ressentent ce qu'ils vivent, et pour cela pénétrer la culture où ils baignent.

Tous les cas présentés portent sur une situation de rencontre de cultures, directe (entre personnes de cultures différentes) ou indirecte (par le truchement d'outils de gestion conçus sous d'autres cieux). Ils sont par contre très divers par le type d'activité concerné (de l'automobile aux semi-conducteurs, en passant par les télécommunications, le ciment, une mine de fer, le métro parisien) et les situations de gestion étudiées (questions de coordination horizontale, de décentralisation des décisions, d'attribution de postes ; démarches qualité). Trois formes de rencontre des cultures sont présentées successivement.

Sous l'influence conjointe des consultants, des best-sellers internationaux, de la presse d'affaires et des séminaires de cadres, les idées relatives à ce qui se fait « de mieux » en matière de gestion circulent largement de par le monde. Partout les entreprises sont invitées à appliquer le management par objectifs, les démarches de « qualité totale », ou le *reengineering*. On trouvera ce type de situations dans un premier groupe de cas, qui porte sur l'introduction, au sein de pays industriels (Québec, Belgique, France), d'outils de gestion venus d'ailleurs (chapitres I à III).

A travers la multiplication des filiales et des alliances au-delà des frontières, l'étranger, habitué à d'autres conceptions de l'exercice du pouvoir, de la responsabilité, de l'autonomie et de la coopération, est de plus en plus présent. Souvent surprenant, parfois irritant, il demande toujours apprentissage réciproque et construction de repères communs. Sont étudiées successivement, dans un deuxième groupe, les interactions de cette nature entre des Français d'une part, et des Suédois, des Slovènes et des Suisses d'autre part (chapitres IV à VI).

Dans bien des pays, où les entreprises efficaces sont rares, on tente d'importer, au-delà de pratiques de gestion novatrices destinées à être greffées sur des usages locaux qui ont fait leurs preuves, des modèles de gestion complets, livrés clés en main. Un troisième groupe de cas aborde les questions que pose ainsi la construction de pratiques de gestion adaptées à la diversité des pays du tiers-monde, en se rendant successivement en Mauritanie, au Cameroun et au Maroc (chapitres VII à IX).

Une démarche d'ensemble

Au fur et à mesure que l'ensemble des cas étudiés s'enrichit, la démarche d'ensemble progresse. Nous consacrerons une dernière partie à présenter certains des principaux résultats acquis [1]. Ceci sera fait successivement en privilégiant l'une puis l'autre des deux perspectives sous lesquelles on peut s'intéresser à de tels travaux : d'une part, en tant qu'ils contribuent à la construction d'une ethnologie des sociétés modernes et, d'autre part, en tant qu'ils fournissent des moyens d'agir plus lucidement à ceux qui gèrent des situations où les cultures se rencontrent (pour leur part les cas présentés ont été écrits en faisant se rejoindre ces deux perspectives).

Deux chapitres consacrés l'un à la notion de culture et à sa réception en France, « patrie de l'universel », l'autre à la classification des cultures, ainsi qu'une annexe portant sur la dynamique de la démarche, concerneront sans doute plus particulièrement le lecteur épris de connaissance.

Source d'innombrables malentendus, la notion de culture diffère selon les disciplines. Elle a évolué chez les anthropo-

1. D'autres résultats qui dépassent l'échelle d'une étude de cas auraient pu être mis en évidence. Ainsi, par exemple, à force d'effectuer des investigations dans des sociétés que l'on qualifie souvent de « communautaires » (telles, pour s'en tenir aux cas examinés dans le présent ouvrage, le Québec, la Belgique, la Suède, la Suisse et la Slovénie), on prend une solide distance par rapport à l'image d'Épinal dont on se sert usuellement pour les représenter. On perçoit mieux comment des tensions souvent vives s'y combinent avec une harmonie apparente. Parallèlement, on appréhende mieux les difficultés que les Français y éprouvent et les voies permettant de les surmonter.

logues, mais les sociologues ne s'en sont pas toujours aperçus. Les rapports entre culture, valeurs, identités partagées, habitudes, intérêts, sont souvent l'objet d'une appréhension confuse. Et, pour corser le tout, la notion de culture nationale, d'origine allemande, fait mauvais ménage avec l'attachement à l'universel qui prévaut en France. Il est donc bon de préciser la conception de la culture, centrée sur les questions d'interprétation, à laquelle nous nous référons (chapitre X).

L'élargissement du cercle des pays abordés permet de construire progressivement une typologie de ces cultures. Les travaux ethnologiques ne comparent habituellement qu'un petit nombre de cas, pendant que les comparaisons à vaste échelle se contentent de caractériser chaque culture par quelques chiffres. L'ambition de notre projet est de combiner progressivement la finesse d'analyse de la première approche et la largeur de champ de la seconde. Plus sont diverses les formes étrangères avec lesquelles une culture est mise en contact, plus s'affine la conscience de la singularité de chacune d'elles. Au stade où nous en sommes, certains traits par lesquels les cultures se différencient ont déjà pris du relief. Il en est ainsi des conditions sous lesquelles, d'une part, une position subordonnée est réputée compatible avec la dignité (la face) de celui qui l'occupe et, d'autre part, il est possible de critiquer et sanctionner sans que cela soit ressenti comme une attaque personnelle (chapitre XI).

Avec l'avancée des recherches, une démarche s'est précisée, qui part d'une analyse minutieuse de phénomènes locaux, observés au sein d'une organisation singulière, pour progresser vers la compréhension d'un univers de sens et d'une forme globale de vie en société. L'analyse des propos que tiennent ceux qui sont concernés au sujet de leur situation, de la manière dont ils justifient leurs actions et même simplement décrivent ce qui est en question fournit de multiples indices de la façon dont ils donnent sens à ce qu'ils vivent. A cet égard, la rencontre de cultures offre un terrain d'observation privilégié pour pénétrer leurs logiques. En effet, la manière de réagir à une réalité étrangère éclaire sur ce à quoi tiennent les membres d'un corps social, sans pouvoir en prendre conscience tant que personne ne le met en question.

Confronté à d'autres évidences, ce qui va de soi devient problématique. Souvent, au cours du travail d'analyse, les données issues des investigations réalisées, examinées à la lumière des acquis des travaux précédemment effectués dans d'autres contextes, suffisent pour donner accès à la logique d'une manière de vivre ensemble. Il arrive aussi que l'appel à des travaux d'anthropologues, ou d'analystes des cultures politiques, portant sur les sociétés considérées se révèle bien utile. Les textes présentés témoignent d'états divers d'avancement d'une démarche que l'on peut sans doute indéfiniment approfondir[1] (annexe).

Parallèlement, un chapitre consacré à l'usage de ce type d'analyse dans l'action concerne au premier chef le praticien (chapitre XII). Même les aspects de la gestion réputés relever d'approches universelles, de la mise en œuvre de grandes valeurs, respect du personnel et des clients, justice, transparence, etc., à celle d'instruments dits techniques, procédures de décentralisation et de contrôle, groupes de projet, « démarche qualité », ne peuvent ignorer sans mal la diversité des cultures. Lorsque, dans ces divers domaines, un responsable veut ajuster à un nouveau contexte des pratiques venues d'ailleurs, il lui est fort utile de comprendre précisément les résistances qu'il rencontre. Et lorsque, au-delà des outils qu'il a conçus, l'étranger est présent en chair et en os, comprendre sa culture alimente une dynamique de confiance mutuelle et d'élaboration de compromis, dont l'expérience montre bien qu'il ne suffit pas de travailler ensemble pour l'entretenir.

1. Clifford Geertz, *The Interpretation of culture*, New York, Basic Books, 1973.

PREMIÈRE PARTIE

LA MODERNISATION DE LA GESTION

CHAPITRE I

Le frère déplace le frère

Un épisode de la vie d'une usine québécoise

Jean-Pierre Segal

Le spectre des querelles intestines semble s'être réveillé au sein de la cimenterie de Saint-Christophe. Cette usine de la périphérie de Montréal s'affiche pourtant comme une entreprise socialement exemplaire ne ménageant pas ses efforts pour se mettre à l'écoute de chacun et encourager sa participation à une gestion très intégrée de l'usine. La surprise n'en est que plus grande de voir certains employés exprimer de façon déviante leur mécontentement vis-à-vis d'une communauté si ordonnée. On cite l'exemple d'un ouvrier déguisé en « fantôme », jetant de la poussière de craie sur ses collègues avant de disparaître. La crainte que ne soit mise en application une clause de la convention qui lie la compagnie et le syndicat local est à l'origine de cette soudaine agitation. Cette clause autorise un opérateur, dont le poste de travail est substantiellement transformé à l'initiative de la direction, à prendre sans crier gare le poste d'un autre employé disposant d'une moindre ancienneté. Celui-ci, à son tour, peut exercer le même droit. Le processus peut ainsi gagner de proche en proche toute l'usine. Au moment où se déroule notre enquête[1], une poignée d'ouvriers, mécontents d'être bientôt privés du substantiel complément de rémunération tiré jusqu'ici d'un volet permanent d'heures supplémentaires, menacent d'exer-

1. Cette recherche s'est déroulée au sein du groupe cimentier Lafarge, dans deux usines techniquement comparables opérant en France et au Canada. Elle a été prolongée par l'étude dans une perspective interculturelle du démarrage d'un projet industriel franco-québécois. Voir J.-P. Segal, « Les pièges du management interculturel », in *Revue internationale de gestion*, Montréal, janvier 1991.

cer ce fameux droit de déplacement, semant l'inquiétude au sein de l'usine. Très vite, les responsables de la cimenterie, direction et syndicats réunis, s'efforcent de reprendre les choses en main.

En soumettant le fonctionnement de son usine à la rigueur anglo-saxonne d'une procédure directement importée de leur voisin américain[1], cette cimenterie québécoise se serait-elle trompée de règles pour y organiser la vie commune ? La distance paraît bien grande, en effet, entre le formalisme moderne qui s'exprime dans les articles de la convention et la rondeur informelle avec laquelle ces Québécois traitent entre eux leurs affaires. Un récit plus détaillé des événements et l'analyse approfondie des modes de fonctionnement de cette usine nous montreront que ce premier diagnostic mérite d'être nuancé. Une application pure et dure de ces règles contractuelles y heurterait sans doute les mœurs ordinaires. Mais, dans les faits, les acteurs locaux font la preuve de leur capacité à s'arranger avec ces règles, en s'appuyant sur les ressources d'une culture traditionnelle encore vivace. Loin de s'opposer de façon frontale, tradition et modernité jouent ensemble à Saint-Christophe une curieuse partition. A quoi donc imputer la charge des désordres qui s'y font jour ? A une modernisation trop brutale, incarnée par les clauses d'un dispositif contractuel conçu sous d'autres cieux, ou à la face cachée d'un modèle communautaire hérité d'une longue histoire, modèle qui ferait ainsi la preuve de sa surprenante capacité à s'adapter aux transformations intervenues dans la société québécoise depuis la Révolution tranquille des années 60 ?

1. Réservoir de matières premières et de main-d'œuvre, manquant d'entrepreneurs locaux, le Québec a été très tôt investi par les grandes entreprises américaines. Les organisations syndicales américaines ont suivi le mouvement, cherchant à recruter de nouveaux adhérents, tandis que la législation sociale canadienne s'inspirait fortement des dispositions mises en place aux États-Unis sous Roosevelt. On peut considérer qu'il y a bien eu une « transposition » d'un modèle contractuel anglo-saxon juridique et marchand au sein de la société québécoise.

Le récit des événements

La cimenterie de Saint-Christophe

La cimenterie de Saint-Christophe appartient à un groupe franco-canadien, né du rachat de cimenteries canadiennes par une multinationale française. 150 personnes, qui possèdent un bon niveau de qualification, y travaillent. La moyenne d'âge est inférieure à quarante ans mais l'ancienneté des personnels est assez importante. Le *turn-over* y est, en effet, nettement moindre que dans la plupart des usines québécoises, exprimant le succès d'une politique de gestion inspirée par une maison mère dotée d'une tradition de gestion humaniste et sociale. La présence française, importante au plan technique lors du rachat, survenu en 1970, a largement diminué par la suite. L'usine, modernisée en profondeur, a connu depuis plusieurs directeurs, successivement français et québécois. Au moment de notre étude, un ingénieur français la dirige. Un des chefs de service est un Français définitivement implanté au Québec. Là s'arrêtent les signes extérieurs de la présence française. Seule usine francophone de cette filiale canadienne, Saint-Christophe possède une réputation flatteuse tant au point de vue technique que social. Conformément au cadre juridique canadien, le personnel y est représenté par un syndicat unique avec lequel l'encadrement entretient des relations suivies. Divers dispositifs à vocation participative encouragent les salariés à participer de façon active à la vie interne de l'usine.

La genèse de l'histoire

Une décision industrielle très ordinaire se trouve à l'origine des événements qui nous intéressent. La cimenterie de Saint-Christophe doit répondre à une augmentation conjoncturelle du volume de ses ventes et tourner pour cela à pleine capacité. Le rythme d'exploitation de la carrière qui assure l'approvisionnement de l'usine en matière première doit être accru. Pour faire face à cette situation, l'usine a, dans un premier temps, fait appel à un important volet d'heures supplémentaires. Cette mesure qui perdure est jugée par la direction dangereuse au plan de la sécurité du travail et économiquement trop coûteuse. Il lui paraît plus judicieux de créer une troisième équipe pour assurer une exploitation continue de cette carrière. Cette décision implique une modification importante des horaires de travail des ouvriers. Ceux-ci seront appelés désormais à faire à tour de rôle des horaires de nuit. Bien que les accords contractuels en vigueur ouvrent la possibilité d'appliquer immédiatement de telles décisions, qui relèvent du champ des prérogatives reconnues à l'entreprise, celle-ci choisit d'attendre jusqu'à la signature de la nouvelle convention. « La compagnie, explique un contremaître, aurait pu faire le changement de cédule (horaires) avant la convention mais elle a dit : Non ! on va attendre pour faire quelque chose d'établi. » La direction sait pouvoir compter sur l'appui du syndicat pour qui l'organisation nouvelle signifie des embauches supplémentaires et donc, selon le système de *closed shop* en vigueur, de nouveaux adhérents[1]. De fait, les deux parties se mettent vite d'accord pour entériner cette transformation. Quelques semaines après la signature de la convention, certains employés des carrières annoncent leur intention de faire jouer la procédure de déplacement (cf. encadré 1). Le résultat ne se fait pas attendre : l'inquiétude gagne l'usine tout entière…

La déstabilisation de la communauté de travail

« J'en ai vu qui sont en peine d'être déplacés, dit un opérateur. Ça crée… C'est-à-dire tu deviens un peu plus agressif

1. L'usine de Saint-Christophe est syndiquée, ce qui signifie, au regard d'une législation québécoise directement inspirée de celle mise en place aux États-Unis sous le New Deal, qu'une « union locale » a conquis par un vote majoritaire du personnel le monopole de la représentation des ouvriers horaires (cadres, administratifs et agents de maîtrise étant des mensuels non syndiqués). Tout salarié « horaire » est contraint d'adhérer au syndicat local, adhésion qui n'a pas de ce fait la signification personnelle d' « engagement » qu'on lui connaît en France, sa cotisation de membre étant versée directement par l'entreprise au « local ». Il est en droit d'attendre en retour un « service » consistant dans la défense de ses intérêts économiques et des droits qui lui sont reconnus dans la convention collective.

ENCADRÉ 1

La procédure de déplacement

Cette procédure s'inscrit dans la logique d'ensemble de l'édifice contractuel conçu aux États-Unis pour réguler localement les relations entre compagnies et syndicats. Tandis que le contrat laisse entière liberté à la direction de l'entreprise dans la formulation, en qualité et en quantité, de ses besoins de main-d'œuvre, il reconnaît au syndicat un droit de contrôle sur les procédures d'attribution des différents postes de travail au sein du collectif des ouvriers qu'il organise. La direction peut supprimer temporairement ou définitivement un poste de travail comme elle peut en modifier le contenu. Par contre, le syndicat conserve le contrôle sur les règles de répartition des postes entre les ouvriers qui possèdent la qualification requise ou qui sont à même de l'acquérir à travers une formation à la charge de l'entreprise. L'ancienneté constitue, de longue tradition syndicale, le critère reconnu comme légitime pour répartir les postes de travail entre les ouvriers. Celui dont le poste de travail se trouve ou supprimé, ou singulièrement transformé à l'initiative de la direction, mérite dans cette logique une compensation qui prend la forme d'un droit de déplacement. Ce droit l'autorise à prendre le poste de travail de son choix pourvu qu'il soit tenu par un ouvrier possédant moins d'ancienneté que lui. Celui-ci, en retour, dispose du même droit pour trouver un autre poste. Tous ceux qui ne disposent que d'une faible ancienneté vivent ainsi plusieurs semaines dans l'incertitude d'être déplacés. Cette disposition, à laquelle les syndicalistes nord-américains sont très attachés, est aussi de nature à faire réfléchir les directions avant de modifier le contenu des postes de travail. Les conséquences en sont, en effet, spectaculaires : de proche en proche, la transformation de quelques postes peut conduire au déplacement, donc à la formation, de dizaines d'ouvriers.

envers les autres, et puis aigri. » « Il y a sûrement un climat d'inquiétude parmi les plus jeunes », confirme le contremaître en charge de la carrière dont sont partis les événements. Ce dernier exprime sa désapprobation en traitant de paresseux ceux qui déplacent les autres : « Moi, déclare-t-il, ça me taquine pas mal, parce que j'aime pas tellement ça. C'est pas la première fois que ça arrive. On dirait que quand un problème commence à se produire, ça déboule, c'est une réaction en chaîne. Alors c'est dangereux un peu, parce que tu as des gens qui vont aller à des postes qu'ils n'ont pas la qualification, bien des fois, et puis qui n'ont pas le goût de travailler non plus… je dis que c'est quand même malsain. » Qu'ils appartiennent au syndicat ou à la direction de la compagnie, les notables locaux sont les premiers informés des menaces qui pèsent sur l'équilibre de la communauté de travail que veut être la cimenterie de Saint-Christophe. « Le président du syndicat, déclare un opérateur, reçoit un, deux, trois appels par soir ou par un gars qui pense qu'on va peut-être, y a toujours le téléphone qui sonne, ça n'arrête pas. » *« J'ai sonné l'alarme ! »* déclare le responsable des ressources humaines (RH). « Il commence à y avoir une animosité vive, poursuit-il : ceux qui se font déplacer, qui faisaient un travail depuis quinze ans… *Y a le frère qui déplace le frère !* Au rallye (manifestation organisée le week-end par le Comité des loisirs) j'ai discuté avec les gens. Tu vois les problèmes qui surgissent. *C'est comme une maladie.* » C'est dans ce contexte qu'apparaissent les formes surprenantes de déviance que nous avons évoquées. Elles vont conduire les responsables de l'usine, direction et syndicat réunis, à chercher ensemble une issue avec d'autant plus de hâte que de nouvelles revendications surgissent parmi les employés appelés occasionnellement à remplacer ceux du département Carrière. Ces derniers entendent, à leur tour, bénéficier des mêmes droits, ce que ne prévoit pas la dernière convention.

Une surprenante machine arrière

Alors qu'ils ont été les acteurs centraux de la négociation de la dernière convention, celle-là même qui, en entérinant la transformation des horaires des ouvriers des carrières, a ouvert la boîte de Pandore, les deux principaux médiateurs internes que sont le président du syndicat et le responsable RH vont tenter d'éteindre cet incendie au prix d'arrangements internes informels. Convaincus, chacun de son côté, de la nécessité de mettre un frein à ce pourrissement de la situation, ces notables tentent de trouver ensemble une porte de sortie. « Il n'est pas rare, dit le premier, que Germain [c'est le président du syndicat] appelle à la maison et me demande : “Qu'est-ce que t'en penses ?” Actuellement, ils [les membres du syndicat] cherchent aussi. » On s'efforce, de part et d'autre, de dissuader les ouvriers des carrières d'user de leur droit, tout en cherchant à satisfaire quelques situations individuelles demandant des aménagements d'horaires. Le responsable du syndicat fait savoir aux employés travaillant occasionnellement à la carrière que leur demande est juridiquement irrecevable. Un meeting mûrement préparé est mis sur pied qui voudrait prendre valeur d'apaisement et de réaffirmation du consensus interne. Pour mieux marquer le caractère particulier de la démarche, qui n'entend pas s'apparenter à une nouvelle négociation du contrat, les deux conciliateurs s'accordent à tenir le directeur de l'usine formellement en dehors des opérations. « J'ai parlé avec le directeur, explique le responsable RH, je l'ai vu pendant une heure. Tout cela ajouté au mécontentement des gens, y a peut-être des compromis à aller chercher… J'ai vu l'ingénieur de production [le chef de service, responsable des activités de production], il va faire des consultations. Il a dit que si on faisait un meeting avec le directeur, ça ferait [trop] *officiel*. On a dit alors qu'on allait faire un meeting sans lui. »

Un compromis bien éloigné du juridisme anglo-saxon

Un tel épisode ne manquerait pas d'étonner dans le contexte des États-Unis. Autant il est d'usage au sein des entreprises nord-américaines syndiquées d'établir entre direction et « union locale » des « deals » provisoires, partout où la lettre du contrat en cours ne permet pas de traiter une situation nouvelle ou imprévue, autant il n'est pas d'usage de revenir sur les termes d'une règle existante. La comparaison avec les pratiques observées au sein d'une usine américaine syndiquée [1] montre combien la mise en œuvre de conventions d'entreprise conçues rigoureusement sur le même modèle y produit des applications locales dissemblables. Les différentes dispositions du contrat y sont appliquées sans états d'âme comme faisant partie d'une « règle du jeu » connue à l'avance. Ne

1. Il s'agit de l'usine d'aluminium de Frederick, Maryland. Philippe d'Iribarne lui a donné le nom de Patrick City dans *La Logique de l'honneur*, *op. cit.*, 1989.

pas appliquer la règle serait véritablement choquant. Le directeur, confronté aux mêmes problèmes liés à l'application de ce fameux droit de déplacement, n'évoque même pas l'idée d'un compromis possible avec le syndicat sur ce terrain. A chercher un arrangement avec la compagnie autour de l'application de règles déjà négociées, le syndicat local s'exposerait d'ailleurs aux foudres juridiques de ceux de ses membres qui voudraient le poursuivre : « Avec les articles du syndicat, explique un chef de service de cette usine américaine, il faut qu'ils représentent l'ouvrier… Il faut qu'ils le fassent ! S'ils refusent, ils ont un problème non seulement avec le syndicat national, mais avec l'international et tout ce qui s'ensuit. » Ce qui est formellement établi prend aux États-Unis une valeur juridique qui ne peut être ultérieurement remis en question, sauf à renégocier formellement les termes de l'accord.

Saint-Christophe s'inscrit dans une autre logique. Les acteurs locaux y sont prêts à prendre, direction et syndicat réunis, quelque liberté avec la lettre du contrat, pour ce qu'ils perçoivent comme une bonne cause. Il est singulier de voir ainsi les principaux protagonistes de l'histoire revenir en arrière pour atténuer les rigueurs d'une clause particulière d'un accord contractuel qu'ils ont eux-mêmes signé quelques semaines plus tôt. Interrogé à propos de la légitimité de cette procédure de déplacement, le président du syndicat québécois produit une réponse pleine d'ambiguïté, qui évoque, dans la même phrase, deux justifications s'inscrivant dans des registres bien différents. D'un côté, il invoque le respect moderne et individualiste du droit conventionnel. « Tu peux pas empêcher la compagnie, dit-il, c'est son droit de gérance, de décider qu'elle a besoin de bonshommes le soir ; mais, par contre, pour être juste envers le bonhomme qu'elle dérange, donne-lui un droit. » Mais, de l'autre, il affirme, de la manière la plus traditionnelle qui soit, son allégeance aux valeurs collectives locales, selon lesquelles il n'est pas bien de penser à soi, en oubliant les autres : « Le bonhomme qui se fait déplacer n'a pas de mal à l'accepter [noter la curieuse dénégation], *la convention c'est pas seulement pour toi, c'est pour tout le monde* ». Un étonnant parallèle s'établit, d'ailleurs, entre les pratiques syndicales et la dynamique participative introduite dans le fonctionnement de l'usine par le management. Contrairement aux pratiques ordinaires du syndicalisme américain qui, au plan local, tend davantage à se comporter comme un « professionnel de la négociation » et un « prestataire de services », le responsable québécois insiste sur son rôle de fédérateur des adhérents : « Si je dois aller en arbitrage[1], explique-t-il, je dois avoir l'accord des membres, un accord qui m'est donné sous forme de vote lors d'une assemblée syndicale mensuelle. »

Le précédent de la grève

Favorablement impressionné par le caractère ordonné et chaleureux que prennent à Saint-Christophe les relations quotidiennes de travail, l'observateur reste d'autant plus perplexe devant cette agitation soudaine qu'il apprend à cette occasion qu'une grève de quatre mois a paralysé le fonctionnement de l'usine trois ans plus tôt. Après des années d'entente cordiale, l'usine a connu une grève qui a surpris tous les observateurs. La réputation de l'usine était à l'époque bien établie en matière sociale. « On aurait jamais pensé voir Saint-Christophe arrêtée », se souvient un employé. En réalité, l'entente anciennement établie entre notables syndicaux et patronaux s'était, semble-t-il, dégradée, sans qu'apparaissent de signes avant-coureurs des orages qui se préparaient. « On s'était endormis, avoue le nouveau responsable RH, ça a sonné le réveil. » « Y avait pas de communication, raconte un ouvrier, ni avec le contremaître, ni entre la direction et le syndicat. Y avait des réunions quand même, mais on parlait au mur. La pression montait, ça devait exploser. » Depuis cet épisode, l'harmonie semble rétablie. Pourtant les témoignages recueillis donnent à ce retour au calme qui suit ces

1. La procédure d'arbitrage à laquelle il est fait référence traite des désaccords liés à l'application de la convention. Qui s'estime lésé peut déposer un grief auprès de sa hiérarchie. En l'absence d'accord direct entre les intéressés, le grief est porté par étapes jusqu'aux responsables les plus élevés du syndicat et de l'entreprise. En cas de désaccord persistant, le grief est tranché par un arbitre professionnel, tiré au sort sur une liste où figurent à part égale les professionnels désignés par les deux parties.

événements un caractère étrange, tant ce reflux apparaît lui aussi chargé de silences et de non-dits. « En général, dit un contremaître, *ça s'est bien passé. Ça s'est calmé*, je veux dire. Il n'y a pas eu de problèmes, *ça s'en est allé*. On pensait avoir plus de misères que cela. » « C'est comme dans une famille, commente un ouvrier en guise d'épilogue, parce que c'est vrai, il y a quand même des petites disputes. C'est normal, tu peux pas toujours plaire à tout le monde... *Ils* ont pas été d'accord sur tous les sujets, *ce qui* a apporté la grève [noter l'absence de sujet désigné dans les deux phrases]. » Soucieux d'équilibrer les responsabilités, nos interlocuteurs n'hésitent pas, d'ailleurs, à sacrifier de part et d'autre quelques victimes expiatoires : « *On a fait le ménage* des deux côtés », dit un contremaître, évoquant la période d'après grève, « pareil du côté de l'encadrement, *y avait des incompétents, des fainéants* ». « Dans une usine, poursuit un autre, tu as certains qui fonctionnent et puis *d'autres qui sont frustrés, même* dans une compagnie qui a essayé de plaire au plus grand nombre possible ; des nominations qu'ils n'ont pas eues... ils vont monter un groupe c'est un peu ce qui s'est passé. »

La direction a depuis lors engagé l'usine dans un imposant programme de management participatif, axé sur le thème consensuel de la santé et de la sécurité au travail. L'exécutif syndical s'est renouvelé, les anciens leaders n'ayant pas été reconduits à l'issue d'un mouvement qui n'a pas obtenu tous les résultats attendus. « Le comité exécutif qui était là, se souvient un employé, y avait des hommes qui étaient assez déterminés. Depuis, ils ont tout lâché, mais ils voulaient lancer un défi à la compagnie, réellement montrer les mécontentements. Ici, disaient-ils, c'est la meilleure usine du Canada et les employés ne font jamais grève. Alors ils se sont dit : on va voir ce qu'on va voir ! »

Des questions en suspens

Comment comprendre ce qui arrive à cette usine d'apparence si paisible dont le consensus tranquille est périodiquement rompu par des soubresauts imprévisibles ? Sans revenir sur l'épisode plus lointain de la grève, sur lequel notre information reste imparfaite, on peut se demander pourquoi, dans un univers où sont multipliées les instances d'expression des salariés, le message des employés des carrières n'a pas été plus tôt entendu ? Un compromis du même ordre, intervenu plus précocement, n'aurait-il pas permis de faire l'économie de cette crise interne ? Répondre à ces questions demande une analyse plus approfondie des régulations internes de cette usine, des formes qu'elles prennent et des limites qu'elles rencontrent.

Des efforts attentifs d'intégration

Donner au management un caractère plus participatif, promouvoir la sécurité au travail, organiser des activités sociales en dehors des heures de travail sont des pratiques fort répandues dans le monde industriel. La singularité de la cimenterie de Saint-Christophe ne réside pas dans le fait que ces initiatives y sont largement développées, mais en ce que, loin de constituer des activités annexes, simples parenthèses dans un quotidien de travail obéissant à une autre logique, ces exigences de fonctionnement sont également prises en compte dans les pratiques quotidiennes de travail. Le souci existe bien, en effet, de mettre ces dernières en cohérence avec les règles conviviales et égalitaires qui gouvernent les autres activités sociales ou récréatives. « Bien traiter » chaque membre de la communauté signifie d'abord le traiter en égal, à l'abri de toute forme de favoritisme. C'est aussi lui offrir un même accès à la parole que les autres. C'est enfin veiller à ne pas l'offenser, en tenant compte des significations localement prêtées à certaines situations qui, dans d'autres contextes culturels, pourraient passer pour anodines.

Traiter en égaux les membres de la communauté

Chacun jouit à Saint-Christophe du privilège reconnu de donner son avis sur les thèmes en débat. A travers sa participation à l'assemblée, celui qui s'exprime manifeste aussi son appartenance au groupe de pairs qui lui donne la parole. « Nous ce qu'on fait, dit un opérateur, on le fait *ensemble*. C'est pas un gars en particulier qui va s'asseoir là à une place et puis qui va commencer à te parler et puis les autres écoutent. Même dans des réunions, tout le monde parle. *Tout le monde a le droit de parler* et puis, si t'es pas d'accord avec un gars, tu lui dis "moi je vois ça d'une autre façon" et on en discute, c'est pareil comme une famille. » Ce souci de faire participer tout le monde s'applique aussi à la vie de l'atelier : « L'approche qu'on a, explique un contremaître, c'est de réunir ses employés. O. K., ce matin, on a un élévateur de cassé. Comment ça se passe, qu'on devrait s'y prendre ? Je ferai de même, mais toi ? Ça c'est une approche qu'on prend, que j'aime, qui responsabilise les employés et qui leur donne de la valeur. »

On veille naturellement à ce que les liens, notamment familiaux, qui de fait existent entre certains ouvriers, ne viennent pas perturber cette belle dynamique. « Il n'y a pas de petits copains, insiste un opérateur, quand même tu viendrais avec un gars à l'année [noter l'usage du conditionnel], parce qu'on amène ici des gens de la même famille, des cousins, des frères [telle est bien la réalité], s'il faudrait qu'on travaille comme ça [nouveau recours au conditionnel] on travaillerait tout le temps ensemble, *ça serait pas très bon pour les autres.* » Ce souci est particulièrement présent chez ceux qui exercent une responsabilité hiérarchique : « Si tu as un ami, explique un contremaître, il est sous tes ordres. Ça ne fonctionne pas, faut que tu t'éloignes. Faut que tu casses ce lien. *C'est lui que tu protèges.* C'est pas ton chouchou, c'est faux mais *eux autres* voient les choses comme ça. »

Veiller à ne pas offenser

On observe à Saint-Christophe un réel souci d'agir en sorte que chacun trouve une place satisfaisante dans les activités collectives qui rassemblent les différents membres de la communauté. Les équipes qui participent aux activités sportives sont, par exemple, soigneusement composées en sorte de veiller à ce que les plus habiles ne relèguent pas ceux qui le sont moins sur le banc de touche. « On a quatre équipes de hockey, explique un opérateur d'une quarantaine d'années, et quarante-quatre joueurs. Ça fait beaucoup, mais tout le monde participe. C'est plus compliqué pour les gens de mon âge. Y a pas de problème. Si c'est les dernières minutes, on a tendance à avantager ceux qui jouent le mieux, c'est des choses qu'il faut comprendre et minimiser… de toute façon, celui qui est le plus fort, le plus habile, il faut qu'il comprenne, s'il veut jouer, qu'il faut que les autres jouent. »

Le dialogue entre les niveaux hiérarchiques obéit à cette même logique attentive à ne pas froisser la susceptibilité des subordonnés. Ceux-ci attendent de leur supérieur qu'il sache donner à la relation hiérarchique un caractère équilibré, conforme à l'esprit qui gouverne les rapports entre pairs. « Moi, déclare un opérateur se référant à une expérience professionnelle antérieure, je me disais, quand quelqu'un arrivait et me disait : "Bon, tu vas faire cela !", j'aimais pas cela. Je le faisais pareil le travail, mais j'aimais pas tellement, parce que *je me sentais inférieur*. Il me disait : "Tu vas faire cela" ; moi, je me disais, je peux faire comme certains, me cacher… mais si on me dit qu'on a besoin de moi, c'est une relation plus égale. » L'exercice de l'autorité doit tenir compte de cette exigence : « Ce n'est pas facile pour moi de dire non, expose un contremaître, parce qu'il vient des employés des fois ils vont venir me voir. Ils veulent me dire : "Moi je veux pas travailler avec tel gars." Moi je leur dis : "Pour telle et telle raisons, présentement, tu vas rester, mais *je te dis pas* que dans deux mois, *on fera pas* le transfert" [noter la double négation]. »

La mise en œuvre de ces principes égalitaires doit aussi composer avec les impératifs de la production. On observe à Saint-Christophe le souci constant de répartir les tâches d'une façon telle que personne n'ait à se plaindre d'être moins bien traité que son voisin. Tenir compte de cette sensibilité n'est pas toujours facile, comme l'explique, non sans gêne, un des contremaîtres : « Si ça presse, on va choisir un peu notre homme, *ça devrait pas se faire*, on devrait avoir une rotation, mais quelquefois on a juste tant de temps pour le faire. » La distribution du travail s'efforce à tout le moins de minimiser les écarts de qualification existant entre ouvriers d'une même équipe. « Habituellement, explique un contremaître, celui des deux qui est moins bon, il le sait. Mais normalement, ils sont traités d'égal en égal. On explique le travail de la même façon, *comme s'ils étaient* sur un même pied d'égalité. » Le contraste est spectaculaire avec la situation observée en parallèle en France où les différences de compétences sont, au contraire, bien lisibles sinon carrément affichées, la répartition du travail réservant aux plus qualifiés les tâches reconnues comme les plus nobles.

Une régulation interne fragile

Ces conduites attentives parviennent certes à réduire l'occurrence de situations susceptibles de créer des frictions entre les membres de la communauté, mais il n'est pas en leur pouvoir de les éliminer. La forme que prennent ces tensions ordinaires retient doublement l'attention. On est, tout d'abord, sensible à la rapidité avec laquelle une dispute prosaïque autour de l'application d'une règle ou du refus d'une requête, comme on pourrait en voir dans n'importe quelle usine, peut être vécue comme une vraie remise en question de la qualité de la relation aux autres et, finalement, de l'intégration de celui qui se sent offensé à son groupe. On est, d'autre part, frappé par l'importance des pratiques d'évitement qui sont à l'œuvre quand est perçu par les protagonistes le risque de voir dégénérer la situation. Recourir à la médiation des notables apparaît une voie plus sage, qui permet de se faire entendre sur des sujets où se mettre en avant serait périlleux.

Une lecture relationnelle des situations de travail

Plusieurs des témoignages recueillis au sein de l'usine de Saint-Christophe traduisent l'incertitude qui périodiquement habite les acteurs locaux quant à l'état de leur insertion dans leur groupe. « Si par exemple, explique un contremaître, ça fait sept ou huit mois que tu es satisfait avec un bonhomme et puis à un moment donné, t'es plus satisfait. Eh bien, il y a des raisons. C'est *peut-être* moi qui ai changé ou c'est *peut-être* lui. » La même question (moi ou eux ?) traverse le récit que fait un électricien de Saint-Christophe d'une expérience malheureuse dans une autre usine : « J'étais pas dans le décor du département, raconte-t-il, *c'était moi ou c'était les autres*... je ne sais pas... J'étais le seul qui avait une formation académique et puis moi, je sentais que *certains* avaient l'impression que je voulais *passer devant les autres*. Y en avait, au contraire, qui disaient : “Si tu as un problème, demande-lui, lui il connaît ça.” Et qu'un autre confrère dise cela de moi, *au lieu des autres*, ça les insultait. »

S'appuyant sur une immersion de longue durée dans une ville moyenne du Québec, l'anthropologue Colette Moureux [1] souligne à quel point les logiques traditionnelles propres à l'ancienne société québécoise se reproduisent jusque dans la sphère réputée moderne de l'entreprise : « Appliqué aux relations de travail, le renforcement des modèles traditionnels est tout aussi net (...). Un objet réussi, une tâche menée à bien ne témoignent pas des qualités techniques, de la compétence, de l'honnêteté professionnelle de leurs auteurs mais de leur aptitude à s'intégrer au milieu de travail, à “fonctionner en groupe”. L'objet porte la marque de l'entente ou de la mésentente qui ont accompagné sa genèse (...). Le travailleur ne connaîtra que rarement l'admonestation, le renvoi pour insuffisance professionnelle (...). Si “ça ne va pas”, c'est qu'il souffre de problèmes relationnels ou que l'ensemble du groupe est malade. Les spécialistes en relations humaines font leur entrée à l'atelier, au bureau, s'ils n'y sont déjà à demeure : avec une patience qui démontre bien le sérieux des convictions, on soigne les personnes, on change les structures. »

L'évitement des conflits : voies traditionnelles et voies modernes

Prendre soi-même l'initiative de s'éloigner, dès lors qu'on n'est « plus dans le décor » comme le dit notre électricien, « tout laisser tomber », comme le firent les anciens leaders syndicaux de la grève, sont autant d'attitudes qui s'inscrivent dans le registre traditionnel de l'évitement. La cimenterie de Saint-Christophe, inscrite dans le contexte d'un Québec des années 80 en pleine transformation, donne à voir d'autres conduites qui, sans en changer profondément la signification,

1. C. Moureux, *Douceville en Québec*, Montréal, Presses universitaires de Montréal, 1982.

renouvellent ces pratiques. L'invocation moderne de la règle et du droit est utilisée comme une interface efficiente pour protéger celui qui entend défendre son propre intérêt contre celui du groupe. « On jouait au bowling au moment de la grève, raconte un contremaître. On était sept mensuels [encadrement continuant à faire fonctionner l'usine] et cinq horaires [ouvriers grévistes]. On jouait ensemble. A un moment donné le soir, ils ont commencé à vouloir en parler dans la salle de bowling. Moi j'ai dit aux gars : “Bon ! *je respecte vos droits* et si vous êtes en grève, j'ai rien contre cela. *Moi, j'ai des droits* et je vous demande de les respecter.” C'est la seule chose qu'on a parlé. On a continué à jouer au bowling pareil. »

La procédure d'arbitrage interne (cf. note p. 27), qui organise le règlement des litiges (griefs) existant autour de l'application de la convention, en est une bonne illustration. Les étapes successives prévues par la procédure offrent un cadre formel permettant de marier la défense légitime d'intérêts et le maintien d'une juste distance entre les protagonistes. Un ouvrier peut revendiquer, par exemple, de se faire payer par la compagnie les heures supplémentaires que son contremaître a omis de lui proposer, alors qu'il se trouvait prioritaire sur la liste quotidiennement tenue à jour. S'il n'obtient pas satisfaction de son contremaître, il peut porter l'affaire au niveau supérieur où d'autres, non impliqués dans le litige initial, sauront calmement en débattre. Cette méthode, tout aussi « importée » que la procédure de déplacement, dont on a vu les effets dévastateurs, semble convenir à beaucoup. « *C'est ton droit*, dit un contremaître à un ouvrier qui lui apporte un grief, d'agir de la sorte. *C'est mon droit* de ne pas te répondre maintenant. Tu recevras une réponse écrite dans les trois jours ; après quoi, tu verras ce que tu comptes faire. » L'effet pacificateur de cette médiation moderne n'est cependant pas toujours obtenu. « La personne avait eu gain de cause au niveau de l'arbitre, raconte un contremaître. Moi, j'ai bien aimé l'expérience et puis le bonhomme en question, *il a été six mois sans me parler*, malgré que moi, je lui en voulais pas du tout. Si je lui disais bonjour, il répondait, si je lui disais pas, il passait à côté. Je sais qu'il a été *affecté* par cela. »

La médiation des notables

Pouvoir accéder à des médiateurs internes, qui sauront donner une forme collectivement acceptable aux requêtes individuelles, constitue à Saint-Christophe la solution la plus sage et la plus souvent empruntée. Complémentaires et parfois complices, le président du syndicat et le responsable en ressources humaines sont en charge de cette mission. « Beaucoup de problèmes sont réglés, déclare le président du syndicat, parce qu'on les voit venir, et puis *on en vient à bout.* » Tenir le juste équilibre entre le charisme qui est attendu d'eux et une simplicité de bon aloi constitue le secret de leur réussite. La qualité de leur insertion est évidemment stratégique dans l'exercice de leur mission. « On a eu une expérience, rapporte le responsable RH, d'un type de l'extérieur qui est venu ici [exercer mes fonctions actuelles]. Je disais qu'ici, c'était un peu un vase clos. C'est difficile à percer. C'est plus facile pour un type qui est là depuis dix-quinze ans de s'intégrer et puis d'être accepté. Tu peux passer deux jours, trois jours dans ton bureau, ils viendront pas te voir, et puis alors tu vas devoir courir après. Ils vont te dire : “Qu'est-ce qu'il vient fouiner, qu'est-ce qu'il veut ?”. » On comprend pourquoi le passage de la fonction de président du syndicat à celui de membre de l'encadrement de l'usine, qui ferait profondément jaser en France, est ici regardé comme naturel : « Je peux comprendre ça, dit le président en exercice du syndicat, si je me mets à leur place, moi je me dis : j'irais pas chercher un bonhomme qui a toujours été tranquille dans son coin ; j'irais chercher quelqu'un qui a su accepter des responsabilités et puis qui a su faire preuve de leadership. »

Être ainsi choisi comme représentant, à quelque niveau que ce soit, constitue une responsabilité à la fois flatteuse et inquiétante pour ceux qui ont eu l'honneur d'être ainsi désignés : « Peut-être au début quand *ils* ont su que j'allais accéder au poste de conseiller en prévention, déclare celui qui vient d'être nommé à ce poste, eh bien *ils* se sont dit : ça fait pas longtemps qu'il est là… Mais *tout le monde* était content, *semblait* content que j'obtienne le poste. Y avait quand même un certain pourcentage de satisfaction vis-à-vis du travail que j'accomplissais, naturellement dépendant des connaissances que j'avais, parce que *je suis un gars d'usine, tu sais, pas un spécialiste.* » Premier médiateur interne de l'usine, le responsable administratif de la cimenterie n'a pas ces états d'âme. Ancien responsable du syndicat passé « mensuel », il est depuis monté en grade jusqu'à occuper un véritable rôle d'adjoint du directeur de l'usine. « Il y a deux ans, explique-t-il, le directeur avait proposé de changer l'intitulé de mon poste… il voulait changer mon titre d'adjoint administratif… moi je pense que *c'est pas bon.* » Consciemment ou non, ce curieux personnage interprète avec brio un rôle classique du répertoire traditionnel, celui du curé de paroisse, tel que nous le décrit l'ethnologue (cf. note p. 33) : « On attend du clerc l'amabilité, l'absence de prétention, la rondeur exigée de chacun des membres du groupe. Il devra saluer, parler, plaisanter comme tout un chacun et codifier ses rapports sociaux dans le style local. Un curé que l'on verrait peu et qui ne paraîtrait pas prendre du plaisir à bavarder serait inexcusable… il fait son frette [fier], il se prend pour un autre. »

Un réexamen de l'affaire du déplacement

L'enchaînement des conduites des différents acteurs et le caractère finalement limité de leurs marges d'action s'éclairent à travers la prise en compte des caractéristiques culturelles du contexte dans lequel ils évoluent.

On ne va pas faire grève pour les gens de la Carrière

Notre épisode commence le jour où la direction de l'usine, inspirée par ce fameux « adjoint administratif » qui sert d'éminence grise au directeur français, décide de différer la création de la troisième équipe au département Carrière. Il s'agit officiellement de faire quelque chose d'*établi* sur ce sujet, dans le cadre de la future convention dont la négociation approche. On s'inscrit ainsi dans l'ère nouvelle de partenariat entre la direction et le syndicat. Il s'agit aussi de laisser mûrir un sujet délicat, en lui donnant la possibilité d'être discuté au sein des instances internes au syndicat. « Le comité exécutif, raconte un ouvrier, a été obligé de présenter les ordres de la compagnie aux membres de l'usine et puis comme quoi ils acceptaient la nouvelle convention. » Cette mise en débat va tourner court. C'est le second temps de l'histoire où la communauté des opérateurs se divise, rejetant provisoirement hors du groupe majoritaire *eux autres, ceux des carrières*. « Au point de vue carrière, *eux autres*, les employés de la Carrière, ils étaient contre. Mais vu le nombre restreint qu'ils étaient, ils n'ont pas eu assez de force. » Les événements survenus trois ans plus tôt sont restés dans toutes les mémoires et peu sont prêts à se lancer dans une nouvelle aventure : « Faut dire une chose, c'est qu'on a eu une grève ici il y a trois ans, une grève qui a duré quatre mois, et les gens y pensent encore. Alors, faire une grève pour les gens de la Carrière ! » S'ouvre alors un temps de latence, où chacun réfléchit à la conduite à tenir.

Une capacité d'expression à géométrie variable

On touche ici du doigt les limites de la dynamique participative qui s'affiche dans cette usine. Notre histoire fait bien apparaître la difficulté rencontrée par les acteurs à s'exprimer sur les sujets sensibles qui pourraient diviser la communauté. Enclins à croire que c'est au nom de la cohésion de la communauté que la parole leur est donnée dans ces assemblées locales où l'usage est de causer, chacun s'efforce d'y exprimer, à sa façon, ce qui relève de l'intérêt général, attentif à ne pas s'écarter des références communes au groupe.

« *Au Québec*, dit un humoriste québécois, *chacun a le droit de dire ce qu'on pense*. »

Si l'enjeu est purement institutionnel, comme entre syndicat et direction, celui qui parle est tout entier caché derrière sa fonction. La parole est alors libérée et le débat peut s'engager, y compris sur des sujets où les opinions divergent. « J'étais six ans délégué de sécurité, dit un ouvrier, et j'ai jamais eu de problème à exprimer ce que j'avais à dire dans une réunion. Si ça faisait l'affaire, tant mieux, des fois, ça faisait pas l'affaire ! *Des fois*, c'est un horaire qui peut avoir raison, *des fois* c'est un directeur. » (Noter la symétrie faite entre les deux positions.) « J'appelle pas ça une prise de bec, dit de ces controverses le responsable RH, mais une différence de points de vue. » Par contre, quand l'enjeu est davantage personnalisé, mettant en cause, directement ou indirectement, d'autres membres de la communauté, le recours, même fondé, à la règle de droit ne suffit pas à éteindre querelles et rancœurs. Telle est précisément la situation qui se présente, tant pour les ouvriers des carrières que pour ceux qui craignent d'être déplacés. C'est *le frère qui déplace le frère*. La prise de parole devient alors délicate. On cherche moins à se distinguer qu'à exprimer une insertion dans son groupe d'appartenance. La crainte existe bien de donner à penser qu'on cherche à se soustraire à la norme commune. L'expression d'un point de vue polémique, mettant directement en cause tel ou tel membre de la communauté, ne va pas sans risque. « La critique, dit un contremaître, est assez difficilement acceptée. Il faut une critique *dans les deux sens*. Oui, je préfère cette approche-là à l'engueulade véritable. »

Contenue de la sorte, la violence interne, individuelle ou collective, ne peut sortir que brutalement et de façon inattendue. « Il arrive, dit un opérateur, que des fois certaines personnes deviennent plus agressives… que des gens que tu avais jamais connaissance qu'ils soient agressifs, toc une journée, ils le deviennent, et ils se fâchent. » Ainsi prennent sens les formes étranges de protestation auxquelles ont recours ceux qui s'estiment lésés dans cet épisode de la vie de l'usine : le fantôme qui jette de la craie sur ses collègues et disparaît, un opérateur faisant fonctionner jusqu'aux limites de la rupture le broyeur de calcaire qu'il conduit, témoignent des tensions qui habitent l'esprit de ceux qui ne peuvent exprimer ce qu'ils éprouvent, de peur d'ajouter les foudres de l'exclusion au sentiment d'injustice qui les habite.

Des notables dans l'embarras

A défaut de pouvoir s'exprimer ouvertement sur le sujet, les déplacés, réels ou imaginaires, vont remettre leur sort aux mains des médiateurs internes. D'où ces appels téléphoniques nocturnes et ces apartés de rallyes. Autant ces notables maîtrisaient leur registre quand ils négociaient ensemble, à la manière de maquignons prêts à se rendre mutuellement service, autant ils paraissent en difficulté sur tout terrain qui pourrait les faire accuser de manque d'impartialité envers les « gens des carrières » comme envers ceux qui craignent d'être déplacés. En « mouillant » son équivalent syndical, le responsable RH a sans doute fait preuve d'habileté, mais, à ce stade de l'histoire, ces deux personnages ont lié leur destin. « C'est pas un ami, c'est pas un ennemi, nous dit le responsable RH à propos du président du syndicat, c'est quelqu'un qui peut t'aider. » Sur des sujets aussi sensibles, ils ne peuvent, dans un premier temps, qu'écouter tous ceux qui ne peuvent ou ne souhaitent s'exprimer ouvertement. Pour être légitime et donc efficace, leur intervention doit à ce stade se situer dans un registre informel. Il leur faut donc être patients et n'agir que lorsque l'inquiétude a gagné la communauté tout entière. Ils peuvent se saisir alors du rôle traditionnel de médiateur et passer les compromis qui, un peu plus tôt, auraient été en butte aux critiques de ceux s'estimant lésés. Pour autant, ces notables internes ne sortent pas nécessairement renforcés de l'épisode. Leur autorité interne reste à la merci d'une émergence future des mécontentements qui n'ont pu s'exprimer pendant ces événements. Déterminants dans le dénouement des situations de crise, les notables doivent savoir rapidement rentrer dans le rang, ce à quoi veille la rotation instaurée à Saint-Christophe pour les désigner. Tel est bien le paradoxe de la coexistence qui s'observe dans cette usine entre l'intensité des activités visant l'intégration communautaire et l'instabilité globale de la régulation interne finalement obtenue.

L'énigme de Saint-Christophe

Quel crédit accorder finalement à l'image pacifique et tranquille qui de prime abord se dégage de cette usine ? Quelle analyse faire de cette instabilité qui, simultanément, la caractérise ? Faut-il y lire, comme y engagent les Québécois eux-mêmes, un symptôme transitoire, lié au processus de modernisation accélérée que vient de connaître la société québécoise, ou devons-nous considérer ces traits comme les marques durables de traits propres à un modèle communautaire trop vite idéalisé ?

L'hypothèse de la modernisation

A écouter les discours tenus par la nouvelle génération, à laquelle appartiennent les gens de Saint-Christophe, le Québec aurait tourné, depuis déjà une génération, la page d'une longue histoire marquée par le poids « étouffant » des traditions. Le peuple québécois a, dans le récit qu'ils donnent de son histoire, subi, du milieu du XIXe siècle jusqu'au sortir de la Seconde Guerre mondiale, les effets conjugués d'une domination économique, politique et culturelle. A la domination économique, imposée de l'extérieur par le capitalisme anglo-saxon, s'est ajoutée une forme d'enfermement intérieur prenant la forme d'un système de contrôle social et idéologique : sous la tutelle du clergé catholique, ont été ainsi conservées quasi à l'identique les traditions d'une société rurale, certes solidaire et chaleureuse, mais génératrice de conformisme et d'aliénation. S'ils se félicitent d'être enfin sortis de ce qu'ils appellent plaisamment la grande noirceur, les Québécois de notre usine continuent pourtant d'entretenir des attitudes très ambiguës vis-à-vis de cette modernisation qui affecte leur existence, au travail comme dans leur vie quotidienne. D'un côté, la modernisation est synonyme pour eux de nouveaux droits qui permettent de tenir à distance les anciennes pressions communautaires ; elle est à ce titre bienvenue. De l'autre, cette accélération brutale de l'histoire fragilise les anciennes protections qu'offrait la société traditionnelle. Elle expose les individus à affronter seuls et sans repères constitués les situations nouvelles qui se présentent à eux. Fragilisée par les changements de repères intervenus, la relation aux autres réclame beaucoup de prudence, dont on mesure la trace dans l'emploi d'un langage où fleurissent les conditionnels et les peut-être. Saint-Christophe serait, dans cette lecture des événements, une bonne illustration d'une cohabitation instable entre une logique traditionnelle, matérialisée notamment par la prégnance forte des mécanismes d'intégration communautaire, et une logique « moderne », incarnée par la nouvelle génération de Québécois entrés dans le monde du travail après la Révolution tranquille des années 60. L'apprentissage progressif des règles modernes devrait, selon cette interprétation, permettre aux individus de poursuivre leur émancipation, les épisodes tels que ceux que nous avons décrits étant appelés progressivement à disparaître.

Le modèle communautaire en question

La route paraît encore longue au milieu des années 80, au moment où se déroulent ces événements. Ceux-ci, et d'autres qui les ont précédés dans cette usine, conduisent à s'interroger sur l'hypothèse d'une « modernisation tranquille », éloignant progressivement la tradition communautaire. Ils témoignent plutôt des capacités que celle-ci manifeste à s'adapter au contexte moderne. Dans cette interprétation, les déséquilibres observés conduisent à réviser le jugement initialement porté sur la régulation communautaire de cette cimenterie. Notre épisode montre combien il est délicat d'y défendre des intérêts particuliers, a fortiori individuels, dans une collectivité où, théoriquement, la place donnée à chacun et la part qui lui revient ont été soigneusement, et en principe judicieusement, pesées. Ce qui serait jugé acceptable dans une régulation contractuelle, construite sur la base d'un compromis transitoire entre un ensemble d'intérêts dont il est reconnu qu'ils puissent être en partie contradictoires, prend dans le contexte communautaire une tout autre signification. Certes, attentive à traiter ces situations de litige entre ses membres, une communauté « traditionnelle » offre des solutions : la coutume y est toujours fine connaisseuse de ces litiges et des types de solutions équitables à y apporter. L'arbitrage éclairé d'une personne sage et écoutée, dont les jugements les plus fameux peuvent faire jurisprudence, peut trancher les situations les plus complexes auxquelles la tradition n'apporte pas de réponse établie. Mais que faire dans les autres cas, sans réponse de la coutume et sans arbitre bienveillant ? Les Québécois modernes liront dans les conduites de repli ou dans les réticences à engager le fer pour défendre ses intérêts un résidu de l'ancienne oppression exercée sur les individus par de telles sociétés. Mais ont-ils réellement choisi entre deux principes vis-à-vis desquels ils manifestent un égal attachement : d'un côté, l'affichage d'un principe d'égalité de traitement au sein de la communauté des pairs, qui affirme la différence de la Belle Province vis-à-vis du monde anglo-saxon qui l'entoure ; de l'autre, la proclamation d'un « droit à agir librement dans le cadre de ses droits » ?

CHAPITRE II

Coopérer à la belge

La mise en œuvre problématique d'un agenda électronique

Philippe d'Iribarne

L'émergence des nouvelles technologies de l'information conduit à multiplier les formes de coopération et de communication qui font usage d'interfaces informatiques. Mais celles-ci ne sont pas toujours utilisées comme leurs concepteurs l'entendaient. Il en a été ainsi lors de la mise en place au sein de Belgacom, opérateur de télécommunications belge, d'un « agenda électronique » destiné à gérer l'emploi du temps des services techniques, chargés de raccorder les nouveaux abonnés au réseau[1]. Un usage strict de cet agenda, conçu pour servir d'interface entre ces services et les agents commerciaux qui traitent les demandes de raccordement, impliquait que s'établisse entre eux une forme de coopération que les intéressés n'étaient guère prêts à accepter. Et la manière dont ceux-ci s'en sont saisis incarne une manière originale de travailler ensemble, en combinant une vive revendication d'autonomie avec une volonté non moins vive de « s'arranger ».

Informatique ou téléphone

Les procédures utilisées par Belgacom lors du raccordement au réseau téléphonique d'un nouvel abonné sont, au

1. Nous avons effectué, à la demande de l'entreprise, un diagnostic de ces réactions à partir d'une enquête réalisée en mars 1994, avec Gonzague d'Alcantara, dans les trois sites pilotes où la nouvelle procédure était expérimentée : Bruxelles 5 (Anderlecht), Leuwen (côté flamand) et Wavre (côté wallon).

moment où nous effectuons notre enquête, en pleine mutation. L'entreprise, qui a été récemment privatisée et se prépare à affronter la concurrence liée à l'ouverture du marché des télécommunications, s'est lancée dans une vaste opération de *reengineering*. Dans ce cadre, un programme intitulé FAST *(for a speedy telephone)*, en cours d'expérimentation dans trois centres d'exploitation sous l'impulsion d'un grand consultant international, doit conduire à une réduction drastique des délais de raccordement, avec comme objectif d'atteindre le niveau de performance des entreprises (américaines) les plus rapides dans le monde. Les résultats obtenus dans les centres expérimentaux sont déjà appréciables. Une réorganisation substantielle des relations entre les services concernés s'est montrée nécessaire.

Un changement d'interface entre techniciens et commerciaux

Le raccordement au réseau d'un nouvel abonné exige l'intervention de trois services, dont un service commercial qui traite les demandes des abonnés et un service technique qui réalise les travaux (voir encadré 1). Traditionnellement, ces services intervenaient de manière séquentielle, en faisant circuler un dossier papier. La procédure était très lente ; il fallait au moins cinq jours pour être raccordé au réseau. Les clients s'étaient largement adaptés à ces délais et s'y prenaient longtemps à l'avance. Pour accélérer les choses, la réforme en cours d'expérimentation conduit à mettre en place un processus dit « parallélisé » destiné à permettre au client qui se présente en Téléboutique pour faire une demande de raccordement d'obtenir sur-le-champ une date de rendez-vous. Ce processus a été introduit en deux temps. Une première étape a consisté à abandonner la circulation du dossier papier au profit d'échanges téléphoniques. Une deuxième étape conduit à substituer l'informatique au téléphone. Un agenda électronique (appelé « cahier de rendez-vous » informatique, ou encore « table de rendez-vous ») permet de gérer l'emploi du temps des services d'exécution. Ces services y affichent, pour chaque jour ouvrable, leurs disponibilités au cours des trois mois à venir. Et les agents commerciaux fixent des dates

ENCADRÉ 1

Des échanges entre trois services

Dans la procédure traditionnelle, quand un nouvel abonné se présente, un service commercial, accessible au sein de Téléboutiques, enregistre la demande et établit un dossier. Celui-ci est d'abord transmis à un deuxième service, le SER, chargé de suivre au jour le jour l'état du réseau ; lors d'un nouveau raccordement ce service examine la faisabilité technique de l'opération, définit la nature des travaux à effectuer (de la simple reprise d'une liaison existante à l'ouverture d'une tranchée permettant la pose d'un nouveau câble) et affecte une ligne. Le dossier repart ensuite vers un service technique, appelé dans l'entreprise « service d'exécution », qui a pour mission d'effectuer les diverses opérations de branchement (il creuse les tranchées, pose les lignes, fait les câblages dans les centraux téléphoniques). Quand le dossier lui est parvenu, ce service prend rendez-vous avec le client. Il adresse à cet effet un courrier à l'intéressé, qui peut à son tour répondre par écrit ou téléphoner.
Le processus parallélisé implique que l'agent du service commercial qui gère la demande de raccordement puisse avoir accès en temps réel, par téléphone ou via un système informatique, aux informations que détiennent les deux autres services.

d'intervention en fonction des places disponibles. Chacun d'eux dispose à cet effet d'un terminal sur lequel il effectue les opérations nécessaires à l'établissement du nouvel abonnement. L'agenda a pour objet, suivant les termes d'un responsable des services commerciaux, « d'éviter le contact Téléboutique - Service d'exécution qui constitue une perte de temps aussi bien pour nos services que pour le client ».

La mise en place de la nouvelle procédure, jointe à la mobilisation temporaire de moyens supplémentaires pour combler le retard accumulé, a effectivement permis d'obtenir très rapidement une forte réduction des délais de raccordement. Ainsi, moins d'un an après le démarrage de l'opération, le nombre de raccordements en moins de cinq jours est passé de presque rien à plus de 50 %. Personne, parmi les enquêtés, n'exprime le moindre regret par rapport à l'ancien processus. La prise de rendez-vous en Téléboutique et le raccourcissement des délais de raccordement qu'elle permet d'obtenir sont l'objet d'une adhésion générale. « C'est presque un autre poste de travail, c'est formidable », déclare un commercial. « J'adore le système, affirme un autre. Les clients sont contents, ils sortent avec un téléphone, un rendez-vous. » Les agents des services d'exécution sont satisfaits de même : « Je vois comme effet bénéfique que les clients sont de plus en plus satisfaits ; il y a moins de portes closes, de clients absents ; on est plus respecté par les clients. » Par contre, la mise en place de l'agenda électronique suscite des réactions beaucoup plus réservées. De fait, le passage du téléphone à l'informatique n'est que très imparfaitement réalisé.

L'officiel et l'officieux

Il n'est pas rare que l'agent d'une Téléboutique décroche son téléphone pour demander à celui qui, au sein du service technique, gère le calendrier des agents, s'il peut utiliser effectivement une plage de temps qui, d'après l'agenda, n'est pas saturée. Nous avons pu observer un de ces agents déclarer à un client : « Je dois demander confirmation au service, pour mardi, mercredi ou jeudi » (dates pour lesquelles des disponibilités apparaissaient dans l'agenda), puis appeler ledit service : « C'est L., bonjour, est-ce que je peux prendre un rendez-vous le 30 mars pour un jointeur sur A. ? »

Les commerciaux recourent d'autant plus au téléphone qu'ils ne sont pas autorisés en pratique à utiliser les places disponibles dans l'agenda au cours de certaines plages de temps. Ces restrictions, variables selon les lieux, concernent surtout les rendez-vous du lendemain. « Nous ne pouvons pas donner pour demain », affirme un agent commercial, avant de préciser : « L'écran commence demain, mais je dois aller jusqu'à [ne pas donner avant] vendredi [on est mercredi] […]. Ça a été donné comme instruction au moment où la table de rendez-vous a été mise à notre disposition. » Par contre, de tels rendez-vous sont possibles en obtenant cas par cas l'accord téléphonique du service d'exécution : « Aujourd'hui, je donne des rendez-vous pour demain. Quand je donne un rendez-vous pour demain, je téléphone au chef [de section exécution], M. D… : “J’ai un rendez-vous libre, puis-je encore le donner ?” C’est mieux. » Par cette voie, des rendez-vous peuvent même être obtenus pour le jour même, date qui n’est pas affichée dans l’agenda : « Ça arrive, affirme un agent d’un service technique, qu’à la Téléboutique ils donnent un client pour le jour même. Ils téléphonent, on s’arrange entre nous. »

Certains techniciens souhaiteraient une révision plus officielle de la procédure. « Je voudrais, affirme un responsable de service d’exécution, que certains utilisateurs du système [appartenant à son service] puissent donner des rendez-vous en dépassant le quota attribué. »

Comment expliquer ces réticences ? Elles ne tiennent manifestement pas à une mythique « résistance au changement » (notion dont l’usage dispense de comprendre ce qui est en jeu dans le rejet d’une réforme). Le fait que le passage de la procédure traditionnelle, avec circulation d’un dossier papier, à une procédure à base de contacts téléphoniques ait été très bien accueilli, montre que ce n’est pas le changement en soi mais un changement spécifique qui est mal reçu. Pour comprendre la situation, il est nécessaire d’examiner comment des enjeux techniques tout à fait réels prennent un relief particulier dans un univers de sens singulier.

D’une perte de souplesse à des réticences de principe

Pour s’adapter à la grande diversité des durées d’intervention, les services d’exécution se réservent traditionnellement la possibilité de modifier leur agenda jusqu’au dernier moment. Et le nouveau processus limite cette souplesse.

Gérer l’hétérogénéité des durées d’intervention

Le nombre de rendez-vous susceptibles d’être attribués chaque jour, tel qu’il apparaît dans l’agenda électronique, est fonction du temps moyen que demande un raccordement. Mais cette notion n’a qu’un sens limité, tellement le temps nécessaire varie suivant la nature des opérations à réaliser. Tous en sont bien conscients, y compris les commerciaux.

« Le temps n'est pas le même, note l'un d'eux, suivant que la prise va, ou qu'il faut déplacer et faire passer un fil dans un mur en béton. » « Si trois fois dans la journée, note un autre, il faut passer à travers les murs, la journée est finie. » De plus, les données manquent pour estimer a priori le volume de travail nécessaire. « Chaque fois qu'on arrive quelque part, affirme un agent des services techniques, on ne sait pas ce qui se passe sous terre. » « Le matin quand vous partez, affirme un autre, vous ne savez pas prévoir sur quoi vous allez tomber. » Or le nombre d'opérations que chacun réalise quotidiennement n'est pas suffisant pour que s'opère une compensation statistique entre opérations plus ou moins longues. L'adaptation à cette situation est un aspect essentiel de la gestion des services d'exécution.

Beaucoup peut déjà être fait sans déroger à la procédure officielle de fixation des rendez-vous. Le travail est redistribué en cours de journée entre les agents qui ont rencontré plus ou moins de difficultés. « On est au contact toute la journée avec les électriciens, note un agent chargé de la répartition du travail. Ils nous sonnent quand ils n'y arrivent pas, on les fait aider par quelqu'un qui a fini. » De plus, même dans les centres où chacun n'intervient que sur « son » réseau, il peut profiter des journées peu chargées pour avancer le travail du lendemain en faisant à l'avance la partie, souvent très significative, de celui-ci qui ne nécessite pas d'intervenir chez l'abonné ; ainsi, si la journée du lendemain est difficile, il restera plus facilement dans les temps. « Quand tout est bien programmé, note un électricien, que l'ordinateur n'est pas en panne, je reçois les OT [ordre de travail] à une heure de l'après-midi le jour d'avant. Ça me permet quand j'ai terminé plus tôt de préparer la journée suivante. Je fais les raccordements aux bornes, surtout s'il fait beau, pour ne plus avoir qu'à passer chez le particulier le lendemain. Je fais aussi le câblage dans le répartiteur [le central] (...). Cela permet de partir le matin en ayant déjà un peu d'avance. »

Les services d'exécution ne se satisfont pas de cet élément de flexibilité. Ils ont l'habitude de pousser plus loin celle-ci, soit qu'ils anticipent certains rendez-vous (sans se contenter d'effectuer la partie du travail qui ne nécessite pas de pénétrer chez le client), soit au contraire qu'ils en retardent, dans l'un et l'autre cas en s'entendant directement avec l'intéressé. « On fait appeler un client prévu pour demain et on le fait aujourd'hui si on a le temps », affirme un agent des services d'exécution. « S'ils trouvent en passant un abonné chez lui, ils le font », rapporte un de ses collègues. De même, quand un électricien est débordé, il arrive qu'il passe chez les clients qu'il ne peut satisfaire pour reprendre rendez-vous avec eux. « Si ça va vraiment mal, remarque l'un d'eux, on reporte au lendemain ou au surlendemain (...). Je passe d'office pour prévenir même si je ne sais pas le faire. On sait fixer un rendez-vous nous-mêmes dans l'intervalle des autres rendez-vous qu'on a fixés. » Mais le nouveau processus perturbe cette manière de faire.

Il faut ouvrir une place dans l'agenda avant de l'affecter à un travail. Et les agents des services d'exécution craignent qu'un commercial dispose de la place ainsi ouverte avant qu'eux-mêmes ne l'aient réservée : « Le calendrier est rempli pour demain; je me rends compte qu'il y a cinq lignes chez le même abonné et ça ne prend qu'une heure ; ce qu'on doit faire, c'est d'aller dans le calendrier des rendez-vous, faire toute une procédure, incrémenter le nombre de rendez-vous, cela prend cinq à six minutes; pendant ce temps les gens de la Téléboutique prennent les places disponibles, on se les réservait pour nous. » Les services d'exécution sont intarissables sur les risques de voir la gestion subtile de leur calendrier perturbée par des rendez-vous inopportuns ou mal calibrés qui leur arrivent via l'agenda électronique : « J'ai eu le cas avec un jointeur; il fallait intervenir à deux endroits difficiles. Au moment où on discutait la journée était libre; le temps d'en discuter, la Téléboutique avait pris un rendez-vous; refaits »; « A la Téléboutique ils arrivent parfois à mettre un troisième rendez-vous sans nous consulter (...). L'agenda, c'est dangereux. Ça peut être dangereux pour le client qui prend congé [pour être au rendez-vous] et ne nous voit pas arriver. » « Je trouvais qu'avant, l'agenda, rien que nous, on savait mieux remplir nos journées », résume un agent.

On comprend, dans ces conditions, que les services techniques désirent amender la procédure. Si les commerciaux prennent la précaution, avant d'utiliser les rendez-vous marqués comme disponibles dans l'informatique, de téléphoner à celui qui gère l'emploi du temps des services d'exécution, ceux-ci ne risquent plus d'être « refaits » pendant qu'ils sont en train de s'organiser. Ce point est particulièrement important pour la journée du lendemain. Et comme cette consultation préalable n'est régie que par une consigne officieuse, dont ils ne sont pas certains qu'elle sera toujours respectée, les techniciens trouveraient plus sûr de pouvoir rajouter des rendez-vous sans ouvrir de place dans l'agenda.

Tiendrions-nous donc l'explication des réactions des techniciens ? Nous n'en avons encore qu'un élément. La manière dont ils gèrent la diversité des temps d'intervention n'est pas la seule possible. Ainsi, il suffirait de prendre en compte les spécificités de chaque situation au moment où les rendez-vous sont fixés pour obtenir un remplissage plus réaliste de l'agenda, diminuant d'autant les exigences de flexibilité au moment de l'exécution des travaux. Mais cette voie, en cours d'expérimentation, est massivement rejetée par les services d'exécution qui, bien au-delà de simples considérations d'efficacité, en font une question de principe. Plus largement, la manière dont ces services réagissent par rapport à l'intervention des commerciaux dans la prise de rendez-vous est difficile à interpréter dans le cadre d'une stricte rationalité technique.

Un refus techniquement peu motivé

L'unité utilisée pour exprimer les disponibilités des services d'exécution est, dans deux des trois centres où le nouveau processus est expérimenté, le nombre de rendez-vous. Par contre, dans un troisième centre, les agents des Téléboutiques sont chargés d'estimer le temps de travail nécessaire pour effectuer les opérations de raccordement, de manière à moduler le nombre des rendez-vous qu'ils attribuent pour chaque jour. Ils appliquent pour cela un barème qui fait correspondre certains quotas de temps à diverses situations types. Ainsi, lorsqu'une fouille est nécessaire, on distingue une « fouille simple » d'une « fouille avec tranchée < 5 m » et d'une « fouille avec tranchée > 5m et < 10m », et de plus une fouille dans un « terre-plein », d'une fouille « sous revêtement », le nombre de quotas de temps attribués variant, entre les cas extrêmes (« fouille simple en terre-plein » et « fouille avec tranchée > 5m et <10m sous revêtement »), dans un rapport de 9 à 17. Interviennent de même le nombre de prises à placer, de mètres de câble à poser. Au total chaque intervention se voit attribuer un coefficient qui traduit sa durée prévue. Cette adaptation de la procédure est de nature à aider les services d'exécution à mieux gérer l'hétérogénéité des temps de raccordement. Pourtant, loin d'être bien accueillie, elle suscite de vives résistances.

Là où l'expérience est en cours, les techniciens affirment que ce système est peu fiable. Pour l'un : « Une prise à placer : une heure (ils cotent par quart d'heure). Vous arrivez, il peut y avoir dix ou cinquante mètres de câble à placer. A mon avis, ils ne font pas une bonne cotation. » « Les gens de la Téléboutique, dit une autre, devraient pouvoir estimer le temps pour faire un raccordement, ça ne fonctionne pas (…). Les agents ont du mal à apprécier suivant ces critères-là les demandes des gens. » Pour un troisième : « Avec ces quotas il y a quelque chose à revoir. Il faut être un homme de terrain pour situer. » Mais on ne voit guère d'action réalisée ou même envisagée pour rendre les commerciaux capables de coter plus efficacement, et même pour les informer des problèmes réels que pose l'utilisation du barème. Un agent commercial, interrogé sur l'existence éventuelle de discussions avec le service d'exécution sur la manière d'évaluer les quotas de temps attribués aux diverses opérations, répond simplement, d'un air dubitatif : « Non. » Aucun de nos interlocuteurs n'a évoqué les possibilités d'améliorer le barème, encore bien fruste. La seule suggestion d'amélioration du dispositif que nous ayons entendue a été : « Je me demande si dans la Téléboutique on ne devrait pas mettre un technicien de l'exploitation. »

Par ailleurs, là où il n'est pas appliqué, ce système est rejeté avant même d'avoir été essayé par les agents des services techniques qui en font une question de principe : « On ne peut pas se permettre que eux [les gens de la Téléboutique] estiment [la variabilité du travail correspondant à un rendez-vous] ; ici un numéro d'appel égale une unité de rendez-vous. » Pendant ce temps les commerciaux ne paraissent pas désireux de se mêler de pareille cotation : « Ici un rendez-vous, c'est un rendez-vous. »

Une réticence très large à voir les commerciaux prendre les rendez-vous

Ce refus de voir les commerciaux apprécier le travail à accomplir prolonge une large réticence par rapport à l'idée de leur confier totalement la prise de rendez-vous, réticence qui est justifiée en faisant flèche de tout bois.

Les agents des services d'exécution affirment que les commerciaux sont d'une incompétence radicale en matière technique. Leur manque de connaissance du réseau et des installations est souvent évoqué. « Le centre commercial fait les OT [ordres de travail], ils n'y connaissent rien. » « Les OT ne sont pas clairs, développés par des gens qui ne sont pas dans la pratique. » « On a un peu de problèmes avec la TB. Ils ne posent pas assez de questions à l'abonné, ou ils introduisent mal parfois. » « On est déjà allés chez des clients, c'est chez le voisin qu'il fallait aller. Beaucoup ne connaissent pas le réseau, ne savent pas situer où l'abonné pourrait habiter éventuellement. » « Ils ne demandent pas assez de renseignements aux abonnés (…). Ils ne questionnent pas assez l'abonné sur les documents. (…). Souvent les adresses ne sont pas bonnes non plus. Parfois on ne met pas s'il y a une prise ou non. » Cette incompétence est regardée comme une sorte de fait de nature auquel on ne peut pas grand-chose ; les doléances des services techniques ne les conduisent pas à demander que les commerciaux soient mieux formés, de manière à mieux jouer le rôle que les procédures en vigueur leur attribuent. De leur côté, les commerciaux paraissent ignorer les difficultés nées de leur action, y compris sur les points évoqués par les services d'exécution comme les plus sensibles.

Simultanément, le contact direct avec le futur abonné lors de la prise de rendez-vous se voit attribuer de grandes vertus. Il permet de serrer de plus près les attentes des clients. « A la Téléboutique, remarque un agent d'un service technique, ils peuvent fixer matin ou après-midi. Quand le client resonne ici, il peut demander des choses plus précises. » « Si le client a demandé “le plus tôt possible” dans sa demande, affirme un autre, quand on a une place on le contacte pour lui demander si ça lui convient, systématiquement. » S'étant ajustés mutuellement, on peut avoir de meilleurs rapports. « Quand on a un numéro de contact, note un agent d'un service d'exécution, on le contacte avant de prendre le rendez-vous. Comme ça on est sûr de trouver le client à la maison (...). Quand il y a un numéro de contact, on essaye de les contacter pour savoir exactement quoi ; on demande si c'est la bonne adresse (...). Quand on les recontacte, ça se passe très bien, ils ont l'impression qu'on s'occupe d'eux (...). Ça peut arriver qu'ils ne soient toujours pas là [air de doute], mais c'est beaucoup plus rare [ton affirmatif]. »

Comment comprendre cette position ? Les formes de rapports avec les commerciaux que les techniciens rejettent sont certes génératrices de perturbations gênantes. Mais les intéressés acceptent volontiers d'autres perturbations (faire des raccordements le jour même, tenir compte des désirs des abonnés d'avoir des rendez-vous plus précis que les plages qu'offre l'agenda) qu'ils pourraient refuser en s'abritant derrière la procédure. Considérées dans leur matérialité, ces perturbations ne paraissent pas moindres que celles dont ils cherchent à s'affranchir. Aurait-on affaire à un classique refus des services techniques d'être « au service » des commerciaux, tel celui que l'on rencontre tous les jours dans les entreprises françaises (et dont on peut être tenté de croire qu'il est universel, quand on borne son horizon d'observation à ces entreprises) ? On peut d'autant plus en douter qu'on se trouve dans un univers où le rang ne constitue pas une référence majeure, ce dont témoigne par exemple le fait que tous parlent de « service d'exécution » pour désigner les services techniques sans que personne ne paraisse prêter à ce terme un caractère dégradant. Pour avancer dans l'analyse, il faut cerner la manière dont les diverses situations techniques prennent sens à l'aune d'un idéal singulier de coopération.

Une conception particulière de la coopération

A travers les propos des personnels de toutes fonctions et de tous niveaux, nous avons rencontré une vision commune d'une bonne manière de coopérer. Contrairement à nos attentes, nous n'avons pas relevé d'opposition marquante en la matière entre le côté flamand et le côté francophone du pays, tandis que les contrastes étaient nets avec ce que nous avions observé auparavant aussi bien en France qu'aux Pays-Bas[1]. On peut rapprocher cette vision du mode de rapports entre forces politiques, souvent évoqué par l'expression de « compromis à la belge », qui marque la Belgique. Ces divers éléments suggèrent qu'il s'agit d'une vision que l'on peut qualifier de belge.

On doit s'arranger avec autrui, sans se mêler de ses affaires

Quand ils évoquent leurs rapports avec leurs collègues de travail, nos interlocuteurs semblent animés par trois convictions très fortes :

– à se mêler des affaires d'autrui, on crée des situations très désagréables ;

– on doit bien s'entendre et on s'entend bien ;

– si on arrive à travailler ensemble, c'est que l'on est prêt à « s'arranger » avec ceux dont les affaires interfèrent malgré tout avec les vôtres.

Toute situation où autrui a la possibilité de peser sur vous est perçue très négativement, même si aucune menace précise ne se dessine. Ainsi, un agent commercial s'inquiète à propos d'une nouvelle procédure : « C'est une amélioration, mais ça nous rendra plus dépendants du SER [le service qui gère l'architecture du réseau]. Tant qu'eux n'ont pas introduit les données techniques, nous sommes bloqués ; le programme va être bloqué. (…) Dans le pire des cas où ils ont envie de nous embêter, il faudra meubler une demi-heure. » A une relance : « S'ils veulent vous embêter ? », l'intéressé répond : « C'est utopique ; je voulais simplement dire que nous serons dépendants d'un autre service » ; et il ajoute : « Pour le moment il n'y a jamais eu de problèmes ; il y a compréhension à 100 %. » Même en l'absence de menace réelle, on

1. Philippe d'Iribarne, *La Logique de l'honneur*, *op. cit.*, première et troisième parties.

Encadré 2

Chacun, étranger aux affaires d'autrui, veut le rester

« Eux ne nous disent pas ce qu'ils vont faire (...). Nous ne sommes pas dans le secret, on ne nous prévient pas (...). Nous ne savons pas ce qui se passe dans l'ensemble du planning. »
« De ça on ne s'en occupe pas ; c'est le service de M. X. »
« Les gens des services techniques n'ont pas besoin de connaître l'application. »
« Nous ne savons pas combien de travail sera nécessaire (...). La manière dont ils procèdent ne nous est pas communiquée (...). Nous ne savons pas.
– Ça vous serait utile de le savoir ?
– Ça ne ferait que compliquer. »
« Je n'ai jamais vu une borne à l'intérieur, mais ça n'est pas nécessaire. »
« Je n'en sais rien. On n'aime pas trop aller voir de ça. Ça pourrait amener des critiques. »

ressent très mal le fait d'être à la merci de la bonne volonté d'autrui.

Cette crainte est d'autant plus frappante que la référence à la bonne entente, du moins dans le sens où on ne s'entend pas mal, est générale, comme norme et comme réalité. « J'ai toujours eu des rapports amicaux avec tout le monde », déclare l'un. « Nous nous sommes toujours très bien entendus avec nos compagnons de travail », affirme un autre. « On n'a à proprement parler pas de problèmes », professe un troisième. Cette bonne entente met au premier plan l'absence de conduites agressives ou autoritaires : « Pendant le travail, ce n'est pas [mime l'attitude du loup] ; il n'y a personne qui me coupe le nez » ; « On doit rester très calme » ; « Je n'aime pas trop de critiquer ». Cette urbanité des rapports est vue comme nécessaire à tout fonctionnement collectif. « Si on pratique une politique de gendarme, les gens vous sabotent. »

Pour éviter des difficultés relationnelles, il est bon de se tenir à l'écart des affaires d'autrui, de se garder d'avoir un avis dans tout ce qui touche à sa sphère d'action, et même d'éviter de savoir ce qui s'y passe (encadré 2). Sa propre ignorance en la matière n'est pas seulement constatée, mais posée en norme : « ça ne ferait que compliquer » (de savoir) ; « Ce n'est pas nécessaire » (de voir). Elle est mise en relation avec le désir d'avoir de bons rapports, ou plutôt avec la crainte d'en avoir de mauvais : « On n'aime pas trop aller voir ; ça pourrait amener des critiques. »

A partir du moment où cette ignorance de ce qui concerne les autres (ignorance dont nous avons pu constater l'ampleur à maintes reprises) est posée en norme, elle légitime la volonté de chacun de ne pas laisser autrui se mêler de ses affaires, sans que cela soit offensant pour ceux qu'il tient ainsi à distance. Les représentants d'un autre service sont présentés comme n'étant pas en état de faire ce pour quoi on est soi-même compétent (au double sens du terme), car ils ne disposent pas des connaissances nécessaires. Cette manière de voir les choses, rencontrée à propos de l'interrogation des nouveaux abonnés par les commerciaux, ne lui est pas propre. On la retrouve dans des situations très diverses, tels les rapports entre les services d'exécution et ceux qui gèrent le réseau : « Les gens qui sont au SER sont des employés ; ils ne connaissent rien au câble (...). Ils n'ont jamais vu, jamais fait » ; « Nous mesurons les câbles à partir de nos ordinateurs. Le SER n'est pas capable de mesurer ». Et l'idée de mieux former les intéressés pour élargir leur compétence suscite beaucoup de scepticisme : « Les gens du bureau d'études n'ont pas l'air de se rendre compte de la matérialité de ce qu'ils font (...). Il n'est pas possible de faire faire un stage sur le terrain aux gens du BE. Cela ne leur serait pas réellement profitable. » Celui qui tient ces propos ajoute, comme s'il voulait évoquer une sorte d'impensable : « Il faudrait un stage prolongé où ils fassent eux-mêmes un certain nombre de travaux. » Ce scepticisme n'empêche pas que lesdits agents du SER soient estimés dans l'exercice de leur propre travail : « Ils sont très bien dans ce qu'ils font. »

Connaissant mal les affaires d'autrui, ne voulant pas le gêner, il faut être très prudent dans tout ce qui risque de l'affecter, ne serait-ce que par inadvertance, sans que l'on sache très bien la portée de cette gêne. Ainsi l'argument « *On ne sait jamais*, s'il y a des techniciens qui sont malades » sert à un commercial à justifier le fait qu'il vérifie auprès du service d'exécution s'il peut utiliser une place disponible dans l'agenda (alors que si, au moment où ce service est appelé, il sait qu'il y aura des absents, il aura pu ajuster les disponibilités affichées). « Je *crains* que si je donne l'ordre pour demain l'électricien n'ait pas l'ordre de travail », affirme un de ses collègues pour justifier la même manière d'agir.

Très attentif à éviter les empiétements mutuels sur les affaires de chacun, on est prêt simultanément à écouter autrui, à prendre ses désirs en considération et à « s'arranger » pour y répondre. « Quand nous téléphonons nous-mêmes, nous essayons de tenir compte des désirs des clients », affirme un agent des services d'exécution. « Ils [les commerciaux] sonnent quand il n'y a plus de places dans l'agenda, rapporte un autre. On *s'arrange* avec un jointeur à nous, pour contenter le client. Il y a des trous toujours, toujours moyen de *s'arranger.* » « Les gens du service, indique un commercial, parfois on a un petit problème ; on va les voir pour savoir si on peut *arranger* les choses. » De même qu'on se montre arrangeant, on peut attendre d'autrui qu'il le soit. Ainsi, un abonné peut compter que des efforts seront faits pour le satisfaire sans lui opposer la limite du nombre de rendez-vous officiellement disponibles et, réciproquement, il paraît normal qu'il se montre conciliant si le travail ne peut être fait le jour prévu.

Cette référence à la volonté d'être arrangeant est présente jusque dans la manière dont les entorses aux procédures officielles sont légitimées. Ces entorses ne sont jamais présentées, à la française, comme l'expression de la conviction personnelle que les procédures sont inadaptées (voire ridicules), mais comme une réponse au désir d'autrui. « Quand ils ne sont pas sûrs, affirme un technicien, parlant des commerciaux, *ils préfèrent* donner un petit coup de fil chez nous ; il y en a qui le font » ; « *Eux* [les agents du service technique] *préfèrent* introduire eux-mêmes dans leur agenda, rapporte de son côté un commercial. Il y a sur l'écran un agenda jointeur, mais *ils préfèrent* l'introduire eux-mêmes parce que eux, de leur côté, ils introduisent des rendez-vous. »

La volonté de ne pas faire figure de perturbateur, la crainte de sortir de rapports de bonne entente si l'on critique incitent à éviter de se mettre en avant. Cela rend réticent à violer les procédures de manière unilatérale ; on ne serait plus dans l'arrangement, mais dans le coup de force. Quand on ne peut se justifier par une réponse au désir d'autrui, l'évocation de procédures non respectées s'accompagne d'une certaine gêne. « On fait appeler un client prévu pour demain et on le fait aujourd'hui si on a le temps ; dans l'informatique c'est toujours marqué pour demain », note un agent d'un service d'exécution, avant d'ajouter, après avoir réfléchi, et d'un air embarrassé : « On a un rendez-vous verbal, on ne fait pas un rendez-vous officiel, comme le demande la direction. » De plus, il est bon de s'abriter derrière quelqu'un d'autre si l'on se risque à critiquer : « Quand eux [les clients] ont fait une demande, ils [les agents de la Téléboutique] nous sonnent. On met la demande dans la vidéo (...). Normalement ça ne peut plus arriver puisqu'ils peuvent mettre les rendez-vous d'après notre agenda. Ils appellent encore, normalement ils ne devraient plus. Parfois ils appellent encore pour demander un rendez-vous, normalement ça ne devrait pas se faire. *Mon collègue m'a dit* : "Ça, ils savent le faire eux-mêmes." »

Dans un monde dont la régulation repose moins sur le respect de principes (de normes portant directement sur le contenu de conduites conformes à l'honneur ou à la morale) que sur la recherche d'accords (régie par des normes portant sur la manière de s'ajuster), chacun « tient » chacun. La flexibilité des conduites nécessaire pour s'ajuster aux désirs d'autrui peut être utilisée pour pratiquer toute une gamme de comportements « stratégiques » : chantages, mesures de rétorsion, situations que les interviewés ont évoquées à diverses reprises : « dans le pire des cas où ils ont envie de nous embêter » ; « si on pratique une politique du gendarme, les gens vous sabotent ». Le souci de se tenir à distance, la crainte de critiquer, sont liés à l'instabilité inhérente à ce mode de relation. Il est beaucoup moins dangereux d'être agressif dans un mode de régulation où les devoirs de chacun sont (tels les devoirs liés à un état) indépendants des relations qu'il entretient avec ses congénères, ce qui limite les mesures de rétorsion qu'il est susceptible de mettre en œuvre.

La vertu du contact

Cette manière de concevoir les rapports entre individus et entre groupes est compatible avec des régimes de coopération très divers. Pour mettre en œuvre des arrangements dérogatoires aux règles établies, il faut connaître finement les désirs singuliers de celui à qui on a affaire et les problèmes qu'il rencontre. Il faut pour cela être en contact. « Pour ce genre de problème, note un agent, il faut plutôt aller sur place pour être sûr que l'on se comprend bien. » « Si vous avez de bons contacts avec le service, relate un autre, c'est le moyen de faire beaucoup de choses. » Or, la peur d'être suspecté de se mêler des affaires des autres incite à rester chacun chez soi. « Je n'ai jamais été voir à la Téléboutique ce qui se passait », note un agent des services techniques. L'entreprise a été longtemps marquée par un régime de coopération minimale entre services. « Les responsables des services exécution, SER et commercial, affirme l'un d'eux, étaient chacun dans sa cuisine, on s'envoyait des notes formelles. » Ce mode de fonctionnement, cohérent avec l'existence de processus séquentiels, peut être très stable, personne n'osant prendre l'initiative de proposer de le modifier. « Le processus parallélisé [qui implique plus de relations entre services] est une très belle idée, déclare un agent. C'est un gros avantage qu'on a tiré de la visite [du consultant]. Personne n'osait demander à l'autre. On a fait sans problèmes. » « On a appris beaucoup du consultant au niveau de la méthodologie, déclare un autre. On a appris que des services qui doivent coopérer doivent pouvoir se rencontrer (...). On a fait des réunions, on se téléphone ; pour que ça se fasse ailleurs [dans d'autres centres], il faut qu'il y ait un certain tuteur ; il ne faut pas que quelqu'un devienne le leader naturel des trois. »

Il est d'autant plus facile de prendre l'initiative d'un contact sans risquer que cela soit mal interprété que l'on est plus proche, à la fois physiquement et institutionnellement (encadré 3). Aller « à l'autre bout de la salle », n'avoir que « quatre à cinq pas à faire » s'oppose à « se trimballer d'un étage à l'autre » ou « courir loin » (termes très forts pour des déplacements qui restent en fait extrêmement limités ; ils expriment

ENCADRÉ 3

Proximité et coopération

« Maintenant, centre commercial, SER et service d'exécution, tout le monde est sur un même niveau ; c'est nettement plus facile d'aller voir vos collègues à l'autre bout de la salle que de se trimballer d'un étage à l'autre ; pour moi j'estime que c'est nettement plus facile. Vous avez un problème, vous faites quatre à cinq pas, vous êtes chez l'autre ou bien lui, ça ne va pas, il vient une fois vous voir. »
« Je n'ai pas assez insisté sur le gros avantage que nous tirons de notre organisation en unités de base. On a pu réunir les trois services sur un seul et même plateau. (...) Les relations que nous avons ont facilité notre travail à tous. Le fait de ne pas courir loin, à mon sens, est quelque chose de terriblement motivant. On travaille ensemble, on ne travaille plus, je vais dire le mot, l'un contre l'autre. J'ai pris conscience des problèmes des autres et je pense qu'ils ont pris conscience de mes problèmes. »

que l'on accomplit une vraie démarche et qu'on ne rencontre pas autrui comme en passant). Appartenir à la même unité de base s'oppose de même à des situations où le technique et l'administratif sont bien séparés. Dès lors on peut facilement « aller sur place », être « chez l'autre ». Et, dans ces conditions, on « se comprend bien », on peut « arranger les choses ».

Dans cette forme de rapprochement, ce qui relève du domaine de chacun reste parfaitement distinct. On ne se retrouve pas dans un lieu neutre, mais ou on est « chez l'autre », ou c'est lui qui « vient vous voir ». Il n'est pas question de problèmes communs, mais du fait qu'on a soi-même « un petit problème », ou que, pour lui, « ça ne va pas ». Chacun reste attaché à ne pas voir autrui se mêler de ses propres affaires, tout en étant prêt à l'écouter s'il vient exposer ses problèmes.

Processus technique et mode de coopération

C'est à travers la lecture qu'ils font des relations associées aux diverses formes que peut prendre leur coopération que les membres de l'entreprise vivent et apprécient les procédures qu'on leur demande d'appliquer. Et si, à l'aune de ce qui constitue pour eux une bonne manière de travailler ensemble, le passage de la circulation d'un dossier papier à des échanges téléphoniques a représenté un grand progrès, la mise en place de l'agenda électronique est au contraire vécue comme une régression.

Des procédures génératrices de formes très différentes de contraintes

L'ancienne procédure, fondée sur la lente progression d'un dossier d'un service à l'autre, était compatible avec le désir de chacun de gérer ses propres affaires, à l'abri d'interventions intempestives. Mais c'était en limitant strictement les situations où, à propos des problèmes pour lesquels l'un ou l'autre demande de l'aide, on se rencontre, on se parle, on se fait mutuellement plaisir. Or, à entendre la manière dont ils les évoquent, les intéressés ne considèrent pas les relations qui s'instaurent alors comme un simple moyen de travailler plus efficacement. Ils y trouvent quelque chose de gratifiant. Leur satisfaction est manifeste quand ils déclarent que « les clients sont contents », ou qu'on « s'arrange (…) pour contenter le client ». « J'adore le système », déclare l'un à cette occasion ; « on est plus respecté par les clients », affirme un autre. Le passage de la circulation d'un dossier papier à des échanges téléphoniques a été l'occasion de multiplier ce type d'interaction, dans les rapports entre services comme dans les relations avec les abonnés. Certes, ce passage augmente la pression que leur environnement exerce sur les services d'exécution : un appel d'un commercial qui a devant lui un client ayant des attentes particulières est constamment susceptible de les amener à réviser leur programme et une certaine pression sociale s'exerce sur eux pour qu'ils répondent à cette attente. Mais, dans un contexte belge, cette pression, qui fait partie du cours naturel des choses, ne prend pas le sens d'une atteinte à l'autonomie de ceux sur qui elle s'exerce. Plus encore, elle les amène à jouer le rôle valorisant de celui qui est suffisamment attentif aux désirs d'autrui pour être disposé à s'arranger et suffisamment débrouillard pour « savoir » le faire (« on sait fixer un rendez-vous nous-mêmes dans l'intervalle des autres rendez-vous qu'on a fixés »).

Au contraire, dans ce contexte, les contraintes qu'introduit l'agenda électronique, via les prises de rendez-vous par les commerciaux, ont un autre sens et une autre portée. Le fait qu'elles s'imposent sans discussion, surgissent sans prévenir, leur donne un grand relief, même quand elles sont matériellement légères. Elles alimentent les inquiétudes qu'expriment les intéressés à propos de diverses situations qui les mettent dans ce type de dépendance par rapport à l'action d'autrui : peur des agents des services d'exécution d'être « refaits » par une action intempestive des commerciaux, sans avoir leur mot à dire; peur des commerciaux de devoir « meubler une demi-heure », sans possibilité de réagir, si les agents du SER veulent les « embêter » au moment d'introduire des données techniques. Privés d'une marge de jeu qui permet de gérer subtilement la complexité d'une situation, les intéressés se sentent « dépendants ». Et ils le sont d'autant plus qu'ils répugnent à traiter simplement les règles par le mépris. On comprend bien, dès lors, que leur rejet de cette forme de relations dépasse les arguments techniques qu'ils donnent pour l'étayer. On comprend de même qu'ils rejettent par principe les solutions techniques (telle une évaluation plus fine des temps d'intervention), dont le succès rendrait plus difficile de s'appuyer sur des arguments pratiques pour échapper à ce type de dépendance.

De plus, le mode de fonctionnement qu'introduit l'agenda est insatisfaisant dans les rapports avec les clients, sans que la faible compétence technique des commerciaux dans l'appréciation du travail à faire soit seule en cause. Quand ils évoquent les contacts avec les nouveaux abonnés noués, à l'initiative de l'une ou l'autre partie, entre la prise de rendez-vous en Téléboutique et l'exécution des travaux, les techniciens se réjouissent de la satisfaction que cet ajustement permet d'offrir au client : « il peut demander des choses plus précises » ; « on le contacte pour lui demander si cela lui convient » ; « quand on les recontacte (...), ils ont l'impression qu'on s'occupe d'eux ». Pour s'ajuster finement à la demande de chacun, manifestant ainsi leur bonne volonté et leurs capacités, ils ont besoin d'un contact direct.

L'ordinateur et la culture

Les rapports entre services qu'introduit l'agenda correspondent au mode de coopération qui fait référence dans un contexte américain. Ces rapports ont en effet le mérite, essentiel dans ce contexte, de bien délimiter les responsabilités de chacun : les services d'exécution fixent de strictes contraintes quantitatives sous la forme d'un nombre de rendez-vous disponibles ; puis les commerciaux fixent un programme dans le cadre de ces contraintes ; enfin les services d'exécution organisent leur journée à leur guise de manière à réaliser ce programme. La forme d'autonomie (être à l'abri de demandes allant au-delà de la stricte exécution de devoirs précisément codifiés) que fournit ce type d'interface est très valorisée aux États-Unis. Si on s'y transporte par la pensée, on imagine sans peine des services d'exécution, animés par le désir d'être jugés sur des performances justement mesurées, prompts à concevoir et à mettre en place une batterie d'indicateurs permettant de cerner aussi rigoureusement que possible le volume de travail qu'implique chaque intervention. Et on s'attend à voir advenir une amélioration progressive du processus de prise de rendez-vous, assise sur un affinement graduel de ces indicateurs et des moyens qui permettent de les estimer (avec par exemple un accès informatique à un plan détaillé de la ville qui rende possible de mesurer précisément la distance du réseau au point d'arrivée du câble dans le bâtiment ; voire à des photos aériennes qui donnent une idée de la nature du sol qu'il faudra creuser).

Simultanément, l'agenda électronique s'inscrit bien dans une logique de fourniture aux clients d'un produit calibré, respectant un standard de qualité qui peut être exprimé par un chiffre : *x* % des rendez-vous réalisés en moins de *y* jours (ou heures). Il trouve sa place dans une vision du service où le respect de tels standards prévaut sur une adaptation finement différenciée aux désirs de chacun. Et, là encore, on conçoit bien les mérites d'une telle approche dans un contexte américain marqué par l'attachement à des engagements contractuels, dont le respect, estimé en se servant d'indicateurs quantifiables, met à l'abri de demandes, de plus en plus communes, de réparation.

Mais le contexte belge est bien différent.

Comme ce n'est pas en traçant de façon précise les frontières de son devoir que l'on préserve son autonomie, la protection contre les pressions d'autrui qu'offre le caractère bien circonscrit du nombre de cases d'un agenda n'a pas grand intérêt [1]. En outre, le devoir de se montrer arrangeant conduira de toute manière à accepter, au nom de la bonne entente, des demandes qu'il n'est pas possible de délimiter à l'avance, ce qui rend illusoire une telle protection.

Par ailleurs, même si l'analyse des aspirations des nouveaux abonnés n'entrait pas dans l'objet de notre étude, ce que nous avons pu en saisir indirectement conduit à douter que les attentes usuelles des clients belges s'inscrivent au mieux dans de stricts standards de qualité. Eux aussi semblent privilégier une logique de l'arrangement ; tout en attendant que l'entreprise se mette en quatre pour les raccorder rapidement s'ils sont vraiment pressés, qu'elle donne un rendez-vous à la limite sur-le-champ, même si cela ne rentre pas dans un « engagement de qualité » à caractère contractuel, ils trouvent normal d'être eux-mêmes arrangeants s'ils ne sont pas vraiment pressés. Ils s'attendent à bénéficier de rendez-vous plus précis que ceux que permet l'agenda si leur propre temps est très contraint, tout en trouvant normal d'être disponibles si ce n'est pas le cas.

Au total, l'ajustement fin que privilégie ce contexte demande une communication interactive que le téléphone procure plus aisément que l'informatique. La prise de rendez-vous par téléphone y conserve, en dépit de son archaïsme apparent, des vertus difficilement remplaçables.

1. On trouvera au chapitre XI quelques éléments concernant la variété des types d'autonomie considérés comme significatifs dans les cultures d'origine européenne.

CHAPITRE III

Hiérarchie et dignité

La bureaucratie « à la française » à l'épreuve du changement

Jean-Pierre Segal

Les événements dont nous parlons se déroulent dans les années 90 au sein du métro parisien. Celui-ci est engagé depuis trois ans dans un vaste processus de décentralisation de ses structures et de modernisation de ses modes de fonctionnement, largement inspiré par les modèles de management anglo-saxon. Une des principales lignes du réseau express régional (RER) commence à l'époque à faire parler d'elle pour la réussite qu'elle connaît dans un domaine où beaucoup de réformes antérieures avaient jusqu'ici échoué, celui de la mobilisation des encadrants de terrain. L'enquête menée au sein de cette unité confirme cette réputation. Elle fait bien apparaître une situation où les cadres et les agents de maîtrise, deux catégories qui dans cette entreprise éprouvent généralement des difficultés à travailler ensemble, semblent être parvenus à dépasser leurs anciennes frictions[1]. Les cadres, critiques ailleurs à l'égard des agents de maîtrise, expriment ici des jugements plutôt flatteurs sur l'investissement professionnel de ceux-ci. La maîtrise, qui évitait jus-

1. Ce texte s'appuie sur une monographie, réalisée en 1993 au sein de l'unité Gare d'une des lignes du RER parisien. Cette monographie s'inscrit dans une observation de longue durée des deux entreprises publiques, la SNCF et la RATP, en charge de faire fonctionner ce système. Fondée sur une succession d'enquêtes au sein de différentes unités opérationnelles, prolongée par un éclairage comparatif sur des processus analogues de « modernisation » d'entreprises ferroviaires en France et en Angleterre, cette recherche analyse les attitudes et les comportements des différentes catégories d'acteurs face aux changements impliqués par cette décentralisation.

qu'ici la compagnie des cadres, affiche désormais, à quelques exceptions près, un état d'esprit résolument coopératif.

Cependant, une ombre apparaît au tableau. Ces agents de maîtrise sont l'objet de critiques acerbes de leur base : on leur reproche tout à la fois une prise de distance excessive vis-à-vis du quotidien de la ligne et un excès de zèle dans l'exercice des missions nouvelles que leur confient les cadres.

La situation de cette unité apparaît étonnante à plus d'un titre. Elle apporte un démenti, au moins local, à l'opinion, fort répandue parmi les cadres dirigeants, selon laquelle les réformes qu'ils engagent sont plébiscitées par la base mais freinées par des hiérarchies intermédiaires profondément conservatrices. Nos agents de maîtrise semblent au contraire partie prenante des changements en cours, tandis que la base apparaît beaucoup plus en retrait. Nous montrerons comment les lectures différentes que les uns et les autres font des événements éclairent leurs attitudes et leurs comportements. Cette situation bouscule aussi l'idée selon laquelle les agents de base d'une organisation bureaucratique ne supportent pas la présence rapprochée de leur hiérarchie directe. Dans le cas qui nous occupe, c'est bien l'éloignement de celle-ci qui fait problème, comme sa proximité nouvelle avec l'échelon supérieur. Cette virulence avec laquelle la base dénonce « ceux qui se prennent pour des cadres » nous conduira à nous interroger sur la nature et l'importance des enjeux symboliques mis en jeu par toute redistribution des positions hiérarchiques au sein d'une organisation.

Le récit des événements

L'unité Gare

Nous sommes au sein d'une des lignes du réseau express régional de l'agglomération parisienne. L'unité dont nous parlons est chargée de la gestion des gares, ce qui inclut les activités de vente des titres de transport, les missions d'accueil et d'information des voyageurs ainsi que la gestion de la sécurité et de la propreté des gares elles-mêmes. Elle emploie à l'époque environ 600 agents de base, travaillant pour la plupart selon des horaires postés, une trentaine d'agents de maîtrise, eux aussi postés, et une dizaine de cadres. De création récente, cette unité doit mettre en application les orientations prises par l'entreprise, notamment en matière de conquête d'une nouvelle clientèle, de maîtrise des lieux et de lutte contre la fraude. Les évolutions de l'environnement urbain ont, en effet, mis en évidence les retards apportés au traitement de ces questions au sein d'un univers professionnel jusqu'ici principalement centré sur le transport ferroviaire. L'introduction de nouvelles formes d'organisation, plus flexibles et réactives, y est nécessaire pour répondre aux difficultés croissantes rencontrées par l'entreprise dans ce secteur. Le contexte est donc favorable à l'innovation. Les gares bénéficient d'ailleurs de ressources nouvelles destinées à la rénovation des locaux, à l'amélioration de la signalétique, à la modernisation des moyens de communication interne et externe en direction des voyageurs.

Le directeur de la nouvelle unité est un ingénieur d'une trentaine d'années qui, après quelques années d'expérience sur le terrain, accède à un âge relativement jeune, de par la solidité de son statut personnel d'ingénieur diplômé d'une « Grande École », à ce niveau de responsabilité. Il bénéficie par cet itinéraire atypique d'une bonne connaissance des ressources et des limites de l'ancienne organisation, mais aussi de l'extériorité et du non-conformisme requis pour penser autrement l'organisation. Tirant parti du contexte favorable, il décide de mettre en place une nouvelle organisation selon des modalités aussi classiques au regard des canons du management qu'iconoclastes au regard des traditions de son entreprise. Confier des responsabilités bien différenciées aux différents membres de son équipe d'encadrement, sans faire de la hiérarchie des statuts entre agents de maîtrise et cadres une règle absolue, représente, au regard des règles antérieures propres à la culture ferroviaire traditionnelle (cf. encadré 1) un véritable franchissement du Rubicon.

La nouvelle définition du rôle des cadres

La décentralisation mise en place dans l'ensemble de l'entreprise élargit considérablement le périmètre de responsabili-

ENCADRÉ 1

Les pouvoirs de décision étaient dans l'ancienne organisation centralisés au niveau du directeur de ligne. Les cadres qui l'entouraient, dénommés *inspecteurs*, remplissaient une double mission : d'une part, une fonction purement administrative, telle que les bureaucraties savent en produire, et, d'autre part, un rôle de surveillance et de tutelle sur le niveau hiérarchique immédiatement inférieur, celui des agents de maîtrise, appelés à l'époque *sous-chefs*. Ceux-ci avaient pour rôle de faire appliquer une abondante réglementation ferroviaire par les agents placés sous leur autorité. Ces sous-chefs étaient formés en sorte de pouvoir intervenir en temps réel sur les situations d'incident, situations qui, dans cet univers du transport public, demandent un traitement aussi rapide que possible pour assurer la continuité du service.

En supprimant la tutelle hiérarchique jusqu'ici exercée par les cadres (les *inspecteurs*) sur les agents de maîtrise (les *sous-chefs*), la nouvelle organisation de l'unité Gare ne se contente pas de redistribuer les anciens rôles ou de découper autrement les anciennes tâches. Elle remet en question la pratique jusqu'ici dominante consistant à confier la supervision du travail de chaque niveau à ceux qui l'avaient préalablement exercé, en récompense de leurs bons et loyaux services. Dans cette conception de l'organisation, la structure hiérarchique est constituée d'une succession de niveaux auxquels chacun peut prétendre en principe accéder, soit tardivement par ancienneté, soit plus rapidement en passant les différents concours internes qui tiennent lieu

tés du directeur de l'unité Gare. Celui-ci délègue à son tour en direction de ses cadres une part croissante de ses anciennes responsabilités.

Premiers bénéficiaires des transformations apportées à l'organisation, ces derniers se trouvent désormais réellement associés au processus de décision qui jusqu'ici se passait en dehors d'eux. « Nous avons des *réunions de cadres* tous les quinze jours, déclare l'un d'entre eux. Elles sont à un moment où elles évoluent vers la prise de décision, temps fort de la vie du groupe. » L'équipe d'encadrement associe désormais deux populations : aux cadres issus du rang, conformes au modèle traditionnel de promotion interne, se sont ajoutés des cadres « nouveaux », venus des directions fonctionnelles, insérés au niveau opérationnel dans le cadre de la déconcen-

La transformation de la hiérarchie

d'accélérateur de carrière. L'ancienne structure hiérarchique s'inscrivait ainsi à la fois dans une tradition sociale interne et dans une logique d'encadrement. Fort de son expérience et du mérite lié à son ancienneté, le hiérarchique *chapeautait* le niveau immédiatement inférieur, le supervisant à distance tout en se tenant en réserve pour traiter les situations les plus délicates. Les vérités d'hier que maîtrisait cette hiérarchie étaient réputées valoir encore demain dans un univers professionnel stable et centré sur lui-même.

Cette vision du monde s'est progressivement trouvée confrontée à des situations nouvelles face auxquelles les anciennes réponses se sont révélées de moins en moins adaptées. L'environnement urbain s'est modifié, les phénomènes de pauvreté et de violence suburbaine sont apparus. Le profil sociologique des recrues s'est modifié. Mieux informés des pratiques de management ayant cours en dehors de leur entreprise et plus longtemps scolarisés que la génération précédente, les nouveaux embauchés ont regardé l'ancienne hiérarchie « maison » avec un œil de plus en plus critique.

En s'engageant dans une profonde remise en cause des structures et des modes de fonctionnement de l'entreprise, la direction s'est alors efforcée de trouver une issue à cette crise rampante de l'ancienne organisation. Les initiatives prises au sein de l'unité Gare s'inscrivent parfaitement dans cette perspective.

tration des structures. Grâce à l'introduction de nouvelles pratiques de collégialité dans la prise de décision, cet encadrement est de plus associé étroitement à la vie de l'unité. Chacun se voit attribuer un domaine de compétence (la propreté des lieux, l'animation commerciale, la maintenance des équipements, la lutte contre la fraude, etc.) au sein duquel il assure la liaison entre son unité et les « groupes de soutien » qui, au niveau supérieur du Département, conçoivent, proposent, évaluent de nouveaux dispositifs. Ces cadres sont, fait nouveau, désormais en relation avec d'autres acteurs, non issus du monde de l'exploitation, aussi bien à l'intérieur de l'entreprise qu'à l'extérieur. Une partie de la coordination avec les autorités locales des communes desservies par la ligne passe, en effet, par eux, ce qui constitue un élargissement significatif de leur périmètre d'action et un véritable enrichissement professionnel. La nouvelle organisation devient ainsi un lieu privilégié d'apprentissage de nouveaux modes de travail que ces mêmes cadres s'efforcent de reproduire en direction des agents de maîtrise. Cette façon de travailler constitue pour les cadres issus de l'ancien moule une véritable rupture au regard des usages faisant d'eux jusqu'ici essentiellement des auxiliaires mis à la disposition d'un chef de ligne tout-puissant.

De nouvelles missions pour les agents de maîtrise

Le rôle des agents de maîtrise, désormais appelés *Responsables de secteur* s'élargit lui aussi, afin de mieux s'articuler aux nouvelles missions fonctionnelles des cadres. Chaque responsable de secteur (RS) devient le correspondant local des responsables chargés des dossiers transversaux de l'unité. Il est désormais associé au traitement des dossiers concernant les gares dont il a la charge, ce qui était loin d'être le cas auparavant. Grâce à ces collaborations, les responsables de secteur, eux aussi, sont mis en rapport avec des interlocuteurs extérieurs au monde clos de l'exploitation ferroviaire. En contrepartie, les RS sont moins présents au sein de leur gare. Ils ont pour cela instauré un partage entre eux des contraintes d'astreinte qui entravaient jusqu'ici leur capacité à « sortir des gares » et à se rendre disponibles pour d'autres missions. Celles-ci ne se résument pas, en effet, à ce nouveau rôle d'adjoint des cadres de l'unité. En installant officiellement le responsable de secteur dans un rôle de supérieur hiérarchique direct des agents, la nouvelle organisation espère remédier à l'anonymat propre à l'exécution du travail isolé et routinier des agents des gares. Ceux-ci se faisaient jusqu'ici plus souvent remarquer par leurs manquements aux règles prescrites que par leurs initiatives heureuses, qui passaient le plus souvent inaperçues. La réforme attend des responsables de secteur qu'ils se tiennent à l'écoute des agents de base et qu'ils sachent, selon la formule consacrée, « les connaître et les reconnaître ».

Un singulier écart entre les perceptions des encadrants et celles des encadrés

Au moment où intervient notre enquête, trois années se sont écoulées depuis la mise en place de cette nouvelle organisation. L'unité Gare commence à acquérir une certaine réputation pour la capacité dont elle a fait preuve dans la mise en œuvre des nouvelles orientations de l'entreprise. Cette réputation se révèle justifiée, surtout si l'on compare sa situation avec celle d'autres unités opérationnelles, où les changements annoncés tardent à se concrétiser. Pourtant, les agents de base de cette unité Gare expriment des vues très critiques à l'égard des transformations apportées au rôle de leurs agents de maîtrise. Leurs réserves ne sont pas nourries par la crainte de voir accrues les capacités coercitives de leur hiérarchie. La puissance intacte des organisations syndicales leur apporte là-dessus de solides garanties. Ces critiques expriment leur incompréhension, sinon leur indignation, vis-à-vis des améliorations apportées au contenu du poste de responsables de secteur. Contrairement aux cadres, qui regardent avec une certaine bienveillance les premiers pas des RS, les agents des gares se révèlent des critiques impitoyables de la phase d'apprentissage dans laquelle se trouve leur hiérarchie directe : le nouvel engouement des RS pour leur rôle apparaît pour le moins suspect à la base, qui soupçonne les intéressés de chercher avant tout à « plaire » aux cadres. On reproche aussi aux RS d'abuser de leur nouvelle liberté et d'oublier leurs obligations premières à l'égard de ceux qui restent « attachés » à leur poste de travail. La faible considération que manifestent ainsi les agents de base pour leur hiérarchie immédiate et le scepticisme qu'ils affichent vis-à-vis de sa prise de nouvelles responsabilités fragilisent la position de ces agents de maîtrise. Ils sont les révélateurs de l'écart qui demeure entre l'identité nouvelle que ces derniers essaient de se construire et celle qui leur est renvoyée par leurs troupes. Les agents des gares disposent de multiples moyens pour signifier aux RS leur refus de les reconnaître dans leurs nouvelles attributions. Les cadres demeurent ainsi pour beaucoup des interlocuteurs privilégiés : « Beaucoup d'agents, témoigne un RS, n'ont pas encore compris nos attributions. Au lieu de venir nous voir, ils vont voir le cadre sans être toujours renvoyés vers nous. » « J'ai pris rendez-vous avec un inspecteur, déclare un agent des gares arguant des difficultés rencontrées pour joindre son hiérarchique direct, et lui, j'espère qu'il transmettra au RS. »

Les attitudes très contrastées des protagonistes de notre épisode ne sont en fait pas séparables du contexte culturel dans lequel ces événements se déroulent. Ces expressions individuelles traduisent, au-delà des humeurs ou des espérances individuelles, la façon dont un système social, ancré dans une longue histoire, accueille, comprend et finalement amende les nouvelles logiques managériales introduites dans le cadre de la *modernisation* de cette entreprise. La prise en compte de la façon dont ce système social existant analyse la redistribution des rôles et des positions hiérarchiques antérieurs éclaire la nature des points culturellement sensibles, servant notre compréhension de l'enthousiasme des uns et les réserves des autres.

Deux lectures opposées des événements

Un encadrement jusqu'ici en difficulté

L'encadrement de terrain était, avant la mise en place des réformes, dans une situation fragile. Inspecteurs et sous-chefs[1] partageaient la même origine professionnelle et se trouvaient confrontés aux mêmes difficultés dans leur rapport d'autorité avec une base très fortement syndiquée. Les uns comme les autres se satisfaisaient peu du contenu d'un travail sans grande responsabilité. Généralement issus du rang, les inspecteurs connaissaient parfaitement les limites du contenu du poste de leurs subordonnés immédiats, pour l'avoir eux-mêmes occupé plusieurs années. Une fois « passés cadres », ces inspecteurs prêtaient en général peu d'intérêt au travail des sous-chefs dont ils critiquaient volontiers le positionnement hiérarchique, jugé trop inconsistant, et les comportements professionnels,

1. Appellations données à l'époque aux cadres et aux agents de maîtrise.

jugés trop relâchés. De fait, certains sous-chefs limitaient au strict minimum leur engagement professionnel, préférant s'investir hors de leur travail dans de nombreuses activités extérieures rendues possibles par leurs horaires de travail atypiques. En parallèle, les agents de maîtrise ne se privaient pas d'ironiser sur la minceur des responsabilités de leur hiérarchie. « Jusqu'à présent, disait alors un agent de maîtrise, ce qui se passait chez les cadres, on avait l'impression qu'on pouvait faire la même chose. Pas besoin d'avoir un *statut cadre* pour cela. » Certains proposaient à l'époque de recycler leurs supérieurs directs en les immergeant dans des entreprises du secteur privé. « Ce serait intéressant d'envoyer nos cadres *dans le privé* », déclarait alors l'un deux.

Derrière cette ironie se cachait à l'époque un véritable malaise professionnel. Les sous-chefs, dont la durée de scolarisation et la connaissance de l'environnement extérieur étaient plus grandes que celles des générations précédentes, supportaient de plus en plus mal la façon dont ils étaient traités par leur hiérarchie : « Ils ne nous prennent pas au sérieux », disait l'un d'entre eux, à propos de sa hiérarchie. « Quand on arrange, ironisait un autre, on fait partie de l'encadrement. Quand on arrange pas, on *n'est plus qu'un agent de maîtrise.* » Les sous-chefs étaient par ailleurs nombreux à se sentir diminués par la minceur du contenu de leur propre travail, mariant de façon ambiguë des missions techniques de chefs d'incident et un rôle de *petit chef* ne les satisfaisant guère. « Nous avons seulement des fonctions, disait l'un d'entre eux, pas un métier. » « Des fois, poursuivait un autre agent de maîtrise, *on a les boules !* On est pris pour ce qu'on est. »

Un encadrement plus solidaire

La grande majorité des RS de l'unité Gare s'accorde à reconnaître l'importance des changements intervenus. « Depuis *tout a changé*, déclare un premier agent de maîtrise, également dans la gestion de mon temps. » « Les cadres ont tendance à se reposer sur nous », poursuit un second. « Je peux désormais aller [moi-même] chercher mes interlocuteurs dans les bureaux. Je suis *libre* », dit un troisième. Cette appréciation positive est partagée par un des cadres, issu du rang : « Nos métiers, dit celui-ci, ont évolué dans les mêmes proportions. On n'a pas plus évolué. Nous les cadres, d'abord, et eux [les RS] à qui il reste encore à se mettre en place. » La nouvelle donne apporte aux uns comme aux autres une forme de soulagement. Les cadres de la nouvelle unité associent la maîtrise à la conduite de leurs dossiers et soutiennent son action : « Le cadre de secteur, dit un agent de base, il vient *en appui* du RS. Il a jamais flambé un RS, ils discutent beaucoup, leurs rapports sont étroits. » Ces cadres s'excusent même quand s'introduisent dans ces collaborations exemplaires des ratés dus aux contraintes du quotidien. « On travaille au maximum en consultation, mais c'est dur ! avoue l'un d'entre eux. C'est difficile de travailler comme cela sur plusieurs opérations en parallèle. » Les agents de maîtrise s'inspirent à leur tour des comportements des cadres : « On commence à *ébaucher* des actes de management, dit l'un d'eux. » « A chaud, déclare un autre RS, on nous demande plus notre avis, de même nous allons plus chercher, nous aussi, les avis des agents. » Ils exercent, ce faisant, leur métier avec une confiance retrouvée. « Ce sont les mêmes, dit d'eux un agent de base, mais ils ont pris de l'assurance. » « De plus en plus, résume un RS, *on s'identifie aux cadres*. » A terme, ces agents de maîtrise envisagent avec davantage de confiance leur propre avenir : « Je ne ferme aucune porte, dit l'un d'eux. » « Plus notre métier évolue, dit un autre, plus je m'investis. » Mais ces agents de maîtrise restent lucides sur les chances qui s'ouvrent à eux de faire coïncider leur nouvelle fonction avec ce statut : « L'*ouverture* vers l'encadrement se réduit dans la mesure où l'on supprime de plus en plus de postes de cadres. A moins d'*élever* le statut de ce poste de responsable de secteur. » Cette implication professionnelle n'est apparemment pas affectée par la virulence des critiques qui s'expriment parmi la base à leur sujet.

Les reproches adressés aux RS

« J'ai une autre idée de cette hiérarchie, dit un agent de base, désignant les RS. Plus de responsabilités, plus de volonté, plus de comptes à rendre. » Dans l'esprit de nombreux agents, des anciens mais aussi de certains jeunes, la récente élévation de la position des RS est choquante au regard des efforts et des vertus jusqu'ici attendus pour justifier pareille progression de carrière. Que certains RS, au passé peu recommandable, se glissent dans des costumes de « manager » leur paraît scandaleux : « Y a des RS que j'ai connus en gare (quand ils étaient agents de base), dit l'un deux, des incapables à l'époque. Je ne leur soumettrais pas un problème, parce que je sais qu'il serait mal résolu. On se côtoie depuis plusieurs années. *Ces gens-là on n'y revient pas !* »

Deux reproches fondamentaux sont adressés aux RS par la base : *d'un côté*, les RS, qui n'ont été ni renouvelés ni même déplacés dans un autre secteur de la ligne au moment de la mise en place de la nouvelle organisation, semblent au yeux des agents déserter leur rôle traditionnel d'assistance et de présence auprès des agents. « La réforme Gare est centrée sur les RS, *censés* être sur le terrain. Pas tant que cela sur le terrain, *m'a-t-on dit* » ; *de l'autre*, les agents qui, non sans ingénuité, se réfèrent au discours tenu par l'entreprise elle-même sur sa propre modernisation, dénoncent l'écart toujours observable entre la figure affichée du *manager responsable* et leurs propres encadrants. Le travail effectué par ceux-ci avec les cadres autour de missions transversales à l'exploitation de la ligne n'est pas du tout regardé de la même façon par la base (qui l'ignore ou le déprécie) et par les RS eux-mêmes qui y accordent du prix. « Les responsables que j'ai au-dessus de moi ne sont pas *pleinement responsables jusqu'au bout* », déclare un agent de base. Un autre s'inquiète, non sans malice, du manque de coordination qui se manifeste entre les différents agents de maîtrise d'un même secteur : « Entre eux, ils sont six à sept responsables. *L'un dit vert, l'autre dit rouge.* Ils ne peuvent pas être crédibles. Ils ont une philosophie de base *accommodée* par chacun. »

Les proclamations d'autonomie tenues par les responsables de secteur « investis » sont sincères : « On est beaucoup plus autonomes vis-à-vis des cadres, déclare un RS. Auparavant on rendait compte, attendant qu'ils disent ce qu'il fallait faire. » Mais elles ne sont pas de nature à convaincre tous leurs collègues et surtout pas tous leurs subordonnés de cette fameuse indépendance plus que jamais attendue d'eux. De nombreux agents de base ont bien le sentiment que leur supérieur direct travaille *pour le cadre* : « Je suppose, dit l'un d'eux, qu'ils [les cadres] leur dictent une ligne de conduite et qu'ils [les RS] la suivent. » Leur discours rejoint celui d'une fraction minoritaire des responsables de secteur qui place sur ce terrain l'origine de sa dissidence : « Les rapports avec les cadres se passent très mal, dit l'un de ces RS contestataires. Si vous êtes de leur avis, vous êtes très bons. Avant, si on avait envie de dire *m...*, on le disait. Maintenant, ça peut coûter cher en avancement. » Dans ce cadre d'interprétation, l'*ascension* des RS s'inscrit dans le registre péjoratif du *carriérisme*, vieux travers de l'entreprise dont personne ne s'étonne qu'il ait pu prospérer à l'occasion des réformes en cours : « Ils font carrière, dit un agent de ses supérieurs immédiats. Y en a qui pensent carrière, d'autres qui pensent humain. »

Des réactions surprenantes

On peut comprendre les raisons pour lesquelles les RS s'efforcent de saisir les occasions qui se présentent de sortir de leur ancien rôle et des routines. Mais leur soudaine lune de miel avec des cadres qu'ils évitaient soigneusement jusqu'ici reste mystérieuse : pourquoi donc le fait de « Changer avec les mêmes » leur serait tout à fait admissible, alors que les réactions des agents de base montrent que cette perspective est insupportable à ces derniers ? Les réactions très affectives que suscite l'introduction d'une nouvelle logique de fonctionnement au sein de cette unité Gare pourront paraître bien excessives à un observateur étranger sans familiarité avec les logiques culturelles qui s'expriment à cette occasion. Des réorganisations inspirées par les mêmes principes ne sont-elles pas mises en œuvre dans d'autres contextes nationaux sans y susciter de pareilles réactions (cf. encadré 2, l'exemple du métro londonien) ? Que les agents de base, jusqu'ici laissés pour compte de la décentralisation, protestent contre l'absence de transformations significatives de leur métier n'a pas lieu de surprendre. Mais qu'ils dirigent une partie de leur vindicte sur les responsables de secteur, qui ne sont pour rien dans cette inertie, mérite à tout le moins explication. Saisir ce qui dans cet épisode mobilise certains des acteurs et simultanément en fait enrager d'autres demande

ENCADRÉ 2

L'exemple du métro de Londres

Le métro londonien introduit comme la RATP une décentralisation de ses structures, visant à mieux responsabiliser les managers de terrain. Les deux entreprises ont été jusqu'à un passé récent gouvernées, l'une et l'autre, par des logiques bureaucratiques d'organisation assez comparables, si l'on s'en tient au design des structures et au poids des règles formelles. L'idéologie française de l'entreprise de service public n'a, en revanche, sans doute pas d'équivalent au sein du métro de Londres où se manifestait, jusqu'ici, trait commun aux entreprises de transport ferroviaire en général, une double tradition de corporatisme de métier et de paternalisme social. Il est donc intéressant de mettre en parallèle le contenu des discours recueillis dans deux entreprises que la modernisation bouscule dans des proportions comparables. Les attitudes des agents de base n'y sont pas plus favorables aux réformes qu'à Paris, ou plus optimistes vis-à-vis de l'avenir. La méfiance vis-à-vis des dirigeants apparaît également du même ordre des deux côtés du Channel. Ce qui, en revanche, sépare nettement les deux situations tient à l'indifférence affichée par les agents londoniens vis-à-vis des enjeux symboliques qui prennent à Paris tant d'importance. Les subordonnés anglais ne construisent pas de la même façon la légitimité personnelle de leur supérieur direct, s'intéressant davantage aux relations que celui-ci entretient avec eux (juste ou injuste, clair ou dissimulé) et beaucoup moins à son indépendance vis-à-vis de l'encadrement supérieur. Une distance sociale plus importante qu'en France sépare, il est vrai, ces deux univers de l'exécution et du management. La conception managériale qui assimile le supérieur à un donneur d'ordre et le subordonné à un prestataire de service ne soulève pas à Londres les mêmes états d'âme qu'à Paris. Les *middle managers*, dont les missions s'apparentent à celles des responsables de secteur, regardent quant à eux les contrats d'objectifs passés avec leur propre hiérarchique comme des règles du jeu « naturelles », même s'ils contestent parfois le niveau élevé d'exigences qu'ils impliquent. Les propos qu'ils développent sur l'évolution de leur organisation n'expriment aucune recherche de *complicité* avec les responsables du niveau supérieur. Ces derniers ne semblent ni attendre ni encourager pareille attitude de la part de leurs subordonnés directs. Bien qu'elles remettent en cause de façon profonde les pratiques antérieures, les nouvelles procédures organisant de façon contractuelle le rapport hiérarchique ne choquent pas les acteurs dans les mêmes proportions à Londres qu'à Paris. Bâtir des formes de coopération où chacun préserve sa dignité constitue au demeurant un enjeu sans doute universel. Employés et managers du métro londonien n'y sont pas moins sensibles que leurs homologues parisiens, mais ils lui donnent, à l'évidence, un contenu différent.

qu'on s'intéresse aux lectures qui sont faites par chacun d'eux du rapport social établi avec leur hiérarchie et de ses rapports avec la construction de leur propre dignité.

Une conception politique de la hiérarchie

Une lecture politique de la relation hiérarchique

La culture politique française est passionnée par le thème du chef. Elle s'intéresse aux moyens que le chef utilise pour être suivi et obéi et aux conditions qu'il doit satisfaire pour être légitime et reconnu. Les Français sont réputés s'enthousiasmer pour la grandeur de l'*homme providentiel*, ce qui a le don de faire sourire et parfois d'irriter nos voisins. Dans le même temps, ils vouent aux gémonies les *petits chefs* qui manquent par trop d'*envergure* ou qui révèlent, dans leurs pratiques mesquines, l'étroitesse de leurs vues et de leur personne. Quiconque est placé en position d'autorité hiérarchique doit savoir qu'il sera *mesuré*, au risque, s'il ne fait pas l'affaire, d'être sérieusement déstabilisé. Tel le loup de la fable de La Fontaine questionnant le chien sur le collier qu'il porte autour du cou, les Français regardent le statut d'employé pour le compte d'autrui comme une forme déguisée de dépendance servile. Et, pour échapper, sinon aux dures réalités de la vie économique, du moins aux lectures péjoratives qu'ils se font du salariat, ils multiplient les stratégies qui visent à défendre une certaine idée de leur indépendance, tant vis-à-vis de leur patron que de leurs clients. Les travailleurs français ont toujours conservé la nostalgie de la figure du « compagnon » des corporations d'autrefois, et n'ont cessé de chercher à s'installer « à leur compte », fût-ce comme modeste artisan. Quand ils sont massivement entrés dans la société salariale de l'ère industrielle, les Français ont revendiqué et souvent obtenu la possibilité de limiter leur dépendance par de solides garanties statutaires, dont l'entreprise publique a souvent constitué l'illustration la plus achevée. Ceux d'entre eux, de plus en plus nombreux, qui ont eu accès à une éducation supérieure, ont cherché, bien davantage que leurs homologues anglo-saxons plus engagés dans l'entreprise, à convertir leur capital culturel en position « hiérarchiquement protégée » au sein des bureaucraties professionnelles et des univers à statut.

Dès lors qu'ils se placent dans ce référentiel qui assimile à une domination ce que les Anglo-Saxons lisent comme l'exercice ordinaire d'une clause prévue dans un contrat, les détenteurs d'une autorité hiérarchique, eux-mêmes, sont amenés à s'interroger sur leur propre légitimité. Ces préoccupations n'ont en rien diminué, naturellement, l'intensité des enjeux symboliques tournant autour de l'exercice d'une autorité hiérarchique. Ceux qui ne savent pas tenir compte de cette dimension ont vite fait d'être dénoncés et, chaque fois qu'ils y prêtent le flanc, tournés en ridicule. Les tracts syndicaux offrent d'innombrables exemples de cet art consommé de la dérision, dénonçant, à la manière du personnage de Guignol dans le théâtre populaire, les turpitudes des patrons de *droit divin*.

Le cas de l'unité Gare montre comment les salariés s'efforcent de s'adapter à leur nouvelle situation, dans les limites des possibilités offertes par leur contexte professionnel et des ressources que leur accorde leur statut personnel. Les conduites des uns et des autres correspondent, en effet, à des stratégies comparables, au service d'un même objectif de préservation d'une dignité vécue comme menacée, à partir de lectures singulières qu'ils font du lien hiérarchique. Les conduites des cadres et des RS s'éclairent dès lors qu'on les regarde comme inscrites dans des lectures *grandissantes* de la situation nouvelle dont ils bénéficient. Les oppositions qui se manifestent parmi la base prennent ainsi sens, si on les considère dans une tentative de *rabaissement symbolique* de la position des nouveaux dominants (les cadres et les RS). Le souci de grandeur, jamais absent, s'incarne alors dans le registre de la dénonciation et de la révolte qu'exprime la longue tradition protestataire du syndicalisme français.

Grandir la situation

L'exploitation routinière d'un métro offre a priori peu d'occasions de « se mettre en valeur », et ceci se reflète dans une culture maison qui prise la solidarité, le sérieux, la modestie et l'équité. Les comportements des agents qui changent volontiers de lieu de travail, expriment clairement le souci du plus grand nombre de pallier les menaces d'engourdissement que Serge Gainsbourg a chantées dans *Le Poinçonneur des Lilas*. La communication interne faite par l'entreprise a su avec un succès certain, au moins dans les premières années, présenter la réforme des structures comme une seconde naissance de l'entreprise. En s'efforçant de donner aux acteurs le sentiment qu'ils participent à une forme d'aventure qui s'inscrit dans un certain registre de grandeur, ici la modernisation du service public, l'entreprise espère ainsi transcender, même provisoirement, les différentes formes de dépendances hiérarchiques ou organisationnelles qui, jusqu'alors, étaient vécues comme des entraves.

La nouvelle unité Gare a sans doute fortement bénéficié de cet effet de « grandissement subjectif de la situation », donnant aux efforts des acteurs, même imparfaitement coordonnés, un caractère *pionnier* et mettant en valeur l'importance, et à certains égards le désintéressement, des efforts consentis par tous. « Je suis *assez fière* d'avoir participé *aux débuts* de cette unité », déclare une des cadres. Le récit des acteurs introduit une note épique et personnelle à une réalité que d'autres cultures regarderaient de façon plus prosaïque et collective. « C'est nous qui essuyons les plâtres de la décentralisation, dit un RS. Il est temps que tout cela se stabilise, poursuit-il, on est sur le point d'*exploser*. » « Une grande gare, c'est *ingérable*, ça fait même fuir les cadres », dit un RS, responsable d'une des principales gares de la ligne, jusque-là confiée à un cadre. « Avec la décentralisation, on peut désormais *s'aventurer* sur des terrains jusqu'ici interdits », déclare un RS, donnant au comique de situation utilisé par un dessinateur comme Sempé une vérité sociologique profonde, mettant en évidence ces mécanismes de *décalage* à travers lesquels la même réalité regardée par les uns comme grandiose peut apparaître aux autres bien ordinaire[1].

1. Contrairement à Roland Barthes qui voyait en Claire Brétécher « le meilleur sociologue français de son époque », il nous semble que c'est le dessinateur Sempé qui fait le mieux sentir cette singularité, à la fois

Grandir la figure de celui dont on dépend

Le respect de la hiérarchie avait longtemps constitué un des piliers de la régulation interne de l'entreprise. « Avant, se souvient un agent proche de la retraite, certains anciens issus du terrain, on les *admirait* pour avoir occupé chaque poste : droits, fermes, écoutés, irréprochables dans leur personne et leur travail. » « Le régulateur [l'ancienne maîtrise des gares], se souvient un agent de base, c'était un *patron* ! L'inspecteur n'avait aucun pouvoir sur lui… il supervisait, c'est tout. Le régulateur, *pas question de le tutoyer, c'était un Monsieur*, même s'il n'avait pas de déroulement de carrière mirobolant. » Un subtil dosage de similitude sociale avec sa base et de différenciation, technique et morale, permettait à cette hiérarchie d'être simultanément *admirable*, notamment par sa rectitude et son esprit d'indépendance, et *digne d'être obéie*.

Cet ancien monde a vacillé sous l'impact des transformations techniques, sociales et culturelles intervenues au sein de l'entreprise. L'application tatillonne de la discipline réglementaire est depuis longtemps passée de mode, tandis que les anciennes communautés de travail, au sein desquelles trouvaient leur place ces anciennes figures, se sont progressivement dissoutes, sous l'effet conjugué du renouvellement des générations et de la diminution des effectifs employés. Pour autant, ce souci de bénéficier d'un supérieur qui demeure, au moins à certains égards, « admirable », n'a pas disparu au moment où s'engage la décentralisation dans l'entreprise : « Il faudrait, disait à l'époque un agent de maîtrise, qu'on ait des cadres qui soient *vraiment* des cadres. Ils devraient être, ironisait-il, *inaccessibles*, du genre dont on dit *"y a que lui pour régler ça"*. » C'est d'ailleurs un des objectifs de la *modernisation* de l'entreprise que de tenter de reconstruire la position fragilisée des hiérarchies intermédiaires, en

---

comique et touchante, d'un goût français pour la *grandeur*. La justesse sociologique de Sempé réside précisément dans sa capacité à montrer ce qu'ont de commun, au-delà des différences entre milieux sociaux qu'il prend successivement pour contexte, ces attitudes et ces comportements, reprise démocratisée des anciennes valeurs aristocratiques.

s'appuyant sur un nouveau référentiel managérial, au sein duquel l'encadrement aura la possibilité de mieux se valoriser, à ses propres yeux d'abord, à ceux des autres acteurs à plus long terme.

Le renouvellement opéré au sein des cadres, par addition de nouveaux profils issus des anciennes directions centrales, et surtout la présence à la tête de l'unité d'un directeur à la stature personnelle incontestable ont favorisé une révision des représentations que les agents de maîtrise se faisaient de leur hiérarchie immédiate. « Notre directeur a cet esprit, dit un des RS qui met l'accent sur les délégations d'autorité dont il bénéficie désormais. Mais il n'est pas sûr qu'on le garde. Tout tourne autour d'une personnalité reconnue de tous. » Cette revalorisation des cadres les a dans le même temps rassurés sur leurs propres perspectives d'avenir. Pouvant espérer être un jour coopté *au choix* (par opposition aux recrutements externes ou par concours interne) comme cadres, les RS ont été sensibles au fait que cette greffe de compétences nouvelles se soit harmonieusement passée, les *cadres maison* (qu'ils espèrent devenir) ayant été reconnus dans leurs apports par les « nouveaux cadres » au statut plus élevé. « Une des forces de l'unité, témoigne un de ces cadres issus du choix, c'est le mixage entre attachés de première catégorie, cadres concours et cadres choix. » Désormais plus proches des représentations qui servent de référence aux RS, les cadres de l'unité peuvent à nouveau constituer des supports possibles d'identification et de projection dans l'avenir. « Les cadres d'avant, dit un RS parlant de ces nouveaux cadres, n'avaient pas *cette culture en plus.* »

Rééquilibrer symboliquement la subordination hiérarchique

Encouragés par la dimension pionnière qui s'attache à la mise en place d'une nouvelle organisation, réconfortés dans leur identité sociale par la revalorisation de leur propre hiérarchie, les responsables de secteur sont surtout sensibles aux possibilités qui leur sont désormais offertes de *rééquilibrer* leur situation vis-à-vis des cadres, leur permettant aussi de « collaborer dignement » avec ceux-ci. Les RS y sont d'autant plus sensibles que, ne disposant pas d'une professionnalité socialement répertoriée et reconnue (ce qu'on appelle en France avoir un *vrai métier*), ils ne disposaient guère de moyens d'affirmer leur indépendance et leur autonomie à l'égard d'une hiérarchie immédiate, qui connaissait tout des ficelles d'une activité qu'elle avait en général exercée avant eux. La nouvelle donne est, à cet égard, favorable aux RS. « J'aime bien le fait de m'impliquer dans ma gare, d'avoir moins de monde sur le dos ! », déclare l'un deux. L'autonomie, la liberté d'agir, la capacité nouvelle d'accéder à des interlocuteurs extérieurs, sont source pour eux d'une nouvelle dignité. « Avant, se souvient un RS, l'inspecteur appelait les services extérieurs. L'agent de maîtrise n'était pas reconnu. Aujourd'hui, c'est nous qui appelons, *même d'agent de maîtrise à cadre* ! » Le renouvellement des cadres permet, dans le même temps, aux RS d'échapper aux pesanteurs des réputations antérieures liées à un passé partagé. « Venant d'origines différentes, explique un agent de base, ils se connaissent moins au départ. S'ils connaissaient depuis toujours leurs travers, l'autorité du cadre [et la coopération de l'agent de maîtrise, peut-on ajouter] serait différente. » Les « nouveaux cadres » de l'unité, non issus de l'exploitation, ont enfin réellement besoin du concours des RS pour mener à bien les actions transversales dont ils ont la charge. Une certaine complémentarité se constitue ainsi entre le RS, fort de son expérience et de sa pratique du terrain, et le cadre dont il est le correspondant, qui apporte de nouvelles compétences liées à sa connaissance du reste de l'entreprise. « Je travaille *avec* un cadre, explique un RS. On forme une équipe pour rassembler les besoins et prendre des décisions dans lesquelles le directeur de l'unité n'intervient pas. »

Les lectures de la base et les conduites correspondantes

La même interprétation en termes de stratégies de grandissement nous paraît s'appliquer aux conduites des agents de base, et notamment aux formes de réactions, violentes ou ironiques, avec lesquelles ces acteurs privés des ressources requises, en termes de statut et de soutiens internes, expriment leur dignité dans leur refus de cautionner l'état des choses. Spectateurs critiques de changements qui, contrairement aux discours tenus au sein de l'entreprise, ne les ont jusqu'ici qu'indirectement concernés, les agents de base expriment une amertume palpable : « La décentralisation n'est pas vraiment descendue jusqu'à nous », estime un agent, tandis qu'un autre déclare ironiquement n'avoir pas été « invité à monter à bord du train de la modernisation ». « Est-ce qu'on va être concernés *au même titre que les cadres ?*, s'interroge un agent des gares. On est [jusqu'ici] *toujours des matricules*. »

La véhémence critique à l'encontre des RS, qu'elle s'inscrive dans le registre de la protestation indignée ou de l'ironie acerbe, participe d'une stratégie de dénonciation globale de réformes qu'il serait indigne d'accepter dès lors qu'on n'y a pas trouvé une place convenable. Il est intéressant de rapprocher cette situation des résultats convergents de différentes enquêtes menées auprès des salariés européens. Ces enquêtes font apparaître en France des attitudes bien plus critiques que chez nos voisins à l'égard des capacités et des pratiques de leur hiérarchie directe[1]. Ces critiques, parfois hâtivement interprétées comme le produit d'un « excès de hiérarchie » ou d'un « retard dans les formations des intéressés aux techniques modernes de management », méritent d'être entendues pour ce qu'elles expriment non seulement en termes d'*exigences* formulées (la hiérarchie n'a pas besoin d'être admirable, ni dans le monde rhénan ni dans le monde anglo-saxon), mais encore en termes de *revendication de dignité*. N'y aurait-il pas, en effet, quelque forme de reddition morale chez celui qui ne dénoncerait pas les excès scandaleux ou simplement le ridicule d'un système qu'il regarde et qu'il ressent, à partir d'une certaine lecture de la subordination hiérarchique, comme diminuant ? « Si on essaie de travailler *à la japonaise*, disait un agent de maîtrise au démarrage des réformes engagées au sein de son entreprise, on va prendre

1. Selon une enquête de novembre 1996 de l'Observatoire des salariés européens de la SOFRES-ANDCP-MOA, les managers français de proximité sont les plus critiqués, quels que soient les critères d'évaluation retenus, loin derrière leurs homologues allemands, espagnols, italiens et anglais (classés ainsi par popularité décroissante, à partir des réponses fournies par leurs subordonnés directs).

des claques. On pourrait faire le triple, en étant dévoué *corps et âme* au patron, mais dites-le à un *Français*, poursuivait-il, ce n'est pas plus 30 % (que vous obtiendrez), c'est 0 %. » La longue tradition protestataire du syndicalisme français, jugée souvent anachronique vue de l'étranger, s'affiche explicitement dans le registre *grandissant* de la résistance, de la révolte et de la défense de la dignité des faibles et des opprimés. La prise de la Bastille, la Commune de Paris et la Résistance servent toujours de références implicites ou explicites aux formes de communication interne ou externe adoptées par les militants.

Le registre ironique auquel ont recours les agents de base exprime leur refus de cautionner un certain état de l'organisation (plus particulièrement la position qui leur est réservée dans cet état) et leur permet aussi d'afficher, outre leur talent dans cet exercice de style, leur capacité à prendre de la distance, sinon de la hauteur, par rapport à des logiques dans lesquelles ils n'entendent pas se laisser enfermer. Cette ironie s'applique naturellement à leur hiérarchie. « Y en a qu'on voit jamais hors de leur bureau, dit un agent parlant des RS. *Accablés*, je suppose, de tâches administratives, de *paperasseries*, je suppose. » Elle ne prend pas la même coloration selon qu'elle s'applique aux « hautes sphères » ou aux « petits chefs », surtout si ceux-ci savent se montrer débonnaires et humains. « Le sous-chef de gare, dit en riant une agent des gares, il *fait les courses*… c'est un peu poussé, il s'occupe *un peu de tout*. Il faut quand même un gradé, *on pourrait pas s'en passer*. » « Un stylo comme reconnaissance individuelle encourageant la vente des cartes mensuelles d'abonnement, c'est un peu *gagne-petit* », s'insurge un autre agent, qui ironise ainsi sur les méthodes de récompense inventées dans ce qu'il perçoit comme les sphères dirigeantes de l'entreprise. Le registre ironique peut enfin s'appliquer à soi-même, manifestant une capacité à traiter par l'humour les diminutions symboliques subies dans l'exercice de son travail. « Au poste d'accueil, explique un agent, vous faites office de *pantin* pour décourager les fraudeurs, *quoique en fait*… » « J'agis au nom de l'unité, explique un des responsables de secteur, mais je n'ai pas de *blanc-seing*. Je suis un *porteur d'eau* qui attend de la confirmation derrière. »

Épilogue et conclusion

La suite de l'histoire

Quelques mois plus tard s'opère une relève au sein de l'équipe d'encadrement de l'unité Gare. Le jeune directeur est appelé à des responsabilités supérieures au sein du département des Ressources humaines de l'entreprise. Son supérieur direct, qui avait soutenu ses initiatives avant-gardistes, est lui-même promu à un poste au sein de la Direction générale. Certains « nouveaux cadres » qui avaient servi de références exemplaires dans la mise en place des innovations managériales sont à leur tour appelés, par le jeu ordinaire des déroulements de carrière propre à leur statut, à d'autres fonctions. Paradoxalement, cette reconnaissance interne des nouvelles orientations prises en matière de management des hommes se traduit au sein de l'unité Gare par un retournement de situation, révélateur à la fois du poids des effets de statut dans le système d'action français et des difficultés qui s'y rencontrent à maintenir durablement les engouements des acteurs. Confronté à la nécessité de s'affirmer en tant que *patron*, pour les raisons mêmes qu'on a dites qui veulent que les subordonnés français déterminent leurs attitudes et leurs comportements en fonction de l'adéquation de la *personne* du chef à sa fonction, le nouveau directeur prend appui sur le mécontentement exprimé par la base pour engager les responsables de secteur à être plus présents sur le terrain, ce que les intéressés ne peuvent manquer d'interpréter comme une forme de remise en question des libertés obtenues précédemment. Deux cadres coordinateurs sont réintroduits pour chapeauter les collectifs de RS, tandis qu'une nouvelle démarche Qualité, transversale à l'entreprise, est engagée dans l'unité, avec l'appui d'un consultant extérieur. Une nouvelle étape de la vie de l'unité s'écrit, les responsables de secteur se partageant entre *légitimistes*, qui se rallient aux nouvelles autorités, *nostalgiques* de l'ancien fonctionnement et *combatifs*, qui entendent défendre leur crédit interne et justifier par leur contribution l'autonomie acquise.

Les leçons de l'expérience

Le mérite de l'unité Gare est d'avoir su trouver, en s'appuyant sur les ressources d'un contexte favorable, une combinaison permettant de rendre crédibles et acceptables, aux yeux des cadres et des agents de maîtrise, de nouvelles formes de coopération. L'ambition n'était pas mince, comme en témoigne le maintien du *statu quo ante* dans d'autres unités de la même entreprise où les anciennes défiances entre ces deux catégories sont loin d'avoir disparu. Contrairement à l'idée souvent admise selon laquelle s'exprimeraient en France des « résistances au changement », puisant leurs racines dans une « connivence culturelle » avec la logique réglementaire des bureaucraties, le cas de l'unité Gare nous montre qu'il n'existe pas de fatalité culturelle en la matière. Mais, dans le même temps, il nous montre combien la tâche correspondante est exigeante. Les réactions de la base montrent bien la difficulté qu'il y a, dans un système où s'exprime aussi fortement une logique de rang, à modifier les positions internes sans aussitôt produire autant d'implications que de retraits. La médaille du *grandissement* possède souvent un revers *diminuant* qui, bruyamment ou sourdement, se fait connaître.

L'épilogue de notre cas montre, enfin, combien les rééquilibrages symboliques de la relation de travail qui sont requis en France pour construire une vraie coopération ont du mal à survivre aux nouvelles donnes qui accompagnent la vie ordinaire d'une organisation. Il éclaire la force de la revendication de ceux qui, comme nos RS, ont une identité professionnelle fragile, à disposer d'un statut à même de les garantir contre de tels retournements de situation. Il nous donne ainsi certaines clés pour comprendre la virulence du rejet que suscitent certains projets de « modernisation » des entreprises, chaque fois que ceux-ci sont vécus comme des menaces de fragilisation de la situation des « sans grades [1] ».

1. L'entreprise dont nous parlons a été paralysée à l'automne 1995, soit deux ans après les événements ici rapportés, par une grève de trois semaines suscitée par la conjonction de plusieurs facteurs externes (remise en question des régimes spéciaux de retraite), mais aussi internes, exprimant la déstabilisation des agents suscitée par la modernisation.

DEUXIÈME PARTIE

LES CULTURES FACE À FACE

CHAPITRE IV

Comment s'accorder

Une rencontre franco-suédoise

Philippe d'Iribarne

Il est coutumier d'opposer une France autoritaire, jusque dans la vie de ses entreprises, à une Europe du Nord, vouée aux valeurs démocratiques [1]. L'histoire, telle que la relatent ceux qui l'ont vécue, d'une équipe mixte franco-suédoise chargée de concevoir un projet de « plate-forme », base commune des produits haut de gamme de deux firmes industrielles (l'une suédoise et l'autre française), conforte à première vue la pertinence de cette vision [2]. Mais, à les regarder de plus près,

1. Selon *Culture's Consequences* de Geert Hofstede, fort utilisé dans les formations interculturelles, la France est un des pays les plus hiérarchiques du monde.

2. Cette histoire a été reconstituée, après l'échec d'une tentative de fusion entre les deux entreprises que l'on désignera respectivement par F… pour l'entreprise française et S… pour l'entreprise suédoise, par une équipe de recherche dont les membres appartenaient partie à l'une et partie à l'autre ; côté F…, par Jean-Claude Monnet, Claire Martin et Simone Feitler, côté S… par Anders Boglind, Lillemor Holm et Jörgen Ahlinder. Cette équipe a interrogé de nombreux acteurs du projet et est arrivée à une vision commune du déroulement des événements. Elle a retracé et analysé, dans des textes non encore publiés, les antécédents du projet, son histoire, la manière dont il a été organisé, les différences de conceptions techniques entre les deux entreprises, la rencontre de ces conceptions et les interférences entre l'histoire du projet et celle de la fusion. Ces points ne seront pas abordés dans le présent texte. J'ai été associé, pour ma part, aux travaux ainsi entrepris, avec pour mission d'élucider les éléments culturels qui ont joué dans le déroulement du projet, en m'appuyant sur les données recueillies au cours de l'enquête. Les analyses ici présentées développent mon apport à cette opération. La conception d'un produit industriel complexe est extrêmement révélatrice en matière de processus d'ajustement des points de vue. Elle exige en effet l'intégration d'une multitude de considérations et implique l'élaboration de compromis douloureux entre de multiples performances, sans oublier les questions de coût.

les choses apparaissent sous un autre jour. Ce n'est pas seulement, ou même d'abord, une différence de répartition du pouvoir qui se donne à voir à travers l'affrontement des protagonistes. C'est, plus profondément, une manière différente de concevoir l'insertion de l'individu dans la société, de se référer à des repères communs pour s'accorder, et de comprendre ce que veut dire décider.

Deux formes d'intégration

Les propos tenus par les divers acteurs, quelle que soit leur entreprise d'appartenance, leur position au sein de celle-ci, la manière dont ils ont vécu personnellement les événements qu'ils évoquent et les appréciations qu'ils portent sur ce qu'ils décrivent, présentent de larges zones de convergence. Celles-ci permettent de brosser deux tableaux vigoureusement contrastés des processus de décision qui sont en œuvre dans les deux entreprises. Tous se rejoignent au premier chef pour opposer une entreprise suédoise où l'on s'accorde entre pairs à une entreprise française où règne une forte autorité hiérarchique [1]. Mais, à côté de ces traits qui ne surprennent guère, compte tenu de ce que l'on sait par ailleurs de la société suédoise comme de la société française [2], les propos tenus témoignent de l'existence en Suède d'une forme de contrôle social qui ne paraît pas moins forte que celle que l'on rencontre en France.

Hiérarchie française, décentralisation suédoise

De l'avis de tous, les délégations de pouvoir dont chacun bénéficie sont, contrairement à ce que l'on observe du côté

1. Cf. l'opposition entre coordination verticale et coordination horizontale évoquée par Aoki.

2. On retrouve, dans chacune des deux entreprises, des formes de gestion qui sont largement considérées comme caractéristiques du pays où elles ont leurs racines ; cf. notamment, en ce qui concerne la Suède, Martin Lindell et Jonko Arvonen, « The nordic management style in an european context », *International Studies of Management and Organisation*, vol. 26, n° 3, automne 1996.

français, très fortes du côté suédois. Chacun y a la capacité à s'engager sur ce dont il est responsable, et ce qu'il a fait ne peut être défait par son supérieur. Les Suédois mettent en avant l'existence de ce contraste : « Du côté S…, nous avions le mandat pour prendre des décisions dans les réunions et les discussions. Nous avions même des mandats très libres. » « Les responsables français ne délèguent pas. » Et, de leur côté, les Français reconnaissent sans réserve son existence : « Les gens chez S… sont beaucoup plus autonomes, ils prennent des décisions. » « Les hiérarchiques S…, on ne les a jamais vus (…). Alors que nous, on ne peut faire quelque chose que si on a l'aval de la hiérarchie. »

Face à la hiérarchie française, on voit prévaloir, côté suédois, l'accord entre pairs, ce qui a frappé les Français : « Mon interlocuteur dessinait en accord avec ses pairs, de façon collégiale. » « Pour l'attribution des rémunérations, chez S…, le hiérarchique réunit ses n-1, leur fournit l'enveloppe, et dit : "quand vous serez d'accord, je viendrai signer". »

Cette différence de répartition du pouvoir s'accompagne d'une différence de style hiérarchique soulignée, elle aussi, par l'une et l'autre partie. Les Suédois se montrent étonnés face au sens français du rang à tenir. « Une différence, affirme l'un d'eux, est que nous ne pensons pas en termes de hiérarchie. Cela a créé beaucoup de problèmes parce que F… pensait beaucoup dans ces termes. » « Les différences culturelles, note un autre, nous rendaient un peu humbles en face du roi ; nous n'avons pas l'habitude d'avoir des relations de cette sorte – nous tendons à être le cousin de la campagne. Tous les symboles qui montrent que l'on est quelqu'un d'important sont utilisés chez F…, ils sont l'élite et ils le montrent. » Les Français sont frappés de même : « Tout le monde [chez S…] est logé à la même enseigne dans des bureaux plus ou moins paysagers. Les différences statutaires sont peu perceptibles entre ingénieurs et techniciens. » Ce style français est présenté comme allant de pair, chez la plupart, avec une certaine arrogance : « Il y avait une grande suffisance chez F… ; on n'était pas assez humbles pour se remettre en cause. » « Côté F…, la hiérarchie intermédiaire (chefs de service et directeurs de la direction des Études) (…) avait une attitude condescendante, pas positive. » Les attitudes contraires marquaient par contraste : « Les Suédois ont quand même été impressionnés par V. [un cadre de F…]. C'était un des seuls à aller sur le terrain, à les écouter, il était très apprécié. »

Cet aspect hiérarchique de la société française a tellement frappé certains Suédois qu'il les a conduits (sans, bien sûr, qu'aucun Français ne les suive sur ce point) à imaginer des Français totalement soumis à leurs supérieurs. « D'après la culture française, vous devez faire ce que l'on vous a ordonné », affirme l'un d'eux. « Nous discutions ensemble [avec les gens de F…], note un autre, et nous pensions qu'il y avait un accord. Alors ils rentraient chez eux et parlaient à leur chef, et celui-ci leur disait ce qu'ils devaient penser. » D'autres encore imaginent de grands responsables tellement distants que le commun des mortels n'y a pas accès : « Il y avait, derrière les Français, des responsables *[a line organisation]* que nous n'avons pas vus ; nous ne les avons jamais rencontrés. Ils étaient à l'origine des choses, mais n'étaient pas visibles. Nous n'avons jamais eu accès aux responsables, c'était un vaste nuage. Ils ne participaient jamais au travail, mais l'influençaient de l'extérieur. »

Comment ne pas conclure, au vu de ces éléments, que S… est en avance sur la voie de l'*empowerment* de la base, comme la société suédoise sur celle de la démocratie ? C'est à cette conclusion que s'arrêterait, pour l'essentiel, une analyse qui se bornerait à mettre en forme les propos des enquêtés qui expriment directement leur perception des processus de décision propres aux deux parties. Cette vision immédiate des acteurs est certes loin d'être dépourvue d'intérêt, dans la mesure où c'est elle qui oriente leurs réactions. Mais, à chercher ce dont les propos tenus sont révélateurs, sans que ceux qui les émettent en perçoivent toujours toute la portée, on rentre dans une vision beaucoup plus complexe du contraste entre les modes de décision des deux parties. Et il apparaît, pour commencer, que la faible pression de la hiérarchie que l'on observe en Suède va de pair avec d'autres formes de pression sociale qui ne sont pas forcément moins intenses que celles auxquelles les Français sont soumis ; et que, loin d'apparaître comme l'effet d'un « retard », le rôle joué par la hiérarchie en France dispense de subir ces formes de pression.

Une intégration par les valeurs et les mœurs

Si l'autonomie de décision est forte chez S..., il en est de même, en contrepartie, de la pression sociale, qui, agissant en amont des options que chacun adopte, délimite ce qu'il peut envisager de décider. Côté suédois, des références communes très tranchées séparent ce que l'on peut envisager de faire et ce qu'il est impensable de vouloir[1].

On trouve chez S... une vision claire et partagée de ce qu'est un produit de la marque et de ce qu'il ne peut être. Un Suédois, après avoir affirmé « nous avions des mandats très libres », ajoute « et nous avions une idée de ce qui était acceptable ». Les directives reçues peuvent être d'autant plus limitées que chacun sait par lui-même jusqu'où il peut aller. Chaque membre de l'entreprise a en particulier une vision très arrêtée de ce qu'*est* un produit de la marque. Ce point a frappé les Français, par contraste avec leur propre situation. « Les gens de S... (...) connaissent et partagent ce qui constitue les caractéristiques et les valeurs de leur produit. Ceci est beaucoup moins connu et partagé chez F.... »

Ce poids de la référence à ce qui est partagé par le groupe conduit beaucoup plus qu'en France à exclure celui qui diverge. Cela s'est produit dans l'entreprise suédoise pour ceux qui manifestaient trop leur opposition au temps où l'alliance prévalait, et on l'a retrouvé après la rupture pour ceux qui avaient « collaboré ». Au contraire, chez F..., dans les péripéties de l'alliance, chacun est resté libre d'avoir son opinion, qu'elle soit ou non conforme à l'opinion officielle (encadré 1).

Le consensus entre pairs est autre chose qu'une harmonie paisible. L'absence de désaccord apparent peut être liée à la peur d'exprimer les désaccords plus qu'à une véritable unité de vues. Ainsi, selon un participant suédois, évoquant l'évolution à l'intérieur de l'entreprise des opinions relatives à l'alliance, cette peur a empêché la direction de prendre

1. L'importance que prend, dans certaines cultures, ce que l'on « doit vouloir » est bien mise en lumière par les réactions qu'on trouve aux États-Unis face aux conceptions japonaises en la matière. Joseph. J. Fucini et Suzy Fucini, *Working for the Japanese ; Inside Mazda's American Auto Plant,* New York, The Free Press, 1990.

ENCADRÉ 1

La situation des déviants

« On avait vu les conséquences d'une attitude négative vis-à-vis du projet, c'est-à-dire la démission de H. (…). Après la purge de H., tout le monde était sur ses gardes, il n'y avait pas d'opposition ou d'action contre, aucune attitude claire envers le projet, qu'elle soit positive ou négative. » (S…)
« La réorganisation (…) avait écarté [chez S…] un certain nombre de responsables peu partisans de l'alliance (…). Personne [chez F…] n'a été inquiété pour ses opinions vis-à-vis de cette coopération. » (F…)
« Ceux qui avaient collaboré [à l'alliance, chez S…] ont eu des ennuis. Les collaborateurs de M. R. ont même fait circuler une pétition en réclamant d'être solidaires de la sanction qui lui serait infligée. » (F…)

conscience de la gravité de la situation : « Bien qu'il y ait eu de bonnes discussions dans le groupe de direction, ils [les dirigeants] ont compris trop tard l'opinion négative qui était en train d'émerger. Les cadres étaient effrayés à l'idée de subir le même destin que H. et N. [opposants qui avaient été écartés] (…). Après coup, on a dit que la peur avait été la raison pour laquelle les problèmes n'avaient pas été soulevés. »

La cohérence de deux modèles

Les rôles respectifs d'un contrôle hiérarchique exercé par une autorité instituée et d'un contrôle social exercé à travers les mœurs, l'existence de valeurs partagées, la pression d'un groupe sur chacun de ses membres sont bien différents dans l'une et l'autre société. La force d'une identité partagée, l'exigence d'unité de vues qui lui est liée s'accordent bien, en Suède, avec le fait que c'est le groupe de pairs, faisant pression au nom de valeurs communes, qui constitue l'instance majeure d'intégration. Pendant ce temps, la distance à laquelle se tient la hiérarchie en France s'accorde à l'importance du rôle d'arbitre qui doit être le sien[1].

1. Jean-Pierre Segal, « Le prix de la légitimité hiérarchique. Une comparaison franco-américaine », *Gérer et Comprendre. Annales des Mines*, n° 7, juin 1987.

La France s'est ainsi plus fortement écartée que la Suède d'une forme d'intégration « traditionnelle », fondée sur l'homogénéité des mœurs, pour mettre en place une forme d'intégration « moderne », par un pouvoir politique, d'une société culturellement plus hétérogène. Elle est allée plus loin dans le passage d'une solidarité mécanique à une solidarité organique, au sens de Durkheim [1]. Ce contraste peut être ressenti très différemment suivant qu'on regarde la solidarité du groupe de pairs comme un moyen d'être libéré de la pression de la hiérarchie, ou le recours à une forme plus politique de gouvernement comme un moyen d'être libéré du conformisme du groupe de pairs. Ce groupe peut être vu à bon droit (comme de manière générale les sociétés dites à consensus) comme un lieu de solidarité égalitaire ou comme un lieu de pression et de peur.

Qu'est-ce que décider ?

Les différences entre les manières suédoise et française d'assurer une cohérence aux actions d'un ensemble d'individus chargés d'une œuvre commune, alimentent deux façons très contrastées d'ajuster les points de vue pour décider de concert. Les représentants de l'une et l'autre entreprise ont été, en la matière, extrêmement surpris et souvent choqués par les manières de faire de leurs partenaires. A côté des questions, déjà notées, de poids de la hiérarchie, ils ont été très sensibles à des différences de style de négociation. Mais ils ne se sont pas rendu compte qu'en fait ce qu'ils entendaient faire en décidant divergeait grandement ; que le même terme de décision (les Suédois, interrogés en anglais, parlent de *decision*) recouvrait des réalités significativement différentes pour les deux parties.

Agressivité française, consensus suédois

Vus par les Suédois, les Français se distinguent par la manière agressive dont chacun défend son point de vue. De

1. Émile Durkheim, *De la division du travail social*, Paris, PUF, 8e édition, 1967.

nombreux participants au projet l'ont affirmé sous des formes diverses : « Nous avons été surpris par la force et la volonté des Français que nous avons rencontrés. Ça a été un choc pour moi (...). Leur manière de s'exprimer, leur volonté de l'emporter, même dans des discussions ordinaires, leur désir de grimper, même aux dépens des autres, cela nous a pris du temps avant d'apprendre comment nous adapter. » « Pour les Français le conflit est naturel et il n'y a pas à en avoir peur. » Cette défense énergique de ce à quoi on tient est alimentée par une critique vigoureuse du point de vue d'autrui. « Pour F..., affirme un Suédois, l'argumentation était une partie de la procédure de travail. F... était bien meilleur pour négocier. » Un autre évoque « une manière française de questionner chaque mot ». Dans cette manière d'agir, il est difficile de trouver trace d'un esprit de coopération : « Ils ne coopèrent pas. La coopération, en français, veut seulement dire travailler sur la même question, non partager et s'aider mutuellement. »

Par contraste, l'approche suédoise apparaît à ceux qui la pratiquent comme marquée par le devoir d'écouter, d'argumenter sans passion, de faire preuve d'esprit de compromis : « Nous évitons les conflits, nous essayons tout le temps de trouver un compromis. » La manière française d'argumenter choque : « Quand j'ai essayé d'apprendre et de m'en servir quand je suis retourné dans mon propre département, note un Suédois, j'ai été regardé comme un fauteur de troubles. Chez S..., ce n'est pas regardé comme étant *comme il faut* [en français dans le texte]. » Et la référence au consensus a un tel poids que le terme est utilisé même pour évoquer des conduites d'affrontement : « Les Français ont l'habitude de ne pas en démordre *[sticking to one's guns]* pour obtenir un consensus, non les Suédois. »

De leur côté, les Français ont été frappés eux aussi par la différence de style de confrontation des points de vue. Ils sont bien conscients du caractère offensif de leur approche. « La tactique de négociation, affirme l'un d'eux, a été d'étouffer l'adversaire. Ainsi, lorsque le coup a été si fort dès le départ, l'attaquant a ensuite une marge de négociation énorme. Il marque son ascendant en imposant sa vision du produit. » Et, constatant que l'approche suédoise est bien différente, ils hésitent sur la manière de l'interpréter.

Certains mettent en avant l'écoute, la qualité de coopération qui règnent chez leur partenaire, et parlent eux aussi de consensus : « Chaque décision doit [chez S…] être prise au niveau le plus bas pour obtenir un consensus. » On les voit souligner le « respect de la parole des autres », le fait de « permettre que les points de vue de chacun s'expriment complètement, jusqu'au bout », ce qui va de pair avec le fait de « prendre des décisions de façon plus collective, plus consensuelle : ne pas prendre seul une décision sur un sujet sur lequel plusieurs personnes travaillent ». Ils prêtent aux Suédois une grande courtoisie : « Au départ il a fallu qu'on leur dise : "coupez-nous la parole", sinon très poliment ils nous laissaient parler et n'en plaçaient pas une. » Tout cela, est-il affirmé, permet que « les Suédois (…) travaillent ensemble ». Et, par contraste, les intéressés se jugent eux-mêmes peu attentifs à autrui : « On n'est pas assez flexibles pour savoir se taire et écouter l'autre. »

D'autres voient les choses de manière moins positive, affirment que les Suédois, dans leur désir d'éviter les conflits ouverts, s'en tiennent à des formes d'opposition dissimulées qui ne sont guère constructives : « Les Suédois parlent peu, sont assez fermés, n'expriment pas leurs désaccords. Ils ne parlent que si on les interroge, ne disent pas ce qu'ils pensent, qu'ils ne sont pas d'accord. » « Quand quelque chose était en discussion, les Français le mettaient immédiatement sur la table, pendant que les Suédois prenaient plus de temps et essayaient d'éviter les conflits ouverts. » Il s'agit alors de dissimulation plus que d'un désir d'accord : « Certains étaient des opposants (…), ils ont travaillé dans la voie qu'ils avaient choisie, et non pour le projet, mais cela n'apparaissait pas. »

Affirmation d'identité commune ou joute oratoire

Cette place différente de l'écoute et du compromis renvoie au fait que la conception même de ce qu'est un processus d'intégration des points de vue diffère selon que l'on est en France ou en Suède. Du côté suédois, il s'agit avant tout de construire un accord entre pairs, d'affirmer la cohésion du groupe autour d'une adhésion partagée à un projet commun. Du côté français, il s'agit plutôt de permettre à chacun de chercher à faire triompher son point de vue dans une joute oratoire où les arguments s'affrontent. D'un côté, l'expression des idées tend à être subordonnée à la recherche d'un accord entre les hommes ; de l'autre, elle est censée ne l'être qu'à l'expression de la vérité. D'un côté on a un sacré du groupe, de l'autre un sacré de la raison, en référence à laquelle chacun est tenu d'argumenter (ce qui ne veut pas dire que, dans l'un et l'autre cas, chacun n'essaye pas de faire avancer ses intérêts, sous contrainte d'agir de manière légitime).

Dans une perspective suédoise, quand l'accord du groupe est réalisé, il n'y a plus rien à redire. Ce qui a été décidé ensemble, tout en restant fidèle aux conceptions qui sont liées à l'identité commune du groupe, contribue à asseoir cette identité, ainsi que la cohésion du groupe, et mérite à ce titre une sorte de respect religieux. Le remettre en cause relève d'une forme de sacrilège. Dans une perspective française, au contraire, tant qu'on peut faire valoir un argument, et que celui-ci a au moins une apparence de rationalité, il y a quelque chose à redire, il est légitime de continuer le combat. Chacun a non seulement le droit d'argumenter, sous réserve de le faire de manière qui paraît raisonnable, mais le devoir de défendre ainsi ce qui, suivant son intime conviction, est la voie dc la raison.

Ce qui sert de référentiel commun aux Français relève moins d'une conception convergente de ce qu'est un produit de la marque, support commun d'identité qui limite l'éventail des décisions pensables, que d'une référence partagée à une rationalité technique relativement abstraite, au nom de laquelle il convient d'argumenter sans « préjugés ». Il est hautement légitime de faire référence à des « enjeux techniques ». La rigueur logique de l'argumentation se voit alors accorder une grande valeur, et les chiffres constituent des armes de poids dans l'affrontement des points de vue : « Chaque décision sur un type de pièce était quantifiée en calculs effectués par F… : arguments chiffrés pour défendre telle ou telle structure. » « Il y a discussion, donc il va falloir que tu prépares tes armes, que tu justifies en chiffrant tes positions. » Pour qu'il soit légitime de « se rendre », il faut se trouver dans une situation où, face à une argumentation imparable, « on a dû se rendre à l'évidence ». Si on peut « accepter de changer de position », c'est, au nom de la raison, en « reconnaissant que les hypothèses de départ ne tenaient pas ».

On comprend, dès lors, les différences de style d'argumentation. Quand des Français affirment : « on ne sait pas rassurer ; on ne sait pas se taire et écouter l'autre ; il faut qu'on s'arrête d'avoir toujours raison », ou encore : « à force de travailler sur nos propres hypothèses, de faire propositions sur propositions, on avançait selon notre point de vue, et après on a du mal à écouter les autres », ils opposent deux registres. On a d'un côté le registre de l'affirmation d'idées (avoir raison, travailler sur nos hypothèses, avancer selon notre point de vue) qui, de fait, guide leur action ; et de l'autre un registre de relation (rassurer, se taire, écouter) que de fait ils négligent, même s'ils le déplorent, alors qu'il est central pour des Suédois.

Les avis exprimés par chacun n'ont pas le même statut dans l'une et l'autre conception. Un avis français exprime plus une prise de position dans un débat, un avis suédois la place que l'on occupe dans un groupe. Ainsi un Français s'est montré surpris de ce que, a-t-il dit, « ils refusent [chez S...] d'avoir un avis sur un autre sujet que le leur[1] ». Dans un contexte suédois, exprimer pareil avis voudrait dire quitter sa place, perturber le fonctionnement du groupe, et non montrer sa capacité d'analyse. Dans un contexte français, au contraire, un avis techniquement compétent ne peut être légitimement rejeté au seul motif qu'il ne relève pas du domaine de responsabilité de celui qui l'émet. Simultanément, le désir de bien faire dans le registre des choses (aller vite) ne justifie pas, pour les Suédois, de se dispenser de consulter certains de ceux qui sont concernés, même si, au stade où on en est, leur intervention ne paraît pas techniquement nécessaire. « Pour aller plus vite, relate un Français, nous avons fait une évolution sur une partie de l'avant, en accord avec les gens de S..., du projet pour commencer, et alors nous avons eu plein de difficultés avec les gens du calcul, qui ont dit que nous avons fait cette évolution sans leur avoir rien dit et ont refusé cette évolution. »

Le type de compromis qui tend à intervenir relève de

1. Nous avons retrouvé la même attitude en Belgique ; cf. chapitre II.

logiques différentes dans l'un et l'autre contexte. Dans le contexte suédois, il correspond à des accommodements entre personnes prêtes à sacrifier ce qu'elles défendent en propre sur l'autel du groupe : « Nous évitons les conflits, nous essayons tout le temps de trouver un compromis. » Mais cette attitude n'exclut pas une grande intransigeance sur ce qui fait l'identité partagée du groupe. « Chez S..., le principe de base c'est que la sécurité s'intègre sans compromis (...). Chez F..., il y a plus de compromis », affirme un Français. Côté français, un compromis est légitime quand il conduit à sacrifier à une rationalité plus haute l'élément de rationalité auquel on est attaché [1]. Mais il a quelque chose de douteux quand il conduit à renoncer à ce que l'on considère comme raisonnable pour faire plaisir à quelqu'un d'autre, ou à céder à la pression d'un groupe.

Cette différence de perspective éclaire les différences de virulence dans l'argumentation. Une expression véhémente n'a pas le même sens et la même portée dans les deux contextes. Dans un contexte français, elle est le signe de l'attachement à un élément de décision dont on considère comme essentiel qu'il ne soit pas oublié. Aussi on peut se trouver de manière relativement permanente dans un mode de fonctionnement où la volonté de (con)vaincre, l'agressivité verbale qui l'accompagne s'expriment de manière ouverte. Ce mode de relation n'est pas nécessairement associé à des sentiments violents, et ne prête pas gravement à conséquence dans les rapports entre personnes [2]. Si on n'a pas peur des « débats d'idées » musclés, c'est que les conséquences destructrices en sont limitées. Dans un contexte suédois, la situation est bien différente. La virulence verbale prend sens dans un registre non d'intensité des convictions, mais de style de relations. Elle signifie que l'on est sorti du domaine des rapports normaux marqués par l'écoute et la

1. Ce qui permet de donner le sentiment de ne pas s'abaisser.

2. Ce point paraît extrêmement surprenant vu d'Europe du Nord ; on peut citer ici le témoignage d'un sociologue finlandais, très familier de la France, horrifié par l'intensité des débats télévisés qui y ont cours et affirmant devant un débat à *Apostrophes* qui n'avait rien de particulier que, en Finlande, un tel niveau d'agressivité verbale conduirait à couper l'antenne.

recherche d'accord, pour passer dans un registre où, dans des rapports devenus insupportables, on sort de ses gonds. « Quand il y a des affrontements, ils sont très violents », note un Français. La vie du projet n'a pas ignoré ce cas de figure.

L'utilité des « décideurs » dans un contexte français

Quand l'intégration des points de vue qui s'affrontent ne peut se faire légitimement qu'au nom de considérations plus hautes, elle tend à faire intervenir des fonctions spécifiques, fonctions techniques ou fonctions d'autorité.

« Notre spécialité, c'est l'architecture », affirme un Français. Et pour un autre : « Chez F..., on est incapable de travailler en amont ; c'est l'architecte qui fait tout sans impliquer les autres métiers qui vont ensuite spécifier ; chez S... il n'y a pas d'architecte, mais chaque service travaille sur les systèmes amont. » Cette fonction d'architecture, gardienne des bons compromis entre impératifs techniques, est l'expression d'une raison supérieure, qui s'exprime mal par le biais de compromis entre personnes.

De plus, comme l'affrontement des arguments techniques peut être sans fin, il doit s'accompagner de l'existence d'arbitres ; d'où le rôle de la hiérarchie qui, pour être légitime, doit être techniquement compétente : « Une décision importante, affirme un Français, peut être prise [chez S...] autour d'un café, lorsque chez nous il faut une réunion avec le directeur de projet. » On trouve dans une lecture critique, faite par un Français, du mode de décision suédois, un bon éclairage indirect de ce comportement français (encadré 2). Quand on n'a pas de « base scientifique » permettant de « clarifier les choses », et de définir de manière indiscutable ce qui est conforme à la raison, il faut pour atteindre néanmoins une « perspective globale », s'écarter du registre de la « discussion », de « l'accord », et s'en remettre à une décision prise à un niveau capable de prendre une « vue holiste » et de donner des « instructions » aux « spécialistes ».

Ce rôle des responsables français s'oppose à celui de responsables suédois, plus voués à un rôle de facilitateur, d'organisateur. L'existence de ce contraste est reconnue par les deux parties, même si elles ne lui donnent pas le même

ENCADRÉ 2

Une critique française

« Du côté S…, les décisions sont prises à la base [le dessinateur]. Mais les discussions entre ceux qui sont à ce niveau ne permettent pas de prendre les décisions, qui doivent venir de l'extérieur à partir d'une perspective globale. Il n'y a pas assez de vue "holiste". Il y a un exemple. En ce qui concerne la durabilité, aucun accord ne pouvait être atteint. Les méthodes, des deux côtés, étaient fondées sur l'expérience passée. Il était très difficile de clarifier les choses, il n'y avait pas de corrélations entre les méthodes et les résultats et cela aurait pris beaucoup de temps de comparer en profondeur les manières de travailler. Il fallait prendre la décision sans guère de base scientifique (…). D. a proposé un compromis à S…. Ils ont répondu que c'était aux gens qui étaient responsables du travail de décider. Mais il est impossible de demander à des spécialistes de changer leurs manières de travailler. Cette décision aurait du être politique et nous aurions dû avoir des instructions communes pour travailler : vous ne pouvez pas vous mettre d'accord sur des arguments à base technique. »

sens. « Du côté de F… les décisions sont prises par le chef du département (…). Chez S… les managers managent des gens, non de la technique » ; « [chez S…] le directeur de projet a beaucoup plus un rôle de coordination que chez F…. Il ne se mêle pas de tout dans le détail », entend-on du côté français. « J'évitais de rentrer dans les débats concernant les sujets techniques. Je me consacrais à maintenir la paix », déclare un responsable du projet, côté S…. L'importance de ce rôle n'a pas été comprise du côté de F… : « [Chez S…] les managers ont une valeur ajoutée très faible ; ils animent, managent les hommes, mais n'interviennent pas sur la technique. »

Cette fonction peu technique des responsables n'est pas sans faire difficulté quand une intégration poussée des décisions prises aux divers niveaux est nécessaire. Parfois, la hiérarchie suédoise paraît bien absente. Et, par contraste, l'intervention technique des responsables français est appréciée par certains Suédois. « Les dessinateurs de F…, note l'un d'eux envoyé en France, avaient de tout autres occasions de voir leurs responsables, qui étaient beaucoup plus impliqués dans le projet, participaient activement et discutaient avec eux. J'ai eu plus de discussions techniques avec les managers de F… qu'avec ceux de S…. Chez nous, c'était plutôt à propos de détails *[nuts and bolts]*, pas à propos de l'ensemble. F… offrait plus de vue d'ensemble et de holisme. »

Faut-il respecter les décisions prises ?

Alors qu'une décision suédoise, manifestation de la cohésion et de l'identité du groupe, demande à être préparée et respectée comme quelque chose de sacré, une décision française, moment d'un processus sans fin d'affrontements des points de vue sur ce qu'est une solution raisonnable, ne mérite pas les mêmes égards. Aussi chacune des parties est fort surprise et souvent choquée des manières d'agir de l'autre.

Le processus de décision suédois paraît bien lourd aux Français : « Chez S… on se réunit pour comprendre, puis on analyse longuement et finalement les décisions sont prises à l'issue d'itérations longues et pénibles. » « Je ne sais pas si c'est une faiblesse, mais j'étais irrité par la difficulté à obtenir un accord complet pour prendre des décisions, cela prend beaucoup de temps, ils refont des réunions à propos du même sujet, ils sont moins "réactifs" que F…. » Cette lourdeur va de pair avec le degré auquel le résultat atteint est pris au sérieux : « Chez S…, lorsque les gens ont participé à une décision, celle-ci devient incontournable (…). Même si quelqu'un sait, reconnaît que c'est une bêtise, il obéit. » « Ils proposent une date de sortie sans chercher forcément à l'optimiser, à se fixer des objectifs ambitieux (…). Cependant cette date, une fois décidée, est intouchable (…). En matière d'innovation, chez S…, une fois que la décision est prise, tout le monde y va sans atermoiement (…). Chez F… le processus de décision pour introduire une innovation (…) peut sans arrêt être remis en cause, rediscuté. Chacun fait un peu ce qu'il veut. Si quelqu'un n'est pas d'accord, il peut faire différemment, tout le monde a plein d'idées pour faire autre chose. » « [On remarque] leur refus [des représentants de S…], à tous les niveaux, de la modification, tandis que chez

F… on refait des modifications à chaque décision, du PDG au technicien. »

Cette conception suédoise de la décision conduit, selon les Français, à donner un poids excessif aux pratiques établies : « C'est un véritable rouleau compresseur, il faut deux ans pour changer de trajectoire. Chez F… on fait un dessin à la main et on propose rapidement des changements. C'est très mal vu chez S…. Nous on fait un dessin au feutre, chez eux tout est imprimé. » « Ils veulent progresser pas à pas et s'appuient sur des solutions éprouvées et nous, nous avions parfois envie de faire de grands pas et d'aller beaucoup plus vite : nous avons fait quelque chose, cela ne marche pas ; nous recommençons autre chose. »

Les Suédois, de leur côté, sont surpris par la façon dont les Français prennent peu au sérieux les décisions prises : « Nous décidons lors des réunions et mettons par écrit ce qui est décidé, ce que F… n'a pas l'habitude de faire » ; « Ils dessinaient tout autre chose que ce sur quoi nous nous étions mis d'accord, conformément à leurs habitudes et à leur expérience ». Ils sont d'autant plus choqués par cette manière de faire, que, s'en tenant à ce qui est immédiatement visible, ils la comprennent dans le registre de « qui décide ? » sans remonter à « que veut dire décider ? » : « Les dirigeants *[top managers]* prennent part aux décisions et écoutent. Dans les réunions aucune décision n'est prise, mais on peut sentir d'après le climat vers quel type de décision on se dirige. Le dirigeant rentre alors chez lui pour réfléchir, puis il revient avec un protocole où les décisions sont mises sur le papier. »

Dans ces propos, ce n'est pas la qualité des décisions prises, mais la légitimité du processus de décision qui conduit à critiquer les Français. Ceux-ci, au contraire, critiquent le processus suédois au nom de la raison technique. Il est choquant, dans une perspective française, de donner le pas au respect égal des points de vue sur l'importance relative des choses : « Les techniciens sont responsables pour les décisions techniques dans leur domaine. La manière de travailler chez S… ne permet pas de trouver de bon compromis pour l'ensemble d'un [produit]. Chaque chose est regardée de la même manière, a le même poids, ce qui n'apporte pas de cohérence. » La référence est alors la décision juste

(« sans chercher à optimiser », « ce qui n'apporte pas de cohérence »). Et c'est à l'occasion en se situant dans le même référentiel que les Français critiquent leur propre processus de décision : « Du côté de F…, les décisions sont prises par les responsables des départements ; ils ont une vue transversale sur plusieurs projets. Cela prend du temps, les gens attendent souvent pour une décision qui peut toujours être changée après coup… même si c'est trop tard. » Par contre, ils n'émettent guère de réserves sur la place que le processus de décision suédois réserve à chacun [1].

Deux visions inconciliables du rôle de directeur de projet

Le directeur de projet s'est trouvé pris entre des conceptions antagonistes de son rôle. Il lui était très difficile d'agir d'une manière acceptable pour les deux parties.

Dans une perspective française, le directeur de projet doit être un arbitre, capable de trancher les différends que les parties sont impuissantes à résoudre par elles-mêmes. Représentant de l'intérêt général, il ne doit pas craindre d'imposer ses décisions. Dans la perspective suédoise, au contraire, personne n'est au-dessus des parties, qui ont à s'accorder par elles-mêmes. Le responsable, *primus inter pares* chargé de faciliter le fonctionnement collectif, n'a pas à imposer ses décisions. Membre de la communauté, il doit, comme les autres, en respecter les valeurs, sans pouvoir se référer à un intérêt général qui l'emporterait sur celles-ci.

Le directeur, suédois, du projet s'est trouvé en position difficile. Pour autant qu'on puisse reconstituer la manière dont il a conçu son rôle à travers les propos tenus à son sujet

1. Même si, à l'occasion, le rôle de la décision comme affirmation de l'unité du groupe conduit, d'un point de vue français, à un certain manque de tact vis-à-vis de ceux qui, en position minoritaire, sont en quelque sorte sommés de s'associer à une victoire qu'ils ne partagent pas ; ainsi, un participant français évoque une situation où, après le choix d'une solution suédoise pour une partie du produit, le responsable suédois d'une équipe mixte « est arrivé avec un gâteau ayant la forme de [la pièce en question], pour une sorte de célébration du choix », et ajoute : « Cela m'a beaucoup choqué, il n'avait pas besoin de le célébrer, ce n'était pas la meilleure voie pour l'alliance. »

(nous n'avons pas disposé de sa vision des choses), il a voulu endosser le rôle de conciliateur propre aux responsables suédois, tout en prenant comme communauté de référence l'ensemble des participants au projet. Mais cet ensemble ne formait pas une communauté au sens suédois. Et en fin de compte son action est apparue sous un jour beaucoup plus positif aux Français qu'à ses compatriotes.

Les Français ont apprécié qu'il ne prenne pas parti entre les conceptions des deux entreprises. Ils l'ont qualifié de « très ouvert », de « favorable à la coopération ». Jugeant son attitude à l'aune d'une perspective de rationalité technique globale, ils l'ont vu comme essayant d'« être neutre dans le projet », de « choisir le mieux pour le projet ». Ainsi, ils ont souligné le fait que, contrairement à un autre responsable suédois, il « était attentif » à certains paramètres (poids, coûts) considérés comme essentiels par l'entreprise française tout en étant moins décisifs côté suédois.

Les Suédois au contraire ont trouvé que sa manière d'agir, qui aurait sans doute été appropriée si le groupe projet avait fonctionné à la manière d'une communauté suédoise, ne l'était plus dès lors que, de fait, deux communautés s'affrontaient. Le projet leur est apparu comme *son* projet, non comme celui de la communauté. « Je pense que c'est le problème majeur que nous avons eu – les directeurs *[line managers]* ont vu le projet comme l'enfant de Sten W. » Ne voulant se montrer ni autoritaire ni partisan, il a laissé les Français prendre l'offensive : « Sten n'était pas assez dur. Comme un Suédois typique, il n'osait pas tenir tête, il évitait le conflit, essayait d'être très honnête » ; « Sten n'aimait pas se battre » ; « Les réunions étaient étranges (...). Peut-être que Sten W. s'écartait pour laisser la place à J. (son adjoint français). » Il n'a pas joué le rôle du chef de parti dont les Suédois auraient eu besoin dans un tel contexte : « Sten avait une double loyauté, étant à la fois S... et F... en tant que responsable de projet. Il ne pouvait pas protéger les intérêts de S.... » Et du refus de protéger les siens au soupçon de trahison, il n'y a qu'un pas : « C'était comme si Sten W. était du côté de F..., comme s'il n'était pas neutre. » A partir du moment où, au lieu de jouer la règle du jeu d'une communauté à la suédoise, les représentants de l'entreprise française prenaient l'offensive, ne pas les affronter revenait à être objectivement leur complice.

Un apprentissage asymétrique et limité

La vie du projet a connu une certaine dynamique. Les positions des deux partenaires sur ses caractéristiques techniques, fort divergentes au départ, se sont progressivement rapprochées. Suédois et Français ont appris dans une certaine mesure à se connaître et parfois à s'apprécier. Mais, dans la manière dont ils ont compris et racontent les événements, chacun reste fidèle à la manière dont sa culture l'invite à appréhender les choses. Pendant que les Suédois sont sensibles avant tout à l'équilibre des relations et à son évolution, les Français privilégient la dynamique des idées. Leurs conceptions n'ont pas seulement affecté la manière dont les uns comme les autres ont agi au départ, mais le décodage qu'ils ont fait de leurs rapports avec leur partenaire, et les enseignements qu'ils ont tirés des difficultés rencontrées. S'ils ont appris dans une certaine mesure, les Suédois surtout, à s'adapter à des manières de faire qui les ont d'abord déroutés, cela a été sans vraiment les comprendre. Et cette absence de compréhension a limité de manière durable la capacité du groupe à travailler efficacement ensemble.

Le déséquilibre initial en faveur des plus combatifs

Les Suédois n'étaient nullement préparés à s'adapter à l'attitude offensive de leurs partenaires. Celle-ci les a d'abord désarçonnés. « S… a été complètement pris par surprise » note l'un d'eux. Cherchant à comprendre ce qui s'est passé, ils mettent en avant un déséquilibre des forces en situation d'affrontement.

L'attitude combative qui aurait été nécessaire pour contenir la pression française était pour eux peu familière et même choquante. Ils ont plutôt, relate l'un d'eux, « essayé d'éviter le conflit ». « Le problème, affirme un autre, est qu'il est arrivé trop souvent qu'ils [les représentants de F…] ne fassent pas de compromis, mais nous si. »

Les difficultés suédoises à résister ont été renforcées par le type de fonctionnement hiérarchique de l'entreprise : « J'ai eu peu de soutien de l'organisation. » « Les ingénieurs ont été abandonnés par le management (…). Les mots déléguer et donner du pouvoir *[empowering]*, qu'ont-ils signifié ? Le management a-t-il abdiqué de ses responsabilités ? Beaucoup ont senti qu'ils avaient été abandonnés. » Le contraste était vif avec le rôle de la hiérarchie française : « Au début, nous ne nous sommes pas rendu compte de ce qui se passait du côté de F…. Cela a été un choc, cela nous a pris une demi-année pour comprendre. Nous avons compris que les décisions réelles se prenaient dans des réunions, de retour chez eux, et qu'il y avait des gens importants derrière. Leur hiérarchie maîtrisait les choses. Nous avions quelques réunions avec notre hiérarchie aussi, mais normalement, notre hiérarchie est indifférente *[don't care]* ou, pour mieux dire les choses, fait confiance aux responsables de projet. »

Dans ces conditions, les rapports de négociation étaient déséquilibrés : « Vous ne pouvez pas envoyer un expert suédois peu combatif *[soft]* s'affronter à dix directeurs français, qui, dans un style français, questionnent chaque mot (…). Nous avons eu mandat de décider dans des conditions inégales (…). Nous avons envoyé des gens dans des *missions impossibles* (en français dans le texte). » « Le résultat est que nous avons terminé le dos au mur, acceptant des compromis à partir d'une position inférieure. »

De plus, à partir du moment où le style de rapports imposé par les Français privilégiait la confrontation des idées, le type de données nécessaires pour l'emporter manquait aux Suédois. « Ils [les gens de F…] avaient énormément de données écrites *[documents]* au sujet de presque tout, que nous n'avions pas. Nous avions de l'expérience, mais pas sous la forme de données mises noir sur blanc et, dans une discussion, ils étaient très rapides à présenter des chiffres et des mesures, alors que nous avions besoin de retourner chez nous et de trouver les nôtres, qu'elles concernent les concurrents, les solutions, etc. »

De leur côté, les Français sont très conscients d'avoir abordé les négociations dans une attitude offensive et conquérante, même si, avec du recul, ils se disent qu'ils ont eu sans doute

ENCADRÉ 3

Une offensive de F…, vue par ceux qui l'ont menée

« Dès le départ on avait une stratégie, une vision claire de ce que devrait être une plate-forme (…) qui a été imposée. F… voulait sa plate-forme. Il y avait très peu de marge de négociation. »
(Parmi les erreurs qui ont été faites) : « Monter un séminaire pour expliquer ce qu'est une plate-forme et le préparer seulement en France, pour aller vite. Nous n'avons pas pris le temps de le préparer ensemble et les Suédois ont eu l'impression que cela venait de France sans aucune discussion. »

tort (encadré 3). On voit s'unir, dans cette attitude, le sentiment d'avoir raison (« on avait une vision claire de ce que devrait être une plate-forme » ; « on voulait expliquer ce qu'est une plate-forme »), et celui de vouloir faire triompher cette vérité en même temps que l'on triomphe soi-même (« F… voulait sa plate-forme »). Dans cette perspective, il n'y a guère de place pour la recherche d'une écoute réciproque (« il y avait très peu de marge de négociation » ; « nous n'avons pas pris le temps de préparer ensemble » ; « cela venait de France sans aucune discussion »). Et ce n'est qu'après coup que les Français ont pris conscience de l'importance de ce registre pour les Suédois.

Par ailleurs, les Français n'ont guère compris ce qui s'est passé chez leurs partenaires. Ils ont été frappés par le fait que, bien que manifestement pas convaincus, les Suédois n'ont pas argumenté : « Je pense que du côté de S… ils avaient leur avis, ça ne leur convenait qu'à moitié, mais ils n'ont rien écrit, ni fait de contre-propositions (…). Leur attitude était celle de quelqu'un qui ne veut pas se laisser entraîner. De fait ils n'ont formulé aucune contre-proposition. » Et ils s'interrogent sur la source de cette attitude. On voit suggérer des interprétations en termes de pouvoir ou de culture (dans une vision un peu magique de celle-ci : « c'est culturel ») : « Est-ce culturel, ou est-ce lié à un rapport de force en faveur de F…, il était impossible de connaître leur position. » Le manque de moyens permettant d'appuyer une argumentation rationnelle est mis en avant : « S… a certainement eu le sentiment de se voir forcer la main dans cette décision. F… a agi de façon autoritaire. Mais S… ne disposait pas, pour étudier et argumenter d'autres positions, des mêmes forces d'étude que F…. S… n'avait pas de moyens d'étude avant-projet. MM. A. et W. [responsables, côté S…] se sont donc rangés à cette solution. »

Des Suédois qui apprennent à se battre ; des Français qui se rendent à la raison

Les deux parties ont décrit de manière convergente l'évolution technique du projet et la remise en cause des décisions initiales, dans un sens favorable à S…. Mais, dans l'interprétation des événements, chacun est resté dans son propre monde. Les Suédois mettent en avant l'évolution de leur capacité à négocier, les Français celle de leurs convictions.

Les représentants de S…, d'abord pris par surprise, ont vite réagi. Ils ont vu que la recherche de compromis met en position faible si elle n'est pas partagée : « Nous essayons tout le temps de trouver un compromis. Le résultat est que nous finissons le dos au mur, faisant des compromis à partir d'une position inférieure. » Or, ils n'étaient nullement prêts à accepter une telle position : « Il est important de ne pas se faire dominer dans une fusion », affirme l'un ; « S… a considéré comme allant de soi [au départ de la coopération] que nous devions diriger », affirme un autre. La position de dominé ne pouvait les laisser sans réaction. Désagréable là où elle paraissait justifiée par des raisons techniques (« nous avons été irrités de manquer de la compétence et de la fermeté avec lesquelles S. [un Français] s'est chargé de l'économie »), elle était intolérable lorsque ces raisons étaient absentes.

« Cela nous a pris du temps pour savoir comment nous adapter », relate un Suédois, après avoir évoqué le choc qu'a représenté pour lui « la force et la volonté des Français ». « F… était bien meilleur que nous pour négocier, affirme un autre. Cette compétence me manquait (…). J'ai essayé d'apprendre à m'en servir. » Peu convaincus par les solutions techniques initialement adoptées, les Suédois se sont d'abord contentés de traîner les pieds. « Les ingénieurs de S…, affirme l'un d'eux, sentaient que la solution (…) était très mauvaise (…). Le projet leur avait été imposé [aux *line managers* suédois] et ils ont réagi en faisant de la résistance passive et de mauvais cœur. » Mais, dans un deuxième temps, ne pouvant se résigner à accepter la solution choisie, ils sont entrés à leur tour dans une logique de confrontation. « C'est typique de nos différences culturelles, relate un Suédois ; quand je me suis mis vraiment en colère, F… a écouté. » Un de ses concitoyens rapporte ainsi ce passage à un style offensif : « A l'automne 1993 (…), l'ingénieur sécurité, I., s'est plaint : "Cela ne marche pas, nous allons dans la mauvaise direction, ils ne savent rien, ils n'écoutent pas." Nous avons demandé à S. W. [le responsable du projet] d'organiser une réunion spéciale avec F… de manière à arranger les choses (…). Les gens de S… étaient décidés à remettre les choses en ordre (…). Après une approche *soft* par I., les "taureaux" furent envoyés au combat. Nos exigences devinrent de plus en plus dures au cours de la réunion. Cela a été la réunion où, pour la première fois, S… a formulé des exigences claires, a maîtrisé la situation (…). La décision a été sans équivoque, le [la pièce qui était en question] devait être redessiné (…). Quand nous, chez S…, nous avons réellement fait bloc, la hiérarchie appuyant le projet avec les données nécessaires, nous sommes arrivés à faire triompher notre volonté *[we managed to get our will through]*. »

Une triple adaptation s'est produite : au changement d'attitude de négociation se sont ajoutés une plus grande implication de la hiérarchie et un renforcement des données utilisées pour argumenter. « Quand le conflit est devenu aigu, nous avons fait appel à notre hiérarchie et leur avons fait prendre leurs responsabilités. » « Les gens de F…, affirme un autre, étaient nombreux et compétents, ils avaient de bons documents, étaient très compétents pour mettre les choses en ordre, pour s'appuyer sur des données, pour présenter. Nous avons appris beaucoup et les avons copiés. Une partie est encore ici chez S…. »

Quand, de leur côté, ils racontent l'histoire (encadré 4), les Français restent fidèles à leur perspective d'allégeance à

ENCADRÉ 4

Un rééquilibrage ; la vision française

« Déjà en septembre 1992, A. et I. m'avaient sondé s'il ne serait pas possible de changer [ce qui faisait problème pour S...], ce qui était visiblement indispensable à leur avis. Cette question a perduré (...) jusqu'en mars 1993, où F... a accepté de changer de position, reconnaissant que les hypothèses de départ ne tenaient pas. A la suite de cette remise en cause les gens ont fait ensemble du bon travail. »
« Une première étape (...) marque l'ascendant de F... dans les choix retenus. Dans la seconde étape (...) S... démontre point par point que [le projet] ne correspond pas à son cahier des charges (...). C'est en mars 1993 que des bases saines ont été mises en place pour coopérer. On a reconnu que tout ce qui avait été dit en matière de [ce qui faisait problème] en avant-projet était mauvais (...). En avril 1993, l'installation à Montigny a correspondu au moment où on a décidé de développer une plate-forme qui concilie les exigences des deux partenaires (...). Elle a scellé l'autonomisation [du projet]. »

la raison. Ils mettent en avant leur propre conscience des problèmes techniques, laquelle les a amenés à accepter de remettre en question la décision initiale, et le caractère satisfaisant pour le projet des nouveaux choix. Il est question d'« hypothèses de départ » qui « ne tenaient pas », du fait que l'on « démontre » une discordance par rapport au « cahier des charges », que l'on a « reconnu » ce qui était « mauvais », tout cela conduisant en fin de compte à du « bon travail ». Pour eux, cette évolution s'est faite sans sortir des processus normaux de décision, qui impliquent de décider rapidement mais de pouvoir remettre en cause ce qui a été décidé dès lors qu'il paraît intelligent de le faire.

Des Suédois inflexibles

La dynamique du système n'était pas symétrique. Il était beaucoup plus difficile pour les Français que pour les Suédois d'obtenir une remise en cause de ce qui, dans les décisions initiales, ne les satisfaisait pas.

Les objections françaises relevant d'un registre technique n'ont pas manqué. « De la part de F…, note un Suédois, quelques plaintes ont été émises, affirmant que S… ne maîtrisait pas le travail concernant [la partie dont S… était chargée]. Ils disaient qu'elle était trop lourde et trop chère. Cela a rendu les gens de S… un peu nerveux et soucieux. » Mais la référence à la légitimité du processus de décision (il est illégitime de remettre en cause une décision prise) a permis aux Suédois de résister à ces objections. Simultanément, ils ont été surpris que leur partenaire accepte que ce qu'il avait d'abord obtenu soit remis en cause. Certes, ils ont bien perçu que des considérations techniques (leur propre compétence) ont motivé le revirement de celui-ci, mais ils n'ont pas compris le poids que leur a accordé le constructeur français : « M. V. [un des dirigeants de celui-ci], relate un Suédois, à une réunion avec M. R. [un des dirigeants de S…], a surpris en admettant que S… avait plus de compétences dans le domaine [d'abord confié à F…] et devait être responsable. Il a été alors très facile d'aboutir. » Simultanément, le caractère irrévocable des décisions prises légitime pour l'intéressé l'intransigeance suédoise : « Pendant ce temps, S… dessinait [la partie qui lui avait été confiée]. Comme on pouvait s'y attendre, F… voulait faire des changements dans le travail de S… concernant [cette partie]. Mais il avait été décidé depuis le commencement que la solution de S… devait être acceptée. J'ai passé un grand moment chez F… à contrôler qu'ils ne s'écartaient pas du chemin. »

Les Français, pour leur part, tendent à ajouter un débat interne, mené par chacun au nom de ce qu'il estime être un bon projet, au débat avec leur partenaire commun. L'un qualifie de « politique » l'acceptation d'une solution suédoise, en entendant en l'occurrence par ce terme quelque chose qui est peu justifié techniquement (qui relève *de la* politique politicienne), et non quelque chose qui relève d'une vision globale transcendant la technique (*du* politique) : « Fin novembre 1992, sur ma proposition, M. V. [un haut dirigeant de F…] a fait le choix politique de retirer sa proposition d'intégration de ses solutions dans le développement de la partie [initialement confiée à S…], “décision” entérinée en décembre 1992. Le choix de la solution S… a été considéré comme un simulacre de choix par nombre de techniciens F…, car ils considéraient que les deux solutions étaient équivalentes : "Vous vous êtes fait avoir". » Un autre, au contraire, défend vigoureusement la solution suédoise : « Afin de dépasser le dénigrement des [produits] respectifs, j'ai contribué à mettre en place un système de notation pour évaluer les [solutions] F… et S… (…) sur la base de critères objectifs en termes d'architecture de coût et de prestations (…). [En fin de compte] S… a présenté une proposition de résolution des points litigieux et le choix du [la solution en question] S… a été consolidé (…). Le choix a donc bien été un choix technique et pas politique. » Ce débat interne fragilise la position d'ensemble des Français, pendant que les Suédois font corps. « F…, affirme un de ses représentants, avait accepté de bouger sur [ce qui faisait problème pour S…]. On aurait pu imaginer que cela amènerait S… à plus de souplesse sur [ce qui faisait problème pour F…]. Mais le contexte était différent : tout S… était mobilisé pour défendre sa conception de la sécurité et à travers cela maintenir son image. »

Un rapprochement réel mais limité

Une rencontre entre partenaires qui se connaissent mal est génératrice d'incertitudes sur les capacités d'autrui comme sur sa bonne volonté. « Il y avait beaucoup de scepticisme dans l'organisation, affirme un Suédois, en ce qui concerne la sécurité en cas de choc, et d'incertitude en ce qui concerne la bonne volonté de F… à prendre en compte les aspects de sécurité » ; « Les discussions ont été chaudes à l'intérieur de S…, affirme un autre, en raison de la grande incertitude [en matière de sécurité]. » La dynamique de la relation réduit cette incertitude et est de nature à engendrer une vision positive du partenaire. Ainsi on voit affirmer que : « Les patrons des méthodes de montage [de S…] *ont vu* que les gens de F… jouaient honnêtement le jeu » ; « je pense que le côté privé de la relation a été important – *se connaître mutuellement* » ; « nous avons *appris* à nous connaître » ; « nous avons *appris* l'humilité ensemble ». Certaines interprétations erronées se sont modifiées ; si, au départ, les Français ont faussement interprété la passivité apparente des Suédois, ils ont vite appris à ne pas la comprendre comme un signe d'accord. Certains, évoquant leurs difficultés de décodage des manières d'agir de leurs partenaires, montrent par là même qu'ils commencent à les surmonter ; ainsi, du côté français : « On a du mal à voir (...) que lorsque les gens parlent c'est au nom de S.... »

En matière d'organisation de la décision, ce processus d'ajustement est susceptible d'aller d'autant plus loin que, parmi les pratiques que l'un des partenaires considère comme essentielles, il en est pour lesquelles l'autre n'a pas d'aversion, même si elles ne lui sont pas coutumières. Ainsi, un des participants français apprécie dans la manière suédoise de travailler l'habitude de « permettre que les points de vue de chacun s'expriment complètement jusqu'au bout ». Il n'existe pas en France d'obligation sociale d'agir ainsi. Mais cela aurait pu être accepté comme une règle du jeu particulière.

Pourtant il est des cas où il ne suffit pas de se fréquenter pour se comprendre et s'apprécier, tant les interprétations erronées demeurent. L'expérience de la coopération n'a suffi ni aux Suédois ni aux Français pour comprendre ce qui séparait leurs logiques d'action. Ainsi, les Suédois n'ont nullement mis en relation l'aspect hiérarchique, si choquant pour eux, de la culture française, avec d'autres aspects de celle-ci susceptibles de leur paraître plus positifs : les formes de liberté auxquelles cet aspect est associé, le rapport français à la raison et en particulier à la raison technique, le fait que leur partenaire ait accepté de revenir, instruit par l'expérience, sur un certain nombre de décisions d'abord prises dans son sens. Surpris par ce revirement, ils l'ont attribué à la force de la pression qu'eux-mêmes ont exercée, sans le mettre en rien au crédit de leur partenaire et donc sans que cela les rapproche de celui-ci. De leur côté, les Français n'ont pas été en état d'expliquer leur propre cohérence, dont ils n'étaient eux-mêmes pas conscients. Et ils n'ont pas compris non plus la manière d'agir de leur partenaire. L'apprentissage empirique n'a permis de faire qu'un bout du chemin vers une compréhension mutuelle. De grands pans de méfiance ont subsisté. Et, quand les entreprises concernées se sont décidées à lancer un travail d'analyse pour améliorer cette compréhension, il était déjà trop tard.

CHAPITRE V

Une expérience française en Slovénie :

Comprendre un mode communautaire de gestion

Tatjana Globokar

En 1989, un constructeur français prend le contrôle d'une usine d'automobiles située en Slovénie. Les 3 000 membres du personnel vont devoir s'adapter à des exigences de qualité conformes aux standards occidentaux. Diverses observations concernant le fonctionnement de l'usine ne permettent pas de conclure quant au plan d'action à privilégier ; les responsables se demandent jusqu'où on peut aller dans l'introduction de nouvelles procédures de travail sans provoquer de risques de rejet. Un travail de recherche [1] est alors commandé par le siège afin d'appréhender les aptitudes au changement des Slovènes. Il fait apparaître que la mobilisation du personnel de l'usine dépend de la capacité des Français et des Slovènes à construire ensemble une compréhension mutuelle de leurs manières respectives de travailler.

Des difficultés de compréhension mutuelle

Confrontés aux remarques des Slovènes sur le comportement des Français, nous ne pouvons que constater, à notre arrivée dans l'usine, la forte tension qui règne entre les deux parties. Un audit mené par le siège parisien et nos investigations auprès du personnel montrent que cette tension repose sur une incompréhension réciproque.

1. La recherche sur le terrain a commencé en 1992 et a connu plusieurs étapes jusqu'en 1995. Je remercie Monique Persin pour son aide dans la mise au point du texte.

Les plaintes des Slovènes

Dès le début de nos entretiens, la difficulté d'accepter les Français comme maîtres apparaît dans les discours des Slovènes. « Nos gens ont du mal à accepter les Français, affirme un des directeurs adjoints. On ne les aime pas, ici. » « Ils acceptent mal, ajoute un autre, le fait que les Français prennent les postes de direction qui, avant, étaient occupés par les Slovènes. S'ils pensent remplacer aussi les contremaîtres, c'est sûr que les ouvriers ne seront pas contents. »

Signe d'un malaise, cette crainte de voir l'usine envahie par les Français, au-delà des postes de direction et de quelques conseillers, s'associe à un sentiment de manque d'information. Tout le personnel, cadres, maîtrise ou opérateurs, formule la même plainte : « Il n'y a pas assez d'information. Elle reste entre les mains des Français. » Faute d'une communication satisfaisante entre Français et Slovènes, ces derniers imaginent le pire. « Il y a des limites pour les gens. Elles risquent d'être dépassées un jour. Alors, comment fera-t-on ? »

Les Slovènes expriment le sentiment de ne pas être entendus. L'audit qui a précédé notre travail cite des déclarations de l'encadrement slovène, qui s'estime déconsidéré par rapport à ses homologues français : « Si c'est un Français qui demande du matériel, ça sera acheté. Si c'est nous, on nous dit qu'il n'y a pas d'argent pour ça. » Un opérateur résume la situation : « Les Français sont les maîtres ici. Nous n'avons rien à dire. » Notre analyse montrera à quel point ce « rien à dire » exprime, dans le contexte slovène, un fort sentiment d'exclusion.

La méfiance par rapport aux « maîtres » avec lesquels la communication est difficile et qui donnent le sentiment de ne pas être à l'écoute, ainsi que l'impossibilité de participer plus activement aux décisions prises, apparaissent comme des sources essentielles de clivage.

Les observations des Français

Les Français occupent des postes de direction comme chefs de divers départements, ou des postes de techniciens venus aider à faire démarrer des programmes de fabrication. Dans leurs contacts quotidiens avec les Slovènes, ils cherchent à comprendre comment faire passer leurs messages, comment agir pour que les Slovènes les suivent. Ils font des remarques sur la manière de travailler de ces derniers. La diversité des visions qu'ils en ont prouve qu'ils ont du mal à les comprendre.

Certains se découragent rapidement; leurs efforts leur paraissent vains, puisque les Slovènes ne possèdent pas les qualités qu'ils ont l'habitude de trouver en France. L'engagement de leurs partenaires leur semble trop faible, leur vocabulaire technique trop restreint et leurs idées peu concrètes. Leurs observations paraissent parfois contradictoires. Ainsi, un chef de département français reproche simultanément aux Slovènes trop de goût pour l'indépendance et trop de soumission : « Les gens n'ont pas le réflexe de dire qu'il y a quelque chose qui ne va pas, ils veulent traiter à leur niveau et il y a des choses absolument ahurissantes » ; « les gens n'ont pas la curiosité d'aller voir ce qu'il faut faire, ils attendent qu'on leur dise ».

Les cadres français les plus critiques se plaignent d'une réticence des Slovènes à communiquer et l'attribuent au passé communiste du pays : « Les gens ne savent pas s'exprimer. L'époque communiste a fait que les gens n'avaient vraiment pas le droit de parler et cela se sent. » Pour eux, la capacité des Slovènes à apprendre les méthodes modernes de travail fait sérieusement question : « On n'a jamais dit à ces gens qu'il fallait tenir compte de ce qu'ils faisaient. On va mettre en place les nouvelles procédures de "qualité totale" mais je suis effaré, je ne sais pas comment les gens de la fabrication vont passer à ce stade », s'inquiète un Français, chef de département dans l'usine depuis trois ans. Pour lui, le clivage entre ce que font les Slovènes et ce que leur demandent les Français devient de plus en plus profond : « La maîtrise des premier et deuxième niveaux ne s'implique pas assez. Les questions sont mal posées parce qu'elles n'ont pas été documentées. Cela devient complètement incompréhensible. Dans nos têtes, les choses nous apparaissent tellement claires, tellement simples, tellement évidentes qu'on ne va même pas se poser la question. » Sans en être conscient, il met le doigt sur une question centrale : comment trouver une manière de communiquer qui permette de transmettre ce qui apparaît « tellement clair » aux uns et pas aux autres ?

Des problèmes d'encadrement et de motivation sont également mis en avant par l'audit. Celui-ci souligne que « l'encadrement de premier niveau ressent fortement l'éloignement du terrain de sa propre hiérarchie qui ne semble pas s'investir dans le règlement des problèmes concrets auxquels la maîtrise de premier niveau est confrontée ». Il précise que « les ouvriers ne savent pas précisément quels sont les rôles respectifs des chefs d'équipe et des contremaîtres » et que « les comportements que certains adoptent leur semblent inadaptés face aux enjeux de motivation des hommes, d'évolution de la qualité et de professionnalisation des opérateurs ». A partir de ces remarques, l'audit conclut sur l'existence de « certains blocages internes » et affirme que du côté slovène « des résistances peuvent se développer ».

Toutefois, d'autres Français portent un regard nettement plus optimiste sur la coopération avec les Slovènes. Un chef de département qui a une longue expérience de l'usine déclare : « Mes gens, je les considère capables et responsables, je leur répète ça tous les jours. » Et il se livre à une autocritique sévère : « Ce qui manque aux Slovènes, c'est qu'on leur lâche la bride sur le cou. Pendant longtemps, dans cette usine, on s'est comporté d'une manière un peu coloniale. Les gens attendent ce qu'il faut faire. C'est dans le sens de ce comportement colonialiste. »

Ce sont surtout les techniciens qui travaillent quotidiennement dans les ateliers qui ont ce regard positif. « On voit qu'ils s'attachent à ce qu'on leur a demandé, note un d'entre eux. (…) Il y a eu ici beaucoup de progrès rapides. » Et il ajoute : « Si je fais faire quelque chose, ils le font. Je pense que mon image est plus forte que celle des autres. » Il sait qu'un certain charisme du chef joue un rôle important. Un autre est même enthousiaste (même si son propos ne relève peut-être que d'un discours managérial assez convenu) : « Je connais bien le peuple slovène qui est fier, propre. Quand on leur fait une remarque, ils la prennent en considération. Il faut communiquer, il faut être présent, il faut les respecter, leur donner les moyens. Il faut être à l'écoute, c'est le plus important. »

En comparant le fonctionnement très contrasté de deux ateliers de fabrication, nous avons pu mieux saisir ce que sont les attentes des Slovènes et ce qui les fait basculer d'une attitude de retrait à un vif engagement dans leur travail.

Deux ateliers au dynamisme différent

A notre arrivée, deux modes de gestion coexistent dans l'usine. L'un est particulièrement visible dans l'atelier « Peinture », avec des résultats que, selon les dirigeants français, « on serait bien content d'avoir dans les usines en France » ; l'autre dans l'atelier « Tôlerie », où on observe un encadrement qui s'impose avec difficulté et une forte démotivation chez les opérateurs. L'analyse montre que la différence entre leurs fonctionnements émane des manières d'agir de leurs responsables, l'un et l'autre slovènes. Le premier se montre ouvert à une participation du groupe pendant que le second défend avant tout la structure hiérarchique.

La parole spontanée et l'ordre hiérarchique

Dans l'atelier « Peinture », le responsable intègre en permanence l'ensemble des subordonnés dans une vie de groupe où chacun a l'occasion de s'exprimer, de poser des questions et de recevoir des réponses. Il évoque ainsi sa démarche : « En ce qui me concerne, je n'aime pas l'ordre hiérarchique. Nous nous parlons dès que l'occasion se présente », exprimant ainsi une conception de la hiérarchie qui n'est pas compatible avec l'existence d'échanges spontanés entre les supérieurs et les subordonnés.

Il insiste sur le fait qu'il donne à ses subordonnés l'occasion de le rencontrer et de lui parler : « J'ai l'habitude de faire le tour de l'atelier, c'est à cette occasion que nous nous parlons, il arrive aussi qu'un chef d'équipe m'écrive un mot, nous nous rencontrons et nous parlons. Les opérateurs s'adressent à moi, surtout à propos des conditions de travail ; s'ils m'aperçoivent, ils viennent tout de suite vers moi. » Il se rend disponible à tout moment à un échange verbal avec ses collaborateurs ; en faisant souvent le tour de l'atelier, il va à la recherche de telles rencontres. Il suscite une communication spontanée avec le personnel de son atelier, sans se préoccuper de son niveau hiérarchique : « Je n'aime pas que l'opérateur s'annonce pour pouvoir me parler. Je préfère être accosté à n'importe quel moment et l'écouter. » Étant disponible et à l'écoute de tous, chefs d'équipe et opérateurs, il montre à chacun qu'il s'intéresse à lui, qu'il tient à savoir ce qu'il pense, ce qu'il sait et ce qui le tourmente. Il considère l'échange verbal comme la base des relations dans son atelier.

En revanche, cet échange n'existe que partiellement dans l'atelier « Tôlerie ». Son responsable ne va pas aussi loin dans ses contacts avec ses collaborateurs que son homologue de l'atelier « Peinture ». Il préfère que la voie hiérarchique soit respectée et que l'opérateur règle ses problèmes avec son chef d'équipe, celui-ci avec le contremaître et ce dernier avec le chef d'atelier. Conscient qu'il est bon de transgresser parfois cette voie en s'adressant directement aux chefs d'équipe, il ne fait ce geste qu'à titre d'exemple : « Avec les chefs d'équipe, je n'ai qu'un contact indirect. Quand je fais le tour de l'atelier, je leur demande s'ils ont des problèmes (...) pour que cette échelle hiérarchique ne soit pas si strictement tenue (...). Je fais le tour (...) s'il y a des difficultés (...). Ces contacts personnels comptent entre les hommes. » S'il fait « le tour » pour s'adresser à ceux qui ne sont pas ses subordonnés directs, il ne cherche pas à établir avec eux un mouvement d'échange spontané. Il ne leur donne pas l'occasion de s'adresser à lui ; c'est lui qui décide quand et comment cet échange aura lieu. Conscient que les « contacts personnels » avec ses subordonnés sont importants et que ces derniers aiment bien communiquer sans respecter la voie hiérarchique, il fait un geste. Il essaye de répondre à une demande qu'il ressent, mais sans dévier de son principe de base. Il maintient ce principe grâce à une manière particulière d'écouter : « Mon contact direct aux subordonnés est avec le contremaître. Le chef d'équipe s'adresse au contremaître. S'il y a des problèmes plus importants, il vient me voir, mais notre pratique, c'est qu'ils viennent me voir ensemble. » En exigeant que deux niveaux hiérarchiques viennent le voir « ensemble », il se prête à l'écoute tout en corrigeant l'attitude du subordonné qui n'a pas respecté la voie hiérarchique. Il n'exclut pas la possibilité d'avoir un contact direct avec l'opérateur, mais là encore en corrigeant sa démarche : « L'opérateur peut venir directement chez moi avec son problème. En général je l'écoute et je lui demande de revenir avec son chef d'équipe afin que j'entende une autre opinion sur le problème. J'écoute toujours les deux, sinon il y aurait de l'anarchie et je risque de détruire l'autorité du chef d'équipe. »

Le responsable de l'atelier « Tôlerie » veille ainsi sur l'autorité de son encadrement en rétablissant l'ordre hiérarchique chaque fois que, par un comportement spontané, la parole a été adressée en le transgressant. La crainte de « l'anarchie » étaye sa volonté de maintenir un ordre qui freine une communication spontanée. Pour lui, comme pour son homologue de l'atelier « Peinture », l'ordre hiérarchique n'est pas compatible avec l'existence d'échanges oraux spontanés entre les supérieurs et les subordonnés. Mais chacun d'eux en tire des conséquences différentes.

L'apprentissage du respect

Pour mieux faire comprendre à ses collaborateurs l'importance qu'il accorde à l'échange spontané, le responsable de l'atelier « Peinture » ne se montre pas seulement disponible, mais leur apprend à s'exprimer. Dans ce but, il favorise une réflexion en groupe où chacun peut intervenir, même si son opinion n'est pas la plus pertinente : « Quand nous cherchons à résoudre un problème, nous utilisons la méthode du *brain storming*. Chacun dit ce qu'il pense ; même si c'est idiot, nous le laissons parler. Si le groupe est plus important, nous laissons à chacun le temps d'exprimer son opinion afin que les plus âgés n'écrasent pas les jeunes… que chacun puisse avoir raison, qu'il puisse démontrer, qu'il y ait une tolérance entre eux. » Faisant lui-même preuve de tolérance envers chacun des membres de son groupe, il cherche à inculquer la tolérance aux autres : savoir écouter même si « c'est idiot », laisser à l'autre le temps de s'exprimer, laisser la parole aux jeunes au même titre qu'aux âgés. En insistant sur le fait « que chacun puisse avoir raison », il entretient le respect de la parole de l'autre sans prendre en compte son statut, son âge, son expérience ou son intelligence. Il cherche à créer un groupe où chacun trouve sa place à travers le partage de la parole.

Dans l'atelier « Tôlerie », le responsable suscite également l'apprentissage du respect, mais le fait dans un autre esprit. Quand il dit : « Le but de la gestion, c'est le respect strict, très strict, de l'un par rapport à l'autre, surtout dans le travail », il pense au respect du statut de chacun et non pas à celui de l'individu capable de partager. En expliquant qu'il écoute « toujours les deux, sinon il y aurait de l'anarchie et je risque de détruire l'autorité du chef d'équipe », il met l'accent sur le respect de cette autorité qu'il entend protéger et préserver.

Dans l'un et l'autre atelier, l'encadrement intermédiaire essaye de suivre l'exemple donné par son responsable. Dans l'atelier « Peinture », un chef d'équipe pratique une forme particulière d'expression : « Chaque semaine j'attache une feuille sur la vitre, j'y marque "Problèmes" et j'y laisse un crayon. Ainsi, les gens écrivent ce qu'ils trouvent problématique. C'est anonyme mais tout se sait. Et ainsi, écrite noir sur blanc, chaque remarque est prise en compte et la solution cherchée. » Cette démarche contient les mêmes éléments de respect et de prise en compte de l'opinion de tout un chacun que le *brain storming* du chef d'atelier. Comme dans un groupe où on apprend, en laissant le temps à tous de s'exprimer, à ne pas se mettre en avant, l'anonymat où « tout se sait » joue ici le même rôle, celui d'éviter de se singulariser.

Dans l'atelier « Tôlerie », un contremaître imite également son supérieur : « S'il m'arrive de m'adresser directement à l'opérateur pour une affaire précise, je contacte immédiatement après son chef d'équipe et nous allons ensemble voir l'opérateur en question. Je fais très attention à ces rapports, pour ne pas détruire l'autorité du chef d'équipe. » Et le chef d'équipe retient de cette démarche l'importance de la position de chacun : « Chacun doit savoir trouver sa position, alors il n'y a plus de problèmes, on sait "quelle heure il est" [tournure slovène pour dire à quoi s'en tenir]. On sait ainsi jusqu'où c'est moi et jusqu'où c'est lui. »

La dignité du partage

Le chef de l'atelier « Peinture » suscite chez ses subordonnés des réactions qui vont dans le sens de ses attentes. Les chefs d'équipe ressentent bien le processus d'échange qui se construit : « Le chef d'atelier, je le vois tous les jours, il vient dans la production (...). S'il a des informations (...), s'il est intéressé par quelque chose dans la production et qu'il ne peut venir voir lui-même, il nous appelle (...) s'il a besoin d'une information (...). Il coopère avec nous, il nous aide si nous avons un problème, si nous venons le voir. » Le fait de voir son chef tous les jours, d'être informé et de pouvoir l'informer est un signe de partage et aussi d'une certaine considération ; le fait que le chef coopère avec eux et les aide leur prouve qu'il les trouve dignes de ce partage.

Pour les opérateurs, pouvoir s'entretenir avec le chef d'atelier, pouvoir l'« accoster », comme lui-même le souhaite, signifie également ne pas être exclus des informations qu'ils estiment importantes pour leur travail et pour eux-mêmes. Cette communication spontanée prend la forme d'un entretien rapide : « Quand le chef d'atelier passe, je peux toujours lui poser des questions. Cela peut être à propos des congés, de l'avenir, du matériel, en gros tout ce que le chef d'équipe ne sait pas nous dire. » Ce type d'échange semble être permanent et sans limites avec leurs chefs d'équipe, comme l'ont exprimé plusieurs opérateurs et opératrices : « Avec le chef d'équipe, on peut s'entretenir autant qu'on veut » ; « Si j'ai un problème, j'appelle le chef d'équipe pour qu'il vienne m'aider » ; « Nous voyons tous les problèmes avec le chef d'équipe, il vient nous voir, nous demander si nous avons des problèmes ».

Cette disponibilité, pratiquée par le chef d'atelier et reprise par les chefs d'équipe, est attendue par les opérateurs. Quand ces derniers s'adressent à leur supérieur, ils cherchent la preuve de sa disponibilité en même temps que l'information ou le conseil. Être disponible signifie qu'on ne se distingue pas de l'autre, qu'on ne cherche pas à se singulariser en se croyant plus important. Poser une question au chef d'atelier lors de son passage ne correspond pas nécessairement, pour l'opérateur, à une recherche d'information mais peut être une vérification du fait qu'il se trouve bien dans une situation de partage.

Des tensions se produisent dès que les efforts en ce sens s'interrompent. Elles émanent du sentiment qu'untel est moins écouté qu'un autre, ou de la déception de sentir que la parole n'est pas partagée. Le chef d'atelier « Peinture » est bien conscient du danger : « Je fais tellement attention à être disponible, d'une manière égale, pour tous mes subordonnés qu'il m'arrive d'être spontanément plus bref avec ceux de mon village par peur de les favoriser par rapport aux autres. » En revanche, le chef d'atelier « Tôlerie » ne le prend que partiellement en considération quand il exige « que tous les deux viennent me voir ensemble, le subordonné et le supérieur, et puis nous cherchons la solution, et c'est moi qui dois arranger, emmener les deux sur un terrain qui sera satisfaisant pour tous les deux ». En confrontant trois niveaux hiérarchiques qui cherchent une solution de concert, il crée une amorce d'un groupe où trois individus de statuts différents s'expriment. Mais cet échange est clairement soumis à l'arbitrage de celui qui possède le statut le plus important ; c'est lui qui arrange une solution acceptable pour les deux autres.

Exclus d'un partage d'opinion fréquent, les opérateurs de l'atelier « Tôlerie » tentent de le provoquer. « Le contremaître passe quelquefois, au moins une fois par semaine, et c'est à ce moment-là que nous lui donnons des conseils », affirme l'un d'eux ; puisque leur supérieur ne s'adresse pas à eux, ils agissent d'eux-mêmes. Sans forcément en être conscients, ils cherchent à mettre en place le partage d'informations et d'opinions qui fonctionne dans l'atelier « Peinture » et qui est bloqué chez eux. L'un d'eux explique : « Si je ne peux pas partager mon savoir-faire, je n'ai aucun rôle ici. Je me sens exclu, je manque de dignité professionnelle. »

Ces propos touchent à l'essentiel de ce qui forme le lien social en Slovénie. Être digne de la parole et de l'écoute veut dire faire pleinement partie de la communauté. En être privé signifie être exclu, être sans rôle, donc ne pas être pris en considération. Tout un système de partage partant du responsable et traversant la construction hiérarchique doit être mis en place pour qu'advienne cette sorte d'intégration qui, seule, procure à chacun sa dignité. Par contraste avec le fonctionnement de l'atelier « Peinture », celui de l'atelier « Tôlerie » provoque l'insatisfaction des opérateurs qui, faute d'un tel système, se sentent inutiles, démotivés, exclus.

Le savoir-faire, une condition préalable

Comme l'indique l'opérateur de l'atelier « Tôlerie » précédemment cité, l'important est le partage du « savoir-faire », et la dignité qu'il revendique est une dignité « professionnelle ». Le partage de la parole, même s'il concerne aussi des informations sur les conditions de travail et l'avenir de l'usine, est avant tout centré sur les questions de travail. Il doit offrir à chacun la possibilité de montrer son savoir-faire.

Le chef d'atelier « Peinture » s'inspire en la matière de l'action de son propre supérieur, lui-même slovène, responsable de la direction « Production » : « Notre responsable nous laisse trouver des solutions. Il connaît les critères et il nous laisse nous organiser. Il suit les résultats. Il nous informe bien. Il ne nous laisse jamais sans réponses. » Comme « il connaît les critères », ce responsable jouit d'une autorité basée sur son professionnalisme. Il « laisse organiser » et « trouver des solutions », respectant ainsi le savoir-faire et l'initiative de ses subordonnés. Il « suit les résultats », ce qui montre son intérêt pour le travail des autres et manifeste son respect pour leurs efforts. Ne laissant « jamais sans réponses », il reste à l'écoute de ses subordonnés. Cette description souligne le goût pour le dialogue de celui qui ne s'impose pas par des ordres tout en laissant aux subordonnés une certaine marge de manœuvre, qui leur permet de montrer ce qu'ils savent faire en trouvant des solutions.

Sûr de lui, ce chef d'atelier « Peinture », connu de toute l'usine comme quelqu'un d'extrêmement brillant et inventif, approche à son tour ses subordonnés en respectant leurs propositions, et leur laisse une marge de manœuvre suffisante pour qu'ils fassent appel à leur propre savoir-faire. Son exemple est suivi tout au long de la ligne hiérarchique. « J'applique le style de travail de notre chef d'atelier. Il va toujours jusqu'au bout », explique un chef d'équipe, évoquant ainsi l'exigence d'un travail bien fait. Un autre continue : « Je montre à tout un chacun son travail. Je ne dicte pas, je coopère plutôt. » Cette manière de faire s'appuie sur une solide compétence : « Nous, les chefs d'équipe, nous connaissons bien notre travail. Si vous ne le connaissez pas, l'opérateur vous le reprochera. »

Les opérateurs s'intègrent bien dans cette manière d'agir. L'un d'eux nous explique sa démarche, non sans une certaine fierté : « Si j'ai une proposition pour modifier quelque chose, je le dis au chef d'équipe. Il vient, il demande pourquoi modifier, je lui explique, nous nous arrangeons, nous trouvons le milieu. » Encouragés à chercher des solutions et à partager leurs expériences, ils pratiquent ces échanges entre eux : « Il arrive que l'un ou l'autre a laissé passer certaines choses, tu viens, tu vois et tu fais à sa place. Nous nous aidons, ainsi nous arrivons à faire ce qu'il faut » ; « Mon collègue vient me dire s'il s'aperçoit que j'ai oublié quelque chose. Il me dira : "Tu as oublié ça, fais attention !" » Le partage de paroles se prolonge en partage de gestes, en aide mutuelle qui renforce les liens.

Ce partage de gestes concerne également les rapports verticaux et les relations entre services : le chef d'équipe est constamment appelé par ses opérateurs pour venir en aide, le retoucheur (celui qui, en bout de chaîne, corrige les erreurs) est prêt, dès qu'il le peut, à donner un coup de main ; même l'auditeur (chargé de contrôler l'état des véhicules qui passent) qui appartient au département « Qualité », aide spontanément s'il le faut. En aidant, on montre que l'on partage l'expérience ; on exprime son respect pour le travail de l'autre ; on le rassure sur sa disponibilité à son égard, sans se croire plus important que lui.

Pour sa part, le chef de l'atelier « Tôlerie » n'a pas une très bonne réputation professionnelle. Il n'a jamais pu jouir d'une autorité fondée sur ses connaissances et n'a pas su développer chez ses subordonnés un niveau de savoir-faire qui leur donnerait une assurance suffisante. Avec plus ou moins de succès, ces derniers doivent construire celle-ci. « Au début, il fallait s'affirmer. Maintenant je crois que ça va. Quand on arrive, on est mal traité par les opérateurs. Je ne pense pas que ma situation serait meilleure si j'étais plus âgé. C'était ainsi, parce que j'étais nouveau », commente un chef d'équipe.

Expliquant sa démarche, il donne quelques détails sur la manière de s'insérer : « Au début, pendant deux mois, j'ai seulement regardé (...). Ensuite je me suis aperçu que finalement moi aussi je savais quelque chose. Si je ne savais pas, je me taisais ; si je le savais, je le disais. Maintenant, nous arrivons à nous mettre d'accord. » Son récit indique la démarche qu'il faut entreprendre quand on n'est pas porté par un mode de partage qui stimule et encourage. Cette démarche est d'autant plus nécessaire que les opérateurs exigent que leurs supérieurs soient compétents. « Si le chef ne peut pas me convaincre qu'il sait faire autant que moi, si ce n'est pas plus, explique un d'entre eux, il ne me paraît pas capable de passer l'information et de me dire ce que je dois faire. » C'est ce même opérateur qui conclut par la revendication déjà citée : « Si je ne peux pas partager mon savoir-faire, je n'ai aucun rôle ici. Je me sens exclu, je manque de dignité professionnelle. »

La rencontre de deux univers

La comparaison entre le fonctionnement des deux ateliers permet de comprendre dans quelles conditions les Slovènes s'engagent dans leur travail et dans quelles situations ils se sentent démotivés. Elle aide à identifier la nature des obstacles auxquels se heurte la communication franco-slovène. La recherche a ainsi participé à la construction d'une compréhension mutuelle entre Français et Slovènes. Simultanément, d'autres éléments ont contribué à cette construction.

L'offre française et les attentes slovènes

Les Français sont venus apprendre aux Slovènes des méthodes modernes de travail. Pour les Slovènes, cette situation offre une chance d'apprendre, d'améliorer leur savoir-faire et de s'affirmer dans le monde comme des fabricants capables et sérieux. Étant donné l'estime où ils tiennent les connaissances et le savoir-faire, ils devraient être impatients de se lancer dans cette nouvelle aventure. Mais, comme notre analyse l'a montré, leur dynamisme au travail ne peut être développé que sous condition d'un partage d'idées et de gestes. Dans les rapports franco-slovènes qui régnaient à notre arrivée dans l'usine, ces conditions n'étaient pas remplies.

Un premier obstacle à la coopération provenait du barrage linguistique. « C'était la chose la plus difficile, explique un technicien français, on ne pouvait pas s'exprimer, la personne en face ne connaissait pas les termes. Il n'y avait personne pour venir en aide. Avant de partir, en France, on m'a dit : "vous pouvez prendre des cours", mais ils n'ont jamais trouvé un professeur. » « Rien n'est prévu ici pour les Français pour apprendre le slovène, ajoute un autre. Donc, ils ont choisi le système selon lequel toute l'usine apprendra le français. » Cette méthode, utile à long terme, a été d'abord source de difficultés. Quand tout échange passe par des traductrices, le barrage linguistique prive les Slovènes de parole spontanée, élément si central pour eux dans la construction du lien social. Cette gêne était évidente tant pour les responsables slovènes que pour les opérateurs. « Je me sens malheureuse parce que je ne peux pas échanger un mot avec le technicien français que je vois passer tous les jours », se plaint une opératrice.

Plus largement, l'échange entre les Français et les Slovènes a eu quelque chose de malheureux : les premiers ont eu trop souvent le sentiment de ne pas être suivis et les seconds celui de ne pas être pris en considération. Les Français ne comprenaient pas comment travaillent les Slovènes. Même dans les cas où ils avaient l'impression de comprendre, les réactions des Slovènes montrent qu'ils se leurraient. Ceux qui se sont plaints des tentatives des Slovènes « de tout régler à leur niveau » ne percevaient pas qu'elles exprimaient leur besoin de disposer d'une marge de manœuvre et que c'est faute d'un système approprié d'encadrement et de communication que les résultats de cette manière d'agir peuvent tourner en « choses ahurissantes ». Même le technicien français qui se croyait « présent » et « à l'écoute » ignorait les critiques formulées à son égard. Il décrit avec fierté ses bons rapports avec un chef d'atelier slovène : « Avec celui-ci, je n'ai aucun problème de communication. Je suis pratiquement son patron. Tout ce que je lui dis, il le fait », mais l'autre se plaint de son côté : « Parfois, j'essaye d'expliquer mon point de vue à mon collègue français qui est ici pour nous instruire dans les nouvelles procédures. Mais je sens qu'il ne m'écoute pas, qu'il ne me prend pas en considération. » Le « patron » pour l'un est « collègue » pour l'autre, ce qui est une communication sans problèmes pour l'un est un manque de prise en considération pour l'autre.

Un sentiment d'exclusion

Les Français, dans leur double rôle de maîtres, détenteurs de la majorité du capital et porteurs de connaissances et de savoir-faire, possèdent, en principe, la légitimité nécessaire pour être acceptés. « Ils connaissent les critères », pourrait dire notre chef d'atelier « Peinture ». Par contre, il ne pourrait pas évoquer d'autres traits qui, dans une perspective slovène, sont essentiels pour travailler ensemble : « ils nous laissent organiser », « ils nous laissent trouver des solutions », « ils coopèrent », « ils laissent proposer », « on s'arrange ». Son commentaire serait plutôt : « Ils connaissent les critères, mais quand ils nous les expliquent ils ne nous croient pas capables d'avoir nos propres solutions. » Certes, les impératifs de qualité sont tels que les Français ne peuvent pas prendre le risque de laisser trop de marges de liberté aux Slovènes. Mais ils ne perçoivent pas l'importance de ces marges pour ceux-ci.

Appliquant leur propre grille de lecture, les Slovènes attribuent le comportement des Français au respect d'un ordre hiérarchique qui signifie pour eux, comme nous l'avons vu, le contraire du partage. « Je sens leur hiérarchie, observe un chef d'atelier. Quelquefois, en réunion, j'exprime une idée mais elle n'est pas très chaleureusement reçue. J'ai le sentiment que la raison d'une telle réaction se trouve dans le fait que je suis un subordonné. » Ils se sentent traités de haut, même si certains ont l'impression que les choses évoluent : « J'ai des bons rapports avec les Français. Mais ils se prennent quand même pour des gens plus importants que nous » ; « Il y a parmi eux certains qui savent bien prendre contact avec nous et puis d'autres qui nous prennent pour des écoliers » ; « La croyance qu'un chef slovène vaut moins qu'un chef français change peu à peu ». Faute d'un partage de parole, ils se sentent, à l'image des opérateurs de l'atelier « Tôlerie », peu considérés et ils sont démotivés.

Incapables d'exprimer ce conflit latent autrement que par leur silence, les Slovènes finissent par se désintéresser. « Je serai content le jour où, en réunion des départements, mon adjoint slovène frappera du poing sur la table et criera : "Je ne suis pas d'accord !" », souhaite vivement le directeur industriel de l'usine qui, observant la situation à travers ses lunettes françaises, ne peut pas comprendre pourquoi les Slovènes n'agissent pas comme le feraient des Français en situation de désaccord : manifester une certaine agressivité verbale, dire ce qui ne va pas, sans que les rapports que l'on entretient en soient dégradés pour autant. De fait, les Slovènes ne parlent spontanément que quand ils sont sûrs qu'ils seront écoutés.

Nous avons vu l'importance que les Slovènes attachent à la prise en compte de leurs compétences par leurs responsables. Le chef d'atelier « Peinture » en est bien conscient quand il permet à ses subordonnés d'exprimer leur point de vue « même si c'est idiot ». Il se sert de son autorité pour donner de la place à l'expression de leurs compétences. Créant avec eux une relation pédagogique qui pourrait être qualifiée de « montante », il construit une compétence collective. En revanche, les Français utilisent leur autorité pour transmettre leurs compétences. « Je suis pratiquement son patron. Tout ce que je lui dis, il le fait », professe un technicien déjà cité à propos de ses rapports avec un chef d'atelier. Ils pratiquent une relation pédagogique « descendante » et, se croyant parfaitement corrects, ont une manière de faire qui va à l'encontre des attentes slovènes. Le succès de la coopération franco-slovène, processus complexe de mise en commun des compétences, dépend de la manière dont les deux parties parviendront à concilier ces deux relations pédagogiques.

L'effet pédagogique de la recherche

La recherche a aidé une compréhension mutuelle à se construire non seulement en apportant des connaissances sur la manière de travailler des Slovènes mais aussi par sa démarche même, à l'occasion de la phase d'enquête puis de la restitution des résultats.

Lors de l'enquête, nous avons cherché à créer un climat qui permette aux Slovènes, interrogés dans leur langue, de s'exprimer librement. Les entretiens débutaient par une évocation du blocage des rapports franco-slovènes. Le sujet était abordé de manière rassurante pour la personne interrogée, en lui présentant une description hypothétique des Français pour qu'elle la complète à partir de sa propre vision. Quelques éléments de réflexion sur les différences possibles entre les manières d'agir des uns et des autres étaient présentés. La démarche de l'entretien, mené sous forme d'un dialogue plutôt que de questions et de réponses, s'est ainsi approchée de cette situation d'échanges que représente pour les Slovènes le partage de la parole. Le discours des interviewés a pu prendre un libre cours, déclenchant un dynamisme d'échanges riche en réflexions et en observations. En principe simple introduction pour « démêler les langues », la partie de l'entretien portant sur les rapports franco-slovènes a constitué en fait un support de débats et a offert un cadre de discussion. La recherche ayant comporté plusieurs phases, il a été possible de constater que ceux avec qui nous nous sommes entretenus se sont approprié certains éléments provenant de ces entretiens dans leurs contacts quotidiens avec les Français. Ils sont devenus des interlocuteurs à part entière, faisant des commentaires, ajoutant leurs points de vue et posant des questions à leur tour.

Les séances de restitution aux responsables français et slovènes, réunis à cette occasion autour d'une table, ont constitué une occasion de plus de progresser sur une voie de compréhension mutuelle. Certes, il s'agissait surtout de présenter aux Français les résultats du travail concernant le fonctionnement comparé des deux ateliers étudiés, mais, pour faciliter leur compréhension, d'autres éléments ont été évoqués. Ainsi, les modes de gestion observés ont été mis en relation avec le contexte culturel slovène, illustré lui-même par quelques images empruntées à l'histoire. Les siècles de soumission des Slovènes à une domination étrangère, leur vie dans la communauté villageoise, leur expérience de l'autogestion pendant les quarante dernières années ont été évoquées, ce qui a non seulement aidé à mieux comprendre leur besoin de partager la parole, mais a également donné consistance à l'histoire slovène face à l'histoire de France. Cette dernière, l'Ancien Régime, la hiérarchisation de la société, ont été également évoqués pour mieux faire comprendre aux Slovènes le comportement des Français, et notamment l'aspect hiérarchique de leurs rapports. Ils ont ainsi pu mieux comprendre que, si la culture française favorise chez les supérieurs un comportement qui apparaît comme méprisant aux Slovènes, celui-ci se comprend tout autrement si on décode ce qu'il signifie dans l'univers français.

Un soin particulier a été consacré aux questions de présentation lors des séances de restitution. Ainsi, tous les supports écrits (le compte rendu des travaux, le résumé de celui-ci, les transparents) ont été réalisés dans les deux langues et la présentation orale a été également bilingue. Il s'est agi à la fois de permettre à chacune des parties d'accéder à une compréhension plus fine, grâce à l'utilisation de références familières et d'expressions idiomatiques, et de donner le sentiment à chacun, en utilisant sa langue, qu'il était pleinement considéré.

Une dynamique interactive

La mise en place d'un ordre hiérarchique qui autorise la prise en compte de la parole des subordonnés constitue la base d'un bon fonctionnement dans l'univers slovène et semble être la clé d'une bonne entente franco-slovène. La situation s'est progressivement améliorée sur ce point. Lors de nos passages successifs dans l'usine, nous avons pu constater qu'une série d'éléments qui ont permis une prise en compte progressive de la parole des Slovènes ont été mis en place. Grâce aux efforts réalisés des deux côtés, des situations se sont construites où cette parole a pu prendre de plus en plus de poids. Plusieurs occasions de gagner en assurance face aux Français ont été offertes aux Slovènes. De plus, les Français ont réussi à mieux saisir la manière de travailler des Slovènes, et les deux parties ont trouvé de concert des formes permettant d'entretenir une dynamique d'échanges.

Le partage de la parole a tout d'abord été facilité par l'apprentissage du français par les Slovènes. Dans les réunions franco-slovènes, ceux-ci prennent la parole avec plus de sûreté. Des séjours systématiques de l'encadrement slovène dans les usines françaises ont pu être organisés. Ces visites ont eu des effets multiples. Elles ont aidé les Slovènes à acquérir, outre un savoir professionnel, un savoir social qui leur permet de mieux saisir en quoi ils sont proches des Français et en quoi ils en divergent ; plus fréquentes sont leurs visites, plus ils saisissent finement ces différences, ce qui atténue le clivage qui les sépare des Français. Les contacts établis avec leurs homologues – faire leur connaissance, les observer au travail, discuter avec eux sur un terrain moins chargé de tensions que celui de l'usine – ont constitué également un effet essentiel de ces visites. « Si j'ai un problème, j'appelle mon collègue en France », nous explique avec satisfaction un chef d'atelier lors d'une de nos dernières visites de l'usine. Le contraste avec le climat rencontré au début de nos investigations est évident. Lorsque les Slovènes viennent en France, les Français ont l'occasion de les observer de près et de mieux connaître leurs capacités et leurs limites. Ils peuvent ainsi construire une image du potentiel professionnel et du comportement de chacun d'eux, souvent en les comparant avec ceux de leurs homologues issus d'autres pays. Grâce aux Français ainsi rencontrés, qui ne sont pas forcément les mêmes que ceux de l'usine, le cercle au sein duquel se forment les opinions relatives aux Slovènes s'élargit en s'enrichissant d'opinions favorables.

Le développement des échanges informels hors du travail, auxquels les Slovènes attribuent beaucoup d'importance et auxquels les Français ont consenti comme à une règle du jeu, a également ajouté au processus d'acceptation et de compréhension mutuelles. Des fêtes et des journées sportives organisées en commun ont introduit une certaine souplesse dans les rapports entre partenaires.

Cette dynamique d'échanges formels et informels a créé un contexte au sein duquel les Slovènes ont eu le sentiment d'être mieux pris en considération par les Français. Aussi la mise en commun des compétences des uns et des autres se fait-elle, désormais, par une relation pédagogique plus appropriée aux besoins des Slovènes ; la relation « descendante » est convertie en relation « montante », la complémentarité entre les compétences individuelles des Français et les compétences collectives des Slovènes peut être mise en valeur. Ces progrès ont joué un rôle décisif quand les procédures de « qualité totale » sont entrées en application. Fondées sur une étroite coopération au sein du groupe, ces procédures sont en bonne harmonie avec le système slovène de partage. Contrairement aux craintes des Français, qui doutaient au départ que les Slovènes soient capables de les mettre en œuvre, l'usine a obtenu très rapidement les meilleurs coefficients de qualité parmi les usines du constructeur.

CHAPITRE VI

Le solide contre l'ingénieux :

malentendus dans la gestion de projets franco-suisses

Sylvie Chevrier

L'entreprise que nous étudions est située en Suisse alémanique et fabrique du matériel électrique[1] depuis sa création en 1900. Après une succession de périodes de crise et de croissance, la société emploie au début des années 1980 quelques centaines de salariés et possède plusieurs filiales à l'étranger. En octobre 1985, les salariés apprennent brutalement que les deux tiers de l'entreprise seront vendus à un grand groupe industriel français le 1er janvier 1986. Après le rachat, en plus des étrangers de diverses origines déjà présents (Autrichiens, Canadiens, Brésiliens, Indiens, etc.), de nombreux Français rejoignent l'entreprise : des directeurs nommés par le groupe, des cadres fonctionnels (ingénieurs en informatique, contrôleurs de gestion), des ingénieurs et cadres opérationnels (ingénieurs en gestion de projet) ainsi que des stagiaires. En quelques années, sur fond de prise de contrôle, la cohabitation franco-suisse doit se mettre en place, non sans difficultés. En particulier, la gestion de projets d'ingénierie qui implique de nombreuses interactions entre Suisses et Français de l'entreprise mais aussi entre l'ensemble du personnel de la filiale et les salariés du groupe en France ne semble pas aller de soi. Les membres des équipes projet, de plusieurs nationalités mais en majorité suisses ou français, se plaignent d'une mauvaise communication, de

1. Parmi les activités de l'entreprise, les projets d'ingénierie électrique consistent à fournir clés en main des sous-stations électriques partout dans le monde à partir de matériel fabriqué par l'usine suisse ou d'autres usines situées en France ou dans d'autres pays européens.

conflits entre départements, ainsi que de tensions interpersonnelles.

Derrière les difficultés exprimées par les acteurs, se dessinent des conceptions différentes de la qualité chez les Suisses et les Français. Chacune des deux conceptions se fonde sur des représentations particulières des rapports à la technique et des modes légitimes de coopération.

La lecture des acteurs : problèmes ordinaires et stéréotypes

Au premier abord, les difficultés auxquelles se heurtent les équipes projet ressemblent fort à plusieurs problèmes récurrents dans les entreprises, à savoir des difficultés à collaborer entre les métiers ainsi que des problèmes de personnes et de circulation de l'information.

Problèmes ordinaires des équipes projet

Les désaccords qui émergent, par exemple, à propos des solutions techniques à retenir, sont mis par les intéressés sur le compte de rivalités entre les départements d'ingénierie et ceux de gestion de projet. Ces rivalités sont, semble-t-il, à l'image des conflits de métier traditionnels entre production et marketing : « Il y a des rivalités. Les gens à la vente sont plutôt des extravertis, les autres ont un autre caractère. On a des interprétations différentes des choses. A la vente, notre objectif est de coincer les concurrents. Le technicien, lui, il voit son disjoncteur et son bouton-poussoir, si on lui demande de tourner son disjoncteur de 180 degrés, c'est un drame », ou encore : « C'est vrai que les gens à la technique trouvent les meilleures solutions sans penser aux conséquences commerciales. »

La qualité de la collaboration est également variable selon les personnes à qui on a affaire. Entre certains individus, la collaboration est bonne car une complicité étroite s'est forgée au cours d'expériences partagées. Quand la collaboration est moins bonne, plusieurs membres de l'entreprise, suisses ou d'autres origines, invoquent d'inévitables incompatibilités personnelles : « il y a différentes personnalités et certains problèmes d'ajustements, mais c'est comme dans une famille, tout le monde ne peut pas s'entendre parfaitement » (ingénieur suisse) ; « on ne se dispute pas, on règle les différends tranquillement, cela dépend aussi des relations personnelles » (ingénieur malais).

Les frictions viennent du non-respect des délais pour remettre le travail, ainsi que du sentiment de n'être pas mis au courant de certaines décisions ou de l'état d'avancement des activités. Ainsi, les ingénieurs se plaignent de difficultés à recueillir des informations exactes : « C'est difficile d'avoir de l'information. Il faut demander, mais on ne sait pas toujours qu'une information est disponible. Les gens ont des informations qui intéresseraient les autres mais ils ne leur disent pas » (employé service commercial suisse) ; « nous manquons parfois d'informations, nous n'avons pas nécessairement connaissance des derniers développements sur le site ou dans l'organisation » (ingénieur suisse). Les membres des équipes projet trouvent enfin difficile d'obtenir que les choses soient faites : « la surcharge de travail signifie que la division du travail est problématique. Quand il y a un travail à faire, chacun veut mettre la ligne de partage à des endroits différents pour en faire moins » (chef de département suisse).

Ayant mentionné ces difficultés, les Suisses interviewés ont à plusieurs reprises souligné leur caractère anodin : « il ne faut pas en faire un cas », « c'est normal ». De même, le recours à des termes neutres comme « chacun », « les gens » traduit un souci de ne pas établir de liens entre les problèmes rencontrés et tel ou tel groupe national. Peut-on pour autant conclure qu'il n'y a pas de difficultés interculturelles dans ces équipes ?

Les stéréotypes et leurs limites

Les réunions interculturelles de travail sont généralement marquées par une courtoisie diplomatique, toute en retenue et circonspection. Cependant, derrière cette diplomatie de surface, chacun des deux groupes culturels entretient critiques et stéréotypes à l'égard de l'autre. Les membres de l'entreprise se rassemblent fréquemment par petits groupes informels de nationaux lors des pauses ou des repas, et partagent alors leurs sentiments négatifs. Les échanges dans le cadre de ces apartés sont bien différents des affirmations officielles des acteurs lors des entretiens formels. Ils traduisent un climat de collaboration plus chargé en tensions et conflits feutrés que ne le laissent entendre les discours de façade. C'est au sein des groupes nationaux, entre Français ou entre Suisses, que l'on parle ouvertement de l'autre nationalité. Les reproches mutuels d'arrogance que formulent Suisses et Français lorsque le contexte informel y est propice constituent un premier signe de tensions interculturelles. Du côté suisse, on déclare : « les techniciens français (…) ne se prenaient pas pour la queue de la poire » ; « on a l'impression que les Français se trouvent meilleurs. Ils veulent tout montrer aux Suisses » ; « les Français savent mieux que tout le monde ». Et réciproquement des Français affirment : « Les Suisses trouvent toujours qu'ils font mieux, ils sont imbus d'eux-mêmes. »

Outre les critiques symétriques, les discours informels sont truffés de stéréotypes spécifiques. Tandis que les Français mentionnent le manque de vue d'ensemble des Suisses, leur lenteur et leur respect tatillon des procédures, les Suisses accusent les Français de négliger les détails, de faire preuve d'irréalisme et de ne pas respecter les règles. Ces nombreux stéréotypes et critiques qui font mention du caractère national (lenteur suisse, transgression française des règles, etc.) montrent bien que les difficultés des équipes projet ne peuvent être réduites à des conflits de métier et de personnes. Bien qu'exprimés à mots couverts, ils témoignent de la distance culturelle qui persiste entre les deux groupes malgré la coopération quotidienne obligatoire. Les stéréotypes, en tant qu'image projetée par un groupe sur un autre, révèlent autant l'univers de sens du groupe qui les formule que les caractéristiques du groupe culturel qu'ils désignent. Ils s'inscrivent en effet dans l'ensemble des conceptions du monde de ceux qui les utilisent. A ce titre, le déchiffrage des stéréotypes entendus dans les équipes nous met sur la voie d'univers de sens qui ne sont pas accessibles d'emblée aux acteurs, mais qui sont néanmoins à l'œuvre dans la coopération franco-suisse. Plus largement, une relecture des discours des acteurs nous a permis de mettre en évidence une conception française et une conception suisse de la qualité qui ne se concilient pas aisément et contribuent ainsi au climat conflictuel dans l'entreprise.

La qualité suisse

Lors de la conception d'une station électrique, les ingénieurs doivent résoudre des problèmes techniques et mettre au point une solution qui répond aux exigences et aux contraintes du client.

Qualité technique : fiabilité, haut de gamme et souci du détail

Du côté suisse, la recherche d'une solution technique pour un client est marquée par un souci permanent de « qualité ». Les Suisses apparaissent très attachés à la « qualité », car elle constitue selon eux leur marque de commerce, leur compétence distinctive. Suisse et qualité sont si étroitement associées dans les représentations des Suisses qu'il leur suffit de mentionner le caractère suisse d'une chose pour signifier qu'elle est de qualité : « Nous avons une image de qualité car nous sommes implantés en Suisse » (secrétaire suisse).

Plus précisément, pour les ingénieurs suisses, la qualité repose d'abord sur la fiabilité du matériel. Ils sont convaincus que leur savoir-faire en la matière les distingue depuis toujours des autres unités européennes et en particulier françaises du groupe : « [Avant le rachat] nous vivions de produits en avance et d'une réputation de qualité, de fiabilité que le groupe n'avait pas. Dans la synergie recherchée, on pensait que les Français voulaient le côté suisse : la qualité des produits » (chef de service suisse).

Pour mettre au point des solutions techniques conformes à cette exigence de fiabilité, les ingénieurs suisses privilégient le matériel haut de gamme qui leur apparaît comme le meilleur du marché. Ils affirment qu'ils ne sont pas en paix avec eux-mêmes lorsqu'ils doivent transiger avec la qualité et qu'il leur faut assumer une solution avec du matériel bas de gamme : « Le prix des fournitures locales à Karachi qui répondent aux spécifications techniques est plus bas qu'en Suisse, mais la qualité générale du matériel est aussi plus basse. C'est difficile pour un ingénieur de prendre la responsabilité de ce matériel qu'il n'approuve pas dans son cœur. » Monter des installations ordinaires bon marché ou sous-traiter à bas prix la réalisation d'une partie des installations équivaut à renoncer à la qualité. Cette préférence pour le haut de gamme exprimée par les ingénieurs suisses est clairement perçue par les commerciaux étrangers, mais ceux-ci la jugent au contraire comme un désavantage compétitif : « Les techniciens et ingénieurs suisses sont très préoccupés par la qualité, ils aiment le travail bien fait, mais la plupart du temps on vend dans des pays en voie de développement et la qualité suisse coûte cher » (ingénieur commercial malais).

La qualité technique suisse passe par la meilleure fourniture, mais aussi par le souci du détail et l'attention portée aux finitions. En effet, la perfection technique implique pour les ingénieurs suisses non seulement la fiabilité du matériel, mais aussi la précision de la réalisation. Cet attachement au détail se manifeste au travers des propos formulés au sujet des Français par, respectivement, un ingénieur et un chef de service suisses : « il y a des différences entre les Suisses et les Allemands d'une part qui cherchent à faire un travail minutieux, parfait, et les Français d'autre part qui ont une philosophie toute différente. Les Allemands et les Suisses ont plus ou moins les mêmes conceptions. Les Français sont plus “globaux”, mais les détails manquent ou ne fonctionnent pas » ; « même si les Suisses pensent que les Français ont des idées, ils voient qu'ils ne les réalisent pas aussi bien que les Suisses. Par exemple, ils font de superbes voitures, mais quand on ouvre le capot… Nous, on ferait des voitures qui ne rouillent pas ».

A travers ces traits et ces comportements prêtés aux Français, les Suisses expriment l'importance qu'ils accordent à la réalisation soignée et au travail minutieux. Rien n'est assez insignifiant pour mériter qu'on le néglige. Le souci du détail ne concerne pas seulement le produit final, il doit être présent en permanence dans la façon même de travailler et de s'organiser. Ainsi les télécopies écrites à la main d'une écriture peu lisible en provenance d'unités françaises du groupe transgressent la norme suisse.

La qualité implique une application méticuleuse à tous les niveaux, c'est pourquoi un chef de service suisse exprime un profond malaise face au manque de clarté et d'ordre : « On a été invités à voir l'usine X [usine française du groupe]. C'était vieux. Le parc de machines n'en parlons même pas, c'était le *schnee*[1], il n'y avait pas de chemin pour circuler. Un manque d'organisation flagrant. (…) Aujourd'hui, X est propre, il y a eu une sérieuse reprise en main. Maintenant, l'usine est à la hauteur. Il y a des chemins entre les machines. Je peux emmener des clients suisses sans problème pour voir l'usine. Je crois qu'on a été un exemple, c'est organisé de la même façon qu'ici. » Cette citation exprime bien ce qui est acceptable et ce qui est choquant dans la perspective suisse : la norme suisse est une usine bien organisée avec du matériel moderne disposé de manière ordonnée. Elle montre également que la conception suisse de la qualité dépasse les seules propriétés techniques du produit et comprend une dimension relationnelle. Tout comme le matériel bas de gamme, le manque d'organisation est mal assumé par l'ingénieur suisse vis-à-vis de ses clients. Bas de gamme et désordre apparents ne posent pas seulement des problèmes de performance technique, ils sont à l'origine de difficultés relationnelles.

Qualité technique et qualité du travail : efforts, conciliation et subsidiarité

Cette conception semble confirmée par les propos d'un directeur suisse qui suggèrent également que la qualité se mesure aux relations harmonieuses qu'elle suscite avec les clients : « Nous sommes forts sur certaines installations (…) : cela se voit dans le nombre de litiges avec les clients. Nous n'avons jamais eu de procès comme en France. » La fiabilité du matériel dont le client n'a jamais à se plaindre évite au fournisseur de s'exposer à des réclamations légitimes ; elle garantit l'harmonie de la relation. La dimension relationnelle de la qualité ne se traduit pas seulement dans les interactions avec la clientèle, elle est présente dans les rapports sociaux au sein même de l'entreprise. En effet, du point de vue

1. Mot suisse romand qui signifie le « bazar ».

suisse, la qualité des produits est intimement liée à une « qualité de travail ». Celle-ci se mesure à l'aune des efforts fournis par chaque personne dans l'accomplissement de la tâche qui lui incombe : on attend de chacun qu'il « se donne de la peine » ou qu'il « fasse son possible ». Mais surtout la qualité de travail découle d'une qualité de collaboration. Les efforts dans le cadre de son propre travail doivent être assortis d'une aide apportée aux autres : « J'essaie d'aider à trouver la solution. » Se donner de la peine n'est donc pas seulement conçu comme un effort individuel, mais comporte aussi une composante relationnelle, à savoir aider des gens proches. La collaboration fonctionne bien quand cette aide est présente : « Le travail technique marche bien. Les gens connaissent les problèmes. Ils aident. »

Aider consiste d'abord à être disponible pour apporter un support ou une compétence précise aux autres : « On a des gens très bons, chacun *prend le temps d'aider.* » Et, de fait, la disponibilité est un comportement attendu dans les relations transversales aussi bien que dans les relations hiérarchiques. Les Suisses exigent du bon chef qu'il consacre du temps à les écouter et, réciproquement, le chef compte sur la disponibilité de ses subordonnés. Comme le résume un directeur suisse : « Un bon chef doit entendre et être disponible, il doit donner du temps pour que les gens puissent parler. » A l'inverse, la collaboration est jugée mauvaise lorsque les personnes n'accordent pas assez de temps aux choses et aux autres : « C'est vrai, je n'y ai pas consacré assez de temps. Je le reconnais. Nous essaierons de régler le problème dès que possible » (chef de service suisse). « A la vente, ils n'ont jamais de temps » (ingénieur suisse).

Aider, c'est aussi faire un effort de conciliation pour permettre le travail commun. Ainsi un ingénieur suisse déclare : « Il n'y a pas de situation où il n'y a pas de collaboration possible. Chacun se donne la peine d'aider. » Moyennant du temps et des efforts, il est toujours possible de s'entendre. Cette volonté de collaborer en conciliant les intérêts de chacun est, selon un chef de service, constitutive de la qualité du travail suisse : « Depuis le début, la Confédération suisse a seulement le travail et l'exportation des hommes pour vivre. Il y avait surtout une *qualité de travail* garantie par la *paix du travail*[1]. » Les propos de ce chef de service reprennent l'imagerie populaire suisse très vivante qui trouve dans l'harmonisation des intérêts et la valeur ajoutée par le travail la raison essentielle de la prospérité économique du pays. Surmonter les divergences, tout comme travailler avec acharnement, constitueraient des impératifs pour préserver sa compétitivité. Le consensus apparaît comme un idéal vers lequel il convient de tendre. C'est ce même idéal qui était déjà exprimé par J.-J. Rousseau dont on peut rappeler les attaches suisses[2] : « Il s'agit moins ici de délibération que de concorde ; le choix du parti que vous prendrez n'est plus la grande affaire : fût-il mauvais en lui-même, prenez-le tous ensemble ; par cela il deviendra le meilleur et vous ferez toujours ce qu'il faut faire pourvu que vous le fassiez de concert[3]. »

Mais l'harmonisation des intérêts ne signifie pas l'unité de ces intérêts et encore moins celle des opinions. La pression du consensus n'empêche pas que des espaces d'autonomie soient ménagés. Le consensus ne s'applique qu'à un minimum de décisions vitales pour le collectif ; sinon, les décisions sont prises selon un principe de subsidiarité. Par exemple, des décisions à prendre n'ont pas été tranchées au cours de réunions de pilotage rassemblant tous les membres des projets, les services concernés estimant qu'elles relevaient uniquement de leur ressort : « Décider qui part la semaine prochaine au Pakistan est un problème interne qui ne sera pas discuté dans cette réunion » (chef de service suisse). Les Suisses sont attachés à l'autonomie, autonomie de chaque niveau hiérarchique mais aussi autonomie de la filiale par rapport au groupe. A cet égard, les Suisses qui regrettent le rachat de l'entreprise se plaignent moins de l'inadaptation

1. La « paix du travail » renvoie à un accord de juillet 1937 dans lequel patronat et syndicats de la métallurgie se sont engagés à résoudre tous les conflits susceptibles de les opposer par la voie de la conciliation ou en dernier recours par celle de l'arbitrage d'un tribunal. De part et d'autre, on se déclare prêt à rechercher des solutions fondées sur la convergence des intérêts du capital et de ceux du travail (cf. F. Dunant, *Le Modèle suisse*, Paris, Payot, 1991, p. 219).

2. F. Jost, *Jean-Jacques Rousseau suisse. Étude sur sa personnalité et sa pensée*, Fribourg, Éditions universitaires, 1961.

3. J.-J. Rousseau, *L'Émile*, Paris, Gallimard, coll. « La Pléiade », vol. III, p. 897.

des décisions du siège français au contexte suisse que du fait que les décisions ne sont plus locales : « On a perdu notre autonomie, notre pouvoir de décision. (…) On ne peut pas travailler de façon indépendante. Je ne dis pas que les décisions qui sont prises sont nécessairement mauvaises, mais *elles ne sont pas prises ici* » (responsable suisse des relations publiques). « Avant, on achetait d'autres entreprises, maintenant, c'était notre tour. Voilà que nous étions *contrôlés à distance* » (chef de service suisse). L'autonomie permet de se soustraire à l'arbitraire de décisions venues d'ailleurs, mais elle signifie surtout être maître de son destin.

Cette conception des rapports sociaux est à rapprocher des rapports à la technique étudiés plus haut. Un mode de fonctionnement social fondé sur la subsidiarité s'accorde mieux que la centralisation avec le soin méticuleux porté aux détails techniques. Lorsque les pouvoirs de décision et de réalisation coïncident au niveau local, cela permet d'aller plus loin dans le détail que lorsque la décision est prise à un niveau central avec une vision nécessairement moins fine de la réalisation qui est faite par d'autres. On conçoit aisément la qualité à travers un produit fignolé par tous dans les moindres détails lorsque l'on juge légitime que chaque partie prenante au processus ait son mot à dire lors de la prise de décision. La collaboration de tous les métiers sur un mode égalitaire permet de produire collectivement un « bijou ». La décentralisation doit permettre à chacun de prendre les décisions qui l'affectent ou, à tout le moins, d'être consulté. Ainsi, des chefs de projets sont accusés de ne pas laisser une autonomie suffisante aux membres de leur équipe : « Dans les [services appelés] Régions, personne en dessous du chef de projet ne peut prendre de décisions. Il est là, mon problème » (ingénieur projet suisse). Avoir à rendre systématiquement des comptes peut même être perçu comme une atteinte à l'autonomie. Arguant que la rédaction d'un rapport prend trop de temps, plusieurs ingénieurs ont, par exemple, tenté de refuser de fournir un rapport périodique au chef de projet : « Vous n'avez qu'à venir me demander si j'ai fait ça et ça… » Pour obtenir une information, il faut être prêt à consacrer du temps à aller la chercher. Là encore, le travail collectif implique de se donner de la peine. L'importance attachée aux efforts de conciliation et au consensus dans la conception suisse fait que l'autonomie ne signifie pas agir comme on l'entend, mais prendre des décisions en respectant les règles et en tenant compte des autres.

Le principe de subsidiarité s'accompagne d'une définition précise des tâches et des responsabilités, chacun travaillant dans sa sphère de compétences, ce qui est ainsi perçu et exprimé par un cadre français : « Ici, chacun est très préoccupé par l'organisation de son service, mais ne s'occupe pas des interfaces. » La division du travail devant être respectée, les zones grises posent problème. Conformément au principe de clarté et d'ordre, ce sont des règles formelles qui doivent fixer le partage des tâches. Lorsque la règle laisse subsister des zones grises, on ajoute une règle supplémentaire – une métarègle : « On est en train de mettre au point des règles précises pour compléter la règle générale qui est matière à interprétation. Les activités de chaque département sont déjà définies, mais il reste des zones d'ombre qui demandent des négociations avec les responsables. La nouvelle règle devrait régler 90 % de ces cas. Les responsabilités seront plus clairement définies » (chef de département suisse). Dans cet espace cloisonné, la spécialisation et l'expérience de chacun sont très valorisées. La compétence se mesure au degré de spécialisation qui permet d'« aller dans les détails », si importants pour la qualité du travail. A l'inverse, le manque de spécialistes, ajouté au manque de disponibilité évoqué plus haut, entrave la qualité de la collaboration : « Dans la partie commerciale, on n'a pas de bon spécialiste, c'est difficile d'obtenir que les choses soient faites », « les gens là-haut n'ont pas tant d'expérience. Ils n'ont jamais de temps pour vous. Ils donnent les spécifications et attendent que le travail se fasse. Ces gens ne peuvent pas aller dans les détails » (ingénieurs suisses). On entrevoit encore ici la relation étroite entre la conception de la qualité technique qui met l'accent sur les détails, et la conception des rapports sociaux dans l'entreprise qui valorise la spécialisation et la disponibilité. L'autonomie et la spécialisation de chacun dans sa sphère de responsabilités impliquent en contrepartie le respect scrupuleux des procédures afin d'être en mesure de coordonner précisément le travail. Chacun s'en tient à ce qu'il sait faire et applique les consignes qui s'imposent à tous : « Ce qui est important, c'est de respecter les règles de l'équipe » (ingénieur suisse). Le respect des règles est le garant de la cohésion des groupes de travail.

Le prix de la qualité

L'attachement des Suisses à la qualité des produits est lié à l'idée qu'il existe une chaîne logique de causes et d'effets fondatrice de leur succès : les efforts et le travail, tant individuels que collectifs, permettent d'obtenir des produits de valeur qui permettent à leur tour de maintenir le niveau de vie inespéré et envié de ce petit pays sans ressources naturelles. « Qui ne voudrait pas vivre en Suisse ? Mais qui voudrait travailler comme nous le faisons ? » se demande ainsi un responsable suisse des relations publiques.

En retour, les efforts consentis doivent rapporter. La qualité du travail se paie ; autrement dit, on ne doit pas rechigner devant le prix qui atteste de sa valeur. Les ingénieurs suisses sont ainsi offensés par les clients qui veulent la qualité sans en payer le prix : « La notion de contrat n'est pas la même dans tous les pays. Avec un client suisse, on a une relation étroite. On discute avec lui pour identifier la meilleure solution et il est prêt à payer pour l'avoir. Cela se passe à peu près comme ça dans les autres pays européens. Mais lorsqu'on travaille dans d'autres pays, les clients veulent la qualité maximum, la quantité maximum pour le prix minimum. » De même, le personnel suisse s'est offusqué du prix de cession de l'entreprise au groupe français en 1986 : « Ce qui nous a paru humiliant, c'était le prix. Nous avons été vendus 100 millions alors que nous faisions 400 millions de chiffre d'affaires, on avait le sentiment d'être bradés. »

Le client est en droit d'attendre la perfection, mais il doit y affecter le budget correspondant. La qualité ne se brade pas. La valeur des choses, c'est leur prix. Faire du bon marché est dévalorisant, ce qui incite les ingénieurs suisses à proposer des solutions de qualité mais coûteuses. A ce sujet, un ingénieur commercial français rapporte qu'il s'est senti mal à l'aise à deux reprises lors de l'ouverture publique des offres, parce que les solutions proposées par l'entreprise suisse étaient deux fois plus chères que celles de certains concurrents.

La concurrence accrue dans le domaine de l'ingénierie menace ce système de représentations. L'accent mis par les clients sur un prix compétitif s'accommode mal de la valorisation du haut de gamme sophistiqué et irréprochable auquel les ingénieurs suisses associent leur entreprise. Cette rupture est ainsi exprimée par un directeur belge : « Les besoins du marché, ils [les ingénieurs suisses] ne les connaissent pas. Ils me disent : “les client veulent du matériel S [nom de l'entreprise]”. Vous en avez déjà vu des clients qui veulent du matériel S ? ! Ils veulent du matériel. Point. » A travers la confiance supposée des clients à l'égard de l'entreprise apparaît encore une fois la dimension relationnelle de la conception suisse de la qualité, qui s'oppose ici à une conception selon laquelle la qualité serait tout entière contenue dans l'objet.

En somme, dans la conception suisse, la qualité technique des produits qui se définit par la fiabilité, le matériel de premier choix et le souci du détail va de pair avec des rapports sociaux marqués par des processus de consultation et de conciliation ainsi que le respect des règles. La qualité technique ne vaut pas seulement par les performances du produit fini, mais aussi et surtout par la qualité du travail mis en œuvre, c'est-à-dire les efforts consentis, le temps investi pour surmonter les divergences, la rigueur de l'organisation et le respect des procédures. En d'autres termes, la conception de la qualité technique est en harmonie avec la forme légitime des rapports sociaux. Par exemple, la recherche systématique d'une conciliation entre les intérêts des parties prenantes rend difficile une approche globale des solutions techniques, tandis qu'elle encourage le fignolage des détails auxquels chacun tient. Enfin, l'imbrication de la technique et du social s'exprime par le lien établi par les Suisses entre la qualité des produits et la reconnaissance des clients qui témoignent de leur confiance envers l'entreprise et sont prêts à payer le prix demandé.

La qualité à la française

Par contraste avec la conception suisse, la conception française associe d'abord la qualité à la cohérence de la solution retenue et met l'accent sur une approche globale.

Une approche conceptuelle globale

Dans la version française, une « bonne solution » s'obtient par une démarche générale qui repose sur la modélisation, l'abstraction et la pensée systémique. Les ingénieurs français déclarent aborder les problèmes à partir d'une réflexion théorique globale et décliner ensuite la solution déterminée dans son principe avec plus ou moins de détails. Cette approche, qui n'est pas propre au métier d'ingénieur, est évoquée par un Français qui l'oppose à la démarche des Suisses préoccupés par les détails : « En France on commence par l'environnement, le système. Au contraire, les Suisses poussent très loin dans le détail. Ils s'occupent des particularités mais voient très peu les généralités (...). Les Français regardent plutôt les grosses masses. » Plus généralement, comme nous l'avons vu plus haut, les Français estiment qu'en Suisse « chacun est très préoccupé par l'organisation de son service mais ne s'occupe pas des interfaces », tandis qu'eux-mêmes privilégient une vue d'ensemble. Cette perception trouve son pendant chez un directeur suisse qui affirme : « En Suisse, on essaie de trouver une solution pratique et applicable tout de suite, mais on n'a pas toujours réfléchi aux conséquences. On est concentré sur le problème à résoudre, on ne voit pas les problèmes connexes. Le Français a une vue plus globale. »

La valorisation d'une vision globale par les ingénieurs français signifie que, pour eux, la compétence réside moins dans une spécialisation étroitement limitée que dans la capacité à établir une cohérence et des correspondances entre des solutions locales ou des domaines circonscrits. S'améliorer personnellement, c'est devenir polyvalent. A cet égard, l'activité technique est perçue comme une étape dont il faut sortir. Au contraire des Suisses qui jugent la compétence professionnelle à l'aune de l'expertise et de la spécialisation, les ingénieurs français estiment qu'ils progressent quand ils s'éloignent de la technique : « Je n'ai pas envie de me plonger dans la technique. Si on veut des gens qui soient capables de répondre à la variété des questions des clients, ce sont des gens avec quinze ans d'expérience qui passent leur vie à vendre des sous-stations. Ce n'est pas intéressant du point de vue carrière. » Devenir un spécialiste des détails techniques à force d'expérience est perçu comme moins valorisant que de prendre de la hauteur par rapport au produit.

D'ailleurs, dans la conception française, le respect de la cohérence globale et du principe général est la priorité qui autorise à sacrifier quelques détails, en particulier de forme. La mise en page des documents, qui est perçue comme une question de forme plus que de fond, est souvent sommaire. Par exemple, des ingénieurs français du groupe n'ont pas hésité à remettre à un client un rapport d'essai de matériel dont la présentation était dépareillée : le document de quelques dizaines de pages, constitué à partir de plusieurs rapports, comprenait des feuilles avec des en-têtes et des typographies disparates, ainsi que de nombreuses fautes de frappe. La présentation étant moins noble que le contenu, elle tend à être délaissée au profit de celui-ci.

Dans le cadre d'un autre contrat, un chef de projet demandait à un ingénieur français de fournir le schéma d'un tableau de commandes à l'attention d'un client ; il attendait un panneau sur lequel figureraient le dessin des boutons et des têtes d'alarmes ainsi que leur nomenclature, pour préparer les futurs utilisateurs. L'ingénieur fournit en retour un schéma détaillé de l'installation expliquant le fonctionnement du dispositif de contrôle-commande. A la question : « à quoi le dispositif ressemble ? », il répond implicitement : « voici comment il fonctionne ». L'explication qui suppose la compréhension du fonctionnement apporte selon l'ingénieur français davantage de valeur ajoutée que la seule description de l'apparence. Dessiner les boutons, c'est se faire le simple rouage d'une transmission d'information, alors qu'expliquer le fonctionnement, c'est laisser entrevoir les connaissances techniques et la maîtrise que l'on a des règles de l'art, c'est montrer que l'on peut prendre de la hauteur.

C'est une attitude similaire chez d'autres ingénieurs qui a

contraint un chef de projet à réitérer sa demande à plusieurs reprises avant d'obtenir d'ingénieurs français le traçage du parcours de câbles sur un plan. Cette tâche, peu noble – elle consistait en un simple coup de feutre sur un plan déjà existant – fut longtemps remise à plus tard par les ingénieurs français, qui, manquant de temps, choisissaient de se consacrer à d'autres activités : « Faire une fonctionnalité nouvelle sur un matériel, ça l'intéresse [l'ingénieur français], mais faire un plan pour le client, ça ne l'intéresse pas » (chef de projet français). Dans un contexte d'urgence et de priorités conflictuelles, les tâches nobles sont privilégiées au détriment des activités triviales. Et, de manière générale, le travail intellectuel de conception est plus valorisé que les phases de réalisation ou d'utilisation en aval qui mettent en œuvre des savoirs pratiques. Cette hiérarchie implicite est ainsi exprimée par Hériard Dubreuil : « Le plaisir technique se situe dans le rapport à l'objet avec lequel il existe beaucoup de façons de s'identifier. La plus banale est de le consommer. Plus subtile est la capacité de maîtriser un outil. Il y a un plaisir à donner à la matière la forme que l'on veut, à montrer l'œuvre qui sort de ses mains. Plus noble enfin est la capacité d'inventer ou d'innover. Il y a un plaisir à créer un nouvel objet technique, à se battre avec les contraintes techniques, à se mesurer avec l'inconnu[1]. » Dans l'univers de sens des ingénieurs français, la relation à l'objet technique est vécue comme un rapport d'identification. Selon que le travail à faire sur cet objet est plus ou moins noble, leur empressement et leur motivation sont plus ou moins grands. Plus le défi technique est élevé, plus l'ingénieur français tend à être enthousiaste. Ceci éclaire la qualité sous un angle nouveau, celui de la prouesse technique et de l'ingéniosité.

L'ingéniosité

Pour l'ingénieur français, une « bonne solution » est un problème astucieusement résolu ; son objectif est de réaliser une prouesse technique. Plus les solutions sont novatrices et

1. B. Hériard Dubreuil, « Le métier d'ingénieur. Imaginaire et éthique chrétienne », thèse, Weston School of Theology, mai 1990.

d'avant-garde, plus elles suscitent de l'intérêt ; la bonne solution repose sur la technicité de la conception : « Ce qui m'intéresse, explique un ingénieur français, c'est de résoudre des problèmes techniques *compliqués.* » Le plaisir technique est ici de l'ordre du jeu ; il s'agit de l'emporter sur la complexité des choses par la création de solutions originales. Ainsi, au sein du groupe, les ingénieurs français se sont trouvés davantage stimulés que découragés par la demande particulière d'un client qui consistait à ajouter de nouvelles fonctions à du matériel standard. Jugé par les ingénieurs suisses comme une demande exorbitante, ce défi a au contraire mobilisé des ingénieurs français qui ont vu l'occasion de trouver une solution habile *ad hoc.* Les ingénieurs français s'attaquent à la complexité par la débrouillardise et le bricolage imaginatif. Passer du temps à trouver une solution astucieuse pour gérer au mieux les contraintes ne les rebute pas. Il est ainsi arrivé que des ingénieurs français fassent des suggestions pour aménager la demande du client parce que cela leur semblait plus judicieux : par exemple, déplacer un témoin pour qu'il soit plus facilement lisible par les opérateurs. L'ingéniosité se traduit ici par la capacité à faire mieux que les obligations du cahier des charges. A une autre occasion, confrontés à un problème technique de place dans une sous-station, des ingénieurs français du groupe proposèrent de faire passer un câble par le sous-sol. La solution n'était pas acceptable pour le client, le sous-sol étant réservé à un autre matériel, mais le problème était résolu d'un point de vue conceptuel. Les Français ne rechignent pas à transgresser certaines règles dans le but de faire fonctionner une installation malgré les obstacles : « Moi, je fais différemment pour obtenir des résultats, ça va plus vite et les résultats sont les mêmes. » Cette capacité à s'élever au-dessus des règles est conçue comme un signe d'ingéniosité personnelle.

La liberté parfois prise par les ingénieurs français à l'égard de certaines contraintes techniques de manière à faire en sorte de trouver une solution est clairement perçue par les ingénieurs suisses. Mais ces derniers estiment que la confiance qu'ils ont dans leur ingéniosité conduit les Français à prendre des engagements inconsidérés qui menacent la relation client-fournisseur qu'eux-mêmes privilégient : « Quand on discute avec le client, les Français disent : “Que désirez-vous ? Je peux tout faire pour vous”, même si ce n’est pas vrai ! » (ingénieur suisse). Il reste que les arrangements des ingénieurs français ne consistent pas à prendre de la distance avec les grands principes de leur discipline. Au contraire, ils s’avèrent très attachés à la rationalité technique qui fait figure de vérité formelle ultime.

La vérité formelle

A la différence des Suisses pour qui l’unanimité tend à primer sur le contenu de la décision, les Français se réfèrent en permanence à la rationalité de la solution retenue. Tandis que, pour les Suisses, la qualité résulte d’un processus social d’harmonisation des intérêts, pour les Français, la qualité se mesure à son degré de conformité à la « vérité technique formelle ». Dans cette perspective, une bonne solution ne se négocie pas, elle se démontre. Par exemple, dans le rapport d’essai de matériel évoqué précédemment, la forme était négligée, en revanche, toutes les mesures ainsi que les calculs intermédiaires figuraient dans le document : c’est la démonstration qui importait. Pour des essais équivalents, les rapports de concurrents d’autres pays se contentent d’indiquer le résultat dans un rapport de deux pages. Les ingénieurs français, en présentant les formules complètes, montrent leur attachement à prouver la validité logique des chiffres avancés.

Mais suivre la démonstration suppose que l’on soit initié. Contrairement à la qualité suisse qui se voit dans les moindres détails, la qualité française se conçoit et ne peut être appréciée que de l’expert compétent. C’est pourquoi les ingénieurs français utilisent fréquemment un jargon de spécialistes dans les rapports destinés aux clients : « Nous, on prend pour acquis que le client sait de quoi il parle, qu’il est compétent. Ce sont des ingénieurs qui s’adressent à des ingénieurs, y compris quand on travaille à des niveaux très pointus » (chef de projet français). Postulant que le client est compétent pour suivre la démonstration, les ingénieurs français lui fournissent l’accès à la preuve pour emporter son adhésion dans un registre de rationalité technique.

En résumé, l’approche globale à la française, qui valorise

la hauteur de vue, privilégie les concepts et les principes : la solution de qualité est d'abord une solution « bien conçue », conforme à un idéal technique. A l'ouvrage soigné conçu dans la concertation s'oppose la noblesse du processus intellectuel de conception. L'apparence comptant moins que le concept, la qualité d'une installation n'est véritablement accessible qu'à celui qui en comprend les modalités de fonctionnement. Son appréciation se fait à une sorte de deuxième degré réservé aux initiés. Le beau produit a dû être astucieusement pensé et l'idée ingénieuse rejaillit en prestige sur le concepteur à travers un fort processus d'identification à l'objet. Il n'est pas question ici de travail collectif, de peine ni d'efforts, mais de l'ingéniosité que chacun met en œuvre en se référant à sa propre conscience des règles du métier.

Difficultés interculturelles et voies de solutions ?

Suisses et Français ne partageant pas la même conception de ce qu'est une solution technique de qualité ni des rapports sociaux à mettre en œuvre pour la créer, on entrevoit aisément leurs difficultés à travailler ensemble au sein de projets. L'encadré 1 présente deux exemples de divergences d'interprétation issues de la cohabitation des deux univers de sens. De manière générale, les différences d'approche entre Suisses et Français suscitent de longues discussions. Se mettre d'accord est un défi lorsque la légitimité qui fonde les arguments recevables n'est pas la même de part et d'autre. Par conséquent, les discussions prennent beaucoup de temps : « Nous n'avons pas la même manière de traiter les problèmes (…), ça se voit dans les discussions. Quand je parle avec un Français, cela me prend deux fois plus de temps qu'avec un Suisse » (directeur contrôle de gestion suisse). De chaque côté, on juge que le processus est trop long chez l'autre, car Suisses et Français n'entendent pas consacrer du temps aux mêmes choses. Les Suisses admettent de consacrer du temps à obtenir l'adhésion de chacun, tandis que les Français sont prêts à argumenter longtemps sur des principes pour faire triompher la solution technique la plus rationnelle.

Mais quelle que soit l'ampleur des difficultés, les acteurs

ENCADRÉ 1

Dans le cadre des règles de gestion interne, un ingénieur français doit obtenir plusieurs signatures pour l'approbation d'un document, or l'un des signataires prévus est absent. Pour le remplacer, il sollicite une autre personne, suisse, qui refuse, ce qui le contrarie passablement. Pour lui, le processus réglementaire est une formalité et une contrainte. En cas d'absence de l'un des signataires prévus, par souci de rapidité et d'efficacité, il cherche un remplaçant plutôt que d'attendre le retour de la personne initialement désignée. Mais le Suisse sollicité refuse, car il ne signe pas un document si cet acte ne fait pas partie de ses attributions. Ce qui est immédiatement interprété par le Français comme une peur de s'engager, un refus de prendre des initiatives et des responsabilités est conçu par le Suisse comme le respect de la règle et le refus de l'exception. Un ingénieur français, déjà cité, défend ce type d'initiative centrée sur la résolution de problèmes hors du cadre des procédures habituelles : « Moi, je fais différemment pour obtenir des résultats, ça va plus vite et les résultats sont les mêmes… » Mais il ajoute aussitôt qu'il se heurte à l'incompréhension de ses collègues suisses : « Mais les gens ont du mal à accepter que tu ne suives pas les procédures. » D'un côté, la valorisation de la coopération dans le travail se traduit par une obligation d'équité de traitement et de respect de chacun. Il appartient à chaque personne de bien faire ce qui lui incombe et de ne pas s'immiscer dans le domaine des autres sans leur consentement. De l'autre, la valorisation de l'astuce individuelle pour résoudre les problèmes incite à s'en tenir à l'objectif général en négligeant les détails de procédure. Il importe de faire preuve d'ingéniosité pour parvenir à ses fins, quitte à déroger à la règle. L'impératif suisse de respect des règles et d'équité est interprété comme une rigidité dans la perspective française. Tandis que le souci d'efficacité français est compris par le signataire suisse comme une quête de passe-droits et de privilèges.

ont l'obligation de trouver des solutions, sous peine de disparaître du marché. En pratique, trois voies de solutions sont mises en œuvre avec plus ou moins de succès : l'équité de traitement, l'évitement des conflits en « prenant sur soi » et le recours à la hiérarchie.

Un traitement uniforme pour tous

La plupart des malentendus interculturels et des différences culturelles dans les manières d'interpréter une situation de

Le sens d'une procédure

La légitimité de modes de décision

Dans un système qui privilégie la qualité de la coopération dans le travail, une bonne décision se prend en consultant toutes les parties concernées. Chacun estime avoir son mot à dire. Dans un système où la bonne décision s'évalue à sa rationalité technique, le processus de consultation générale ne représente qu'un frein aux initiatives. On admet seulement une consultation sélective d'experts compétents sur le contenu de la question à traiter. La confrontation de ces deux conceptions débouche sur une stigmatisation réciproque des comportements de l'autre en matière de décision. Côté français, un directeur affirme : « La démocratie directe signifie aussi que chacun a le droit d'empêcher un autre de faire quelque chose. Ça avance tout doucement parce qu'on a un mot à dire à tous niveaux. On ne peut pas décider seul, il y a des tas d'acteurs. On entend toujours : "on ne nous a pas demandé". » De leur côté, les Suisses s'attendent à ce que les acteurs locaux participent aux décisions locales, même s'ils ne sont pas des experts sur la question technique débattue : « Les chefs sont des Napoléons en France. Je ne peux plus prendre de décisions, cela vient d'en haut. En Suisse, on est éduqué pour prendre des décisions » (chef d'équipe suisse). D'une part, les Français se plaignent des décisions techniques issues des processus de concertation à la suisse. Les compromis qui en résultent sont perçus comme des crimes de lèse-rationalité. D'autre part, les Suisses amenés à travailler avec des Français se plaignent du processus politique de décision. La forte centralisation des décisions sacrifie la cohésion du groupe.

travail ne sont pas reconnus comme tels. Les conflits que l'on peut analyser comme le produit de la rencontre de conceptions culturelles divergentes sont pour les acteurs une question d'individus : « Il y a des gens qui prennent des décisions très vite et qui disent : "Il faut qu'on fasse ça même si ce n'est pas bon." D'autres mettent beaucoup de temps à décider. Ce sont des *styles personnels différents* » (contrôleur de gestion suisse).

Cependant, ce processus d'individualisation des problèmes est sensiblement différent entre les Suisses et les Français.

Pour les Suisses, les difficultés s'expliquent par des « incompatibilités de styles personnels ». Il est donc encore une fois question de rapports sociaux. Tandis que du côté français les difficultés à s'entendre ou à obtenir le travail sont mises sur le compte de l'incompétence des personnes : « Ils ne *savent pas* calculer les prix » (ingénieur projet français). « Depuis la réorganisation, on est censé faire moins de choses. Moi, je veux bien, mais quand on attend que ce soit fait par les autres, c'est pas terrible » (ingénieur projet français). Il est question ici des capacités de chacun à s'acquitter de sa tâche technique et de lacunes liées au métier. Dès lors, les dirigeants ou les cadres de l'entreprise déclarent ne pas faire de management interculturel. Plus encore, les Suisses s'en défendent : des ajustements interculturels particuliers signifieraient un renoncement inadmissible à un traitement équitable pour tous. L'équité implique de ne pas distinguer les personnes selon leur culture : « Je me conduis de la même façon avec tout le monde. Je ne fais pas de différence » (ingénieur civil suisse). « Faire un projet dans un pays, c'est différent d'un autre projet dans un autre pays. Mais dans l'équipe, on ne fait pas d'ajustements particuliers aux différences culturelles » (ingénieur suisse). Ou encore : « On traite tout le monde de la même façon » (contrôleur de gestion suisse).

Cette manière implicite de gérer les différences par un traitement rigoureusement identique de tous est justement typiquement suisse. Elle correspond à la représentation suisse des rapports sociaux égalitaires au sein d'un collectif uniforme. Mais, comme le montre le premier exemple de l'encadré 1, ce « traitement équitable » n'est pas sans susciter des critiques françaises qui le jugent rigide et inefficace. On ne peut solder à bon compte les difficultés interculturelles par une solution unilatérale ne correspondant qu'à une seule des cultures en présence. C'est pourquoi d'autres voies sont utilisées par les acteurs qui font de la gestion interculturelle sans le savoir, ne serait-ce que pour permettre aux projets d'aboutir.

Prendre sur soi

Lors des interactions au cours desquelles les logiques s'affrontent, les collaborateurs essaient de trouver une solution acceptable par tous (solution technique, délai de remise du travail, etc.) en faisant des concessions. Les membres de l'entreprise affirment qu'il faut « prendre sur soi », « trouver des arrangements », « faire des efforts », être patient. L'idéologie de la paix du travail encore ancrée dans les esprits suisses impose de ne pas exprimer les conflits ouvertement, car il est du devoir de chacun de trouver un arrangement pour ne pas bloquer le fonctionnement collectif. Le compromis est un principe et ces ajustements locaux, ponctuels, de personne à personne, ne sont pas vécus comme des ajustements interculturels.

Les Français sont davantage conscients d'avoir à faire certains ajustements interculturels du fait même de leur statut d'expatrié ou d'immigrant. Les ajustements dans le cadre du travail ne sont qu'un aspect de l'ensemble des adaptations qu'ils doivent faire pour vivre en Suisse. Ils se déclarent prêts à faire des efforts d'adaptation, ne serait-ce que pour parler allemand avec leurs collègues. Cependant, lorsqu'ils évoquent entre eux les compromis à propos de décisions prises ou de manières de procéder, ils les présentent comme des concessions inévitables mais aussi comme de regrettables renoncements à la rationalité et à un comportement de professionnel qui sait ce qu'il y a à faire sans avoir besoin d'en référer à autrui. Les ajustements coûtent ; le prix à payer par les équipes interculturelles de travail leur apparaît implicitement comme un nivellement par le bas. Là encore, chez les Français, les problèmes culturels ont tendance à être envisagés sous l'angle des principes du métier. De plus, les compromis tributaires de la bonne volonté des personnes ne constituent pas un mode d'arrangement stable. La progression du travail commun en est fragilisée.

Le recours à la hiérarchie

Malgré les résolutions partagées de faire des efforts pour parvenir à des solutions, il arrive que la conciliation échoue.

Lorsque Suisses et Français ne peuvent s'arranger entre pairs, ils font appel à la hiérarchie qui tranche. En fait, ce recours est le moyen le plus fréquent de résoudre les problèmes, ce qui conduit certains responsables à estimer que trop de problèmes remontent jusqu'à eux : « Pour résoudre les difficultés, je tranche les questions. Comment voulez-vous faire ? On discute entre chefs de département. Il faut éviter de faire perdre du temps aux gens. Mais je ne veux pas trop m'en mêler parce que les gens, après, viennent directement me voir » (chef de département suisse).

L'urgence liée à l'activité rend tout blocage très coûteux et opère une forte pression sur l'obtention des résultats. Les décisions prises par la hiérarchie tranchent les litiges et permettent de poursuivre le travail. Ce recours à la hiérarchie s'avère fonctionnel car la référence au chef est légitime dans les deux cultures, même si cette légitimité est fondée sur des conceptions différentes. Dans la perspective suisse, trancher les différends fait partie des attributions fonctionnelles du chef. Il remplit son rôle d'arbitrage conformément à l'esprit de la paix du travail qui prévoit le recours à l'arbitrage du tribunal lorsque la conciliation échoue. L'acceptation du processus entraîne l'acceptation de son résultat. En outre, on peut noter dans la citation du paragraphe précédent que le recours à la hiérarchie peut consister à régler les problèmes à un niveau supérieur mais toujours par un processus de négociation : « On discute entre chefs de départements. » Il ne s'agit pas ici d'une décision personnelle du chef. Dans la conception française, la décision du chef est acceptée du fait de la distance entre son statut et celui des membres de son équipe, à la condition cependant que le profil et le parcours personnels du chef le rendent digne de ce statut aux yeux des subordonnés. La décision est légitime, car il est présumé que le chef sait ce qu'il fait.

Que ce soit celle d'un juge de paix (conception suisse) ou celle d'un arbitre compétent des conflits quotidiens (conception française), la légitimité du chef est acquise de part et d'autre. Toutefois, ce mode de régulation hiérarchique des équipes interculturelles de gestion de projet se traduit par des délais supplémentaires, car les circuits de décision sont allongés, voire engorgés. En outre, l'intervention fréquente de la hiérarchie renforce les tensions, les rivalités et multiplie les frustrations personnelles qui ne se résolvent pas dans l'interaction. Le mode hiérarchique de résolution des conflits participe donc du climat de collaboration tendu.

La bonne volonté et le temps ne suffisent donc pas pour aplanir les difficultés de la gestion en milieu interculturel. Le plus souvent, les acteurs ne décèlent pas les problèmes culturels et les attribuent à d'autres registres (personnes, métiers). Une mise en évidence des systèmes de sens propres aux cultures en présence est requise pour inventer des pratiques managériales légitimes pour l'ensemble des personnes et réduire ainsi la dimension conflictuelle de la coopération.

TROISIÈME PARTIE

UNE GESTION INNOVANTE POUR LE TIERS-MONDE

CHAPITRE VII

Sensibiliser avec retenue

Une démarche participative en Mauritanie

Alain Henry[1]

Les démarches participatives sont, dit-on, source de motivation et de responsabilisation. Mais ce principe, suffisamment général pour être vrai, paraît bien abstrait dès qu'il faut en prévoir l'application. En particulier, l'énoncé n'éclaire nullement la manière dont les acteurs – selon leur contexte culturel – conçoivent sa mise en pratique, ni la complexité de leurs comportements.

C'est ce que montre l'exemple de la Société nationale industrielle et minière mauritanienne (Snim) qui a choisi de lancer une telle démarche, mettant l'accent sur « le dialogue et l'effacement des barrières hiérarchiques ». Au premier abord, le voyageur européen est séduit par l'enthousiasme des intéressés, au point de se croire soudain devant une illustration idyllique du modèle participatif. Puis ses yeux discernent des attitudes qui ne semblent pas s'accorder à cette belle image, le laissant incapable d'apprécier les progrès accomplis. Nous verrons que les paradoxes aperçus ne sont dus qu'au prisme à travers lequel un regard d'étranger interprète la situation. Ce n'est qu'après avoir vu le sens que les intéressés donnent à celle-ci que nous pourrons éclairer leurs réactions, ainsi que la logique des solutions envisagées par l'entreprise.

1. Je remercie Thomas Gaudin pour son aide, apportée tout au long de ce travail. Ce texte lui doit une part du travail d'enquête, ainsi que plusieurs idées tirées de nos nombreux échanges.

Perceptions hâtives

Vue à la façon des cartes postales, la Mauritanie est un pays peu peuplé, situé aux confins du Sahara, encore marqué par ses traditions nomades. L'entreprise minière y forme un vaste ensemble industriel, qui réalise de bonnes performances, dans des conditions climatiques hostiles. A l'époque de notre première mission, elle dispose selon les experts d'un encadrement jeune et compétent, tandis que son personnel d'exécution est plus âgé [1]. La direction, après s'être soigneusement informée auprès de ses clients – notamment français et japonais –, vient de lancer une démarche « qualité totale ». Sa présentation, faite au cours d'une journée associant l'ensemble du personnel, insistait sur la volonté de favoriser ainsi « une meilleure communication » et de susciter « davantage l'adhésion du personnel » [2].

L'avènement de la concertation

D'emblée, les réunions sur la qualité ont soulevé un large enthousiasme. « Ça me plaît beaucoup, dit un chef d'équipe, parce qu'on donne de l'importance à l'homme. » Les agents parlent d'« esprit nouveau », et opposent un « avant » et un « maintenant ». Selon un cadre, « la conception de la société a complètement changé ».

1. La population mauritanienne, environ 2 millions d'habitants, comprend schématiquement deux ensembles : les Maures, population arabo-berbère d'origine nomade, parlant une langue arabe, le *hassanya* ; et les groupes négro-africains, de type sédentaire, résidant principalement dans le sud du pays. La Société minière a été créée, il y a plus de trente-cinq ans, à la veille de l'indépendance. Dirigée initialement par des Français, elle a été nationalisée en 1974. Au moment de cette étude, l'effectif atteint environ 4 000 personnes. Deux grands constructeurs internationaux (Caterpillar et General Motors) ont décerné récemment des « attestations d'excellence » au personnel de la Snim pour la maintenance de son matériel lourd. Ce chapitre résulte de deux missions d'étude réalisées à la demande de l'Agence française de développement. La première a eu lieu fin 1991, alors que débutait la phase de sensibilisation et de formation à la « qualité ». La seconde s'est déroulée début 1994.

2. *Snim Informations*, n° 13, 1er semestre 1996.

La direction insiste sur la participation : « C'est très important, dit un de ses membres, que les gens puissent communiquer, s'exprimer librement, donner leur avis sur ce qui les concerne. » Un ingénieur parle de « gestion par concertation ». La maîtrise accueille ce changement avec ferveur : « Je crois, dit l'un d'eux, que, aujourd'hui, chacun est libre de s'exprimer librement. (…) Avant, c'était pas le cas, même si tu veux t'exprimer, on ne te laisse même pas t'exprimer. Mais avec la "qualité totale", tu t'exprimes. » « Avant, raconte un autre, on avait des relations entre chefs et ouvriers où, peut-être, on ne se parlait pas : c'est des ordres qu'on donne et l'autre exécute, on ne s'écoute pas. Actuellement, ça a complètement changé. » L'idée est reprise en termes imagés par un ouvrier : « Avant, c'est moi le chef, c'est moi qui décide. Si je dis : "cassez tout", il faut casser ; on prend les bâtons, on prend les pierres, on casse tout. »

Désormais, le dialogue l'emporte dans les relations hiérarchiques, comme l'indique ce chef de poste, sur un ton catégorique, devant son adjoint : « On se consulte et on voit l'idée la plus facile. (…) Moi, je donne mon idée ; lui, il donne son idée ; on voit que son idée prend moins de temps que mon idée, donc on prend son idée. On travaille avec l'esprit d'équipe. C'est pas parce que je suis chef que j'exige que le chef *[inaudible]*. On doit se consulter. » Des échelons parfois éloignés se retrouvent ainsi dans un même dialogue : « On a vu à plusieurs reprises, dit un ingénieur, les S 5 – chez nous, c'est un peu un aide-ouvrier – se réunir avec le chef de service, l'agent du bureau d'étude et le chef de département – c'est en quelque sorte un directeur –, discuter vraiment, le plus simplement possible, sympathiquement, si le terme existe. » Cadres, maîtrise et ouvriers se côtoient fréquemment dans les réunions : *briefings* quotidiens, groupes de progrès, groupes qualité, etc. Chacun considère qu'il est « tout à fait normal de s'exprimer », que « toutes les idées sont bienvenues » ou encore qu'« il n'y a pas de sujet tabou ». « Un bon chef, note un ingénieur, un chef agréable, c'est un chef avec lequel on discute, avec qui on se comprend, qui essaye de comprendre, qui est ouvert à une discussion. »

L'esprit de concertation qui gagne l'entreprise demande un sens élevé de la pédagogie. Loin d'étonner l'encadrement, cette exigence correspond à l'idée qu'il se fait de son rôle. « Il ne suffit pas d'être compétent, explique un ingénieur (...). Le contact, les relations, le savoir expliquer, le savoir convaincre, ce sont des éléments fondamentaux. » « J'essaie, note un directeur, *bien sûr* par la compréhension, par la démonstration, par la persuasion, d'arriver *bien sûr* à le convaincre. » « On explique quand même au plus, dit un contremaître. Beaucoup d'explications, toujours expliquer, comment ça se passe, donner des preuves, expliquer au maximum. »

Tous les propos sont émaillés de cette même nécessité. Il faut « sensibiliser », c'est-à-dire « conseiller sans brusquer », « orienter gentiment », « ramener tout doucement la personne », « donner des exemples concrets », « expliquer avec toute la transparence et la clarté possible », « longuement », « sans avoir le chronomètre en main », et aussi, « s'assurer que le message a été transmis ».

L'obligation de convaincre fait figure d'évidence logique. « Il ne faut pas lui dire "applique-le et tais-toi", explique un ingénieur, ce n'est pas la bonne façon. (...) Il faut le convaincre, et le convaincre calmement. Sinon, vous allez lui faire appliquer une chose pour laquelle il n'est pas convaincu. Il ne faut pas qu'il y ait d'ordre sec » ; ajoutant que le principe vaut aussi pour lui : « Je n'accepte jamais les ordres secs. » La discussion semble être la meilleure méthode. Un directeur raconte qu'une campagne de sensibilisation à la sécurité a donné « des résultats éclatants », entraînant une diminution de 40 % des accidents du travail. Simultanément un ouvrier qui s'explique doit voir ses idées prises en compte : « La hiérarchie peut refuser, note l'un d'eux, mais je crois que si mes explications sont convaincantes, là je ne vois pas la raison de s'opposer. » « Il y a quelque chose de très clair, conclut un ingénieur, que l'idée émane du bas ou émane du haut, il faut qu'elle soit bien justifiée. »

Cette nouvelle liberté d'expression a le sens d'un effacement des barrières hiérarchiques et d'une égalité accrue entre niveaux. « Hier, explique un contremaître, les ouvriers avaient une barrière avec la maîtrise qui est leur hiérarchie directe ; aujourd'hui, la maîtrise compose avec les ouvriers dans tous les problèmes. » « La "qualité totale" a amené quelque chose de nouveau, dit un chef de service, c'est-à-dire qu'il n'y a *plus de séparation* entre ceux qui réfléchissent et ceux qui exécutent. »

Nos interlocuteurs reprennent alors l'idée – centrale pour ce type de démarche – d'une motivation liée au fait d'être considéré. L'ingénieur qui refuse les ordres secs ajoute : « Il faut me convaincre, (...) sinon je ne sers à rien. » Un ordre mal expliqué peut légitimement être délaissé : « Le jour où vous n'êtes pas là, [l'agent] n'appliquera pas cette histoire parce qu'il n'est pas convaincu. » Celui qui n'est pas associé ne peut que se sentir déresponsabilisé. « L'ouvrier, dit un contremaître, qui connaît les détails du problème qu'il rencontre tous les jours mais [que le chef] néglige, ça ne l'intéresse pas (...) ; ça ne l'intéresse pas, quand il voit que cette rondelle n'est pas la bonne (...) de la signaler (...) parce qu'il n'est pas de ce monde. Il est appelé "l'exécutant bête et discipliné". » C'est une question de dignité. A l'inverse, poursuit-il, « quand on sait que ses idées ont servi à quelque chose, [ça donne] une satisfaction morale, (...) meilleure que de payer quelqu'un plus cher. » Le fait de se voir reconnu, ajoute un collègue, crée un sens du devoir : « L'ouvrier se sentant un composant dans le groupe de sa maîtrise, partageant les mêmes idées et traité au même échelon, est obligé de participer avec l'expérience qu'il a. »

Cette responsabilisation se traduit par une attitude de transparence. « On est contrôlé quotidiennement, dit un chef d'équipe. (...) Je dis bien que le contrôle est pour nous une très bonne méthode car c'est là que notre hiérarchie peut juger. » « Sans le contrôle, on ne peut pas progresser », ajoute un autre. La valeur pédagogique du contrôle est mise en avant. Il est fait pour « corriger », pour « guider », pour « orienter », pour « remettre sur le bon chemin », pour éviter les « incompréhensions » et les « inattentions ». « Je vous confie ce travail, explique un agent de maîtrise. Je vous le dégrossis pour vous montrer d'abord que je vous épaule, que je vous aide, que je suis là, à côté de vous, pour le moindre problème. (...) N'hésitez pas à tout moment à me saisir, quelle que soit mon occupation, (...) à me baigner dans vos problèmes, dans vos décisions, afin que nous partagions. »

Entouré par cette douce ambiance de pédagogie, le visiteur

a le sentiment d'être soudain plongé dans un nouveau cas expérimental de l'école des relations humaines, démontrant le lien idéal qui existe entre la participation et la responsabilisation[1].

Une société sans rideaux

La démarche semble avoir d'autant plus de force qu'elle prend ses racines dans les traditions locales. Les thèmes de l'« amour du dialogue », du « refus des barrières » ou de la « transparence » reviennent constamment – bien au-delà de l'entreprise – comme des leitmotive. Dès le départ la direction a moins songé à provoquer un bouleversement qu'à combler un retard par rapport à la société environnante, qu'elle jugeait « moins cloisonnée » que l'entreprise. La société mauritanienne se caractérise en effet par des traits fortement communautaires auxquels s'ajoute un sens singulier de l'hospitalité.

« Le Mauritanien, dit un contremaître, est reconnu de par son hospitalité, son amour du groupe, son amour de l'union. Vous trouverez dans une même famille, dans une même maison, plus de dix personnes. Parmi ces dix personnes, il y en a peut-être une ou deux qui sont proches, mais les autres sont là et, malgré ça, on ne se lasse pas de discuter avec eux. » L'un des principaux loisirs après le travail consiste à se recevoir les uns chez les autres. On peut rentrer n'importe où et y trouver de multiples personnes réunies : « Il est difficile d'identifier les membres de la maisonnée, note une anthropologue française, de les distinguer de tous ceux qui entrent, s'allongent, discutent, dorment, s'ils n'ont pas envie de parler ou s'ils ont sommeil, mangent quand le repas est posé devant eux, mais n'habitent pas là[2]. » Ces assemblées improvisées relèvent autant de l'usage social que du plaisir. La nouvelle démarche s'appuie donc sur un goût manifeste de

1. H. Mendras, *Éléments de sociologie. Textes*, Paris, Colin, coll. « U2 », 1968, voir la traduction de l'article de L. Coch et J. French, « Overcoming resistance to change », qui présente le cas Harwood étudié par les auteurs en 1948 (paru dans *Human Relation*, 1948, 1, p. 512-532).

2. S. Caratini, *Les Enfants des nuages*, Paris, Éditions du Seuil, 1993.

nos interlocuteurs pour l'échange. « J'aime beaucoup discuter, explique un ouvrier. C'est pour apprendre, il n'y a aucune discussion qui n'est pas importante. » Un cadre étranger s'étonne de ce que ses subordonnés « prennent du plaisir à donner l'information [et qu'ils] la donnent en entier sans résistance ».

Dans la tradition nomade, cette ouverture aux autres transcende les différences sociales, comme l'explique un directeur : « Il y a bien sûr des castes, des classes… – je ne sais comment les appeler –, mais ce n'est pas fermé. Il n'y a pas de cloisonnement. C'est important à savoir, c'est-à-dire que les gens vivent ensemble sans aucun problème et ils se voient à toutes les occasions. (…) Tout le monde se réunit avec tout le monde, tout le monde aime manger ensemble, dans le même plat. Il y a bien sûr des choses où les gens sont fondamentalement différents, et aussi les gens vivent la même vie. »

L'hospitalité vaut pour tous. « Il n'y a pas beaucoup de restaurants, souligne un cadre. S'il y en a, il n'y a pas beaucoup de clients parce que cette notion de restaurant n'existe pas. Chaque maison est un restaurant pour n'importe qui. C'est peut-être spécifique parce que la Mauritanie est très accueillante. » Songeant à une comparaison, il ajoute : « Contrairement à la société… [française ?], j'en parle ici à cœur ouvert, la société mauritanienne est très très élargie. Par exemple, chez moi, la porte est toujours ouverte. »

L'absence de cloisons vaut autant sur un plan matériel que social. Chacun a l'habitude de vivre sous le regard d'autrui, sans jamais pouvoir être seul. A tout moment, on peut être rejoint ou écouté par quelqu'un. La notion d'espace privé paraît absente. Le besoin de s'isoler n'est guère imaginable, sauf à engendrer de la suspicion envers celui qui voudrait « mettre un rideau ». « Si l'on ne voit rien, c'est qu'il se passe quelque chose. Quand il ne se passe rien, on le voit[1]. » Nos hôtes semblent éprouver une aversion pour les cloisons. Peu après le départ des Français, la direction a fait abattre le mur qui, autrefois, séparait les restaurants cadres et maîtrises.

Aujourd'hui, dans l'entreprise, la porte des supérieurs

1. *Ibid.*

hiérarchiques est ouverte à tous. « Un ouvrier peut venir ici pour des raisons de travail, indique un directeur. Si je suis disponible, je l'accueille sans aucun problème et je l'écoute. (...) [Et] si j'ai besoin d'un supérieur hiérarchique, je peux l'appeler à n'importe quel moment. Si j'ai un problème à lui soulever, je peux le voir à n'importe quel moment sans aucune barrière. » « En tout cas, confirme un de ses chefs d'équipe, je sais que quand on a besoin de le voir, on n'a pas besoin d'audience. On demande à la secrétaire, qui est là, si le chef de département est là, "on veut lui parler", et puis c'est tout, on rentre. Généralement, s'il est disposé, il nous dit : "rentrez !" (...) Il n'y a pas à attendre des histoires de rendez-vous. Il n'y a pas d'audience. »

Entre services, un ingénieur de maintenance considère qu'« il n'y a pas de gêne » à circuler : « [Mon collègue] de l'exploitation, il est très à l'aise au contraire, il veut voir tout le monde dans les machines. Quand je vais sur les machines, bon, je lui dis. (...) Je lui dis et c'est tout. » Et le principe vaut aussi pour les supérieurs : « Le directeur général est très ouvert, dit-il. Il passe partout. Il peut débarquer là. Je peux le trouver avec mon agent. »

La « transparence », constamment invoquée, renvoie pêle-mêle à ce goût pour la rencontre et l'échange, à l'absence d'intimité privative, à l'obligation d'accueil et de disponibilité, ou aussi à cette incessante nécessité de devoir expliquer et se justifier.

La démarche participative n'aurait donc fait que remettre l'accent sur un sens du dialogue qu'une trop forte hiérarchisation avait quelque peu effacé. Plusieurs agents estiment même qu'il s'est agi de corriger de mauvaises habitudes prises à l'origine française de l'entreprise. A l'époque, dit-on, il y avait « une barrière entre dirigeants et ouvriers ». Selon un directeur, le cloisonnement avait atteint un degré peu pensable : « Certains m'ont dit que les cadres ne fréquentaient pas les maîtrises et inversement. » Vue ainsi, la démarche qualité a été l'occasion de supprimer les ultimes cloisons immatérielles laissées dans l'organisation par les Français. Elle semble tirer toute sa vigueur d'une tradition locale, qui lui donne ce ton apparemment idyllique.

Devant l'enthousiasme des intéressés pour cette manière de

renouer avec les vertus communautaires, le voyageur se sent saisi d'enchantement. Tels les philosophes découvrant autrefois chez les « naturels » des îles la figure de l'homme universel, exempt des vices de la civilisation [1], il songe qu'il a trouvé ici l'incarnation parfaite de l'idéal participatif. Il croit tenir enfin la preuve des thèses sur la « réhabilitation du sujet » et le « véritable partenariat » [2].

Des ombres au tableau

Pourtant la réalité n'est pas aussi simple que ces premiers constats le laissent supposer. Des résistances demeurent. Peu à peu, le visiteur discerne des ombres qui, à ses yeux, contredisent le merveilleux tableau.

Au cours des quatre premières années, la démarche s'est traduite par des améliorations quantifiables. Cependant, les statistiques – usuellement utilisées dans ce type d'approche – ont tardé à apparaître. Le journal de l'entreprise parle prudemment de « succès encourageants », et signale que « les acquis sont encore fragiles ». Comme partout ailleurs, le changement bute sur l'obstacle des mentalités. La réalité paraît notamment en recul sur l'idée de transparence.

Au-delà d'un affichage positif les contrôles suscitent de la méfiance. « Ce n'est pas gênant », dit un chef d'équipe, avec une bonne volonté qui laisse pointer le doute. « Il n'y a jamais un contrôle de trop et le contrôle n'exclut pas la confiance, dit un contremaître ; *théoriquement*, ce n'est pas que je mets en doute *obligatoirement* ce que vous faites. Pourtant, continue-t-il, vous avez l'impression qu'on vous retire la confiance. » « *Cela va sans dire*, confirme un chef d'équipe, ils vont *toujours* penser que je ne leur fais pas confiance. » Le dialogue laisse place alors à des réactions de susceptibilité. « C'est ça le mal, ajoute le premier, c'est cet esprit de se voir soi-même *offensé* en quelque sorte. » Il faut, explique un autre, « faire sentir [à l'ouvrier que] je ne suis

1. Diderot, *Supplément au voyage de Bougainville*, Paris, Garnier-Flammarion, 1972.

2. O. Aktouf, « Le symbolisme et la culture d'entreprise », in *L'Individu dans l'organisation. Les dimensions oubliées*, J.-F. Chanlat (dir.), Eska, 1990.

pas là pour l'espionner, ni pour lui poser des problèmes, [mais que] je suis là pour qu'il soit à l'aise, pour l'aider ». L'écart paraît ténu qui fait passer de la transparence à la malveillance. « Le problème sur lequel bute [notre] génération, reprend le premier, c'est ce problème-là de contrôle et de confiance. C'est bien souvent cet aspect précis de l'individu qui est à l'origine des problèmes. Aujourd'hui malheureusement les esprits ne sont pas (…), et ça c'est une maladie. » « On refuse les barrières, dit un ingénieur, mais je vous dis, c'est une bataille. »

Des attitudes très hiérarchiques demeurent, que nos hôtes attribuent essentiellement à l'usage des procédures précises et rigides, imposées dans les premiers temps de l'entreprise. Le chef de poste qui célèbre le débat d'idées en équipe, interrompu par la sonnerie du téléphone, jette à son adjoint un « décroche ça ! » sans ambages. Et l'ingénieur qui souligne qu'il ne faut pas donner d'ordre sec ajoute : « On a *convoqué* [l'agent], avec tous les chefs d'équipe qui sont chargés du montage, ici, avec mon adjoint, et nous avons carrément donné un cours. » En écoutant attentivement – comme nos hôtes nous y invitent continuellement –, on découvre que l'« autrefois » renvoie parfois subtilement à un « maintenant ». L'agent de maîtrise qui indique que « la maîtrise compose avec les ouvriers dans tous les problèmes » glisse insensiblement vers la critique : « Ce rideau qui faisait la différence entre les cadres et les maîtrises, entre les maîtrises et les ouvriers, c'est un rideau, *il existe*. (…) Dans ce monde *d'aujourd'hui*, c'est ce problème-là, de façon à ce qu'on puisse discuter. L'idée de qualité, c'est ce qu'elle a rentré de nouveau et je pense que c'est de ça qu'il y a besoin. (…) L'essentiel, c'est quoi ? C'est rentrer cette idée, *convertir* ce monde de l'ancien état d'esprit au nouvel état d'esprit. » Des chefs d'équipe laissent enfin entendre que la démarche suscite la critique d'ouvriers qui réclament « plus d'égalité ». Un cadre se dit d'ailleurs « surpris parce qu'il y a des analphabètes qui arrivent à discuter et à échanger ».

Le regard de l'observateur commence à se troubler. Les valeurs locales, qu'il croyait prédisposées à l'accomplissement de l'idéal participatif, lui paraissent maintenant loin du management nouveau. Par un raisonnement hâtif, il imagine la reproduction dans l'usine de la hiérarchisation traditionnelle, liée à l'origine tribale de chacun[1]. Il voit bien que l'origine sociale n'induit pas systématiquement les rangs professionnels et que, par exemple, des *Haratine* (*i.e.* « captifs affranchis ») appartiennent au groupe des cadres. Mais il suspecte une contradiction extrême entre les principes affichés – le dialogue, le partage des idées, la sensibilisation, l'absence de cloisons, la transparence – et la persistance des formes hiérarchiques.

Un directeur s'inquiète des dangers d'un enthousiasme qu'il juge éphémère : « C'est comme les montres que vous étiez obligés de remonter tout le temps. (…) D'ailleurs, on a commencé à sentir un ralentissement et il a fallu reprendre tout ça, parce que tout le monde déjà n'était pas convaincu. » Un cadre remarque que « la qualité est, par définition, un processus sans fin » et qu'il faut « se montrer patient ». On se met à penser qu'un nécessaire changement demandera du temps. « Je me répète peut-être, explique un contremaître, mais c'est pour mieux que vous compreniez : on nous ramène la "qualité totale" comme méthode et tout ce qui s'ensuit, (…) mais on ne sait pas les conséquences sur notre milieu. »

Le voyageur ne sait plus alors à quelle impression se fier. Doit-il croire à la douce atmosphère de compréhension qui l'enveloppe, comme à une vertu surgie intacte des origines ? Ou bien doit-il s'inquiéter de l'âpreté des rapports hiérar-

1. La société maure est traditionnellement divisée en « tribus » hiérarchisées et interdépendantes (le terme « tribu » a été retenu par les premiers orientalistes par rapprochement avec les tribus de la Bible). Au sommet de l'échelle sociale, les tribus « libres » forment une double aristocratie, guerrière et maraboutique. On trouve ensuite les clans dits « tributaires », parce qu'ils leur sont soumis et versent un tribut. Viennent enfin les *Haratine* ou « captifs affranchis » – ils forment un groupe relativement nombreux depuis l'abolition de l'esclavage en 1980 – ainsi que les « professionnels », artisans et griots, qui autrefois occupaient avec les « captifs » le bas de l'échelle sociale. Il n'est pas rare de voir des familles de rang inférieur se répartir au sein des autres clans, auxquels elles finissent par appartenir. Seule la généalogie permet de classer les tribus, et en leur sein les fractions, les familles, etc. Au-delà de ses segmentations, la société maure constitue un espace culturel homogène par sa langue, par ses modes de vie, par ses rapports sociaux ainsi que par l'empreinte de l'islam, dont elle est considérée parfois comme un « conservatoire spirituel ». Voir Ch. Daure-Serfaty, *La Mauritanie*, Paris, L'Harmattan, 1993.

chiques, hérités d'une tradition qu'il voudrait croire révolue ? Les faits lui paraissent contradictoires. Sa perplexité est totale lorsqu'il découvre que ce sont les mêmes, parfois, qui célèbrent l'« ère nouvelle », et qui dénoncent à mots couverts des attitudes « très dictature ». La patience à laquelle on l'invite n'est-elle qu'une forme d'attentisme, qui couvre un secret affrontement entre un encadrement jaloux de son pouvoir et des travailleurs rebelles ?

Une société communautaire et hiérarchique

En fait, ces visions d'une communauté conviviale puis d'un océan de contradictions, dans lesquelles le visiteur se perd, ne sont que des projections de son propre regard. Séduit par l'hospitalité et la pédagogie, il en attribue d'abord l'effet à une parfaite générosité, héritée de la tradition. Il rêve alors à un monde irénique. Puis, apercevant la rigueur des différences sociales, il ne sait plus interpréter l'influence des valeurs traditionnelles. C'est sa lecture qui s'avère impropre à éclairer la situation.

Si nos interlocuteurs parlent de « supprimer les séparations hiérarchiques », ils continuent cependant à faire une distinction claire entre « ceux qui réfléchissent » et « ceux qui vissent ». Les idées d'égalité et d'inégalité restent ainsi étroitement mêlées. « On sait celui qui est responsable, dit un contremaître. Dès qu'on est là, on travaille avec l'esprit d'équipe, il n'y a pas de chef. (…) Il y a un chef qui commande, mais il n'y a pas de chef pour le travail. »

La difficulté tient à ce qu'il faut relier ensemble des logiques qui, dans notre esprit, s'opposent. Les différences de statut n'empêchent pas que tout le monde soit uni autour du même plat. Le directeur, qui évoque les habitudes de partage, ajoute à propos de la vie autrefois : « [Les gens] sont obligés de partager énormément de choses et donc il n'y a pas de cloisonnement. Tout le monde mange dans le même plat, le maître et l'esclave, il n'y a pas deux plats différents. » La distance hiérarchique n'implique pas de distance physique. Elle suppose plutôt une distance de respect, qui passe par des règles de comportement. Pour comprendre le changement dans l'entreprise, il faut commencer par entrer dans la conception d'une société qui est à la fois fraternelle et aristocratique.

Un dialogue amical et distant

Ainsi le dialogue égalitaire s'inscrit-il à l'intérieur d'une relation asymétrique.

D'un côté, l'échange comporte une notion de parité. « Je travaille avec un bonhomme *comme moi*, explique un chef de poste. Il faut qu'on s'entende et il faut qu'on regarde l'idée la plus facile et on le fait. Que ce soit l'idée de l'adjoint, du subordonné ou du convoyeur. (...) On est *tous pareils*, que ça soit conducteur ou convoyeur ou aide-convoyeur, on travaille avec l'esprit d'équipe. » Dans cette perspective, toutes les idées doivent être prises en compte sans discrimination aucune : sans restriction de personnes – « tout le monde œuvre pour le même but, pour cela il faudrait qu'on ne rejette l'idée de personne » (contremaître) – ni limitation de contenu – « il n'y a pas de barrières, il n'y a pas de sujet tabou » (directeur). Les idées doivent être évaluées pour leur seule valeur factuelle. « Si vous donnez des arguments valables, dit un directeur, qui sont objectifs et qui suffisent, il n'y a pas de raisons qu'on ne les accepte pas, dans 90 % des cas. (...) Donc, c'est moins hiérarchisé. »

D'un autre côté, c'est au supérieur de donner la parole et de conduire l'échange : « *Je fais tout d'abord* parler le bonhomme, explique un directeur, pour savoir ce qu'il a dans la tête. *Je l'écoute*, comment il perçoit la chose et ainsi de suite. Je m'explique longuement avec lui. *Je lui donne* le temps qu'il faut. J'essaie aussi de l'amener à trouver lui-même la solution au problème. (...) J'essaie de [le] raisonner, de voir également ce qui ne va pas, s'il a raison. » Le supérieur « doit convaincre » son subordonné, mais c'est au double sens où il doit prendre le temps d'expliquer, et où il doit aussi l'amener à obtempérer : « Si j'y arrive, poursuit-il, c'est tant mieux, mais si je n'y arrive pas, j'ai un problème de conscience. Il faut quand même assumer ses responsabilités. » Il n'est pas question de palabrer indéfiniment.

Il ne s'agit pas d'un rêve de fusion communautaire. « Chacun connaît ses limites, dit un chef d'équipe, sait ce qu'il doit faire et puis il doit s'en tenir à ça. » La relation obéit à des règles précises, largement intériorisées, signes de respect mutuel.

Le temps de l'échange appartient au supérieur, qui doit donner au subordonné celui de s'exprimer. « Il faut laisser [aux ouvriers] l'impression qu'on leur donne une certaine importance, dit un agent de maîtrise, (…) ne serait-ce que, rapidement, parler de, comme vous dites, de la pluie et du beau temps, de ce qui s'est passé hier à la télévision. Mais, en quelque sorte, c'est une petite récréation qu'on donne mine de rien, sans même y faire attention, [puis] on rentre en découpage un peu [dans] la discussion du problème proprement dit. (…) Je pense que ça donne un peu cette impression d'être plus proche, d'être plus écouté surtout. » L'échange doit paraître aussi ouvert que possible. « Il faut, dit un chef d'équipe, que ça se fasse par courtoisie. » « Il ne faut pas forcer à n'importe quel moment, ajoute un autre. Il ne faut pas montrer aux gens de la non-considération. » Le chef doit montrer de l'écoute et de la compréhension. En particulier, il doit accueillir toutes les propositions, même « les idées farfelues », et répondre à « toutes les questions ».

Tout en laissant cette latitude au subordonné, le supérieur doit contenir la discussion à l'intérieur de son objet. « Même si je connais très bien mon [agent], explique un chef de département, je ne vais pas passer avec lui plus de temps qu'il ne faut. » Il faut savoir garder ses distances. « Moi, ce que je pense appeler distance, poursuit-il, on ne passe pas plus de temps qu'il ne faut avec les gens. C'est dans ce sens qu'il y a distance. » Celle-ci est le signe d'une différence de condition. « Quand on est très familier avec ces gens-là [les ouvriers], dit un contremaître, (…) ils nous obéissent moins. » Elle est aussi une marque d'autorité. « Il faut, ajoute-t-il, une certaine distance quand même pour pouvoir les faire travailler. Bien sûr, parfois on prend le thé ensemble, autour d'un petit thé et d'un casse-croûte on peut discuter [tous] les sujets, [mais après] des petites causeries qu'on peut faire à l'occasion d'une pause, c'est fini. En dehors de cela, c'est le travail. »

Il existe des limites que le supérieur doit s'imposer à lui-même. « Si je n'arrive pas à me contrôler moi-même devant les gens, note un chef d'atelier, si tu te familiarises trop avec les gens, si tu restes trop à côté d'eux, un jour sûrement ils n'ont plus l'espace entre vous et eux. Il faut qu'il y ait des marges dans les normes. » Cette retenue du comportement qui incombe d'abord au chef vaut pour tous. Ne pouvant opposer à autrui la frontière d'une intimité personnelle, chacun doit préserver sa distance. « Entre [mon directeur] et moi, explique un chef de département, il faut qu'il y ait une certaine distance. Lui, pour pouvoir me juger, me contrôler, me suivre. Moi, pour pouvoir, si vous voulez, me justifier également *[rire]*. Parce que si on est tous les deux trop l'un sur l'autre, ou l'un dans l'autre, je ne vois pas très bien comment… Ça m'impose une rigueur, que je tiens à avoir si vous voulez. Ça ne m'intéresse pas qu'il me laisse aller comme je l'entends. » Un contremaître remarque que, par comparaison, un ancien directeur français donnait à ses interlocuteurs l'impression d'avoir « les bras déligotés ».

La vie commune, en particulier entre personnes de rangs distincts, exige une discipline stricte. « On est très simple, transparent, dit un contremaître. On ne se cache rien, mais, bien sûr, il ne faut pas se laisser aller. Il y a quand même une certaine rigueur. » « Qui dit bons rapports dit bonne discipline », explique un autre. La relation, ouverte et amicale dans sa forme, est cependant canalisée et retenue. « Il faut que ça se passe dans le sérieux, que ça se passe dans l'amitié, dit un chef de service. » Le dialogue se manifeste d'abord par l'attitude : loin d'être un pur débat d'idées, il obéit à un code de politesse rigoureux, qui sert à exprimer à la fois la courtoisie et la fermeté, le respect mutuel et l'écart des positions, l'« amour de l'union » et les « différences fondamentales ».

L'étiquette est ce qui permet d'allier un droit égal à s'exprimer et la dissemblance des conditions. Au cœur de ce lien, se trouvent la parole et la pudeur.

Les codes de pudeur

Les relations sont régies par des règles de bienséance minutieuses liées à la position des personnes. Elles expriment l'appartenance à une même communauté et l'absence de familiarité.

Elles permettent de situer chacun à sa place, en tant que membre du groupe en même temps qu'assigné à son rang. Devant un supérieur ou un aîné, il est par exemple inconvenant de parler à voix haute, de fumer ou de sourire. Lorsqu'un directeur s'approche, chacun rectifie discrètement la tenue. Devant un étranger, il est vulgaire de montrer son anxiété, même lorsqu'un danger approche. Ne pas observer la politesse, c'est inspirer de la honte et faire offense.

Ces règles sont empreintes à la fois de douceur et de sévérité. Des comportements tranchés s'accompagnent d'attitudes qui ne sont pas dénuées de doigté. « Il [ne] faut pas prendre [une allure] de supériorité devant les gens, note un chef d'équipe. Non, il faut être un peu modéré. Il faut être (…) le plus stable possible. » La fermeté laisse place parfois à un grand tact. Un chef de poste, au ton plutôt cassant, indique qu'il faut se montrer discret vis-à-vis d'un subordonné fatigué : « Vous rentrez dans une machine avec une température de 89°. Donc, vous sortez, vous n'êtes pas vraiment en bonne humeur, mais votre copain qui est là, lui, il comprend. Il vous connaît, il connaît votre caractère. Moi, je connais votre caractère. Donc là, moi, je ne vous parle pas. Je vous laisse. J'espère que vous vous reposez. »

Le voyageur européen risque constamment de se méprendre sur des codes dont les raffinements le dépassent. L'hospitalité, pratiquée ici à un niveau particulièrement poussé, résume la subtilité des logiques sociales : parfaitement symétrique en apparence, elle est en même temps profondément asymétrique[1]. En plaçant l'hôte (mot qui désigne également celui qui reçoit) au centre de la communauté, on le garde à sa périphérie ; en le choyant, on le tient à distance ; en le gratifiant de tous les honneurs, on le laisse hors de toute compétition hiérarchique ; en l'accueillant, quel qu'il soit, on s'honore d'abord soi-même.

Les cadres et la maîtrise, en opposant spontanément ceux qui « détiennent les rouages du pouvoir » et ceux qui « ont les mains dans la pâte », reprennent à leur compte l'idée traditionnelle d'une incompatibilité entre leur rang et le travail manuel. Un ingénieur voulant prouver son implication dans

1. J. Pitt-Rivers, *Anthropologie de l'honneur*, Paris, Hachette, 1997.

l'atelier indique qu'il va « *jusqu'à* voir à l'intérieur du bâti, *jusqu'à* toucher le bâti ». Un expatrié français, habitué à joindre le geste à la parole, s'étonne de ce que ses collègues « préfèrent donner l'ordre plutôt que de montrer ». Le fait de ne pas « mettre la main dans la pâte » constitue une forme radicale de coupure sociale. En même temps, c'est une parfaite retenue du geste hiérarchique. Un contremaître déplore ainsi la faiblesse d'un chef d'équipe : « Je lui explique : "Organise-toi mieux, mets-toi un peu de côté, supervise de loin ton personnel, distribue les tâches, donne à chacun, regarde un peu, pense à la sécurité, pense que personne ne chôme, pense à ton matériel, pense à tout." (…) Mais, un jour après, tu reviens le voir, tu trouves toujours la même m… : tu trouves lui qui est en train de [se] salir les mains, de travailler. » Ce qui vaut à l'intéressé une perte d'autorité : « [Ses] gens sont à côté, ajoute-t-il, ils ne font rien ; l'un fume, l'autre passe là-bas et, lui, il veut tout faire tout seul parce qu'il ne sait pas organiser, il ne sait pas gérer tout de loin. C'est une faille ! » Devoir expliquer sans y mettre les mains exige une singulière capacité pédagogique. Pareille retenue ouvre un espace à la parole, laquelle obéit aussi à des règles précises touchant à la pudeur et à l'honneur.

L'accès au débat inspire du plaisir et de la fierté. Il suppose en même temps une capacité à se montrer discret, sous peine de faire honte. « Celui qui ne tient pas sa langue, dit un conte maure, sa mère sera injuriée [1]. » Vivant ensemble sans rideaux, pour ne pas blesser, il faut savoir voiler sa langue. Il ne faut rejeter aucune question, même hors sujet ; sinon, ce serait « laisser entendre, à mots couverts » qu'elle n'est pas intéressante ; ce serait faire injure. Il faut répondre, « quitte à dire à mots couverts, qu'elle ne concerne pas le service ». Un ouvrier souligne que le « sens profond » des mots est parfois « loin de leur signification apparente ». Expliquer, c'est exceller dans l'art de se faire comprendre à mots voilés, de convaincre sans montrer ses émotions. Certains rappellent ce proverbe arabe : « Ce que nous disons n'est pas ce que nous pensons, ce que nous pensons n'est pas ce que nous

1. A. Tauzin, *Contes arabes de Mauritanie*, Paris, Karthala, 1993.

sommes. » Il ne faut jamais totalement se fier au sens littéral des mots, ni à leur charge émotive. La tradition mauritanienne cultive l'habileté qui consiste à adresser, en présence d'un auditoire, un message compréhensible de son seul destinataire[1]. L'art de la poésie et la grammaire sont des genres populaires très prisés. La virtuosité du discours est un facteur de prestige.

La parole est au cœur du lien communautaire, en même temps qu'au fondement de l'honneur. Elle est le signe d'une commune dignité. Un ouvrier évoque les « chefs policiers », qui donnent des ordres « sans discuter » ; d'anciennes procédures, qui étaient « bonnes » mais « pas expliquées », sont qualifiées de « très dictature ». L'« autoritarisme » s'oppose à la « nécessité de convaincre ».

Dans la tradition, l'accès au débat, plus que l'idée d'autonomie, est la marque de l'homme libre. Les patronymes rappellent les liens de dépendance (*Ould* : du clan des…). Le noble est un « fils de grande tente », il appartient à sa tribu ; mais il a part aux décisions. Sur l'extrême bord opposé, l'esclave appartient aussi à sa tribu, mais il est réduit au mutisme. Sa transparence est celle d'une ombre silencieuse[2]. Le droit à la parole est la marque d'une pleine humanité. « Quand on communiquera bien, remarque un directeur, quand on humanisera les relations, on aura franchi une grande étape. »

Simultanément, l'habileté du discours est un signe d'inégalité sociale. Le prestige d'un chef se mesure à son pouvoir d'influence, à sa capacité à convaincre sans forcer, à sensibiliser sans laisser-aller, à s'opposer avec patience et fermeté. « [Le chef], dit un ouvrier, doit conseiller toujours son personnel, il doit supporter dur. » Un cadre étranger remarque qu'il faut souvent « expliquer des heures et des heures aux agents pour les convaincre ». Des voyageurs européens ont évoqué ce sang-froid de leurs interlocuteurs mauritaniens qui pouvait mettre leurs nerfs « à la torture[3] ». Le chef doit

1. A. Tauzin, *op. cit.*
2. S. Caratini, *Les Enfants des nuages*, *op. cit.*
3. Cdt Gillier, *La Pénétration en Mauritanie*, 1926, cité par J. Audibert, *Miferma, une aventure humaine et industrielle en Mauritanie*, Paris, L'Harmattan, 1991.

rester sur le qui-vive, garder son rang et tenir sa langue[1]. L'honneur exige qu'il sache accueillir et se montrer ouvert à tout dialogue.

La relation d'allégeance

C'est autour de ces principes que s'organise la relation hiérarchique. Supérieurs et subordonnés, en se montrant des égards mutuels, peuvent faire naître un sentiment réciproque de responsabilité.

Expliquer patiemment, c'est montrer à chacun, individuellement, la marque d'une attention personnelle. « Il faut toujours appliquer la manière la plus proche du profil de l'individu », dit un contremaître, distinguer « ceux qui sont sérieux [et] ceux qu'il faut talonner beaucoup plus ». « Certains préfèrent pas qu'on les colle, note un collègue. D'autres demandent toujours que je sois là, ou que mon chef d'équipe soit là, pour de temps en temps poser des questions. » Il faut tenir compte de chaque sensibilité et même des humeurs. « Quelqu'un, explique un ouvrier, qui monte avec une tête vraiment nerveuse (…), un jour nerveux, un jour pas nerveux. Bon, [le chef doit faire] réellement avec tous les genres de comportements *[bis]*. » « Il y a mille et une façons de pénétrer les gens, note un contremaître. (…) Le plus difficile, chez l'homme, c'est de savoir le chercher. »

Pour que cette relation, clairement individualisée, soit lue positivement – comme ayant le sens d'un échange entre personnes libres –, il faut instaurer un climat de confiance. Pour que l'intéressé se laisse découvrir, le supérieur doit commencer par se montrer ouvert au dialogue. « Il faut leur donner une certaine importance, dit un contremaître, ne serait-ce que laisser l'impression. » « C'est ça le plus difficile, remarque un autre, (…) il faut les connaître, il faut les côtoyer, il faut discuter avec eux, il faut leur confier certains travaux de confiance. » « Les gens, il faut commencer par leur donner confiance, explique un troisième, avant de les connaître. (…) On instaure la confiance, bien sûr avec une certaine précaution. Cette confiance est appelée. » Il s'agit d'en éprouver le

1. S. Caratini, *op. cit.*

bien-fondé. « [C'est] une confiance qu'on laisse comme étant réciproque, ajoute-t-il, parce qu'on ne la retire qu'au fur et à mesure de l'expérience. » Elle doit être méritée. « Il te demande un service, note un ouvrier, tu le lui fais. Donc, c'est déjà un gain de confiance. »

C'est sur cette base d'une confiance mutuelle que se fonde un lien d'allégeance. La confiance honore celui qui la reçoit. En contrepartie, il doit obéir fidèlement, donnant ainsi un gage de son respect. « L'ouvrier a un travail à faire, dit un contremaître. Il doit le faire et il n'a pas à faire ce qu'on ne lui demande pas. » Ce qui suppose sa libre adhésion. Un chef d'équipe se dit prêt à répondre à son supérieur en « lui expliquant *la conviction que j'ai* de bien faire *le travail qu'il m'a demandé* ». Il indique ainsi une attitude « responsable », au sens où elle se définit ici : « J'ai appris à me responsabiliser, explique un agent, *c'est-à-dire* à *me décider moi-même* sans être dicté par n'importe qui : j'ai un travail qui m'est bien déterminé ; je le fais et je le fais aussi *comme il m'a été dit.* » Le supérieur qui sait convaincre reçoit une obéissance loyale. « Quand un chef crée un climat de concorde avec ses agents, déclare un ingénieur, il n'y a pas de raison qu'ils ne le respectent pas : ils appliquent ses consignes pour lui prouver davantage leur attachement. »

L'allégeance concilie un principe de dépendance rigoureuse et la condition d'homme libre. Le vassal décide librement de celui en qui il remet sa foi. Ensuite, il doit obéir, sans se laisser influencer par quiconque, pour se montrer digne de la confiance reçue. Au centre de cet échange, on retrouve l'espace de la parole. S'expliquer en détail, c'est faire acte d'allégeance[1]. C'est exprimer sa confiance, tout en prenant part au dialogue. C'est se montrer « transparent ».

Un subordonné correct vient se justifier. « Moi, indique un directeur, j'ai des devoirs vis-à-vis de [mon supérieur] et mon devoir est de lui expliquer, de lui justifier. » Interrogé sur la possibilité de régler un problème sans en référer, il répond : « Il n'y a aucun gain *[bis]*. La personne qui cache ses problèmes ne gagne rien. » Le directeur général indique lui-même qu'il informe abondamment ses administrateurs pour

1. S. Caratini, *op. cit.*

mériter leur confiance. Le chef d'atelier, qui se dit ouvert à la confiance, se montre très précis quant à l'obligation de transparence : « Je vous confie ce travail (…). Très bien, [mais] je vous laisse la consigne que pour le moindre problème, à tout moment dans le déroulement de cette tâche, n'hésitez pas, à tout moment, à me saisir. (…) N'essayez pas de prendre des initiatives abusives, n'essayez pas de prendre des décisions qui sont au-delà de vos capacités. » L'agent peut ainsi montrer qu'il a de la « conscience professionnelle », au sens qui est donné ici, « c'est-à-dire qu'il n'y a pas de réplique entre lui et ses supérieurs, il n'y a pas de barrière ». Il recevra des tâches et une latitude croissantes.

On voit apparaître l'idée d'une distance physique entre les personnes, qui a le sens d'une distance de confiance. Autrefois, l'esclave, voué au silence, n'avait pas d'autre « transparence » que celle d'être assigné à proximité[1]. A l'inverse, le noble, dont la parole était transparente, pouvait circuler au loin. Entre ces deux extrêmes, on trouvait tout une hiérarchie de distances.

Aujourd'hui, l'art de la juste distance demeure complexe : en donnant de la marge, le chef se montre confiant ; en en laissant trop, il révèle un manque d'attention ; en étant proche, il exprime de l'égard ; en l'étant trop, il trahit de la méfiance. C'est à cet équilibre subtil que paraît répondre un fonctionnement bien décentralisé de l'entreprise. « Il y a une décentralisation des services par rapport au département, explique un directeur, mais (…) tous les jours, il y a un *briefing*. Tous les jours aussi, le chef de service a un *briefing* avec les chefs de section. Donc à partir de là le canevas est fixé. La marge (…) n'est pas très importante. Nous sommes bien localisés. »

Cependant, dans la pratique quotidienne, l'exercice de la distance et de la transparence reste complexe. La mise en œuvre du contrôle en constitue un point délicat.

La complexité de la transparence

Dans une perspective d'allégeance, le contrôle hiérarchique est légitime. Sa signification est positive tant que l'initiative

1. S. Caratini, *op. cit.*

émane du subordonné. Mais l'écart paraît mince qui le change en humiliation.

Le subordonné doit chercher à montrer « où il est arrivé », ne serait-ce, explique un contremaître, que « pour son moral à lui, d'être sûr que la prochaine étape est précédée d'une étape correcte. Il prouve qu'il a l'amour de ce qu'il fait ». L'intéressé y trouve un réconfort psychologique. « Ça me donne même le courage de travailler, indique un chef d'équipe, parce que quand tu travailles très bien, tu vois ton chef à côté de toi, c'est une très bonne méthode. » « Ça donne une certaine impression d'être soutenu, d'être vu et surveillé, ajoute un autre. Donc on est un peu en quelque sorte obligé, en plus de la conscience qu'on a de s'acquitter au mieux possible. »

En principe, le supérieur peut prendre l'initiative de veiller à ce que tout se déroule bien. « Je vais les voir, dit un chef d'atelier, si je doute de certaines choses. » Mais en pratique, le contrôle obéit à des critères subtils. « Je [les] vois de la manière avec laquelle je souhaiterais être vu, poursuit le précédent. De manière logique, je vais les voir si je sens qu'ils ont envie d'être vus, d'être contrôlés. » Tant que le subordonné est demandeur, la situation est simple. « Je préfère, dit un contremaître, celui qui vient demander le contrôle [plutôt que] celui qui attend que son supérieur vienne. En toutes circonstances, le premier bat le record à toutes les étapes : en temps, en sérieux, en conscience et tout. Obligatoirement ! » Sinon, les choses risquent de s'envenimer.

Le moindre doute peut être perçu comme une mise en cause personnelle. « Ce n'est pas parce que je viens contrôler ce que vous faites, explique un contremaître, ou que j'envoie d'autres supérieurs à vous (…) faire un contrôle répétitif, que j'exclus ma confiance en vous. » « Bon, dit un chef d'atelier, les gens ils se sentent quand même un peu *touchés*. » « Quelquefois, dit un ingénieur, il vaut mieux ne pas aller à la source pour ne pas humilier. » Un regard trop rapproché est interprété comme de la méfiance. Manifestée au vu de tous – les tête-à-tête sont rares –, elle a le sens d'un affront, procédant donc d'une malveillance. « Quand on demande certains renseignements, quand on met en cause certaines étapes de l'exécution de votre travail, dit un contremaître, même si c'est dans un esprit correct, (…) malheureusement, vous êtes plus ou moins renfermé, vous avez l'impression que l'on vous cherche du mal, on cherche à détecter du mal pour vous cisailler, on cherche à vous faire du mal. » En théorie légitime, le contrôle est, faute d'une confiance solidement établie, ressenti comme offensant.

La question des sanctions résume cette sensibilité. Avec ce curieux mélange de délicatesse et de rudesse qui caractérise ce milieu social, un agent de maîtrise parle d'utiliser le bâton et la carotte, cependant avec doigté : « Il y a le bâton, il y a la carotte. Bon, il faut aller tout doucement, déjà avec la carotte, et maintenant, ça dépend de votre monture. » Le bâton doit guider la « monture », mais sans jamais la toucher. Un chef d'équipe admet, à contrecœur, qu'il faut « taper de temps en temps sur les irréductibles ». Un autre note qu'il est « par nature, contre les sanctions ». Le principe de tolérance, lié dans les esprits à l'islam, est souvent mentionné. « Dans la tradition, note un directeur, le chef de tribu a une autorité morale, mais c'est tout, ça s'arrête là. (…) *Il n'a pas de force de coercition* contre les gens. » Il n'est guère imaginable de punir un parent ou un cousin [1]. Cela trahirait un manque de retenue, portant atteinte à l'honneur de celui qui sanctionne, ôtant du coup de sa valeur à l'acte.

Là encore, la parole est au cœur de la relation. « Je préfère plutôt sensibiliser, dit un agent de maîtrise, ramener tout doucement [l'agent] à ce qu'il comprenne sa faute lui-même, et qu'il la corrige mieux lui-même que moi. » Faire donc en sorte que l'intéressé adhère librement à la critique. « La sanction la plus importante, explique un directeur, est que la personne reconnaisse avoir commis une faute. »

Pour être bien acceptée, la remontrance ne doit pas être trop appuyée. « Il ne faut pas heurter la fierté, note un chef de service. Même si [l'agent] fait une bêtise, venez lui dire : “Mais voilà, vous avez fait ça, bon, ce n'est pas grave, ce n'est pas la fin du monde ; mais comprenez quand même que vous auriez pu éviter ce que vous avez fait en faisant ceci ; voyez vous-même, vous avez bien fait, mais est-ce que vous n'auriez pas pu mieux faire.” (…) Tu dois un peu ménager les gens pour les aider. » Un chef d'équipe explique qu'il faut

1. S. Caratini, *op. cit.*

être implicite – « je peux critiquer une personne, mais sans pour autant rentrer dans certains détails » –, mais également factuel – « je conçois les critiques à condition qu'ils aient des preuves tangibles ». Pareille démonstration doit être donnée aussi à l'insu du groupe. Un contremaître indique qu'il prend parfois l'intéressé à part : « Quand un gars a fait une bourde, on l'appelle dans un coin tout seul et on essaie de savoir quel est son problème et on essaie de lui expliquer qu'il a tort ou qu'il a raison sur tel ou tel plan. » Mais ce genre d'aparté n'a guère de chance de passer inaperçu. La sensibilisation est donc un art improbable qui consiste à expliquer, en présence de tous, à mots voilés, mais avec précision.

On bascule vite du cercle vertueux de la responsabilisation à celui de la démotivation. Tant que le supérieur bénéficie d'une certaine influence, l'information lui est spontanément offerte ; il gagne du temps et peut s'ajuster à la demande de chacun. A l'inverse, celui qui l'oblige « à lui courir derrière » introduit de la tension : « [Le chef] n'a pas seulement le roulage, note un ouvrier. Il a beaucoup de problèmes. Et qu'est-ce qu'il va dire, celui de la perforation ? » Ce manque de disponibilité gêne la lecture que les autres peuvent avoir de leur propre relation. « Le plus difficile, note un chef d'équipe, c'est de réunir les différents mondes, le monde de la conscience professionnelle, le monde (…) de l'inconscience, si j'ose dire, de celui qui vraiment ne s'intéresse à rien, et le monde un peu moyen. » L'équilibre est difficile à maintenir, à l'image de ce qui se produit dans une famille dont les membres sont très différents.

Les rapports hiérarchiques sont sans cesse sur le fil du rasoir, entre la reconnaissance attendue et l'offense redoutée. Il y a mille et une façons de déchiffrer la venue ou l'absence d'un supérieur, ses silences et ses explications, selon les individus, selon leur humeur, selon les usages du groupe ou encore selon les regards environnants.

La société maure est parfois comparée à la cité grecque pour le rôle qu'elle accorde au débat public [1]. Cependant la parole est contenue ici dans une étiquette minutieuse, où

1. P. Bonte, H. Guillaume, « Mauritanie, questions pour l'avenir », *Politique africaine*, n° 55, octobre 1994, Paris, Karthala.

s'exprime l'honneur de chacun. En cela, on peut faire un parallèle avec la « société de cour » dans l'Europe du XVIIIe siècle[1]. On en retrouve ici l'art du discours, la retenue des émotions, l'évaluation incessante des intentions, les jeux d'influence et l'instabilité des relations d'allégeance[2]. Toutefois, à la différence de l'Europe, il n'y a pas ici de principe monarchique, et l'importance de la pudeur n'a pas entraîné, du moins jusqu'à ces dernières années, un développement de l'espace privé, caractéristique des sociétés bourgeoises postérieures. Ici, l'étiquette a gardé toute sa rigueur et sa subtilité.

Moderniser avec patience

C'est dans ce contexte que l'on peut maintenant relire les changements introduits. Partant de la manière dont les intéressés conçoivent leurs rapports, nous pouvons éclairer le sens qu'ils donnent à la démarche participative et en évaluer l'impact. En particulier, nous pouvons comprendre leur enthousiasme ainsi que les difficultés rencontrées.

Vu sous un angle traditionnel, l'accès au dialogue a une signification positive. Il s'oppose à l'idée de position servile. Celui qui est associé à la discussion se sent reconnu. Il participe à l'assemblée des hommes libres. A l'inverse, le fait de « ne pas pouvoir poser des questions, de ne pas avoir le droit d'avancer certaines suggestions, ou de ne pas avoir accès à l'information » – ce qui est la définition d'une « cloison » – est perçu comme un déni de considération. On comprend que les agents « prennent du plaisir à donner l'information ». Les divers groupes sur la qualité suscitent un engouement tel que la direction a dû en régler le nombre. Cette participation suscite en contrepartie un sentiment de responsabilité : « L'ouvrier se sentant un composant dans le groupe, partageant les mêmes idées, et traité au même échelon, est obligé… » Pour la direction, cette responsabilisation doit susciter « une

1. N. Elias, *La Société de cour*, Paris, Flammarion, 1985.
2. Ph. Marcheslin, *Tribus, ethnies et pouvoir en Mauritanie*, Paris, Karthala, 1992, p. 46-47.

convergence des volontés ». Le dialogue implique des devoirs envers la communauté et envers ses aînés sociaux.

Vue dans une perspective « moderne », la démarche autorise à faire la critique des « chefs qui donnent des ordres sans discuter ». Elle tend aussi à accroître le nombre des agents invités au dialogue. Notamment les ouvriers, dont le statut approchait celui de « captifs affranchis », sont invités à se considérer comme des membres à part entière de la communauté.

Mais l'approche exige une évolution des comportements, qu'il faut aussi comprendre selon les logiques locales. L'« abaissement » des frontières a le sens d'un plus grand respect mutuel, non celui d'une réduction des différences de position. Qui dit plus d'égalité dit aussi plus de sens du respect hiérarchique. « Je vois, dit un ouvrier, [qu'] il y a *plus de discipline* (...), si tu veux, les ouvriers sont *plus libres* qu'avant. » De même, l'idée de « responsabilisation » ne vise pas tant à donner de l'autonomie qu'à renforcer la fidélité des agents.

Ces exigences sont bien comprises comme telles par les intéressés. Pour les cadres, la démarche implique un renforcement de leurs capacités pédagogiques. « Il y a des cadres, note un ingénieur, qui ne veulent pas dépasser cette barrière parce qu'ils ne connaissent pas, parce qu'ils ont peur de se faire ridiculiser. » Pour les ouvriers, elle demande plus de transparence. « Il y a des travailleurs, complète-t-il, qui ne veulent pas qu'on dépasse la barrière chez eux, parce qu'ils ne veulent pas qu'on découvre qu'ils travaillent peut-être mal ou qu'ils ont des lacunes. » Du coup, l'approche apparaît parfois en avance sur les aptitudes des uns et des autres. C'est ce que la direction semble avoir considéré lorsque, dans un premier temps, elle a préféré ne pas associer les « journaliers » aux groupes qualité, posant leur formation comme préalable. D'une manière générale, les formations à la qualité doivent accroître la capacité des uns à expliquer et celle des autres à se justifier.

Les apports méthodologiques diffusés dans le cadre de la démarche ont eu des échos variables.

La formation à la qualité a été l'occasion d'introduire une méthode de discussion en groupe, qui a rencontré un vif succès. Conçue comme un protocole de réunion – fixant en détail les étapes de la discussion, la manière de noter les idées, de les regrouper, de les hiérarchiser, de préparer leur application, etc. –, la méthode facilite la prise en compte des idées de chacun, ainsi que la mise en ordre des propositions. Elle contribue à un échange amical entre des personnes de niveaux différents. Au terme des premiers mois, la direction générale plaçait ainsi cette « approche méthodique de résolution des problèmes » au rang des apports les plus incontestables. Les groupes créés dans le cadre de la qualité affichent régulièrement des résultats : analyse des pannes, réduction des taux d'indisponibilité, amélioration des performances, etc.

Quant aux statistiques de défauts, elles ne sont apparues que progressivement. Il fallait éviter, en les diffusant, de blesser et donc de déresponsabiliser. Dans une société sans rideaux, la diffusion de tels ratios risquait d'exposer les personnes à la dureté des chiffres. Elle suscitait des craintes. Une pure transparence mécanique, sans retenue, est inhumaine. Progressivement, donc, les services ont appris à produire des tableaux et des graphiques techniques, à l'aspect suffisamment complexe pour être déchiffrable par les personnes de bon niveau, capables de discrétion. Les statistiques, pour être convenables, doivent en quelque sorte parler à mots couverts.

Enfin, la formalisation écrite des procédures a démarré plus lentement. La rigidité éventuelle d'un tel dispositif s'accorde plus difficilement à la subtilité des relations hiérarchiques. Des consignes écrites, de conception uniforme, s'accordent mal à une conception personnalisée du lien d'allégeance. Des contrôles systématiques – en théorie légitimes – risquent d'accroître les réactions de fierté et de démotivation. Aujourd'hui, l'entreprise édite des instructions assez générales, qui visent notamment à codifier les comportements devant s'imposer à tous.

Ainsi, l'analyse de ce cas paraît exemplaire de ce que, à vouloir évaluer un changement d'organisation à la manière d'un visiteur lointain, on risque de se livrer à un exercice irréel. L'enthousiasme des agents mauritaniens, qui frappe l'observateur, n'est pas le signe d'un zèle de néophyte. Il exprime leur adhésion profonde à ce modèle d'organisation.

Mais il ne faut pas non plus se leurrer : leur ardeur est aussi une façon pudique de voiler leurs doutes critiques, notamment devant un étranger. Quant à ceux qui en appellent à la « patience », ils ne cherchent pas à éluder les résistances et les difficultés. Ils insistent seulement sur un principe du bon gouvernement. Ces réactions émanent ensemble local d'un code de pudeur, qui concilie précisément les logiques fraternelles et hiérarchiques qu'en d'autres lieux on tend à opposer.

On le voit, les logiques sociales sont autrement plus complexes que ne le supposent les grands principes du *management*. Pourtant ce sont elles qui, en leur donnant un sens, modèlent leur mise en pratique. Ce détour par un pays lointain nous éclaire aussi sur les conditions d'application chez nous d'une telle démarche, qu'ignore généralement la vision idéalisée qui en est donnée. Dans un contexte hiérarchisé d'entreprise, la « transparence » – à laquelle on rêve souvent – peut faire craindre aux intéressés l'introduction de regards inconvenants ou offensants. Plutôt que de motiver, elle peut engendrer des réactions de fuite. Quant à la « participation », elle débouche souvent sur des déceptions. Pour qu'elle soit perçue positivement – notamment, lorsqu'il s'agit d'écarter les idées les moins pertinentes –, la hiérarchie doit faire preuve d'une singulière capacité à convaincre avec retenue.

CHAPITRE VIII

Les experts et la décentralisation

Effets d'illusion au Cameroun

Alain Henry

Il y a quelques années, la Société d'électricité du Cameroun souffrait, comme de nombreuses entreprises publiques africaines, d'une centralisation excessive. Les experts français s'y succédaient, mais en vain. Malgré leurs diagnostics d'une impeccable logique, malgré leurs recommandations maintes fois rééditées, malgré des appels répétés à la volonté des dirigeants, la situation n'évoluait guère. Beaucoup concluaient à une inadaptation des « cultures » africaines aux logiques d'entreprise. Quelque temps après, un changement se produisit mais la démarche parut contraire à celles que les experts préconisaient. Selon eux, la solution adoptée risquait même d'entraîner une aggravation du mal bureaucratique. Le personnel jugea, quant à lui, que c'était une bonne façon de le responsabiliser.

Pour tenter de comprendre cette suite de contradictions, nous décrirons tout d'abord la centralisation telle que les experts français la percevaient. Puis, entrant dans la manière dont les acteurs camerounais l'interprétaient, nous la verrons apparaître sous une lumière nouvelle. Plutôt que de vouloir vaincre des « résistances culturelles », les experts auraient gagné à prendre le temps d'un décentrement de leur regard.

Un cas d'école apparemment classique

A l'époque, l'entreprise vient de connaître une période de forte croissance. Profitant d'un projet de modernisation informatique, le directeur général a lancé un important mouvement de décentralisation. « [Elle] est inévitable », dit-il, comme pour en souligner la nécessité, au-delà de sa seule volonté personnelle. Pourtant, au terme de trois années – au moment de notre première étude –, la situation n'a guère évolué[1]. L'entreprise reste la proie de logiques centralisatrices, unanimement dénoncées par son personnel.

Le juste milieu introuvable

Nos interlocuteurs décrivent, sur un ton posé non dénué d'humour, les symptômes d'une centralisation apparemment classique : « Pour toute opération, note un cadre, il faut courir là-haut, pour obtenir l'aval, pour faire signer ceci... » Chacun se plaint d'un manque de responsabilités, y compris à l'échelon le plus élevé : « [Les directeurs], dit l'un d'eux, n'ont pas grand-chose à décider, finalement. Ils font des projets de lettres qui sont soumis à la décision du directeur général ou de l'un de ses adjoints. L'engagement de l'entreprise se fait au niveau de la direction générale. »

Le moindre document subit des contrôles en cascade, avant d'être soumis à la direction : « Je prends l'exemple de la gestion du personnel, explique un cadre ; pour un document de paie, qui est initié par un agent de septième catégorie, il est visé par un agent de huitième catégorie, [suit l'énumération de sept autres visas], avant d'atterrir chez le directeur général. (...) Ça veut dire que même si tous ces niveaux-là passent, ça ne donne pas beaucoup de responsabilités à la personne. » Le sommet de la hiérarchie est encombré de

1. Le Cameroun, environ 12 millions d'habitants, réunit de nombreuses communautés différentes ; certains auteurs dénombrent jusqu'à une centaine de langues distinctes. En raison de sa diversité géographique et humaine, le pays est parfois qualifié d'« Afrique en miniature ». La Société d'électricité emploie 3 500 personnes. Elle dispose de cadres et de techniciens de très bon niveau, dont certains sont diplômés d'écoles ou d'universités internationales prestigieuses. Ce chapitre résulte de plusieurs missions effectuées entre 1988 et 1994, à la demande conjointe de l'entreprise et de l'Agence française de développement. Les résultats d'enquête ont fait l'objet d'une première publication, dont nous reprenons ici certains éléments. Voir Ph. d'Iribarne, « Face à l'impossible décentralisation des entreprises africaines », *Revue française de gestion*, sept. 1990.

questions de détails. « J'estime, dit un autre, que le directeur général a trop de choses à faire pour qu'on lui amène des billets d'avion, des bons de transport, de ceci, de cela. » Au point que les délais sont devenus prohibitifs ou que certains dossiers semblent s'égarer : « On nous a volé une voiture il y a deux ans, elle n'est pas remplacée jusqu'à présent. »

Le phénomène obéit à deux grandes logiques, en partie contradictoires, qui concourent cependant au même effet.

D'un côté, les cadres semblent fuir leurs responsabilités, en renvoyant chaque décision vers le sommet : « Tout dernièrement, note le directeur général, on a fait des délégations de pouvoir aux directeurs, on leur a donné un pouvoir disciplinaire et même ça, ils ne l'exercent pas. (...) Les gens font des malversations ou des choses absolument répréhensibles, pour lesquelles les sanctions sont écrites noir sur blanc sur la réglementation, [mais] ils préfèrent que ça remonte au directeur général. (...) On a l'impression que c'est le directeur général qui va obliger tout le monde à travailler. » Au cours de notre entretien, il est d'ailleurs interrogé par téléphone sur le prêt d'un camion à un agent, qui doit ramener au village le corps de son épouse défunte.

D'un autre côté, on trouve des attitudes d'une extrême indépendance : « La décentralisation est perçue parfois (...) comme du libertinage, poursuit le directeur général, c'est-à-dire comme si on leur laissait la possibilité de faire tout sans nous consulter. » Certains directeurs « font fi des directives émanant des départements fonctionnels, (...) chacun faisant son petit règlement ». D'autres ne semblent plus rendre compte : « [Ils] gardent tout à eux et vous retrouvez souvent des cas où la situation est devenue explosive. » « La direction générale a peur, dit un cadre, que les directeurs aient la mainmise trop forte. » Cette appréhension envers ceux qui « veulent tout accaparer » existe également au niveau subalterne : « Les directeurs se sentent tiraillés, dit un agent ; ils voudraient bien décentraliser, mais ils ont immédiatement peur que certains n'en fassent qu'à leur tête. » Ce qui conduit chacun à faire des « recentrages ».

Entre les habitudes centralisatrices et les tendances centrifuges, l'équilibre paraît difficile à trouver. « Le juste milieu, conclut le directeur général, on ne fait pas le juste milieu. »

La direction doit sans cesse intervenir. Les cloisonnements sont nombreux. Les processus paraissent morcelés, et leur aboutissement incertain. Il en résulte une perte d'énergie et un sentiment d'incohérence, peu compatibles avec le souci d'efficacité. « On attend des années et des années, et rien ne sort », conclut un cadre avec cette pointe d'ironie que justifie l'absurdité. Pourtant toute protestation paraît inutile : « Vous allez protester à qui ? dit un chef de section (...). On risque de dire que vous avez été insolent vis-à-vis de la hiérarchie. »

Cette situation s'accompagne du cortège des ressentiments qui sont la cause d'une large démotivation. « Je crois, note un directeur, que dans beaucoup de cas on utilise encore le personnel comme si c'était des objets. (...) On ne fait pas souvent suffisamment confiance ». Ce qui suscite des réactions de méfiance et de susceptibilité. « Même si un cadre prend un certain nombre d'initiatives, déplore l'un deux, on a toujours tendance à lui dire : "Ce n'est pas bon ! Ce n'est pas bon !" Et on ne vous explique pas pourquoi. Ça fait que ça frustre un peu. » « Lorsque, confirme un directeur, on dit subitement [à un agent] : "Monsieur, ce que vous faites là n'a rien à voir avec ce que nous faisons ici", il se sent frustré. Il trouve qu'on lui a mis des bâtons dans les roues. » On est pris dans le cercle de la méfiance.

Les réactions individuelles sont diverses, allant du découragement complet pour les uns à la réaffirmation, pour d'autres, de leur « amour du travail ». Cependant, tous semblent se retrancher derrière un formalisme procédurier. Quant à ceux qui veulent accélérer un dossier, défendre un intérêt légitime ou dissiper la méfiance, ils ont systématiquement recours à un « ami ». Les réseaux personnels, qui passent notamment par les régions d'appartenance, jouent un rôle important. Plusieurs cadres se plaignent de ce que les avancements et les sanctions se font « de manière discrétionnaire, [c'est-à-dire] de façon tribale ou par connaissance ». « Je crois, dit un directeur à propos des sanctions, que ce genre de choses arrive ; un "chef supérieur" dit : "ce gars-là, c'est mon ami, il est de mon village, alors moi à mon niveau je vais faire taire le dossier, je vais étouffer le dossier". (...) Les gens sont cramponnés à leur région. » On passe sans cesse de la défiance aux demandes de solidarité exclusive. L'amitié et l'intérêt personnel l'emportent sur tout autre principe, donnant aux relations une tournure fortement affective. « Tout dépend, dit un directeur, de ce que l'homme qui est chargé de réaliser l'action pense de la société d'une façon générale et des interlocuteurs qui sont en face de lui. » Chacun dénonce un « sentimentalisme » qui prévaut sur les réalités du service.

La méfiance paraît s'être partout répandue. Un contremaître se plaint de ce que, dans les réunions, des collègues « oublient systématiquement de donner l'information pour nous laisser nous enferrer ». Un autre, devant une proposition alléchante, « se dit que c'est peut-être une façon de [le] piéger ». « Chaque fois que l'adjoint prend une initiative, ajoute un cadre, le chef croit que c'est pour prendre sa place. » Chacun ne semble agir qu'en pur politique : « Si vous ouvrez les portes, que c'est transparent, dit un ingénieur, on se rend compte que vous n'êtes pas indispensable. C'est ce qui fait peur aux gens et ils cachent les renseignements. (...) C'est un peu cet état d'esprit que vous retrouvez *tous les jours*. » « La plupart du temps, dit un autre, l'information ne circule pas, les gens se l'approprient. » Il règne une forte opacité, qui fait la part belle au « problème des rumeurs ». « Vous avez l'impression que vous vous entendez bien avec un agent, que vous pouvez discuter avec lui, mais ces choses-là sont reprises négativement et rapportées à la hiérarchie, ça vous met mal à l'aise. Vous êtes obligé de ne pas pouvoir vous exprimer, de peur qu'on puisse rapporter ce que vous avez dit. »

Nos interlocuteurs ne laissent aucun doute sur leur désir de changement. Ils se montrent même d'une étonnante disponibilité à toute évolution. Un cadre se dit « prêt à faire des efforts ». On ne sait ce qui, dans les propos de ce chef de section, l'emporte de sa bonne volonté ou de sa soumission hiérarchique : « Ça dépend de la hiérarchie. S'ils jugent qu'en faisant la décentralisation ça peut marcher, tant mieux ! S'ils voient qu'il faut laisser comme ça, ça va ; je dis que c'est que ça marche ! C'est surtout que nos chefs sont mieux placés pour donner la réponse. » Quant au directeur général, il est sans ambiguïté quant à la nécessité de décentraliser.

Pourtant cette bonne volonté n'a d'égale que l'insondable

scepticisme des intéressés. Les directeurs font état des réticences de la base : « Les agents disent qu'ils ont toujours fait ainsi et ils se demandent pourquoi on veut changer. » « Ils sont, dit un autre, trop habitués à s'en référer au chef, qui s'en réfère au chef, qui s'en réfère, etc. » Les cadres doutent ouvertement de la bonne foi de leurs supérieurs : « Celui qui est au sommet, *franchement*, il faudrait qu'il soit généreux pour se saborder, parce qu'en fait les gens aiment se rendre indispensables. » Au point que la situation paraît figée.

Un défi pour les experts

Face à ces difficultés, les experts français croient reconnaître un cas familier : l'engorgement au sommet, la lourdeur des procédures, la lenteur des décisions, la rétention de l'information, le jeu des intérêts et des sentiments, la méfiance leur apparaissent comme des symptômes universels.

La maladie est décrite dans les manuels de sociologie avec ses « cercles vicieux bureaucratiques bien connus[1] » : les règles, conçues loin du terrain, sont inadaptées ; d'où l'attitude rebelle des opérationnels, d'où une perte de contrôle, d'où de nouvelles règles, d'où les recentrages, etc. Ou aussi : les agents ne se sentent pas reconnus ; d'où leur démotivation, d'où la fuite des responsabilités, d'où le poids de la hiérarchie, etc. Ces ressorts éloignent inéluctablement le sommet et la base, laissant la méfiance s'insinuer. Les consultants, mandatés sur place par les bailleurs de fonds, proposent de nombreux remèdes. Certains, faisant écho aux dires camerounais, invitent à faire preuve de volonté. Le fait que l'ordonnance s'avère peu efficace confirme l'existence, également classique selon eux, d'une « résistance au changement ». Ils la qualifient précisément de « culturelle ». Si le mal persiste, c'est que les séquelles sont profondes. La guérison doit se produire à force de médications et de patience.

Les rapports d'experts, pour mieux convaincre, finissent par ressembler à quelque traité de mécanique. Les entreprises y sont régies par des lois, qui engendrent « une suite d'actions

1. M. Moullet, *Le Management clandestin*, Paris, InterÉditions, 1992, p. 118, 135.

et de réactions organisationnelles[1] ». Il y est question de « principes invariants ». Les experts proposent, chacun selon son métier, une grande diversité de solutions. Tous cependant souscrivent à une même logique : garantir l'autonomie des acteurs. Pour être encore conformes aux lois de la nature et de la raison, ils recommandent de s'appuyer sur « une base contractuelle », considérée comme le fondement de toute objectivité.

Pour les uns, il faut procéder d'abord à une « définition des fonctions ». La méthode consiste à délimiter des domaines. Les titulaires, conscients des devoirs liés à leur état, se sentant libres d'agir au sein de leur fief, devraient prendre les bonnes initiatives. « Le découpage [en secteurs] permettra [à chaque responsable], disposant de *son* propre personnel et de *son* propre matériel, d'avoir une responsabilité globale. (...) Un tel chef, tous les jours sur *son* domaine, appréciera l'effet de telle ou telle décision sur *ses* clients. » Le sens des responsabilités y est lié au fait de détenir une « large autonomie de gestion ».

Pour d'autres, il s'agit surtout de donner à chacun la juste récompense de ses efforts, grâce à une « évaluation des performances ». La démarche repose sur le chiffrage des résultats individuels, seul capable de garantir la mesure des mérites. « Il faut préparer à tous les niveaux des plans d'action annuels, s'engager en termes d'objectifs et mesurer les résultats. (...) Une base contractuelle moderne est de nature à rassurer et à objectiver les relations. (...) L'entretien annuel est un moment privilégié pour effectuer de manière dépassionnée l'explicitation des attentes mutuelles. » Cette responsabilisation sur des objectifs doit « garantir la motivation » des acteurs.

Souvent ces deux approches se mêlent, avec toujours le même souci d'objectivité : « Il s'agit de définir tous les emplois pour déterminer les fonctions à assumer, les compétences requises, le degré de formation souhaité, les critères d'évaluation et les instruments de mesure. » La démarche se veut scientifique. Pour faire la part du facteur humain, on préconise un management participatif propre à dissoudre les

1. Les citations non référencées de ce paragraphe sont tirées de rapports d'experts ou d'interviews.

soupçons. « *Il ne faut pas voir* de suspicion malveillante, mais une inquiétude qui découle probablement d'un déficit d'échanges entre partenaires. » Enfin, des actions de formation doivent aider à créer une « culture d'entreprise », celle-ci étant vue comme un ensemble de valeurs et de règles intériorisées, propres à orienter les comportements individuels.

Les experts, avertis des échecs passés, invitent fermement leurs interlocuteurs à nommer un chef de projet : « Devant l'urgence, il est nécessaire que ce plan d'action soit institué en projet sous la direction d'un cadre, responsable de sa mise en œuvre. » Le principe est celui de l'homme clé, détenteur d'une mission personnelle, ayant carte blanche pour faire sauter les verrous. C'est l'arme souveraine contre les résistances au changement : « La désignation d'un responsable interne de haut niveau en qualité de "correspondant" est absolument essentielle au succès du projet. C'est lui qui pourra lever les obstacles dus à l'inertie (...), inévitable dans toute société lorsque l'on veut innover[1]. »

Ce même exercice a été repris de nombreuses fois, dans des entreprises africaines diverses, en variant les solutions... mais les progrès sont restés minces. Les systèmes de gestion complexes, implantés à grands frais de consultants, n'ont guère survécu au départ de ces derniers. Les experts, lorsqu'ils repassent, retrouvent les mêmes travers : en plus du respect scrupuleux des procédures et des huit signatures sur un même document, ils voient que le budget est devenu un « formalisme creux, vidé de son sens », qui reproduit un « cycle machinal ». Ce « ritualisme administratif » leur apparaît comme un signe typique de dérive bureaucratique.

Des manuels bien détaillés

A la Société d'électricité du Cameroun, quelques mois après notre première enquête, la situation va soudain se débloquer, mais d'une manière surprenante. Le directeur général, nouvellement nommé, décide de faire rédiger l'ensemble des procédures de l'entreprise. Cet important chan-

1. M. Haurant, *Pratique de la direction en pays neuf*, Paris, Hommes et Techniques, 1984.

tier – associant 800 agents, dont une centaine de rédacteurs – aboutit quelques mois plus tard à l'édition d'un volumineux manuel : une dizaine de classeurs, de plusieurs centaines de pages chacun, couvrant l'ensemble des tâches techniques, commerciales, administratives ou financières.

Ces manuels décrivent en chaque circonstance comment opérer. Ils détaillent pour chacun – agent d'accueil, chef de service ou directeur – quoi faire et comment faire : le démontage des pièces, les informations à traiter, les points à contrôler, etc. Le texte insiste en particulier sur les comportements souhaités, notant par exemple que l'agent commercial doit « accueillir le client avec gentillesse et courtoisie, et le mettre à l'aise ». La présentation des fiches souligne les enchaînements entre les individus. Les contrôles de routine entre collègues sont systématiquement signalés : « Le chef d'agence transmet le bordereau au chef de groupe, [qui] s'assure que le bordereau est bien rempli. » Pour chaque tâche, une procédure donne ainsi la succession des opérations à accomplir, à la façon d'une litanie normalisée.

En agissant de la sorte, les rédacteurs ont répondu à une véritable attente. L'un des objectifs affichés était de produire des documents « bien clairs pour que chacun sache avec précision le rôle qui est attendu de lui ». Un directeur rappelle que « certains voulaient quelque chose de très codifié ». Du côté des agents, si le projet n'a pas été sans soulever quelques inquiétudes, il a rapidement suscité l'engouement. Un agent de maîtrise est allé jusqu'à qualifier le dispositif de « vraie démocratie ».

Les consultants français chargés de former les rédacteurs restèrent perplexes. Pour eux, les consignes détaillées sont « un facteur de rigidité dans lequel il faut éviter de s'enfermer ». Si elles sont nécessaires, notamment pour parer aux risques industriels ou financiers, leur usage s'oppose au sens du métier. D'où la surprise de cet expert devant l'attitude d'un collègue camerounais : « Sa réponse a été : “Mais il y a le manuel pratique ; ils rechercheront.” Je lui ai dit : “Non ! On n'a pas à ouvrir le manuel pratique.” Le manuel pratique, c'est un beau bouquin de deux centimètres d'épaisseur et ça, c'est dingue ! (…) Le gars, il l'a sous la main, donc il doit s'en servir ! Un manuel pratique pour moi, ça fait quatre pages. » Un des consultants insista plusieurs jours pour que l'on rédige « des documents légers et réduits à l'essentiel ». Pour un autre, le doute tourna au malaise lorsqu'il découvrit, lors d'une séance de vérification, que les participants s'étaient réparti les rôles pour en faire une lecture cérémonieuse.

Pour les experts, pareille propension aux procédures a quelque chose d'archaïque. Elle relève d'un « manque de professionnalisme », ce qui, dans leur esprit, serait le plus grave des reproches si, se gardant de tout jugement, ils ne voulaient y voir qu'une faiblesse de la « culture d'entreprise » : la faute n'en incombe pas aux personnes mais à l'influence de l'environnement. Les remèdes préconisés – responsabilisation par domaines, définition d'objectifs, et formation – ont justement pour but d'amener les intéressés à intérioriser les bonnes règles. Leur manque de succès est cependant peu compréhensible.

Des indices jusque-là délaissés

A lire les arguments des experts, on est frappé par leur logique indiscutable. Ils ont apparemment pour eux le poids des évidences. Le lecteur en vient à se demander pourquoi un tel bon sens n'a pas encore trouvé à s'appliquer, au moins de la part de quelques dirigeants désintéressés et déterminés. C'est que leurs prémisses sont inadaptées.

Les évidences sur lesquelles reposent leurs démonstrations ne sont pas celles qui valent aux yeux des intéressés. Les logiques qui ont un sens pour les uns ne sont pas celles avec lesquelles les autres conçoivent leur propre contexte. Lorsque les faits s'accordent mal à la vision des experts, ils tendent à les minimiser, en les rattachant tant bien que mal à une explication globale ou en les négligeant plus ou moins consciemment. Ainsi, deux attitudes aussi contradictoires que, d'une part, le respect rigoureux des procédures, et, d'autre part, la capacité à enfreindre une règle sous la pression d'un proche sont reliées à une même cause : un manque d'intériorisation des règles du métier. Devant la répétition des échecs, les explications se font à la fois très générales et divergentes. Certains concluent à une incompatibilité avec les “cultures africaines”; à cause d'elles, les intéressés seraient privés durablement du sens de la rationalité ; c'est ignorer pourtant la place que ceux-ci accordent aux jeux d'intérêts. D'autres analystes insistent a contrario sur la fluidité des cultures ; ils imputent les comportements actuels aux habitudes néfastes du passé ; mais ils oublient alors que l'on s'est déjà appuyé par le passé sur des cadres jeunes et bien formés. Beaucoup considèrent qu'il faut laisser aux acteurs le temps de s'approprier les principes de la nouvelle gestion ; ils rappellent les deux ou trois siècles qu'il a fallu pour que l'Europe parvienne à l'ère moderne, s'interrogeant alors sur la durée nécessaire : « 15 ans, 20 ans, 30 ans ? » se demandent les plus optimistes ; toutefois le rapport entre ces échelles de temps paraît incertain. Il arrive qu'un rapport constate que les méthodes maintes fois réitérées ne donnent « aucun résultat pleinement satisfaisant », mais aucun ne songe à en revoir les postulats.

Les experts entendent bien qu'il est fait mention de gens « libertins », « méchants » ou « frustrés », mais ce sont pour eux des fioritures du langage. Il y a aussi des coutumes exotiques, telles que l'importance donnée aux funérailles, mais cela leur paraît secondaire par rapport aux logiques d'action essentielles. Il est question d'un « facteur tribal », mais c'est précisément le genre de choses qu'ils préfèrent rejeter dans le passé obscur de l'histoire. Nul n'ignore enfin le sentimentalisme qui submerge l'application des règles, la peur de la rumeur et des problèmes explosifs, ou la difficulté à s'opposer aux malversations. Mais ces attitudes, un peu désarmantes, sont vues comme de simples réalités humaines : la complaisance, la jalousie, les sabotages, etc., existent partout. Malgré ce que les acteurs en disent, les experts jugent inacceptable de donner plus d'importance à de telles explications : « *Il ne faut pas voir* de suspicion malveillante » notait l'un d'eux. Les observateurs les plus conscients des réalités locales se refusent d'abonder dans cette « subjectivité culturelle » qu'ils voient comme le contrecoup d'une régression « pouvant même confiner à la paranoïa[1] ».

Les experts, lors de leurs premiers voyages, sont séduits

1. S. Latouche, Ph. Rospabe, G. Séraphin, « Tirer le diable par la queue à Douala », *Atelier ménages et Crise*, Marseille, mars 1997.

par l'ampleur de la bonne volonté, dont ils soulignent l'existence, comptant dessus pour vaincre le scepticisme ambiant. Avec le temps, leurs propos se font impératifs. Les plus décidés insistent sur « la nécessité et l'urgence » d'instaurer les comportements, qui, précisément, sont absents – l'objectivité, l'indépendance envers les supérieurs, le respect des règles au détriment des siens, etc. Quant aux responsables des organismes internationaux, ils mettent « les élites africaines au pied du mur », les priant, à l'image des pays développés, de « balayer les contraintes culturelles [qui] n'ont rien d'insurmontable[1] ».

D'une manière ou d'une autre, tous esquissent une critique des mentalités locales. Mais nul ne songe à remettre en cause le regard avec lequel il en saisit les éléments. La difficulté tient en effet à ce que la centralisation de l'entreprise camerounaise ne peut pas être lue comme un exemple extrême d'un phénomène universel. En posant des catégories a priori, on occulte des éléments nécessaires à sa compréhension. La « centralisation », tout comme la « bureaucratie », doivent être dépeintes à partir de leurs acceptions locales. Il faut les concevoir avec le regard des intéressés.

La relecture du cas dans son contexte

Repartant des symptômes, nous commencerons par entrer dans la manière dont les acteurs interprètent leur situation. Nous pourrons ensuite décrire les formes particulières de cette centralisation, et éclairer l'inefficacité des remèdes comme l'adhésion aux procédures. Un œil camerounais pourra deviner, à travers certains propos, diverses conceptions sociales qui traversent le pays, notamment en matière de hiérarchie. Mais il est possible aussi de dessiner quelques lignes communes.

L'intérêt des individus

Parmi les éléments jusque-là délaissés, il faut réexaminer le scepticisme des agents. On y trouve en particulier une sen-

1. S. Michailof, entretien, *Le Monde*, 28 septembre 1993.

sibilité aux individus et aux intérêts, qui est usuellement masquée par le cliché sur les valeurs communautaires africaines : « *Celui qui* est au sommet, franchement, il faudrait qu'il soit généreux *pour se saborder*. »

« Celui qui est au sommet », « l'homme qui est chargé », « ce monsieur », « untel » sont des expressions qui reviennent constamment. On ne dit guère que « la Société d'électricité a licencié untel », mais plutôt : « *voilà monsieur X.*, qui a fait licencier *tel* ». A nos questions, on répond souvent que « cela dépend de la personne ». Dans le langage courant, on parle de « doigter quelqu'un » pour dire que l'on a « mis en lumière son rôle particulier ». Dans le déroulement d'une procédure, chacun entend bien « jouer le rôle particulier qui [lui] est dévolu ». Nos interlocuteurs ne voient pas tant les systèmes que les individus qui s'y meuvent. A propos des obstacles au changement, on cite, d'évidence, « la résistance secrètement orchestrée par ceux qui y ont intérêt ».

En même temps, on se focalise sur l'intention des individus. Nos interviews visant surtout à éclairer les blocages, l'accent est mis plus souvent sur les mobiles négatifs. Un supérieur, surpris par une initiative, croit que « c'est *pour* prendre sa place » ; un autre se dit que « c'est peut-être *pour* [le] piéger » ; si les chefs ne décentralisent pas, c'est, dit-on, « *parce que* ça les arrange ». Mais les motivations peuvent également être positives : « Si on a eu un document [de procédure], note un chef de section, on se dit que c'est *parce que* le chef est *très gentil*. »

Les acteurs témoignent en particulier d'une singulière acuité à la présence des intérêts qui motivent chacun. « Lorsqu'on ressasse tous ces accrochages, dit un directeur, on se rend compte que derrière tout ça il y a une mauvaise foi, qui est guidée elle-même par des intérêts personnels. » On ne craint d'ailleurs pas tant les intérêts que la mauvaise foi qui peut les couvrir. L'appétit individuel est vu comme une donnée naturelle ; la voracité seule est pourchassée. Le proverbe « la chèvre broute là où elle est attachée » est l'un des plus cités au Cameroun, notamment chez les analystes politiques : si la corde est trop lâche, l'animal en profite.

Tandis que l'intérêt est légitime, il faut se montrer de « bonne foi ». Une manière de répondre à cette attente consiste pour chacun à souligner ce qui ne relève pas de sa volonté. Il est courant par exemple de s'exprimer en disant que l'on « a eu à » faire ceci. Les intentions font l'objet d'une constante et subtile auscultation. On s'intéresse à « l'idée que la personne a derrière la tête », cherchant les arrière-pensées que recèlent les « allusions du discours », celui-ci étant d'autant plus implicite qu'on le sait décrypté. En cas de tension, on évoque la mauvaise foi de ceux qui « oublient systématiquement » d'informer; plus grave serait l'accusation d'avoir « voulu cacher ».

Contrairement à ce que suggère l'image de la solidarité africaine traditionnelle, la logique communautaire n'implique pas un effacement de l'individu et de ses intérêts. Elle passe au contraire par l'attention qui leur est constamment portée. La pression sociale s'exerce à travers cette manière de scruter la bonne foi de chacun. Au-delà de ce qui est ainsi décelé, la confiance ne repose pas sur l'idée d'un désintéressement naturel : « *Franchement* [i.e. c'est évident], il faudrait qu'il soit généreux pour se saborder. » La confiance passe plutôt par le large réseau des liens d'amitié. « Les gens qui s'entendent bien au-dehors, explique un contremaître, travaillent mieux ensemble. Quand ils ont un problème, ils causent en amis; un autre que vous ne connaissez pas, vous l'abordez avec beaucoup de méfiance. »

L'entraide naturelle des amis

D'une manière générale, chacun doit tendre vers le comportement qui vaut pour un ami, un proche, un cousin ou un frère. La bienveillance que l'on a pour eux constitue la bonne foi la plus sûre. Le mot « ami » servant de référence constante, il en devient banal. Le terme de « frère » – qui ne suppose pas nécessairement un lien généalogique – est plus fort; mais le sens de la relation reste le même : tendre vers l'image idéale d'une « bonne entente », d'une « amitié sincère ».

Les vrais amis sont ceux qui, mêlant sans cesse leurs biens et leurs sentiments, sont toujours prêts à se rendre service. La vie quotidienne est ainsi faite d'innombrables services, petits ou grands, sans cesse échangés. Il est peu pensable de se dérober à une demande d'entraide. Refuser est difficilement imaginable. Ce serait aller à l'encontre de la nature humaine.

Les amis – le sens est large – sont au fondement des rapports sociaux. La bonne volonté ressentie par les experts est un préalable social, présent jusque dans les rapports hiérarchiques. « C'est très important d'apparaître comme gentil », explique un directeur, ce qui s'oppose au fait d'être « un peu méchant » ou « très méchant ». En cas de problème, avec un collègue que vous ne connaissez pas, note un contremaître, « vous soupçonnez, vous dites que c'est une méchanceté ». Celui qui agit de façon abrupte est critiqué : « On peut écrire, dit un cadre, en demandant de ne plus prendre telle mesure. Les gens disent : "Monsieur T., vous avez envoyé une note très méchante" ; c'est vu comme une accusation, comme une méchanceté. »

L'amitié ne s'oppose nullement aux intérêts personnels. Au contraire, les amis partagent les mêmes intérêts. Il faut seulement veiller à ce que ceux-ci ne deviennent pas excessifs. On craint ceux qui veulent « tout accaparer ». Selon l'idéal d'amitié, nul ne peut échapper à l'entraide, sauf à laisser paraître un appétit abusif ou de la malveillance.

Toute décision inhabituelle est décryptée selon ses finalités voilées, situées entre l'intérêt, l'amitié et la méchanceté. Si le mobile ne saute pas aux yeux, on présume que l'auteur a agi pour le compte d'un proche. Une succession d'incidents est inquiétante, étant le signe probable d'une « action génialement orchestrée par un individu », qui agit par appétit, sous l'emprise d'un ami, pour prendre une place ou pour noyer quelqu'un. De jeunes ingénieurs racontent que des subordonnés arrangent « des fausses pannes pour les tester ». Devant notre incrédulité, ils font remarquer qu'un pareil concours de circonstances – des câblages systématiquement inversés – n'est « tout de même pas normal ». D'une manière générale, on tend à nier les coïncidences.

Les appétits peuvent se muer en avidité, et, la jalousie aidant, en « volonté gratuite de nuire ». C'est dans cette perspective que l'on peut notamment lire les cas de sorcellerie qui surgissent de temps à autre. Dans un ouvrage récent, un prêtre français initié par des guérisseurs camerounais évoque ce type d'affaire : « J'ai reçu la visite d'un homme politique (...). Regagnant le matin son lieu de travail, il a trouvé son bureau entouré d'un cercle épais de poudre blanche, signe d'une violente hostilité à son égard. Pour l'apaiser, je me rends à sa suite sur les lieux : rassemblement du personnel, prière, lecture de la scène évangélique de "la tempête apaisée", bénédiction de l'eau, aspersion des personnes et du bureau. Puis balayage de la poudre par l'intéressé lui-même, et sa réinstallation sur son siège. Il était évident pour moi que le coupable se trouvait là parmi nous[1]. » Les conflits sont ainsi reportés dans le monde de l'invisible, ce qui permet d'en atténuer l'expression ouverte.

La malveillance, la jalousie et la complaisance sont la face sombre d'un système qui prend sens sur la gentillesse et l'entraide. Nos hôtes camerounais paraissent doués ainsi d'une sorte d'hypersensibilité – d'une clairvoyance particulière – aux sentiments et aux appétits qui se cachent derrière les têtes. Ces catégories, reliées ensemble, servent ici à évaluer les rapports sociaux.

Des acteurs très exposés

C'est à travers ces logiques qu'il faut relire la question de la centralisation : la personnalisation, le recours aux amis, la place donnée aux intérêts et aux sentiments ne sont pas l'effet malheureux de la centralisation, mais le matériau avec lequel celle-ci s'élabore. La crainte des problèmes explosifs, des mainmises et des nominations discrétionnaires n'est pas le stade dépassé d'une pathologie mondialement connue. C'est l'expression locale de la méfiance. Ce qu'il faut approfondir, ce sont les circonstances, propres à l'entreprise, dans lesquelles elle se produit.

La méfiance tend à apparaître entre ceux qui ne bénéficient pas d'un lien personnel. Elle se développe en particulier dans l'interprétation des actes qui impliquent un refus d'aider ou une décision pénible envers autrui (sauf à bien montrer que « l'on est contraint »). Il existe aussi des conditions favorables à la confiance, et donc à l'initiative. Deux agents qui se fréquentent en dehors « abordent les problèmes en ami ».

1. E. de Rosny, *La nuit, les yeux ouverts*, Paris, Éditions du Seuil, 1996, p. 183, 227.

Lors d'une panne, ils peuvent imaginer ensemble une solution originale.

En l'absence de lien amical, notamment dans la relation hiérarchique, l'ajustement doit se construire par le biais d'une concertation continue. Il faut montrer que l'on ne cache rien. Au cours d'un entretien avec le chef d'une unité de province, nous pouvions noter le va-et-vient à sa porte, dû aux nombreux subordonnés venus demander un aval. La concertation permet de s'assurer des intentions mutuelles et de dissiper les inquiétudes ; lors de circonstances exceptionnelles – par exemple, le chef reçoit des hôtes étrangers –, il devient possible d'agir sans son accord préalable : en cas d'incident, il ne sera pas porté à imaginer une machination. Les supérieurs, à moins d'une relation privilégiée, se méfient des subordonnés qui prennent des initiatives sans les consulter régulièrement. Le directeur général oppose ainsi les « directeurs très très corrects qui, au moins deux fois par semaine, [lui] téléphonent en disant : "Est-ce qu'au moins on peut faire le point ?" » et la « nouvelle vague qui garde tout à eux ; vous retrouvez souvent des cas où la situation est devenue explosive ; quand vous discutez, vous vous rendez compte que s'il y avait une concertation permanente, on n'en serait pas arrivé là ».

Entre collègues qui se connaissent peu, les relations sont délicates. Celui qui est amené, pour une raison quelconque, à s'écarter d'une procédure éveille le soupçon. Un cadre, qui a décidé d'un achat coûteux en urgence, apprend que la rumeur s'interroge sur « les motifs de son zèle » et sur ses éventuelles malversations. Un autre, qui a pris soin de signaler une erreur administrative, est accusé de méchanceté. Le fait de contrecarrer quelqu'un a le sens d'une accusation silencieuse, laissant entendre que l'on suspecte un intérêt illégitime. Les cadres dont les initiatives sont régulièrement contrées « sans qu'on leur explique pourquoi » se sentent soupçonnés ; simultanément, ils s'interrogent sur les motifs de ceux qui « leur mettent des bâtons dans les roues ». Ces soupçons croisés provoquent un état de frustration.

Il est donc difficile de sortir des procédures, sauf à entrer dans une zone d'incertitude considérable : celui qui ne les applique pas encourt la suspicion ; également, celui qui s'oppose à lui. L'un et l'autre sont suspects d'intentions néfastes, de menées occultes, ou au moins d'agir pour le compte d'un tiers.

Chacun à son niveau est sollicité pour rendre des services. Si une première ambassade échoue, le demandeur peut faire jouer un parrainage plus élevé. Un dirigeant qui refuse d'embaucher un proche – parce que l'intéressé n'a pas les compétences requises – peut s'entendre demander s'il est vraiment directeur, et, sinon, à qui il faut s'adresser (on n'ose imaginer qu'il refuse son aide !). Il est difficile d'arguer du respect désintéressé d'une règle. Il faut montrer que l'on *ne peut pas* en raison, par exemple, d'une procédure contrôlée. Les sollicitations successives forment un système de pression auquel il est difficile de faire barrage. Pour ne pas avoir à s'opposer, on préfère renvoyer les décisions vers le haut, comme pour la demande du camion pour le deuil.

La difficulté s'accroît lorsqu'il faut infliger une notation défavorable ou une sanction. « C'est cet esprit de ne faire de mal à personne, explique le directeur général. Je crois que les gens ont peur de représenter les bourreaux de leur personnel. (...) On leur a donné un pouvoir disciplinaire, et même ça ils ne l'exercent pas. Ils ne veulent pas qu'on dise : "*Voilà le méchant, c'est lui qui m'a* collé trois jours de mise à pied." Comme ça, ils ont une espèce d'auréole. » En particulier, les cadres sont fort démunis face aux malversations. S'ils font preuve de fermeté, l'accusé peut chercher un compromis par « tierce personne interposée ». Le médiateur explique que l'impétrant n'a « pas voulu » mal agir ; que son chef s'est mépris sur ses intentions ; que s'il le connaissait – comme un ami –, il le jugerait différemment... à moins qu'il y ait malveillance de la part du supérieur ? Si ce dernier passe outre, l'accusation risque de se retourner contre lui : il n'en fait qu'à sa tête.

Un désaccord ouvert peut déclencher des mesures de rétorsion. « Les gens ont peur de déplaire à un agent qui est parfois quatre, cinq crans au-dessous d'eux, poursuit le directeur général. Pourquoi, la mentalité est comme ça. (...) Parce qu'ils pensent que l'agent a une personnalité bien placée. Ça peut lui rapporter des ennuis ou bien dans la famille on va dire : "Voilà le méchant qui n'a pas voulu donner de bonnes notations à telle ou telle personne, qui n'a pas voulu donner de l'avancement, etc." Voilà des facteurs qui sont réels dans notre pays. » « Si on fait une demande de sanction, confirme un cadre, on transmet à son chef et parfois on vous expose. Alors on préfère rester tranquille. On ne va pas attirer tous les ennuis, les colères sur nous parce qu'on veut bien faire le travail. » Un agent sanctionné peut « réagir négativement », en contre-attaquant dans le monde du visible – « fausses pannes », « petits sabotages » – ou de l'invisible : « La sorcellerie, dit un directeur, c'est surtout lorsque les gens se sentent mal jugés alors que l'emploi est fragile. » D'une manière générale, les contrôles sont sources de tension. Les agents chargés de faire des vérifications chez les abonnés se plaignent de ce que, souvent, « on leur lâche les chiens » ou « on les menace avec un gri-gri ou même avec un poignard ».

Ces logiques ont pris au cours des dernières années une dimension collective telle que la fragilité des systèmes administratifs n'y a pas résisté[1]. « Le pays comme la Société d'électricité, note un cadre, c'est un peu le gâteau national : on le partage entre copains ou bien relations proches. » L'interprétation ethno-régionaliste qui s'est répandue à ce sujet n'est qu'une forme de rationalisation globale. Elle est en particulier exagérément grossie par les étrangers, du fait du cliché sur l'altruisme communautaire. « La base n'est pas vraiment tribale, précise un cadre, cela se fait sur la base des mêmes intérêts à défendre, des promotions à arracher. » Un regard plus fin constate que, pour tous ceux qui exercent une responsabilité, la frontière est difficile à tracer entre l'entraide justifiée et celle qui ne l'est pas. « On a l'impression, indique le directeur général, que les gens ne sentent pas jusqu'à quelles limites ils peuvent agir pour le bien de l'entreprise. »

La centralisation s'élabore donc selon les raisons propres à ce contexte. La crainte des appétits pousse à morceler les processus, en confiant par exemple à deux agents distincts la tenue de caisse et sa comptabilité. Ce mécanisme de contrôle, systématiquement répété, donne aux procédures une forme de labyrinthe. L'effet d'opacité qui en résulte ne diminue pas

1. J.-F. Bayart, *L'État en Afrique, la politique du ventre*, Paris, 1989.

la méfiance. Ainsi, la commande d'un billet d'avion – susceptible il est vrai de soulever des convoitises – remonte, par un chemin tortueux, jusqu'au sommet. « Finalement, peu à peu, tout cela se reporte sur le directeur général, qui devient la bête noire de tout le monde », conclut l'intéressé. Nombre de décisions négatives remontent jusqu'à lui. Pour le reste, lorsqu'il faut s'écarter d'une procédure, refuser un service, infliger une sanction ou contrôler, chacun se sent ballotté par de puissants sentiments, situés entre la complaisance, la méfiance ou l'hostilité.

Ces mécanismes ne sont pas inéluctables. Ils ne découlent pas d'un hypothétique archaïsme culturel. En réalité, les « cercles vicieux » mobilisent ici des interprétations qui reposent sur les deux axes de l'intérêt et de l'entraide présumés. En l'absence de dispositifs de gestion adaptés, les initiatives font craindre la mauvaise foi ; d'où la méfiance, d'où le relais des amis, d'où le soupçon des autres, d'où les frustrations, d'où la subjectivité, etc. « On ne fait pas confiance aux gens, dit un directeur ; ne faisant pas confiance aux gens, ils ne se sentent pas responsables ; ne se sentant pas responsables, ils sont frustrés, ils ne travaillent pas ; ils n'ont pas trop confiance. »

Une question clé, au cœur de la décentralisation, est celle de la subjectivité qui pèse sur l'interprétation des initiatives. Les cadres, unanimes, souhaitent que les décisions ne soient plus « biaisées par les sentiments » ; certains aspirent même à « une gestion scientifique ». C'est sur ce point qu'ils attendent sans trop y croire les « outils » – en fait des dispositifs institutionnels – proposés par les experts.

Les remèdes importés sur un contexte explosif

Les solutions des experts ont de quoi susciter le malentendu. Elles visent bien à répondre à ces attentes. Mais, faute d'être conçues selon les logiques locales, elles n'apportent pas les améliorations attendues. C'est l'inverse qui parfois se produit.

La démarche consistant à responsabiliser sur des objectifs contractuels prétend à une complète objectivité : mesurer l'apport de chacun avec la rigueur d'indicateurs chiffrés. Le principe en est donc accueilli favorablement. Mais, dans ce contexte, la pratique s'avère fort différente de la théorie. Le processus d'évaluation ainsi que ses résultats continuent d'être déchiffrés selon les mêmes évidences relationnelles.

Un essai d'instauration de cette démarche a suscité de vives appréhensions. « Les agents se demandaient, explique l'un des responsables "ressources humaines", si, après l'évaluation, il n'y aurait pas des conséquences. C'est-à-dire qu'ils disent que c'est le chef qui m'empêche de travailler, de faire mieux mon travail, et que, après, le chef ne vienne me taper dessus. » Une notation négative a le sens d'une attaque personnelle, d'une « volonté de matraquer ». Inversement, l'agent qui bénéficie d'une bonne appréciation, fondée sur ses performances, est soupçonné d'avoir été aidé par-derrière. Dans tous les cas, on doute de l'objectivité de la méthode.

Les faits sont interprétés en fonction de la nature des relations (le chef et son subordonné se connaissent de longue date, ils ont un lien amical, ils sont ou non de la même région, ils appartiennent à des groupes adverses, l'un a récemment critiqué l'autre, etc.). Le directeur qui a demandé l'autorisation pour le camion souligne la part de coefficient personnel qui entre dans toute procédure de jugement : « [En cas d'accident], le problème commence à devenir très "grave". Il y a ce pouvoir discriminatoire du DG, [qui peut ne rien dire] s'il a une certaine cote d'amour vis-à-vis de moi ; ou bien il peut dire : "Tiens, je vais sauter sur l'occasion pour lui régler son compte." (...) Supposons que le DG soit de mauvaise humeur ; il dit : "C'est extrêmement grave. (...) Je vais rendre compte au président du conseil d'administration et à la limite proposer votre relève." » Ce que les individus font ou disent est perçu plus comme la manifestation de leurs désirs que comme une propriété objective du monde. D'une manière générale, toute analyse est passée au crible de ses finalités supposées.

La démarche laisse place aux manœuvres subtiles déjà observées en cas de sanction. « Pour nous tenter, dit un directeur, ils soumettent à notre appréciation des dossiers de gens qui sont de nos tribus respectives. Vous voyez ce que je veux dire... Il faut vraiment que je regarde les textes, que je regarde froidement : "Bon, ce gars a commis une faute." Je donne des instructions en disant : “Bon, voilà, préparez telle sanction”. » La voie est étroite : si on se laisse convaincre par la bonne foi de l’intéressé, on est complaisant ; si on le punit, on est accusé par son entourage de méchanceté. Il est difficile d’échapper aux jeux d’interprétation indéfinis.

On est loin de l’idéal projeté d’une relation contractuelle entre un client et son fournisseur. Au départ, la hiérarchie préfère « expliquer au subordonné ce qu’il est appelé à faire », plutôt que négocier des objectifs. Ensuite, il n’est pas question de laisser le subordonné se retirer dans la liberté inaliénable d’un fournisseur. La nécessité d’une concertation demeure. La définition des critères de mesure, toujours complexe, peut donner lieu à des manipulations. Les résultats sont relus en fonction de la relation que les intéressés entretiennent. L’entretien d’évaluation étant lui-même lourd d’un risque d’affrontement, les supérieurs préfèrent laisser les subordonnés dans l’ignorance, plutôt que de justifier leur notation. Au final, la démarche importée ravive les jeux d’interprétations et les tensions, plus qu’elle ne les apaise.

Quant aux autres prescriptions, elles approchent parfois du contresens. Ainsi, l’idée de nommer un chef de projet, doté d’une large autonomie, capable de bousculer les obstacles et de court-circuiter les procédures, laisse entières les appréhensions locales quant au risque d’accaparement.

Le rituel comme médium du changement

Pendant ce temps, le nœud du problème demeure : les dispositifs de gestion existants ne permettent pas une interprétation spontanément positive des intentions entre les acteurs. C’est justement ce vers quoi tend la formalisation des procédures, introduite par la nouvelle direction. Nous pouvons désormais en éclairer les effets bénéfiques.

Alors que l’évaluation des performances table sur la délimitation d’exigences globales, espacées dans le temps, la formalisation des procédures introduit une demande plus centrée sur l’attitude des personnes. A bien écouter, on s’aperçoit que des cadres parlent d’« évaluer les comportements », plutôt que les performances. Le respect des consignes constitue un élément légitime, montrant la bonne foi des individus, toujours au centre des attentions. Il est cohérent avec la manière dont les acteurs conçoivent leur lien social.

Tandis que les experts voient dans cette codification un risque de rigidité, leurs partenaires considèrent qu'elle rend « l'organisation plus fluide » ; à un point qui peut même paraître surprenant : « Si mes agents ont des règles écrites qui décrivent leur travail, dit un directeur, cela leur donnera plus d'autonomie. » « [Le fait] d'expliquer comment on fait, explique un agent, ça donne un certain nombre d'orientations pour permettre à la personne de s'exprimer un peu. » Les comportements attendus par la hiérarchie étant précisés, l'agent se sent plus libre d'évoluer. Il est moins souvent contraint d'interroger ses supérieurs. « Ça les met à l'aise », dit un cadre. « Si on a eu un document, note un collègue, on se dit que c'est parce que le chef est très gentil. » L'absence de consignes claires est inquiétante. Selon un technicien, « ça permet aux chefs de faire tout ce qu'ils veulent » [sous-entendu, de tout s'accaparer].

Les textes apportent une part d'objectivité aux relations. Ils rendent plus transparent le cheminement des processus. C'est notamment une condition pour discuter un ordre sans paraître insolent. « Il faut émettre des règles écrites, dit un chef de service, sur lesquelles les gens vont se baser pour apporter [à leurs supérieurs] des objections. » Les agents craignent moins alors d'être contredits « sans qu'on leur dise pourquoi ». Le fait de fixer par écrit les contrôles de routine permet également d'en désamorcer l'intentionnalité. En suivant régulièrement les procédures, chacun peut donner des signes de sa bonne foi et de son attachement aux autres. Celui qui « oublie systématiquement » peut être rappelé à l'ordre ; celui qui persiste, malgré une instruction écrite et plusieurs rappels, donne la preuve de sa mauvaise foi. Le respect des procédures est une façon appropriée de faire apparaître ce qui semblait a priori le moins décelable : la qualité des intentions.

Un droit d'interprétation limité constitue cependant une condition de validité du dispositif. Pour pouvoir s'opposer à une demande, il faut montrer que l'on y est contraint par la consigne. « C'est compréhensible, dit un directeur, vous dites : "On s'en tient *à la lettre et à l'esprit* du texte." Là tout le monde sait que si on déroge, on sera sanctionné. Et pas que deux personnes aient le même comportement, et que la sanction soit différenciée. » Un contrôle régulier paraît également essentiel pour donner au texte toute sa légitimité. Des procédures segmentées, connues et contrôlées, forment un barrage plausible contre la pression de l'entraide amicale. « Ça rassure un peu », note un cadre. A la longue, l'organisation – ou du moins les individus qui la composent – gagnent en crédibilité.

Tout contrôle, parce qu'il a le sens d'un jugement sur les intentions, reste délicat. Son objectivité relative repose sur la présence de consignes précises. La formalisation des procédures oriente le travail de chacun et permet un contrôle a posteriori. Si elle ne dénoue pas définitivement la question de la décentralisation, elle y contribue sensiblement. Cette manière de canaliser les comportements est considérée ici comme une bonne façon de responsabiliser les personnes.

L'application paisible d'un cheminement précis a sur les acteurs un effet bienfaisant. Elle reprend une propension au rituel, qui est présente dans la vie quotidienne. Au Cameroun, de nombreuses associations amicales se réunissent suivant un cérémonial scrupuleux [1]. Certaines sont dotées de règlements écrits, donnant des indications précises sur la façon de se comporter pendant les réunions, de prendre la parole, de sanctionner les retards et les absences, de s'habiller en certaines circonstances ou encore de plaisanter selon les moments.

Cette forme d'ordre rituel constitue un bon antidote aux abus stratégiques et aux calculs d'intentions incessants. Il dissout les tensions et réalise symboliquement un état de bonne entente. Il était présent dans le récit cité précédemment d'apaisement contre la sorcellerie : rassemblement du personnel, prière, lecture d'une scène d'Évangile, bénédiction de l'eau, aspersion des personnes et du bureau, balayage de la poudre et réinstallation de l'intéressé sur son siège. Dans la vie courante, le respect patient des formes rituelles, nombreuses, parfois interminables, sert à exprimer l'attachement de chacun au groupe. Leur déroulement laisse du temps

1. A. Henry, G.-H. Tchenté, Ph. Guillerme, *Tontines et Banques au Cameroun*, Paris, Karthala, 1991.

pour deviner les intentions. Il permet des échanges d'une grande sensibilité, où peuvent se deviner successivement la gentillesse, le sérieux, la tension, la douceur ou la franche hilarité. A la longue, il peut s'y constituer des amitiés indéfectibles.

Du point de vue de la gestion, ce sens du rituel comporte parfois des pesanteurs. Toutefois, moyennant un certain investissement, il est possible de bâtir des procédures réalistes. L'effort d'écriture et de mise à jour ainsi exigé est probablement le prix à payer pour instituer une organisation relativement souple. Il permet dans ce contexte de parer aux inquiétudes sociales et d'encourager les vertus coopératives.

A la Société d'électricité, le chantier de rédaction des procédures a rencontré des résistances, mais pas de blocages. Il était impensable d'en critiquer le principe. Les questions portaient seulement sur les arrière-pensées éventuelles d'un tel projet. La direction craignait la résistance des agents que « ça arrangeait de travailler sans procédures ». De leur côté, ceux-ci se déclaraient favorables, mais exprimaient un doute : s'il n'y avait pas de procédures, c'était « parce que la hiérarchie y avait tout intérêt ». Les séminaires de « sensibilisation », organisés en début du projet, eurent pour objectif de montrer que tous y voyaient un même intérêt ; qu'il ne s'agissait pas secrètement de coincer tel ou tel service ; que la démarche était conçue de façon à ce que nul n'en tire les ficelles.

Le décentrement du regard

De ce paysage, les experts français ont une vue déformée par leurs évidences sociales. Ils projettent des solutions à des problèmes qui, dans ce contexte, ne se posent guère et ils écartent instinctivement des démarches qui trouvent ici un écho. Ce faisant, ils donnent surtout à voir la spécificité de leur propre regard.

La manière dont ils imputent les travers humains aux vices de la société – l'influence de la culture et des règles passées – paraît bien française. Déjà, au temps des Lumières, on posait que l'individu est bon par nature ; que la société menace sans cesse de le corrompre par ses préjugés et par l'artifice de ses institutions ; que la nature et la raison doivent être nos seuls guides pour définir les lois nouvelles[1]. C'est le rôle des gens éclairés – aujourd'hui les représentants de l'État, les bailleurs de fonds, les chercheurs, etc. – que de favoriser cette émancipation, en s'aidant des lumières de l'éducation. Bien française encore, cette insistance sur le métier et l'autonomie des acteurs au sein d'un territoire, sur l'intériorisation des règles qui y sont liées, sur la nécessité de s'affranchir des procédures, sur la référence idéale au contrat, sur le rôle des hommes clés chargés d'incarner le changement[2].

Cette vision n'est pas commune à tous les experts internationaux. Un récent rapport de la Banque mondiale, d'inspiration plus américaine, insiste a contrario sur les mauvais penchants qui caractérisent l'homme – la corruption, le crime, la prolifération naturelle des bureaucraties. Il table sur la nécessité d'un choix moral, allant dans le sens d'une refondation des sociétés, lesquelles sont vouées à la liberté d'entreprendre ; la compétition y occupe le rôle d'arbitre suprême ; on y compte fermement sur le soutien moral qu'offrent les petites communautés, donnant en exemple « l'esprit des chevaliers du roi Arthur[3] ».

Côté français, le principe contractuel figure comme un idéal fréquemment invoqué plutôt que rigoureusement appliqué. Pour en combler les faiblesses, on fait volontiers appel au sens du devoir que procure l'autorité reçue sur un domaine ou l'appartenance à un état. Pour tempérer la rigidité contractuelle, on parie sur une capacité d'interprétation, qui est cependant bornée par des impératifs professionnels. En cas de conflit, on compte sur un devoir de modération, d'autant plus mobilisé que la situation est envenimée. Cette logique permet de maintenir un minimum de coopération et d'objectivité entre des personnes qui ont peu d'affinités entre elles.

1. Diderot, *Supplément au voyage de Bougainville*, Paris, Garnier-Flammarion, 1972.

2. Voir Ph. d'Iribarne, *La Logique de l'honneur*, Paris, Éditions du Seuil, 1989 ; ainsi que. J.-P. Segal, « Le prix de la légitimité hiérarchique », *Gérer et comprendre*, *Annales des Mines*, juin 1987.

3. *World Development Report 1997*, Washington, World Bank, 1997, p. 110.

L'idée – supposée évidente – d'une identification des personnes à quelques principes fortement intériorisés, liés à une identité de groupe, fait sens pour les experts français. Ils relient ensemble ces termes sous une notion commune, qui prend le nom, selon les cas, de « culture d'entreprise », de « culture du métier », etc. Cependant, côté camerounais, ces éléments ne sont pas reliés avec cette même force logique.

Le regard des experts agit alors à la manière d'un filtre déformant : il laisse passer certains faits en les réévaluant à son aune (la gentillesse est vue comme l'héritage, resté intact, du naturel humain) ; il occulte des éléments qui sont dérangeants (tels que la méchanceté et la volonté de nuire) ; il reclasse parmi les manifestations universelles des propriétés intrinsèques au contexte (la sensibilité aux intérêts) ; il associe des éléments, qui, pourtant, sont indépendants (le respect des procédures avec le manque d'initiative) ; enfin, il se focalise sur des registres qui ne constituent pas ici un nœud significatif des logiques sociales (en revenant constamment à l'idée du métier). Ainsi, on assiste régulièrement à de curieux effets d'optique.

Lorsque les agents camerounais « se demandent – sur un ton apparemment morne – pourquoi on veut changer », les experts français croient à de la lassitude. Comptant sur la vertu de gentillesse, ils ne doutent pas de réussir. Mais les propos camerounais, assaisonnés d'humour critique, se veulent clairvoyants et sereins, plutôt que mornes. Les intéressés, habitués à déceler les appétits cachés, se demandent « *pourquoi* on veut changer… » : en clair, ils veulent savoir où l'on veut en venir, pour le compte de qui, etc. Ils n'entendent pas se laisser prendre à quelques nouveaux jeux, dans lesquels d'ailleurs les experts ont leurs appétits.

Concernant la rédaction des procédures, les experts français éprouvent de l'incrédulité. La codification des tâches éveille chez eux des craintes et un ennui instinctif. Peu sensibles aux vertus du cérémonial, ils n'y voient qu'un formalisme pesant, dénué de sens, peu orienté vers l'objectif. Le « métier », avec tout ce que ce terme contient de noblesse, ne peut se mettre sous forme de recettes – un mot assez négatif. Les procédures sont surtout supposées convenir à un personnel de bas niveau. Un ouvrage français donne comme critères, pour les postes de haut niveau, le fait de travailler « sans référence à des procédures existantes » et, pour les emplois les moins qualifiés, celui d'obéir à « des instructions orales ou écrites[1] ». Être réduit à suivre des consignes paraît dévalorisant. L'indignité qui frappe ceux qui y sont contraints n'est pas sans rappeler celle qui, au Moyen Age, atteignait les « gens de bras », dont le travail n'était pas « rattaché à un art », et qui étaient considérés comme « la lie de la société[2] ».

Lorsqu'ils découvrent un enchevêtrement de procédures, destiné à empêcher les mainmises, les experts n'ont de cesse de vouloir leur simplification. Pour s'opposer à leur formalisation, ils tirent argument des propos entendus sur le détournement fréquent des procédures pour cause d'appétits et de complaisances. Pour comble d'illusion, lorsqu'ils voient que des instructions écrites sont scrupuleusement respectées, sans grande liberté d'interprétation, ils concluent à une séquelle de la « tradition orale ». Enfin, malgré la demande insistante des intéressés, les experts se refusent à contribuer à l'effort de rédaction. Ils sont alors convaincus de traiter leurs partenaires avec respect : en vrais professionnels.

Vus de suffisamment loin, les manuels font partie des méthodes internationales d'organisation. Ils sont censés répondre partout aux normes d'assurance qualité[3]. Mais, d'un contexte à l'autre, les acteurs n'en ont pas la même perception. Le sens qu'ils prêtent à leur existence, au fait de devoir les respecter ou les interpréter, varie à chaque fois ; aussi leur contenu et leurs conditions d'utilisation diffèrent-ils. La question qui consisterait à se demander si, du fait de la culture, les procédures sont mieux appliquées au Cameroun qu'ailleurs n'a pas de sens : cela dépend des personnes, des jours, des circonstances, etc. Il s'agit plutôt de savoir comment, selon le contexte, elles sont perçues.

Côté français, l'idée – supposée universelle – selon laquelle « les règles ne sont jamais parfaitement applicables »

1. M. Deguy, *Définition de fonctions, évaluation des emplois*, Paris, Éditions d'Organisation, 1986.
2. William H. Sewel, *Gens de métier et Révolutions, langage du travail de l'Ancien Régime à 1848*, Paris, Aubier-Montaigne, 1983, p. 41.
3. A. Henry, I. Monkam-Daverat, *Rédiger les procédures de l'entreprise*, Paris, Éditions d'Organisation, 3e édition, 2001.

sous-entend que l'on doit « toujours se réserver la possibilité de les interpréter ». Ce droit d'interprétation – en même temps, un devoir – résulte d'un arbitrage subtil entre le problème considéré, l'importance du texte, le rang des personnes concernées, la tradition du service, ce que dicte la conscience de chacun, etc.

Côté camerounais, on entend aussi dire que « les règles ne sont jamais parfaitement applicables », mais dans un sens différent : celui d'une mise en garde contre les appétits qui peuvent s'engouffrer dans les incohérences du texte. Chacun doit d'abord montrer qu'il veut bien appliquer les consignes. Pour éviter que les acteurs ne s'en écartent – par intérêt –, il faut donner au texte la force d'une barrière, non soumise à interprétation. Il faut instituer un contrôle permanent, confié à des spécialistes capables de « déceler les malversations ». L'idéal consiste à disposer de procédures aussi fiables qu'un rituel.

Pour comprendre ce qui sépare ces deux visions, il faut sentir ce qui différencie, d'un côté, un contexte culturel où chacun se veut libre et indépendant, affranchi de toute position servile, investissant son honneur dans un état professionnel ; et de l'autre, un milieu où l'on est poussé à agir avec gentillesse, à se laisser conduire par les rituels qui facilitent l'entente, à se méfier de la convoitise et des perversités secrètes.

Les experts appellent bien leurs partenaires à plus de responsabilité, mais c'est au sens qui est le leur, non à celui qui vaut localement. Ils restent ainsi à un niveau de généralités qui laisse cours aux malentendus. Parfois, sous couvert d'évaluer les échecs passés, ils répètent indéfiniment, en les radicalisant, des recommandations sans grand rapport avec les réalités sociales. Les logiques avec lesquelles ils évaluent les organisations en Afrique ne sont pas celles sur lesquelles celles-ci se construisent. Tandis qu'ils tentent de changer les mentalités, c'est l'optique avec laquelle ils les observent qu'il faut modifier.

S'ils pouvaient déplacer leur regard, ils verraient les inquiétudes auxquelles il faut répondre, ainsi que les forces sur lesquelles il est loisible de s'appuyer. Ils pourraient réintroduire des solutions trop vite écartées. Le contexte culturel n'est pas un décor devant lequel on poserait des institutions universelles. C'est le matériau avec lequel il faut les construire.

CHAPITRE IX

Les ressources imprévues d'une culture :

une entreprise « excellente » à Casablanca

Philippe d'Iribarne

L'usine Sgs-Thomson de Casablanca a connu, au milieu des années 1990, une transformation spectaculaire de sa gestion et de ses performances. Les investigations que nous y avons réalisées ont eu pour objet d'élucider les conditions de ce succès[1]. Il s'est agi, au premier chef, de comprendre comment un mode de fonctionnement qui tranche vigoureusement avec celui qui règne dans la plupart des entreprises du pays a pu éclore. Y a-t-il eu une sorte de greffe, réalisée par une entreprise multinationale qui a substitué sa culture propre et son modèle de gestion à ceux du pays ? L'analyse attentive de la conduite des acteurs et du sens qu'ils donnent à la manière dont fonctionne l'entreprise montre que les choses sont beaucoup plus complexes. Si l'apport de l'entreprise a joué un rôle décisif, cela a été en mobilisant des ressources de la culture marocaine habituellement inexploitées dans un contexte d'entreprise.

1. L'usine fabrique des composants électroniques. L'enquête y a été effectuée, en janvier 1995, avec Paul-François Garrigou-Lagrange, à la demande de la Caisse française de développement, désireuse de donner son succès en exemple aux entreprises du Maghreb. Une première version de ce texte est parue dans *Gérer et Comprendre, Annales des Mines*, juin 1997.

Une rupture culturelle

Un renouveau de la gestion s'est produit dans les années 1990 à Sgs-Thomson Casablanca. Ce renouveau a conduit, tant en matière de qualité des produits que de productivité, à un progrès spectaculaire des résultats techniques de l'usine, comparés avec ceux des usines sœurs situées dans d'autres pays, et en particulier en Asie du Sud-Est. La qualité de ces résultats a conduit à décider un doublement de l'usine, doublement qui est en cours au moment où se réalisent nos investigations, alors qu'il était hors de question quelques années auparavant.

Cette évolution est attribuée par l'ensemble du personnel, dirigeants compris, à la mise en place d'une démarche de « qualité totale » inspirée par l'exemple japonais [1]. La référence au TQM *(total quality management)* est omniprésente. On retrouve dans l'usine les traits usuels d'une telle démarche. Le personnel utilise un ensemble d'outils d'analyse qui aident à obtenir une amélioration continue du processus de production. Il est soigneusement formé à leur usage. Il est de plus stimulé grâce à un ensemble de procédures appropriées : mise en place d'un système de suggestions, de groupes de résolution de problèmes, de procédures de « recognition », symbolique et matérielle, etc.

Mais, autant les outils de gestion mis en œuvre sont classiques, autant la place que tient la mobilisation des hommes déborde l'univers habituel des démarches de « qualité totale ». Un accent très vif est mis sur les aspects de mentalité et de comportement, au point que ce sont eux que nos interlocuteurs ont, avec ensemble, associés au premier chef au TQM, et ce de la base au sommet : « Le TQM, c'est premièrement une demande de comportement » (opératrice) ; « Le TQM, c'est un changement de mentalité » (superviseur) ; « Le TQM démarre par une façon de faire et se termine par une façon

1. Le *Corporate TQM Manual*, édité par le groupe, prend comme référence principale l'ouvrage sur le *kaisen* (démarche japonaise de progrès continu) de Masaaki Imai. La démarche suivie hérite des travaux initiés aux États-Unis dans le sillage d'Edward Deming et développés au Japon.

d'être » (cadre). On entend parler non seulement de « comportement TQM », mais de « personne TQM ». Les exigences correspondantes sont telles que, suivant un membre du comité de direction, « on ne peut jamais dire "on est TQM", car on n'est jamais parfait ».

Les manières d'agir et d'être qui marquent l'entreprise devenue « TQM » sont présentées comme étant en rupture radicale aussi bien avec celles qui prévalaient auparavant dans l'entreprise qu'avec celles que l'on trouve usuellement dans les entreprises marocaines.

De nouvelles manières d'être et d'agir

L'ensemble de nos interlocuteurs a évoqué un changement spectaculaire de comportements dans l'usine, à tous les niveaux hiérarchiques, dans le rapport au travail et, plus encore, dans la qualité des relations, entre échelons hiérarchiques comme en matière de coopération horizontale. « On commence à avoir un changement énorme chez les gens, déclare un cadre, un souci de faire le bien ; tout le monde s'engage ; il y a un changement de comportement énorme de la part des responsables et du personnel. » « Le changement, remarque un superviseur, on le sent avec le TQM ; le management aussi, son comportement. » On voit constamment opposer le monde d'« avant » au monde d'« aujourd'hui ». Si on en croit leurs propres dires, aussi bien que les propos de l'encadrement, les opératrices (le personnel ouvrier est quasi exclusivement féminin) sont beaucoup plus engagées dans leur travail qu'auparavant (encadré 1). Et on voit opposer, à tous les niveaux, un monde passé, cloisonné et où chacun se méfie d'autrui, à un monde présent d'ouverture, de confiance et de coopération.

Les portes se sont ouvertes, les barrières abaissées, au propre et au figuré, entend-on affirmer à tous les niveaux : « Il n'y a pas de cloison, un directeur ou un subordonné, ou une opératrice » (superviseur) ; « les niveaux se rapprochent, il n'y a pas de barrière » (cadre) ; « il n'y a pas de cloison, pas de clan » (cadre). L'information circule : « Chaque nouvelle, relate une opératrice, le responsable fait appel à tous les gens de la ligne, surtout les opératrices, pour les informer

ENCADRÉ 1

L'engagement des opératrices dans leur travail

« Avant, il n'y avait que l'encadrement qui était concerné. Lorsqu'on a un retard, on a des filles qui elles-mêmes s'organisent pour faire des heures supplémentaires ; aujourd'hui quand la fille rentre, elle demande ce qu'on a comme retard ; quand elle a fini, elle regarde ce qu'elle a fait » (cadre).

« Ce n'est pas normal du tout, avoir un mixing [transistors d'un modèle différent introduits dans un lot], c'est catastrophique ; notre objectif c'est zéro mixing ; c'est possible avec une bonne attention, ne pas se presser, faire son travail correctement, avec une bonne écoute quand même, suivre la spec. Moi je suis la cliente, je suis OS de marquage, je suis cliente du tri (...) ; si je trouve un mélange je fais la catastrophe ; vous devez vous, vous devez faire du mieux pour ne pas donner de mélange ; moi je suis la première cliente, je souffre du mélange ; je prends la place du client, comment il a la réaction, le client » (opératrice).

des nouvelles, des changements, de tous les changements. » Un nouveau climat de coopération, source d'efficacité, est apparu : « personne ne travaille pour soi, on travaille pour l'ensemble, pour un seul objectif » ; « aujourd'hui il y a un problème, on se réunit, on comprend pourquoi » ; « maintenant c'est beaucoup plus positif, on propose des solutions », rapportent divers superviseurs.

Au-delà de telles affirmations de principe, dont la généralité irénique pourrait susciter quelque scepticisme, ce changement est évoqué à propos de situations concrètes par ceux qui s'y trouvent plongés. « Je dirais, affirme un superviseur, le TQM a cassé l'isolation qui était entre les services, je veux dire service production et les services annexes. » Il détaille : « Chaque matin on fait une réunion (...). Quand il s'agit d'un problème, ce n'est plus comme avant, un problème maintenance, un problème engineering, etc. Quand il y a un problème qui persiste, c'est tout de suite la création d'un groupe de travail, et c'est le problème de tout le monde, (...) tout le monde est impliqué. » Cette évolution n'est pas sans influence sur les résultats : « On n'a plus la même façon de voir les choses, la même façon de prendre le problème comment on le résout, comment on le pose. Les résultats ont augmenté. »

Ces changements vont de pair avec un vif enthousiasme, exprimé à tous les niveaux de la hiérarchie. « Le TQM, résume de manière lapidaire un superviseur, c'est un soleil qui brille sur un désert noir. »

Certes, même si les plus enthousiastes n'en parlent plus qu'au passé, le monde ancien est loin d'avoir disparu. « Au niveau opérateur, note un chef de service, à tous les niveaux, le TQM n'est pas encore une spontanéité. » « On est au milieu du gué », reconnaît un de ses collègues. Et quand un troisième, après avoir affirmé : « aujourd'hui par rapport à il y a trois ans c'est le jour et la nuit », ajoute : « le terrain *commence* à être fertile », il montre bien que tout n'a pas changé comme par enchantement. Une certaine méfiance demeure. « Dans le *climate survey*, note un chef de service, on nous a fait remarquer que la formation était faite dans l'intérêt de l'entreprise. » Les progrès réalisés sont inégaux ; un chef de service responsable de deux départements le marque bien : « [dans le premier service] il y a trois responsables qui sont au même niveau ; toutes les personnes travaillent ensemble, et avec les gens d'en dessous ; quand il y a un problème tous les gens essayent de le résoudre entre eux » ; par contre « ce n'est pas le cas au niveau du [deuxième service], où j'ai le défilé des ingénieurs l'un après l'autre qui viennent me voir : "j'ai fait, l'autre n'a pas fait" ». Par ailleurs, ajoute l'intéressé, « les responsables d'aujourd'hui ont encore un peu d'autoritarisme, surtout au niveau de la maîtrise ». Au sein du service qui est le plus en avance dans la démarche, des difficultés demeurent. « Je n'ai pas pu le dire ; je n'ai pas le courage », affirme une opératrice vedette de ce service à propos d'un souhait de promotion, même si elle ajoute : « Si je parle avec quelqu'un, il n'y aura aucun risque. » Elle se plaint de ses collègues : « Ma direction a un bon comportement (…), mais les opérateurs, les opératrices, avec nous, les gens de la ligne, on a trouvé des difficultés avec ces gens-là. » Une autre opératrice laisse entrevoir combien le monde des « chefs » lui reste étranger. Interrogée sur la manière dont elle réagit quand elle est affectée par des erreurs faites à un niveau supérieur, elle répond, avec un rire timide : « Je ne sais pas, moi, je déclare à mon chef, parce que les chefs entre eux... » Mais, ces réserves faites, on ne peut douter qu'une manière de travailler ensemble notablement différente de celle qui prévalait auparavant a largement pris corps dans l'entreprise (d'autant plus que le fait même que des critiques s'expriment, à tous les niveaux, montre que l'enthousiasme général manifesté à l'égard du TQM ne relève pas simplement d'un discours convenu qui s'imposerait en présence d'un observateur extérieur). Ce changement est suffisamment significatif pour demander à être expliqué ; et cela d'autant plus qu'il n'a pas conduit seulement à une certaine rupture avec le passé de l'entreprise, mais aussi avec son environnement.

Une rupture avec l'environnement

Nos interlocuteurs ont souligné le caractère exceptionnel de l'entreprise au sein de son environnement marocain. Au premier chef, l'existence d'une certaine proximité entre supérieurs et subordonnés ne frappe pas seulement par rapport au passé, mais par rapport à ce qui existe ailleurs. « Dans le haut, affirme un superviseur, on n'a pas de problème ; si on prend par exemple M. A. [le directeur général], il est toujours souriant ; il passe au niveau des opératrices, "ça va", "ça marche" ; il faut dire qu'ailleurs on ne peut pas voir ça ; j'ai des amis qui travaillent dans d'autres sociétés marocaines, on ne peut pas appliquer ça ; le directeur, il se déplace avec une voiture. » Et cette mise à distance n'est pas propre au sommet de la hiérarchie : « Dans d'autres sociétés, remarque un autre superviseur, les ingénieurs mangent dans un coin parce que c'est les ingénieurs, et je prends comme exemple l'Office chérifien des phosphates, d'ailleurs j'ai des collègues qui y travaillent ; c'est écrit sur le contrat que c'est interdit de boire même un café avec un ouvrier, je veux dire publiquement, ou de manger dans un restaurant avec les ouvriers. »

Cette forme usuelle de mise à distance accompagne un refus de l'autorité de se soumettre à une règle commune. Là encore, l'entreprise tranche avec son environnement. On voit opposer un univers extérieur où on « tremble » et où, quoi qu'on pense, on « doit applaudir » les détenteurs du pouvoir, à l'univers de l'usine où tous « appliquent la règle », où chacun a le « droit de dire » et même celui de « réclamer » : « Dans d'autres sociétés, poursuit le superviseur qui vient d'être cité, vous n'avez pas le droit même de réclamer certaines choses. Même dans d'autres qui sont légèrement avancées et où vous avez le droit de dire, vous le dites, mais vous êtes repéré, vous êtes mal vu. Alors qu'ici, les gens sont à l'aise, pourquoi, parce qu'il [le directeur général] applique la règle ; il y a eu des remarques des opératrices qui réclament au comité de direction parce qu'un directeur a oublié quelque chose. Ce sont des choses qui n'existent pas dans les autres sociétés, une ouvrière comme ça, quand on regarde le patron qui passe de temps en temps, elle commence à trembler (...). Et puis, quand le patron arrive, tout le monde doit applaudir. »

Cet écart entre les façons d'être et d'agir que l'on rencontre dans l'usine et celles qui marquent son environnement est tel que certains expriment la volonté de prêcher dans leur famille, voire dans le pays tout entier, la culture qui sous-tend le TQM et les comportements qu'elle inspire. « Les gens, affirme un cadre, vont passer cette culture dans leur famille, leurs frères, leurs amis ; ça va faire une tache ; c'est une remise en cause. » « Le TQM, déclare un superviseur, ne doit pas se limiter sur une société, mais *[inaudible]* dans la vie personnelle ; on est comme des ambassadeurs pour la grande famille du Maroc ; chaque personne lorsqu'elle sort, automatiquement quand elle est avec quelqu'un, elle va leur dire. » « Le comportement, professe un de ses collègues, c'est quelque chose de fabuleux. On n'a pas besoin d'un comportement seulement dans Sgs-Thomson, on en a besoin, c'est partout, c'est une vie. »

Une démarche cohérente

Alors que tant d'entreprises qui ont voulu opérer une révolution culturelle, destinée à obtenir une adhésion enthousiaste de leur personnel, ont échoué parce qu'elles ont manqué de cohérence[1], Sgs-Thomson n'a rien négligé pour assurer le

1. Un bon exemple d'un tel échec est analysé dans : Tony J. Watson, *In Search of Management ; culture, chaos & control in managerial work*, Londres, New York, Routledge, 1994.

succès de l'opération. Celui-ci n'était pas gagné d'avance. Une tentative antérieure, dans la deuxième moitié des années 1980, s'était soldée par un échec, évoqué par un chef de service en termes sévères : « Depuis les années 84 on a commencé à parler de certains principes, maintenant TQM, travail en équipe, le client c'est le roi ; je considère ça comme slogan ; pendant ces années-là, on racontait n'importe quoi ; en 87-88 on a dit : "on va mettre des groupes d'excellence pour que les gens travaillent en équipe", on a parlé de cercles de qualité, mais rien ne se faisait ; l'ingénieur n'était pas prêt à écouter l'opératrice ; l'ingénieur était démotivé parce qu'on lui demandait d'écouter l'opératrice ; l'opératrice n'avait pas les moyens de dialoguer avec l'ingénieur, si l'ingénieur parle diagramme de Pareto. » Cette fois l'entreprise a mis tous les atouts dans son jeu. La recherche de nouveaux comportements n'a pas été seulement matière à tentatives d'endoctrinement, mais s'est appuyée sur une transformation réelle de l'organisation du travail comme de la gestion du personnel.

Le rôle des opératrices a été nettement modifié, dans un sens qui ne peut que les inciter à sortir d'une position d'exécutant irresponsable. « Maintenant, avec le TQM, note l'une d'elles, il y a l'autocontrôle ; chaque personne, chaque OS doit s'autocontrôler, elle doit contrôler son travail toute seule, elle doit savoir gérer la qualité ; elle doit savoir gérer son travail par elle-même, elle doit être contrôleuse sur elle-même ; à l'époque nous étions onze, il y avait quatre contrôleuses ; c'étaient les contrôleuses qui savaient dire la qualité, ce que ça veut dire ; l'OS ne savait que produire en quantité, c'est tout. » « On a actuellement beaucoup de réunions, note une autre opératrice, ce n'est pas comme avant et j'ai l'impression que c'est le point le plus important, parce que ces réunions nous servent à résoudre beaucoup de problèmes. »

Ce changement de la nature du travail s'est accompagné d'une plus juste récompense des efforts faits. « Il y a des opératrices, note un cadre, qui au départ avaient des idées : "je travaille, je suggère, c'est le chef qui gagne". » Cette situation a changé grâce à la mise en place d'un système rigoureux de rémunérations et de primes. Chaque opératrice a une fiche où sont inscrites ses performances en matière de suggestions, ponctualité, etc., performances d'où découlent les augmentations de salaires. « C'est une fiche, précise un superviseur, qui est claire et nette, qui est basée sur des faits, et pas comme avant ; avant une augmentation se base sur le sentiment. » Et, pour que les choses soient claires aux yeux de tous, elle est affichée chaque mois.

De même, des procédures appropriées aident chacun à être assuré que son engagement au service des progrès de l'entreprise n'est pas perdu. Ainsi, par exemple, chaque suggestion en cours d'examen est affichée, avec la photo de celui qui est chargé de la traiter. « S'il y a une suggestion à qui on n'a pas donné suite, indique un superviseur, l'opératrice peut voir la photo dans le couloir, même si elle ne connaît pas le nom ; elle peut venir vous demander où en est la suggestion X… »

Une grande place est donnée à la valorisation du travail de chacun. Alors que le manuel TQM du groupe Sgs-Thomson affirme que « des récompenses autres que symboliques ne sont pas nécessaires » pour ceux dont la contribution est particulièrement remarquable, une adaptation locale a conduit, sans négliger ce symbolique, à accorder une place importante au matériel. Ainsi la meilleure suggestion du trimestre vaut un cadeau, remis en grande pompe au cours d'une « fête de la qualité », d'une valeur supérieure à trois mois du salaire d'une opératrice.

Parallèlement, la formation qui est donnée accorde une grande place aux questions de comportement et les critères de recrutement en tiennent compte. « Pour les ingénieurs, rapporte un chef de service, on a embauché des gens pas juste avec une étiquette et un diplôme, mais avec un cœur et un comportement. »

Une application fidèle des recettes de l'excellence ?

A ce stade d'analyse, une conclusion paraît s'imposer : si Sgs-Thomson est arrivée à obtenir un tel changement de comportements, c'est qu'elle a appliqué de manière cohérente les recettes, bien connues, qui ont fait le succès des entreprises « excellentes[1] ».

1. T. J. Peters et R. H. Waterman, *In Search of Excellence*, New York, Harper and Row, 1982.

– D'une part elle a propagé, à travers une sorte de mythe du TQM, de l'entreprise TQM, de l'individu TQM, une forte culture d'entreprise, conduisant à une intégration suffisamment forte pour produire une adhésion sans faille aux buts de celle-ci (au développement aliénant d'une forme d'intégration totalitaire, diront les critiques). Selon les termes d'un superviseur, « ils ont été happés par le système ».

– De plus elle a montré de manière tangible, par la diffusion des responsabilités, la mise en place d'un système de récompenses, le respect des procédures, que les valeurs affichées, loin de n'être que des mots, étaient réellement prises au sérieux.

Ce cas semble donc, à première vue, venir à l'appui de la thèse suivant laquelle une entreprise peut imposer sa culture en n'importe quel point du globe, en la faisant triompher des cultures nationales. Mais un examen plus approfondi conduit à voir apparaître, parmi les éléments qui ont joué un rôle décisif dans le succès de la démarche, bien des traits qui témoignent d'une adaptation très spécifique au contexte marocain.

Une forme bien particulière de rapports coopératifs

Quelle est, précisément, la nature de la sorte de révolution culturelle qui est advenue ? Il ne suffit pas de dire qu'on est passé d'un univers de faible coopération et de faible mobilisation à un univers plus coopératif et plus mobilisé. Car tous les univers non coopératifs ne sont pas identiques. Le monde ancien de l'usine n'est marqué ni par le délire procédurier qui sévit dans un univers non coopératif américain, ni par les enfermements corporatistes qui font les beaux jours d'un univers non coopératif français. La manière dont, au sein du monde nouveau, un individualisme qui reste vif se combine avec un certain esprit communautaire, n'a rien non plus d'universel. Ces deux mondes demandent à être compris en tenant compte de ce que le contexte de l'usine a de spécifique. Et il en est de même pour la nature des obstacles qu'il a fallu surmonter dans le passage d'un monde à l'autre, des ressorts de la transformation qui a permis ce passage et des démarches précises utilisées à cette fin. Pour saisir tout cela, il convient d'être attentif à la manière dont ceux qui l'ont vécue parlent de cette transformation.

Du commissariat à l'école

Quand on évoque un fonctionnement d'entreprise peu coopératif en pensant à un contexte européen ou nord-américain, on imagine volontiers une sorte de guerre de tranchées où chacun, embusqué derrière les règles du droit du travail, les clauses d'une convention collective ou d'un accord d'entreprise, le pouvoir d'un syndicat ou d'un groupe professionnel, les règles d'un métier, mesure son effort ou s'en tient à la lettre de ses responsabilités. On pense rigidités, défense des avantages acquis, professions fermées, attachement à des privilèges. Et on tend à imaginer l'avènement d'un fonctionnement plus coopératif comme une sorte de nuit du 4 août où, dans un enthousiasme partagé, chacun cesserait de s'arc-bouter sur ses droits, sûr qu'il serait de voir ses intérêts et sa personne respectés au-delà de ce que ceux-ci lui garantissent ; comme l'avènement d'un monde flexible là où la rigidité régnait. C'est l'image d'une telle transformation que l'on trouve en filigrane dans la célébration (ou dans la dénonciation) de l'entreprise japonaise, « communautaire », ou encore « à forte culture ». Pour comprendre ce qui s'est passé dans l'usine, il faut laisser cette vision de côté. La flexibilité ne manque pas dans les entreprises marocaines et ne manquait pas dans l'usine d'avant le TQM. « On a remarqué au Maroc la souplesse de la main-d'œuvre », note un cadre, et aucun de nos interlocuteurs n'a évoqué le moindre problème de flexibilité. Les difficultés étaient ailleurs.

Quand ils font référence au monde ancien, objet de leurs refus, les intéressés évoquent un univers policier. « Avant, le management, c'était un policier » (superviseur) ; « c'est lui qui avait au début le comportement du commissaire de police » (cadre, à propos d'un superviseur) ; « on ne devrait plus avoir un policier pour vous… » (opératrice).

Face à une autorité qui surveille et punit (un cadre évoque « une autorité en haut qui corrige »), chacun se sent menacé. « Avant, quand c'était un problème de maintenance, c'était un problème de maintenance ; donc vous êtes le seul impliqué, vous êtes le seul coupable ; ça faisait peur quand même. » Et il tente, tant bien que mal, de tirer son épingle du jeu, en détournant vers autrui les menaces auxquelles il est soumis : « Avant, ajoute l'intéressé, tout le monde se jetait la balle, comme au commissariat, "c'est pas moi". »

Un policier se tient à distance de ceux sur qui s'exerce son pouvoir. « Si l'ingénieur boit un café avec l'ouvrier, il n'y a plus de respect, donc ça a directement un impact sur le respect des consignes », relate un superviseur à propos de l'interdiction d'une telle pratique à l'Office chérifien des phosphates. L'expression « rester dans son bureau pour piloter les gens par téléphone » s'est retrouvée dans la bouche de plusieurs de nos interlocuteurs pour évoquer cette manière de diriger.

Enfin l'univers ainsi évoqué n'est pas honnête. Un cadre évoque « le policier qui tend la main et prend dix dirhams pour laisser passer ». Dans le fonctionnement ancien de l'usine, l'embauche des opératrices se faisait « par recommandation » et « le responsable sortait avec les filles », avec le favoritisme que cela implique. On travaillait, relate un superviseur, « dans l'obscurité ».

Les sentiments et attitudes associés à cet univers sont évoqués en parlant de peur, de méfiance, de blocage, de timidité. « Avant les gens se méfiaient entre eux », relate un cadre. Dans ces conditions, chacun se tient sur ses gardes, fait très attention à ce qu'il dit, se demandant quel usage va en être fait. « Avant, rapporte un cadre, quand je demandais une information à un technicien ou à une opératrice, c'est comme si je lui demandais de me rendre compte ; il réagissait mal, je réagissais mal aussi (…). Je demandais des choses aux gens, ils ne me répondaient pas ou disaient n'importe quoi ; ils se demandaient pourquoi il me demande ça ; qu'est-ce qu'il va faire avec ça. » La dissimulation généralisée favorise la multiplication des rumeurs. On a, affirme un cadre, évoquant la situation ancienne, « des bruits de couloir qui cassent le moral à tout le monde ». « Il y a la peur entre les gens, rapporte un superviseur, il y a des endroits où "c'est mon chef", ça crée une sorte de blocage sur le cerveau ; si on voit un ingénieur qui veut faire beaucoup de choses, il se sent bloqué par ce que son chef lui dit, même s'il n'est pas d'accord. »

La « timidité » des opératrices est très fréquemment mentionnée, par les cadres comme par la maîtrise. Et la hiérarchie suscite des sentiments peu amènes. Quand, lors d'un déjeuner à la cantine de l'usine en compagnie du directeur et de quelques cadres, est évoquée, avec humour, l'idée de faire des cartes de téléphone avec la photo du directeur, un ingénieur commente : « Les gens jetteront des fléchettes dessus. » Même tenus pour rire (l'actuel directeur est manifestement très populaire), ces propos témoignent d'un ressentiment latent envers les figures de l'autorité.

Pour évoquer le monde nouveau, c'est l'image inattendue de l'école qui prévaut. « C'est usine et école en même temps, c'est une usine-école en même temps », proclame une opératrice. « Il y a eu un changement radical, s'enthousiasme un superviseur ; avant c'était une caserne, militaire ; maintenant c'est une bonne école. » « Je suis encore dans l'école, moi, parce que Sgs-Thomson c'est une école », déclare un autre superviseur. « La société est devenue comme un collège », affirme un cadre. Ce terme d'école est, lui aussi, riche d'harmoniques.

Loin d'inculquer un simple savoir professionnel, l'école ainsi évoquée éduque les personnes. « On a fait des formations qui m'ont, elles ont changé notre vie à 100 % ; la formation, c'est le courant de la vie, de l'évolution, c'est l'eau de la vie », proclame un superviseur. « Moi je le vois le TQM comme une partie aussi de notre éducation, affirme un de ses homologues. » Cette perspective éducative conduit à expliquer, sensibiliser, animer, s'opposant ainsi à une approche policière. « Le chef nous traite gentiment, il explique, avant ce n'était pas comme aujourd'hui », relate une opératrice. « Il n'y a personne qui me surveille », affirme un superviseur. « On est arrivés à sensibiliser les gens », alors qu'auparavant « une personne qui fait une erreur, il fallait qu'elle soit avertie ». « L'autorité qui corrige » a cédé la place à « quelqu'un qui anime une équipe ». « On a des groupes de travail, relate un chef de service, il n'y a pas d'accusé. » On fait confiance à chacun. « Les employés, ils sont responsables de lui-même », affirme une opératrice, avant de déclarer, avec un grand accent de conviction : « C'est une usine-école en même temps. » Et l'intéressée revient à plusieurs reprises sur cette affirmation :

« tout le monde est responsable de lui-même ; tout le monde fait le contrôle » ; « les employés sont responsables d'eux-mêmes ; c'est les opératrices, c'est pas le chef qui dit, c'est certain ».

L'autorité ainsi conçue écoute, encourage, reconnaît ; « Actuellement, affirme un superviseur, on a une direction qu'on sent comme une direction qui nous écoute ; elle est à côté de nous, ce n'est pas comme avant. » Elle accepte la critique, attitude inconcevable dans la conception antérieure ; « l'engagement de la direction, précise un superviseur, c'est parmi les principes du TQM (...), maintenant même les opératrices elles peuvent aller dire à [leur chef de service] s'il se comporte d'une autre manière » ; « quand on rejette le patron direct, ajoute un cadre, il faut que la hiérarchie se mette en cause ». Cette attitude implique d'être proche de ses subordonnés ; « avec mes techniciens je me suis mis dans les mêmes conditions de travail qu'eux, je suis descendu chez eux », affirme un cadre.

Chaque échelon hiérarchique, auquel il revient d'instruire et d'éduquer l'échelon immédiatement inférieur (on parle de *cascade training*), doit témoigner de la rectitude de comportement qu'il est chargé d'inculquer à ses troupes. Le modèle de chef donné en exemple dans la formation TQM, est, selon un responsable de celle-ci, le chef coutumier du douar (village) « désigné par les gens à cause de sa sagesse, de son honnêteté ». Une certaine justice succède à l'arbitraire du pouvoir et aux faveurs : « Si je le mérite, affirme une opératrice, je peux le dire : “voilà, je mérite ça, je mérite ça”, on a le droit. »

Ce nouveau cours, facteur de transparence, prend le contre-pied des pratiques traditionnelles de dissimulation et de manipulation. « Celui qui est transparent, professe un cadre, répond aux questions, ne manipule pas les gens. » « La transparence, précise un chef de service, arrêter de jouer, arrêter la langue de bois. » La « porte ouverte » de l'autorité, qui, selon un cadre, « aide à avoir la confiance », symbolise cette transparence. « Quand j'ai des problèmes, ajoute l'intéressé, je les dis tels qu'ils sont, à la bonne personne. » Transparence, honnêteté et confiance vont de pair. « Le problème clé de tout cela, affirme un cadre, c'est l'honnêteté, la transparence, comme ça on gagne la confiance. » Elles sont cumulatives.

« Les gens commencent à croire que l'information n'est pas cachée », affirme un cadre. « Maintenant, quelqu'un qui demande quelque chose, on sait que c'est parce qu'il en a besoin », relate un de ses homologues, après avoir évoqué la méfiance que provoquait, dans l'ancien mode de fonctionnement, toute demande d'information. « Personne maintenant ne travaille caché », clame un superviseur particulièrement enthousiaste.

Dans ce contexte, l'ancien climat de peur, et au premier chef de peur de l'autorité, n'est plus de mise. La timidité n'a plus de raison d'être ; voulant rassurer une opératrice intimidée à l'idée de présenter une suggestion lors d'une fête de la qualité, son superviseur met en avant la fonction de pédagogue dévolue à l'autorité : « C'est la même chose quand tu parles à Pasquale Pistorio (le président du groupe Sgs-Thomson), ou M. A. (le directeur général), ou moi ; on est tous ensemble, c'est ça notre but, c'est d'améliorer le savoir des gens. » On peut « être à l'aise » ; « vis-à-vis de moi-même je me sens à l'aise ; c'est une bonne école et j'apprends toujours », rapporte un superviseur ; « ici [dans le service], il n'y a pas de stress », affirme un de ses homologues ; « les gens ne travaillent pas sous tension », affirme un cadre.

Ce climat de confiance et de liberté de parole est source d'implication et d'engagement efficace dans le travail. « Maintenant il y a implication de tout le monde, transparence », ajoute un superviseur après avoir affirmé : « C'est une bonne école. » Les gens, qui ont « moyen de s'exprimer directement », se sentent « reconnus ». Une attitude de responsabilité, qu'évoque un cadre chargé de mettre en place l'opération TQM, succède à la peur du gendarme : « les gens ont commencé à se juger eux-mêmes » ; « l'opératrice (...) se contrôle ; elle se remet en cause ». Les problèmes peuvent venir au jour et sont mieux traités. « On dit des choses en arabe, relate un cadre (...) ; on lui apprend [à l'opératrice] à sonner l'alarme, ne pas garder le problème pour elle ; sinon on ne saura jamais sa difficulté. » « Pour le TQM on cherche l'intelligence, et je crois qu'on l'a, qu'on commence à l'atteindre. »

D'un ordre policier à un ordre à fondement moral

A la lumière de ces propos, on saisit mieux la nature des changements qui ont accompagné la mise en place du TQM.

Jusqu'alors, les rapports entre niveaux hiérarchiques et entre services n'étaient que peu réglés par des normes partagées. Chacun, dès lors qu'il était à l'abri des regards, se souciait peu du bien commun. La bonne foi n'était guère en honneur dans les confrontations incessantes qui en résultaient. Si un certain ordre régnait néanmoins, ce n'était que par la vertu d'une forme de contrôle « policier », assuré par des responsables dont l'action était également peu normée. Ceux-ci, tout en combinant distance, secret et arbitraire, cherchaient à se servir de l'information qu'ils détenaient pour manipuler leurs interlocuteurs. On ne pouvait faire confiance à personne et la peur, spécialement des supérieurs, régnait. Dans un univers particulièrement opaque, il fallait se méfier des raisons pour lesquelles autrui agissait, de ce qu'il dissimulait, des manipulations que recouvrait ce qu'il disait et, corrélativement, il fallait le surveiller, chercher à le prendre en faute. La sortie de cet ordre policier qui s'est produite sous la bannière du TQM s'est faite par la mise en place d'un ordre fondé sur des références morales communes.

Le modèle du « comportement TQM », de la « personne TQM », avec tout ce qu'il implique d'honnêteté, d'écoute, de « transparence », etc., véhicule une vision partagée du bien qui fait référence dans l'usine. Il fournit, selon les termes d'un chef de service, « un code de conduite morale ». Cette vision sert de support à un discours moralisateur qui permet à l'ensemble du personnel (et pas seulement à ceux qui remplissent des fonctions d'autorité) de faire continûment pression sur celui qui s'écarte du droit chemin. « Avant, précise un cadre, on disait : “je n'aime pas comment tu fais”, maintenant on dit : “tu n'es pas TQM” ; on est dans son bon droit ; ce n'est pas un rapport de personne à personne, entre elle et moi on introduit un système. » La critique perd son sens d'opposition personnelle (« je n'aime pas »), pour prendre celui d'un rappel, au nom de la communauté, d'une norme partagée (« tu n'es pas TQM »). Cet argument, qui reste légitime, même dans les rapports aux supérieurs, permet au premier chef de lutter contre l'arbitraire et la dissimulation qui caractérisaient le fonctionnement ancien de l'usine. « Quand quelqu'un lui dit : "ça ne te regarde pas", note un chef de service, l'autre lui répond : "ce n'est pas TQM" (...) ; vous dites à une opératrice "faites ceci ou cela", elle répond : "ce n'est pas TQM" (...) ; quelqu'un peut venir me voir pour violer une règle, je lui réponds que ce n'est pas TQM et c'est accepté. » Contrairement aux accusations au fondement douteux et aux conséquences incertaines qui sont le lot du « commissariat », une telle référence à une norme commune s'inscrit dans un climat de bonne entente. « C'est une argumentation utilisée, précise un cadre, ça fait rire tout le monde, ce n'est pas perçu comme une agression. »

Dans ce contexte, on comprend un aspect de l'évolution de l'usine qui surprend à première vue quand on a en tête les entreprises américaines « à forte culture » : le rôle donné à une multitude de « spécifications » très précises, dans les domaines les plus divers. Si, dans l'univers américain, l'existence de rapports non coopératifs se traduit par une sorte de délire procédurier, il en est tout autrement ici. Ce n'est pas la pesanteur des règles qui fait difficulté, mais la place que leur insuffisance ouvre aux comportements opportunistes. Dans ces conditions, tout ce qui fournit des repères communs est d'un grand secours. La tentation de manipuler les règles ne disparaît pas comme par enchantement, et il est bon de s'en protéger en faisant s'appuyer l'une sur l'autre la rigueur des spécifications et la volonté de bien agir. « Les spécifications, note un cadre, permettent de dire ce qui est TQM, sinon ou pourrait se servir de l'argument dans un sens ou dans l'autre » ; elles aident « à créer une transparence », à convaincre chacun de la réalité d'une situation où on ne décide plus « à la tête du client ».

Ces précautions paraissent d'autant moins vaines que, si des rapports beaucoup plus coopératifs que par le passé se sont mis en place, il ne s'est nullement produit la sorte d'absorption mythique de l'individu dans la communauté qu'évoquent parfois les thuriféraires (comme les détracteurs) de ce type de démarche[1]. On observe des manifestations d'individualisme qui n'évoquent guère l'image de l'entreprise marquée par un fort esprit communautaire. Ainsi, quand on connaît le rôle accordé à l'uniforme par les entreprises japonaises, on ne peut qu'être étonné par l'extrême diversité des tenues des opératrices. Lors d'une « fête de la qualité », où la communauté est tout particulièrement célébrée, nous avons été frappé par cette diversité, qui faisait coexister le tailleur de bonne coupe et la tenue islamiste, en passant par diverses formes de vêtements traditionnels. De même, l'attachement de chacun à son intérêt individuel reste vigoureusement marqué, beaucoup plus que dans d'autres usines du groupe. A la différence de l'usine de référence, située en Malaisie, les suggestions collectives ne tiennent qu'une très faible place ; « normalement les teams suggèrent, commente un cadre, mais le désavantage est qu'on se partage les notes, et la prime ». L'opératrice championne de l'année en matière de suggestions, à titre individuel, déclare qu'elle n'a jamais assisté à un groupe de travail. « Ici on pense qu'un intéressement passe mieux », note un cadre en « ressources humaines » à propos de la *spec recognition* (ensemble des règles régissant les récompenses), dont nous avons vu qu'elle déroge aux règles générales du groupe, s'agissant de l'absence d'encouragement matériel.

Cet attachement de chacun à sa situation personnelle est suffisamment légitime pour que certains adeptes enthousiastes du TQM l'affichent sans détour, de manière parfois très critique vis-à-vis de l'entreprise. Il se manifeste particulièrement à propos des promotions ; « quand il y a des postes, se plaint un superviseur, c'est l'occasion de dire à ces gens qui sont détectés [pour leurs compétences] : “voilà votre promotion”, au lieu d'embaucher un nouveau. Je sais très bien qu'il y a eu des postes vacants ; depuis que je suis ici, à ST, il y a combien de postes qui ont été vacants, et puis on a embauché des nouveaux. Je trouve que c'est dommage, c'est quand même dommage » ; « il y a des gens qui sont compétents, note une opératrice, ils veulent progresser mais ils

1. William Ouchi, « Markets, Bureaucraties and Clans », *Administrative Science Quarterly*, mars 1980.

n'ont pas les moyens; moi j'ai l'impression que c'est le système de la société [de l'entreprise] ».

Pour un observateur français, cette adhésion collective à un ordre qu'il est tentant de qualifier d'ordre moral a quelque chose de surprenant. « Le TQM, note un chef de service qui a suivi une formation à la démarche en France, on fait passer des messages sur les convictions, le sentiment; en Europe, les gens cartésiens commencent par se poser des questions, se focalisent sur ce qui est négatif. » Pour lutter contre les dérives d'un ordre policier, on penserait plutôt, dans une perspective française (et plus généralement européenne), à mettre en place un système de contre-pouvoirs. Et on se demande comment la référence au TQM et aux normes morales qui lui sont associées a pu être suffisamment crédible aux yeux du personnel de l'entreprise pour avoir entraîné, au-delà des mots, une modification réelle des manières d'être et d'agir. Quel a bien pu être le ressort de l'adhésion à cette démarche morale ? Sur ce point, nos interlocuteurs ont fourni deux interprétations qui, toutes deux, font à certains égards difficulté : la force de l'exemple donné par un directeur général hors du commun et le poids du message moral de l'islam dans la culture marocaine.

Un directeur fort et modeste

Le changement de repères qu'a produit la mise en place du TQM a été massivement attribué à une modification radicale de la manière d'être des détenteurs de l'autorité et au premier chef du directeur général (qui est en même temps directeur de l'usine). A tous les niveaux, l'exemple qui vient de haut est cité comme un aspect décisif de la réussite de la démarche. La référence à la direction, et plus spécifiquement au directeur général, est omniprésente : « La réussite du TQM à Casa, proclame un superviseur, c'est qu'on a vu ça à la direction; c'est la direction qui a tiré »; « ça ne monte pas du bas », affirme un cadre. Le comportement de chacun n'est pas présenté comme nourri par de solides convictions qui le porteraient à faire son devoir quoi qu'il arrive, mais comme fortement influencé par ce que fait autrui; « c'est le comportement qui nourrit, si vous voulez, le comportement », affirme un superviseur ; « si on se comporte avec n'importe qui mal, précise un de ses homologues, après avoir repris la même formule, automatiquement les gens se comportent de la manière dont on se comporte ». Cette influence ne s'exerce pas de manière symétrique ; « tel père, tel fils », professe un troisième.

Mais il y a bien des manières d'être exemplaire ; un responsable peut l'être par sa capacité d'initiative, la vigueur de son leadership, la pertinence de ses analyses, son caractère visionnaire. Rien de cela n'a été évoqué (ce qui ne veut pas dire que ces qualités manquaient, mais que l'essentiel n'était pas là). La transparence tant vantée a été mentionnée ; « tout le monde, remarque un cadre, est conscient de l'importance de l'engagement de la direction ; qu'elle donne l'exemple de la transparence, du sérieux ». Et c'est avant tout la manière dont le directeur général s'est soumis aux règles communes qui a été soulignée, en mettant un accent tout particulier sur des domaines hautement symboliques où un dirigeant ne manque pas de bonnes raisons de se distinguer.

L'acceptation de contraintes (faire la queue, pointer, faire le ménage de son poste de travail) usuellement réservées à ceux qui sont en position subalterne a été largement mentionnée. « La queue dans le restaurant, affirme une opératrice, même A. [le directeur général] il fait la queue, même A. il badge ; c'est un exemple qu'il donne. » « Si on prend le pointage, renchérit un superviseur, si tu vois que le directeur général pointe, c'est le premier qui arrive à l'usine, c'est normal que tout le monde (...) ; si tu vois que le directeur général, votre supérieur, tous les supérieurs, ils appliquent intégralement le TQM, c'est normal que nous on devrait être influencés par eux. » « C'est la personne [le directeur général] qui donne son exemple, il respecte les 5 S », affirme un cadre, désignant par là le *housekeeping* – maintien en état de son espace de travail. Cette manière d'agir est d'autant plus soulignée qu'elle tranche avec ce que l'on observe dans des entreprises moins atypiques. « On ne peut pas l'avoir dans une autre société marocaine », ajoute le superviseur dont on vient de citer les propos soulignant que le directeur général pointe. Pourtant, de manière à première vue étrange, cette manière d'agir est qualifiée par certains de « normale » ; « c'est normal, professe un superviseur à propos du fait que le directeur général fait la queue à la cantine ; on n'a pas de complexes ici ; il doit donner l'exemple ; ça ne sert à rien de former les gens et d'expliquer le TQM si toi-même tu ne le fais pas ».

L'autre point sensible porte sur l'acceptation, au nom des règles communes, d'un certain renversement des rôles habituels, par la vertu duquel celui qui habituellement fait la leçon aux autres se trouve en position qu'on la lui fasse. Interrogé sur les ressorts du changement qui s'est produit dans l'usine, un cadre donne comme première réponse : « l'engagement de la direction qui a accepté d'être critiquée ». Et quand il veut souligner à quel point l'entreprise est singulière, un superviseur se situe dans un registre analogue : « Quand on vient à Sgs-Thomson et que vous avez le droit de dire à je ne sais pas qui, au directeur général par exemple, M. Georges A. : “monsieur, vous devez sortir parce que vous n'avez pas la monnaie”, c'est quand même, ça n'a rien à voir. »

Cette manière de donner l'exemple est associée à une idée d'égalité. « Nous sommes tous égaux, nous, dans le travail, proclame une opératrice, en évoquant la conduite du directeur général ; le travail c'est le travail, badger badger, entrer entrer. » « Actuellement, affirme un superviseur, mon chef c'est mon camarade, parce que, au dîner, je mange avec M. Georges A. à côté de moi, à la table ; il pointe comme je pointe, je ne sens pas la différence, je ne sens pas que je suis (…) ; je sens quelque chose de famille ; je prends la queue avec M. Georges A. au restau ; où est-ce que je peux voir, moi, la différence ; il n'y a aucune différence. »

Cette vision de l'exemple à donner et l'affirmation d'égalité qui l'accompagne sont à mettre en rapport avec le fait que, dans un univers TQM, c'est en tant que liés par une adhésion commune à un même code moral que l'on se rencontre. Un directeur et une opératrice sont soumis aux mêmes conceptions du bien et du mal. Comme le remarque un chef de service, celui qui ne donne pas « l'exemple d'un comportement TQM irréprochable », y compris quand il s'agit de pointer, « altère l'image d'une personne TQM ».

Les images d'un « comportement TQM », d'une « personne TQM », sont des images morales, indépendantes des spécificités d'une fonction. Et le fait, pour ceux qui détiennent l'autorité, d'agir en conformité à ces images, là où l'égalité morale pousse à le faire pendant que l'inégalité sociale tendrait à en écarter, est de grande importance ; c'est en agissant ainsi qu'ils peuvent rendre crédible une conception des rapports internes à l'usine qui les fait d'abord relever d'un code moral. Cela ne veut pas dire que toute marque d'inégalité sociale a disparu. Tout en affirmant qu'il n'y a aucune différence entre eux, un superviseur parle du directeur général comme de « M. Georges A. ». Un cadre note que : « quand il faut dire les quatre vérités il faut savoir les dire », avant d'ajouter : « Mon patron, je suis obligé d'utiliser de l'humour pour faire passer le message ; pas sec comme avec une opératrice. » Les expressions « simple opératrice », « simple superviseur » n'ont pas disparu du vocabulaire. Mais cette inégalité passe au second plan (de même qu'en France, au sein d'un bureau de vote, l'inégalité sociale demeure, mais passe au second plan par rapport à l'égalité politique qu'exprime l'égal accès au suffrage).

Cette égalité morale relève d'un autre registre et se manifeste autrement que l'égalité de pouvoir à laquelle on pense d'abord quand on parle d'égalité dans un contexte européen. Il semble normal que le détenteur de l'autorité suprême exerce souverainement son pouvoir arbitral, au besoin en déjugeant les responsables intermédiaires : « A… [le directeur général], remarque un cadre, quand il descend sur le terrain, il pose la question à l'opératrice, pour boucler les informations ; et on peut aller le voir si on n'est pas content de son chef direct. » De leur côté, ceux qui détiennent une autorité intermédiaire ne craignent pas d'imposer leur volonté à leurs subordonnés : « J'ai dit ma porte est ouverte, donc toutes les portes doivent l'être », affirme un cadre. Il est beaucoup attendu du regard de la hiérarchie, comme de sa justice. « Si on progresse, affirme une opératrice, si on fait bien notre travail, si une fille travaille bien, insiste sur une bonne quantité, une bonne qualité, une bonne discipline, une bonne écoute, avec une implication totale, un engagement comme on dit, je crois qu'elle sera bien récompensée par le superviseur, par tous les responsables. » « Actuellement, déclare un superviseur, champion en matière de suggestions, quand on fait quelque chose de bien, notre directeur général vient, il te dit : "félicitations, ce que tu as fait, c'était bien, c'est parfait". Alors, quand tu as un directeur général qui te dit : "c'est bien ce que tu as fait", je n'ai pas besoin d'argent moi, ça m'a suffi l'éloge qu'il m'a fait. » Il est d'autant plus attendu de la rectitude morale de l'autorité que ce n'est pas sur l'efficacité d'un contrôle démocratique que l'on compte pour l'obliger à bien se conduire.

Cette combinaison d'autorité et de simplicité serait-elle la référence normale dans le contexte marocain ? Les propos d'un chef de service pourraient le laisser penser : « La référence est une autorité forte, mais la modestie est très appréciée ; on s'attache à des personnalités fortes mais modestes ; on n'a rien à perdre à descendre sur le terrain, on gagne du respect. » Pourtant, avons-nous vu, cette forme d'exercice du pouvoir est tout sauf banale dans les entreprises marocaines et ne régnait nullement dans l'entreprise avant la transformation qu'elle vient de connaître. N'y a-t-il pas là une contradiction ? Et on retrouve la même contradiction apparente dans l'autre explication que nous ont donnée nos interlocuteurs pour rendre compte du succès du TQM : le rôle de l'islam dans le fonctionnement des entreprises.

TQM et monde islamique

S'il n'a pas été trop difficile d'implanter le TQM, c'est, ont affirmé certains de nos interlocuteurs, parce que ses enseignements ne font que reprendre les préceptes de l'islam (encadré 2). C'est l'islam en tant que culture qui est alors évoqué : « on a ça dans notre culture, en tant que musulmans » ; « au Maroc il y a quand même une culture islamique (...) ; au Maroc il y a la culture islamique, il est pratiquement facile de faire installer le TQM ». Il est fait référence au Coran comme source à la fois de préceptes moraux, de récits et de proverbes susceptibles d'orienter le comportement : « c'est dans le Coran » ; « ils ont trouvé des récits dans le Coran » ; « vous pouvez avoir des proverbes qui viennent directement du Coran ».

ENCADRÉ 2

Islam et TQM

« Moi je suis croyant, pas comme les intégristes; la culture que j'ai vue dans le bouquin de *kaisen*[1], on a ça dans notre culture, en tant que musulmans; travailler dans la transparence, dans la propreté, aider l'autre à réussir; pour réussir il faut croire en la chose, c'est dans le Coran » (cadre).

« Dans la culture musulmane, les gens, on leur a fait la formation sur le TQM, ils ont retrouvé ce qu'ils ont dans leur culture, le respect de l'autre, ce n'est pas nouveau pour eux. Les gens qui ont formé les opératrices ont trouvé un moyen de le faire; ils ont trouvé des récits dans le Coran; chaque groupe a essayé de trouver le meilleur message; le TQM, c'est ça; on l'a déjà, mais on ne l'applique pas » (cadre).

« Au Maroc, il y a quand même une culture islamique. Tout le monde est touché par l'islam; l'islam ou les religions; on peut dire que le TQM fait partie de l'islam; si on prend point par point le TQM, par exemple la responsabilité, ne pas mentir et tout ça, une personne musulmane, ne pas mentir, on n'est pas obligé de lui montrer le TQM; on n'est pas obligé de lui faire une contrôleuse; il dit toujours la vérité; c'est pour ça je dis ici, au Maroc, il y a la culture islamique; il est pratiquement facile de faire installer le TQM » (superviseur).

« C'est des proverbes, je vous dis, de religion, qui disent: "il faut demander ma culture même en Chine"; c'est quelque chose de louable, aller au-delà pour demander à étudier, à savoir, connaître; c'est exactement pareil que l'amélioration continue. Demandez les cultures depuis notre naissance jusqu'à l'éternité; ce sont des proverbes qui confirment (...). Vous pouvez avoir vraiment des proverbes qui viennent directement du Coran. (...). Mais malheureusement on n'a pas (...); c'est dommage qu'on n'ait pas appliqué, je veux dire à la lettre; autrement on serait parfaits » (superviseur).

1. Voir note 1, p. 226.

Cette mise en relation pose question. Certes, les préceptes moraux enseignés par l'entreprise sous la bannière du TQM ne sont pas étrangers aux enseignements du Coran. Ainsi, la transparence, la fidélité à la vérité peuvent à bon droit être regardées comme des vertus à fondement religieux : « Une personne musulmane, ne pas mentir, on n'est pas obligé de lui montrer le TQM (...) ; [elle] dit toujours la vérité. » Il en est de même pour la volonté d'« aider l'autre à réussir », le « respect de l'autre ». De même encore la mise en valeur d'une démarche de connaissance fait, elle aussi, le lien entre l'islam et le TQM : « C'est des proverbes (...) de religion qui disent : "il faut demander ma culture [chercher à apprendre] même en Chine" ; c'est quelque chose de louable, aller au-delà pour demander à étudier, à savoir, connaître ; c'est exactement pareil que l'amélioration continue. » On comprend dès lors des propos tels que : « on peut dire que le TQM fait partie de l'islam » ; « ce n'est pas nouveau pour eux » ; « dans la culture musulmane, les gens on leur a fait la formation sur le TQM, ils ont retrouvé ce qu'ils ont dans leur culture ». Reste que, si « le TQM c'est ça [des récits trouvés dans le Coran] », « on ne l'applique pas [ce qu'enseigne le Coran] ». S'il est vrai que le TQM correspond aux préceptes de l'islam, pourquoi n'étaient-ils pas appliqués auparavant et pourquoi ne sont-ils pas appliqués ailleurs ?

Une appropriation qui fait question

Il est manifeste que la réforme morale qui a été menée dans l'usine sous la bannière du TQM ne relève pas d'une simple importation littérale de références étrangères. La manière dont ce qui touche au TQM a été évoqué et bien des aspects de sa mise en œuvre ne ressemblent guère à ce qu'on trouve dans les manuels TQM venus du siège social, et qui est inspiré par la littérature japonaise et américaine sur la « qualité totale ». Ce fait serait incompréhensible s'il n'y avait pas eu une véritable appropriation de la démarche, avec tout ce que cela suppose de réinterprétation, à partir de références locales. Ces références paraissent avoir joué un rôle décisif dans la manière dont le TQM a été reçu. Ainsi, la référence à l'islam comme source de préceptes moraux aide à comprendre pourquoi un ordre à fondement moral a pu être mis en place aussi rapidement sous la bannière du TQM : les conduites qui ont été prêchées avaient un sens pour ceux à qui elles l'ont été. Elles s'inscrivaient dans une certaine image du bien qui avait une forte légitimité. Mais la question est simplement déplacée. Si le mode de fonctionnement que

Sgs-Thomson a développé en son sein sous la bannière du TQM n'est pas étranger à la culture marocaine, il est, au sein de la société marocaine, « normalement » étranger au monde de l'entreprise. La question qui se pose devient alors : comment Sgs-Thomson a-t-elle pu obtenir que son fonctionnement interne soit régi par des normes qui « normalement » n'auraient pas dû le concerner ?

Une irruption du sacré dans le profane

Comparant l'islam au Maroc et en Indonésie (les deux terrains qu'a privilégiés son travail d'anthropologue), Clifford Geertz note que, si la religion est l'objet d'un attachement intense au Maroc, le domaine qu'elle concerne est relativement réduit. « Au Maroc, écrit-il, l'essentiel de la vie ordinaire est suffisamment sécularisé pour convenir au rationaliste le plus convaincu, et les considérations religieuses, dans toute leur intensité, ne jouent un rôle que dans des domaines du comportement peu nombreux et bien circonscrits, de telle façon que l'on observe une brutalité dans, par exemple, les affaires commerciales et politiques, qui, à la limite, évoque une des combinaisons piquantes de brutalité professionnelle et de piété personnelle que l'on trouve chez certains gangsters américains[1]. » C'est de ce registre profane que relève le fonctionnement usuel des entreprises marocaines, tel qu'il a été évoqué aussi bien à propos du passé de l'entreprise que du présent d'autres entreprises, avec tout ce qu'il implique de méfiance, de manipulation et de peur. Et on peut comprendre la réussite du TQM à Sgs-Thomson comme un fruit d'une irruption dans la vie de l'entreprise de références morales qui, tout en étant usuelles dans le domaine traditionnellement concerné par la religion, sont « normalement » étrangères à cette vie.

Le succès de la réforme morale qui s'est produite dans

1. Clifford Geertz, *Islam Observed ; religious development in Morocco and Indonesia*, Chicago, The University of Chicago Press, 1968, p. 112-113 ; version française : *Observer l'Islam. Changements religieux au Maroc et en Indonésie*, Paris, La Découverte, 1992.

l'usine peut être interprété comme le fruit d'une rencontre entre trois éléments. Le changement de comportement prêché au nom du TQM a pris sens pour le personnel en étant associé à l'idéal moral de l'islam. La manière d'être et d'agir du directeur général a permis à chacun de croire au caractère tangible de ce changement et donc de s'y engager lui-même. Cette évolution a été facilitée par l'existence, au sein de la culture marocaine, de l'image d'une institution, l'école, où une existence inspirée par cet idéal est mise en pratique.

Le Maroc, note Clifford Geertz, donne une place centrale à la figure de ce qu'il appelle le « saint guerrier », en qui le pouvoir temporel, mis au service d'un dynamisme conquérant, se combine à l'enthousiasme mystique et à la rectitude morale[1]. Celui-ci (à l'encontre d'un pouvoir purement profane, qu'évoque la figure du policier) trouve sa légitimité dans un ordre sacré. La rectitude de sa conduite est un signe de l'authenticité de sa vocation. Perçu dans un contexte religieux il apparaît, en même temps qu'un maître vénéré, comme un égal devant Allah, garant de l'égalité de tous[2]. Dès lors, sa simplicité, loin de le rendre moins respectable, témoigne de l'authenticité de son caractère hors du commun. Elle lui permet de jouer pleinement le rôle d'exemple, et d'arbitre dont les intentions ne peuvent être suspectées, nécessaire pour que la vie de la communauté reste marquée par des rapports confiants. La manière, qui peut paraître étrange à un observateur étranger, dont il joue son rôle d'autorité charismatique est en rapport avec ce contexte. Et, dans ce cadre, l'enthousiasme du personnel de l'entreprise envers la démarche TQM, si difficile à admettre pour un Français, cesse de surprendre. Le fonctionnement de l'usine rénovée relève d'une forme sociale où cet enthousiasme est de mise.

A cette figure du chef à la fois politique et religieux investi d'une mission prophétique correspond traditionnellement une institution, la *zaouia*. Pour l'historien marocain Abdallah Laroui, il s'agit d'un modèle d'institution très flexible,

1. *Ibid.*, p. 8, 33, 46.

2. Nous avons rencontré par ailleurs cette référence à l'égalité devant Allah dans une enquête réalisée auprès de travailleurs du Maghreb immigrés en France.

dont la forme « s'impose d'elle-même à toute volonté d'association ». Si « le contenu peut se diversifier à l'infini, la forme est toujours la même[1] ». A l'origine sorte de monastère, la *zaouia* offre sa structure aux contenus les plus divers, tels que confrérie, centre administratif et social, seigneurie terrienne, principauté, mouvement de renouveau mystique, jusqu'à concerner le *Makhzen* (l'État) lui-même. L'école, à laquelle nos interlocuteurs ont fait référence, trouve d'autant mieux sa place dans cet ensemble qu'elle constitue un lieu de prédication animé par une autorité simultanément spirituelle et temporelle. Elle fournit ainsi une image idéale qui aide à donner sens au nouvel ordre qui a été institué.

On peut s'interroger, certes, sur le fait que la rigueur morale qui marque l'usine a été introduite au nom du TQM plus que de l'islam et que celui qui, à sa tête, assume la charge du saint homme n'est pas un Marocain musulman mais un Français « infidèle ». Selon C. Geertz, la forme de la *zaouia* animée par un « marabout » n'a été en fait que reprise par l'islam et trouve son origine dans un passé marocain plus ancien. Elle est marocaine plus qu'islamique. Elle correspond à une conception de la vie en société qui a servi de point fixe à travers les multiples péripéties de l'histoire marocaine. L'usine TQM a bien sa place dans cette continuité.

Une alchimie subtile et fragile

L'alchimie qui s'est produite dans l'usine ne relève pas simplement de l'élaboration d'un compromis entre la culture du pays et celle d'un groupe multinational. C'est par la vertu d'une réforme morale prêchée par l'entreprise que l'éthique qui sous-tend la mise en œuvre du TQM, avec ses dimensions d'honnêteté, de volonté de coopérer, de reconnaissance de la contribution de chacun, y a pris corps. Mais cette action réformatrice n'a été reçue que parce qu'elle a pu être interprétée par le personnel de l'entreprise, dans les catégories de

1. Abdallah Laroui, *Les Origines sociales et culturelles du nationalisme marocain (1830-1912)*, Casablanca, Éditions du Centre culturel arabe, 1993, p. 152.

la culture locale, comme quelque chose de respectable. Et il a fallu pour cela que la manière dont elle a été prêchée, à travers, au premier chef, la rigueur de l'exemple venu d'en haut, prenne une forme qui la rende crédible selon les canons locaux. On peut dire en ce sens qu'elle n'a fait que permettre à des modèles locaux de trouver une nouvelle incarnation.

Dans l'état actuel de la société marocaine, le transfert dans une vie d'entreprise d'un modèle religieux de vie collective représente un bouleversement des habitudes qui est loin d'avoir acquis la force de ce qui va de soi. Et on peut s'interroger sur la pérennité de l'évolution constatée. Il en faudrait sans doute peu pour que l'état de grâce ne retombe. Certains de nos interlocuteurs ont exprimé leurs craintes, spécialement parmi les cadres. « Rien n'est gagné encore, affirme l'un ; il suffit que quelqu'un pris par la presse, ou un directeur énervé, envoie balader quelqu'un » ; « on est à un top niveau, s'inquiète un autre ; il suffit qu'il y ait une petite chose pour que ça dérive (…) ; une lenteur de décision, une argumentation qui n'est pas claire ; les personnes deviennent exigeantes ; maintenir un climat de confiance est difficile ». L'image de l'ancien monde est encore très présente dans les esprits et tout ce qui est susceptible de l'évoquer, une manière dure de s'adresser aux subordonnés, une apparence de dissimulation ou de manipulation, est susceptible de faire penser qu'en réalité rien n'a vraiment changé, que l'on a eu tort de faire confiance. La réussite de l'entreprise ne pourra perdurer que si celui qui, détenteur du pouvoir, assume la figure du saint homme, reste fidèle au grand idéal qui a été prêché, et si ses successeurs savent prendre sa suite.

QUATRIÈME PARTIE

ÉTUDES DE CAS
ET DÉMARCHE D'ENSEMBLE

Philippe d'Iribarne

CHAPITRE X

Des cultures politiques

De quoi parle-t-on précisément quand on utilise le terme de culture ? La réponse est loin d'être unanime. Les anthropologues n'en ont pas toujours eu la même notion et les sociologues en restent souvent à des conceptions qui datent. Il convient donc de clarifier ce que nous entendons par là. De plus, le regard porté sur la diversité des cultures est lui-même marqué par le contexte culturel ; dans ses difficultés à accepter cette notion, la vision française de la culture est bien différente de l'allemande ou de l'américaine. Un ouvrage écrit en français sur ce thème se doit d'en rendre compte.

Qu'est-ce qu'une culture ?

Beaucoup, parmi ceux qui s'intéressent au fonctionnement des organisations, associent la notion de culture à des habitudes, des coutumes, des attitudes, ou encore des valeurs [1]. Et il est vrai que, lorsqu'on observe la diversité des sociétés, on est frappé par des différences, parfois spectaculaires, de manières d'agir. Les récits de voyage ont toujours donné une place de choix au charme, ou à l'horreur, de mœurs exotiques : manger du chien, se mettre un anneau dans le

1. Michel Crozier et Ehrard Friedberg, *L'Acteur et le Système*, Paris, Éditions du Seuil, 1977 ; Jean-Daniel Reynaud, *Les Règles du jeu. L'action collective et la régulation sociale*, Paris, Armand Colin, 1989 ; Marc Maurice, François Sellier, Jean-Jacques Silvestre, *Politiques d'éducation et Organisation industrielle en France et en Allemagne*, Paris, PUF, 1982.

nez, frapper avec un bâton une effigie de son patron, etc. Quand l'anthropologie contemporaine parle de culture, ce n'est pas cela qu'elle privilégie, mais des questions d'interprétation[1].

La culture comme contexte d'interprétation

Les humains ne cessent d'interpréter. Un compliment, une critique, un bonjour ou une absence de bonjour, un panneau indicateur, l'état du ciel, constituent des indices que l'on ne cesse de décoder. Que signifie ce compliment ; est-il sincère, intéressé, ironique ? Comment comprendre cette critique ; expression d'un désir d'aider à progresser, d'une intention hostile, d'une incapacité à comprendre ? Et ce bonjour bien distrait ; celui qui me l'adresse a mal aux dents, m'en veut de tels propos que je lui ai tenus hier, a des soucis avec ce contrat qui n'est toujours pas signé ? Pour trancher entre diverses hypothèses, il est souvent nécessaire de chercher de nouveaux indices. Heureusement, le champ des hypothèses vraisemblables est à l'ordinaire fortement délimité par l'existence de règles d'interprétation partagées, valides au sein d'un ensemble social plus ou moins large, qui simplifient la tâche. Si, par exemple, étant entre Français, je reçois un compliment sur ma cravate empreint d'un brin d'emphase moqueuse, je comprendrai sans trop de risque de me tromper qu'il exprime simultanément une attention pour ma personne, quelque ironie critique à l'égard de ladite cravate et un zeste d'envie suscitée par son originalité. A contrario, si, Allemand peu familier de la société française, j'ignore le code d'interprétation pertinent, j'ai de fortes chances de ne rien comprendre. Je risque d'interpréter ce qui m'est dit, à l'aune de mes propres codes et de ce que Goethe et bien

1. Clifford Geertz, *The Interpretation of Culture*, New York, Basic Books, 1973. James W. Fernandez (éd.), *Beyond Metaphor, the theory of tropes in anthropology*, Standford, Standford University Press, 1991. À propos des questions d'organisation, Malcolm Chapman, « Social anthropology, Business Studies, and Cultural Issues », *International Studies of Management and Organization*, vol. 26, n° 4, hiver 1996-1997. Sur l'analogie de structure entre culture et langue, Claude Lévi-Strauss, *Anthropologie structurale*, Paris, Plon, 1958, p. 78-79.

d'autres affirment des Français, comme un signe de plus de leur manque de sincérité.

Comme les règles de grammaire, ces règles d'interprétation n'ont pas besoin d'être clairement perçues pour être mises en pratique. Ainsi, chacun est en général incapable de dire quels indices, parfois ténus et subtils, un ton de voix, une expression du visage vont lui permettre d'interpréter avec le minimum d'erreurs, dans un contexte dont il possède les codes, telle ou telle forme de compliment ou de critique. Il considère volontiers que la signification de ce qu'il voit et entend va de soi, au point de ne pas même prêter attention à la matérialité des conduites (au signifiant) et de ne s'attacher qu'à ce que, « à l'évidence », elles expriment (le signifié). La règle d'interprétation qu'il utilise alors sans le savoir ne s'impose à lui qu'avec plus de force.

Les schémas d'interprétation propres à une culture ne portent pas seulement sur des éléments isolés, mais sur des constellations d'éléments, où on peut lire des figures porteuses de sens. Ainsi, l'itinéraire du défilé du 1er Mai à Paris, les slogans qui sont scandés, les banderoles que l'on brandit, la composition du cortège, etc., constituent autant d'éléments signifiants qui, pris dans leur ensemble, donnent à l'événement son caractère propre, très différent de celui, par exemple, du défilé du 14 Juillet en France, ou du défilé du 1er Mai dans un pays marqué par d'autres traditions syndicales. La place de la Bastille et le drapeau rouge concourent ainsi à mobiliser une autre mémoire que celle dont sont porteurs les Champs-Élysées et le drapeau tricolore. Et là où le drapeau rouge manque, c'est une autre conception des luttes que l'on célèbre.

Unité et diversité d'une culture ; sens, pratiques, valeurs, enjeux, stratégies

Le sens affecte les pratiques, mais l'unité de sens ne conduit pas pour autant à des pratiques homogènes. Ainsi, un feu rouge n'a pas vraiment le même sens à Naples et à Zurich ; l'interdit qu'il manifeste n'a pas la même portée. Les automobilistes en tiennent compte. Mais là où brûler un feu constitue une injure majeure faite à la loi, certains peuvent justement, en passant outre, exprimer leur refus de l'ordre établi ; et là où ce n'est que péché véniel, certains peuvent, en se montrant disciplinés, se poser en citoyen modèle. De même, l'existence de règles d'interprétation des compliments propres à un certain contexte n'implique nullement que les compliments y soient stéréotypés. Bien au contraire, elle permet de distinguer parmi eux de multiples variétés de compliments. Et plus le code qui précise leur sens est strict, plus la palette des messages possibles peut être riche et subtile.

L'unité d'un contexte d'interprétation implique-t-elle le partage des mêmes valeurs ? La réponse varie du tout au tout suivant ce qu'on entend par là. Si c'est accorder valeur aux mêmes réalités, et être prêt à agir de concert pour les défendre, la réponse est non. Si c'est au contraire se servir des mêmes repères pour situer ce que l'on estime, la réponse est oui. Manquer à distinguer ces deux dimensions est source de grande confusion.

Prenons par exemple la France de 1789. Les tenants de l'Ancien Régime et les révolutionnaires s'y opposent radicalement quant aux réalités auxquelles ils donnent de la valeur. Pendant que les uns défendent une vision hiérarchique de la société, faisant la part belle au « sang », les autres proclament l'égalité de tous les citoyens, et n'acceptent de distinctions que fondées, suivant les termes de la Déclaration des Droits de l'homme, sur les vertus et sur les talents. Et pourtant, si l'on s'attache aux repères dont ils se servent pour distinguer ce qui à leurs yeux vaut, on voit que les questions de rang et d'honneur ont une place cruciale pour les uns comme pour les autres. Ainsi quand Sieyès, interprète éminent des passions révolutionnaires, affirme, dans *Qu'est-ce que le Tiers État ?*, que le Tiers, aussi « sensible à son honneur » que les privilégiés, « redeviendra noble en étant conquérant à son tour[1] », il témoigne de cette continuité. Ceux qui s'opposent sur ce qui vaut s'accordent pour estimer que c'est en accédant à la noblesse et à l'honneur que l'on vaut. Et si dans

1. Sieyès, *Qu'est-ce que le Tiers État ?* (1789), Paris, Champs-Flammarion, 1988, p. 44, 100. Cette référence à d'autres sources de noblesse que celles auxquelles se référaient ceux qui étaient institutionnellement nobles était très ancienne. Georges Duby, *Les Trois Ordres ou l'Imaginaire du féodalisme*, Paris, Gallimard, 1978.

la France d'aujourd'hui les affrontements sur ce qui vaut restent passionnés, ils prennent toujours sens au sein de repères qui incitent à associer à ce que l'on estime l'image de grandeur, de panache, d'indépendance fière, de refus de plier qui s'attache au terme de noble. C'est dans ces repères que prennent sens par exemple, parmi des milliers d'autres, les propos de la secrétaire générale de la CFDT déclarant, pour affirmer la valeur de la gestion, qu'« il n'y a pas une fonction noble qui serait revendicative et une fonction moins noble qui serait gestionnaire [1] ». Une culture ne rassemble pas dans le fait d'accorder de la valeur aux mêmes réalités, mais définit le terrain sur lequel s'affrontent ceux qui s'opposent dans ce à quoi ils donnent valeur.

L'unité et la continuité d'une culture reposent sur celles de ses référents ultimes, associés à des termes, souvent difficiles à traduire dans des langues étrangères (grand, *fair, verzuiling*), auxquels adhèrent de manière durable des sentiments de respect ou au contraire d'opprobre. Les chaînes d'associations qui relient telle ou telle réalité sociale à ces référents n'ont ni la même unité ni la même continuité.

Plus on s'éloigne des référents ultimes, plus ces chaînes se ramifient de façon différenciée d'un groupe social à l'autre. Elles constituent le support de la diversité des *ethos* propres aux divers groupes sociaux. Ainsi, en France, les divergences ne manquent pas sur ce qui est considéré ou non comme noble (que le mot soit ou non utilisé). Les stratégies de « distinction » dont Pierre Bourdieu a fait son objet d'étude privilégié prennent sens dans un univers marqué par la pertinence de l'opposition entre ce qui est noble et ce qui est « commun » (ou « vulgaire ») ; si le Bourgeois gentilhomme, comme tous ses épigones, se donne tant de mal pour être « distingué », c'est parce qu'il est convaincu qu'il arrivera ainsi à se voir reconnaître une certaine forme de noblesse. La relative plasticité des chaînes d'associations susceptibles de rendre crédibles diverses manières d'être regardé comme ayant échappé au commun fait que ces stratégies sont susceptibles d'avoir quelque succès.

Par ailleurs, chaque contexte d'interprétation véhicule des

1. Nicole Notat, *Syndicalisme Hebdo CFDT*, 10 octobre 1996.

figures exemplaires de l'autorité et de la communauté (personnages, et plus généralement entités historiques, plus ou moins mythifiés, Charlemagne, Abraham Lincoln, la monarchie absolue, la Commune de Paris) qui, tout en donnant une certaine continuité aux formes de vie commune qui font référence, sont assez plastiques pour permettre de multiples réinterprétations. Ainsi nous avons évoqué à propos du Maroc une réinterprétation moderne des figures traditionnelles de la *zaouia* et de son chef. On pourrait comprendre de même la continuité que l'on trouve en France entre diverses formes d'autorité revêtues d'un caractère sacré, le représentant de la raison ayant succédé à l'antique lieutenant de Dieu.

La diversité des cultures n'est pas incompatible avec l'existence de références éthiques universelles. On a pu traduire la Déclaration universelle des Droits de l'homme dans toutes les langues, ce qui implique que la notion de dignité de la personne humaine suscite un écho dans toutes les cultures. On peut douter qu'il y ait des lieux où la notion de justice soit dépourvue de sens. Ce qui est regardé comme une situation digne, ou comme une décision juste, est fort loin d'être universel, mais les mots que l'on fait correspondre à ces notions dans les diverses langues renvoient à des expériences qui ont sans doute quelque chose d'universel.

Quand on conçoit ainsi la culture, on s'écarte de la vision selon laquelle la poursuite d'intérêts réputés « naturels » serait infléchie par le respect de valeurs culturellement déterminées. La culture ne marque pas moins les intérêts que les valeurs, sans que la frontière qui les sépare soit toujours nette. Quand un technicien français refuse d'accomplir des tâches qu'il ne trouve pas à sa hauteur, agit-il par intérêt ou parce qu'il tient à ses valeurs ? Les deux, sans doute. Pour notre part, sans nous attarder à ce type de distinction, nous cherchons à identifier des enjeux liés à la manière dont une culture donne sens aux diverses réalités (ainsi, dans la culture française, le fait qu'une tâche soit à la hauteur de celui qui l'accomplit est un enjeu de poids). Et nous cherchons à comprendre, en tenant compte de ces enjeux, les stratégies de ceux qui perçoivent le monde à travers le prisme qu'offre cette culture : stratégies matérielles (recherche, acceptation ou refus de certaines situations) ou stratégies symboliques (tentatives de peser sur le sens accordé à certaines situations).

En même temps qu'elle affecte ce à quoi on s'attache, une culture fournit des schémas d'interprétation qui servent à décoder le cours des événements et à imaginer des actions dont on attend qu'elles soient efficaces ; ainsi l'appel à la sorcellerie dans les entreprises africaines n'est concevable qu'au sein d'une culture dont les schémas d'interprétation accordent une place à celle-ci dans l'enchaînement des causes et des effets susceptible de conduire aux événements observables. L'appréhension d'une culture n'implique pas seulement celle des chaînes de signification qui font que telle situation paraîtra plus ou moins désirable, mais celle des structures de récit qui permettent de « mettre en intrigue » des ensembles d'événements [1].

Ordres politiques et cultures nationales

Les contextes d'interprétation propres à chaque culture concernent tout ce à quoi les humains prêtent attention. Chaque culture catégorise à sa manière les aliments, l'espace, le temps, les couleurs, etc., et construit un univers de sens qui régit chacun de ces domaines. Nos recherches n'abordent que l'un d'entre eux : celui qui concerne la manière dont les hommes s'organisent pour vivre ensemble, au sein d'une société nationale comme d'organisations particulières ; c'est-à-dire, en prenant le terme dans le sens le plus large, les cultures politiques [2].

En utilisant ce terme, nous n'ignorons pas que la vie en société est régie par de multiples institutions, politiques, juridiques, sociales. Une observation superficielle pourrait même laisser penser que celles-ci ont un tel poids par rapport

1. Paul Ricœur, *Temps et Récit. 1. L'intrigue et le récit historique*, Paris, Éditions du Seuil, 1983.

2. On ne se tiendra pas à la conception du politique qui, développée dans les sociétés européennes, tend à en faire une sphère relativement autonome de la vie sociale ; cf. la discussion de ce point par Louis Dumont dans sa préface de E. E. Evans-Pritchard, *Les Nuer* (1937), Paris, Gallimard, 1994, p. XII. On trouve une histoire de la notion de culture politique dans Glen Gendzel, « Political culture. The genealogy of a concept », *The Journal of Interdisciplinary History*, automne 1997.

aux mœurs qu'il est inutile, dans ce domaine, de parler de culture[1]. Mais cette position n'est plus tenable dès lors que l'on s'intéresse aux questions que pose le transfert au sein d'une société d'institutions qui prospèrent en d'autres lieux. Montesquieu, Rousseau ou Tocqueville notaient déjà la difficulté d'un tel transfert quand il s'agit de sociétés politiques[2]. Cette difficulté n'est pas moindre dans le cas d'organisations. Ceux qui ont été socialisés au sein d'une culture ont une manière spécifique de donner sens, jusque dans des détails parfois très fins, à la façon dont ils sont traités, et réagissent en conséquence, bornant ainsi les fonctionnements d'organisation susceptibles de perdurer.

Quand on considère cette dimension de la culture, il est particulièrement pertinent de parler de culture nationale (ce qui n'est pas forcément le cas pour les habitudes culinaires, vestimentaires ou musicales). Dans un État-nation, fortement intégré, les institutions politiques et juridiques ne peuvent être communément acceptées, dans le succès comme dans l'épreuve, dans la paix comme dans la guerre, que si les citoyens ont des conceptions suffisamment communes des voies par lesquelles arbitrer entre les intérêts, répartir les charges et distribuer les bénéfices, désigner ceux qui accèdent au pouvoir, mettre fin aux conflits, faire pression sur ceux qui résistent aux injonctions de la communauté. Cet accord suppose un minimum de lecture commune des situations qu'engendre le fonctionnement des institutions que l'on

1. Le poids des institutions est tel que bien des analyses se restreignent à leur univers et ignorent, parfois jusqu'à en faire une question de principe, tout ce qui relève du culturel. Sans doute ceux qui prennent ce parti n'ignorent-ils pas le rôle des questions de légitimité dans le fonctionnement des institutions. Mais ils considèrent qu'il ne s'agit que de « superstructures » dérivées et non fondatrices, et veulent ignorer qu'il n'est pas d'ordre social sans mythe fondateur. On peut citer à cet égard les tenants de l'analyse « sociétale » : Philippe d'Iribarne « Culture et effet sociétal », *Revue française de sociologie*, vol. XXXII, n° 4, octobre-décembre 1991 ; Marc Maurice, François Sellier, Jean-Jacques Silvestre, « Analyse sociétale et cultures nationales. Réponse à Philippe d'Iribarne », *Revue française de sociologie*, vol. XXXIII, n° 1, 1992.

2. Montesquieu, *De l'esprit des lois* ; Rousseau, *Du contrat social* (1762), chap. VIII, « Du peuple », Paris, Garnier-Flammarion, 1975, p. 80 ; Tocqueville, *De la démocratie en Amérique*, tome 1 (1835), deuxième partie, chapitre IX, Paris, Garnier-Flammarion, 1981, p. 417.

se donne. Certes, la pertinence de cette notion de culture nationale n'est pas sans limites. L'unité de culture politique que l'on rencontre dans des États-nations qui ont affronté sans éclater les tourmentes de l'histoire n'a pas de raison de se retrouver dans des empires où un ensemble de communautés auto-administrées ne sont liées que de manière assez lâche, ou encore dans des conglomérats plus transitoires. Ainsi, effectuant des investigations d'une part en Bosnie et d'autre part en Slovénie avant l'éclatement de l'ex-Yougoslavie, nous ne nous attendions guère, connaissant leur histoire, à y trouver une forme commune de vie en société. Mais nous n'avions encore qu'une idée bien pâle des contrastes que nous allions observer. La référence slovène au supérieur qui écoute, donne la parole à tous, est accessible à tous, était absente en Bosnie, où le rôle de l'autorité évoquait plutôt l'image d'Épinal du despotisme oriental[1]. Par ailleurs, en particulier là où ce qui est région a été et sera peut-être à nouveau pays souverain, les cultures nationales n'annihilent pas les cultures régionales. Ainsi, comment douter qu'il existe une culture politique basque qui a permis à la démocratie basque (que Rousseau donnait en exemple) de résister en un temps où l'absolutisme régnait en France comme en Espagne[2] ? Le fait que la seule très grande entreprise au monde organisée en coopérative qui ait réussi durablement soit basque ne paraît pas indépendant de l'existence de cette culture politique[3]. La notion de culture nationale n'en est pas moins utile tant que l'on reste dans sa vaste zone de pertinence.

Cultures et conflits identitaires

Cette diversité des cultures politiques serait-elle porteuse de divisions et de violence ? Il faut éviter de surestimer ses effets dans ce domaine. Les conflits dits « ethniques » qui

1. Tatjana Globokar, « Ni pères, ni frères. Culture régionale et autorité des contremaîtres dans une usine yougoslave », *Gérer et Comprendre, Annales des Mines*, *op. cit.*

2. Rousseau, *Du contrat social,* livre IV, ch. I, *op. cit.*, p. 145.

3. Il s'agit de Mondragon : Oscar Nudler, *Economic Aspects of Human Development Project,* United Nations University, octobre 1988, p. 12.

sévissent actuellement dans le monde, entre Bosno-Serbes, Bosno-Croates et Bosno-Musulmans, entre Hutus et Tutsis, dans un registre plus pacifique entre Flamands et Wallons, mettent en jeu de vives revendications d'identité. Mais ils opposent souvent des groupes qui ne se distinguent pas particulièrement par leurs cultures politiques.

Effectuant une enquête, du temps de l'ex-Yougoslavie, dans une usine bosniaque [1], nous avons rencontré des membres du personnel aussi bien (selon les dénominations de l'époque) croates que musulmans. Nous n'avons pas relevé de différences significatives entre leurs conceptions de l'autorité, de la coopération, ou de la gestion des conflits. Ils partageaient manifestement la même culture politique. De plus, nous avons été très frappés par la radicalité des affrontements et le manque d'esprit de compromis qui régnaient dans l'usine ; c'était à l'époque les affrontements entre les ouvriers et la maîtrise, non entre l'une et l'autre « nationalité », qui occupaient le devant de la scène. La place que tenait dans les discours l'exaltation des revanches prises sur divers dominateurs étrangers (Autrichiens autrefois ; Français vendeurs de technologie et porteurs d'assistance technique au moment de l'enquête) était également remarquable [2]. Si, quelques années après, Mostar, où l'usine est située, est devenue le lieu de combats très violents entre Bosno-Musulmans et Bosno-Croates, ce n'est sûrement pas parce que leurs cultures politiques ont soudainement divergé. C'est plutôt que, dans un contexte culturel commun où une grande fierté s'attache au refus de se soumettre à d'autres qu'aux siens, chacun a défendu son identité.

De même, observant une entreprise belge, nous n'avons pas trouvé de différences marquantes de culture politique entre les deux côtés de la frontière linguistique (chapitre II). Par contre, la culture commune des protagonistes, qui incite à

1. « Ni pères, ni frères », *op. cit.*

2. Ainsi nos interlocuteurs se sont-ils empressés de raconter une anecdote concernant une délégation bosniaque reçue au siège parisien de l'entreprise qui avait fourni la technologie, délégation dont le chef, à l'issue d'une séance de travail, avait sorti un billet de sa poche à destination du responsable français, en déclarant : « La prochaine fois vous pourrez offrir du café à notre délégation. »

séparer soigneusement les sphères de souveraineté de chacun tout en cherchant des arrangements lorsque l'on est en désaccord, ne paraît pas sans influence sur la volonté de séparation qui les anime et sur la manière relativement pacifique dont ils gèrent leur différend.

Les conflits identitaires ont besoin de supports clairement contrastés d'identification : une opposition de langues, de religions, de noms désignant des entités chargées d'histoire. Les cultures politiques sont trop difficiles à caractériser pour fournir de tels supports. Elles ne font qu'affecter les enjeux et les règles du combat, quand combat il y a.

Culture, contexte de gestion et modèle de gestion

Quand on aborde une entreprise d'un pays étranger, ce sont des pratiques qui commencent par frapper : des institutions et des procédures inattendues, une manière inattendue de donner vie à des institutions et des procédures familières. Pour évoquer ces pratiques, on parle volontiers de modèle de gestion[1]. Mais il ne faut pas accorder à cette notion une portée plus grande qu'elle ne le mérite.

D'un côté, il existe des figures de la communauté et de l'autorité qui peuvent être considérées comme typiques d'un certain contexte. Prenons la figure américaine du manager, attentif au profit et professeur de morale. Vu par un regard français, celui qui mêle ainsi les « prêches » vertueux à la défense d'intérêts est volontiers accusé d'hypocrisie. Il endosse au premier titre l'habit du clerc et au second celui du marchand, et ces rôles sont largement regardés comme incompatibles. Au contraire, d'un point de vue américain, marqué non seulement par le refus protestant de l'opposition tranchée entre laïc et clerc, mais aussi par une révérence pour les marchands pieux qui ont été à l'origine de la nation, cette figure fait référence. On peut dire en ce sens qu'elle est un élément d'un modèle américain de gestion. Mais, quand on parle de modèle, il ne faut pas surestimer l'homogénéité des

1. Nous avons nous-mêmes fait appel à cette notion, en particulier dans la préface de l'édition de poche de *La Logique de l'honneur*, *op. cit.*

pratiques que l'on observe dans chaque contexte. Ainsi on voit coexister en France divers types d'entreprises, bureaucratique, paternaliste, etc.[1]. Cette diversité tient à de multiples causes.

Plusieurs formes de vie commune et d'exercice de l'autorité, associées traditionnellement aux divers aspects de la vie sociale, coexistent habituellement dans une même aire culturelle. On distingue souvent des formes séculières de formes religieuses, des formes liées à l'exercice d'une fonction publique de formes « domestiques » ; en France, l'autorité coutumière du père abbé n'est pas celle du chef de guerre, celle du représentant de l'État n'est pas celle du petit patron. Et les organisations peuvent s'inspirer de manières très diverses de telle ou telle de ces formes, en important parfois dans un domaine de la vie sociale des formes qui lui sont habituellement étrangères ; ainsi les entreprises américaines dites « à forte culture » ont repris des modèles de fonctionnement d'inspiration religieuse[2].

On peut, par ailleurs, parler d'unité d'un contexte d'interprétation comme on parle d'unité d'une langue ; dans une même société, une même situation ne sera pas regardée exactement de la même manière dans toutes les régions, dans tous les groupes sociaux, dans toutes les familles idéologiques. Ainsi, il y a en France bien des nuances entre plusieurs lectures de relations « paternalistes », en Vendée et en Champagne, chez les ouvriers les moins qualifiés et chez les professionnels[3]. Cela conduit à faire coexister plusieurs variétés de fonctionnements d'organisation.

Il peut arriver également qu'aucune forme de vie collective, et en particulier d'exercice de l'autorité, ne puisse respecter

1. Michel Crozier, *Le Phénomène bureaucratique*, Paris, Éditions du Seuil, 1963 ; Isabelle Francfort, Florence Osty, Renaud Sainsaulieu, Marc Uhalde, *Les Mondes sociaux de l'entreprise*, Paris, Desclée de Brouwer, 1995.

2. T. J. Peters et R. Waterman, *In Search of Excellence*, New York, Harper & Row, 1982.

3. Henri Mendras et Marcel Jolivet, *Les Collectivités rurales françaises*, Paris, Armand Colin, 1971. Robert Salais, Nicolas Baverez, Bénédicte Reynaud, *L'Invention du chômage*, Paris, PUF, 1986. Renaud Sainsaulieu, *L'Identité au travail. Les effets culturels de l'organisation*, Paris, Presses de Sciences Po, 1977.

simultanément les diverses conditions qu'il faut satisfaire pour que chacun se sente traité de manière convenable ; ou tout au moins que cela ne soit vrai pour aucune forme compatible avec un fonctionnement efficace. Plusieurs types de fonctionnement plus ou moins instables, qui correspondent à diverses approximations d'un idéal inaccessible, peuvent alors coexister. Ainsi, en France, la difficulté des pairs à bâtir des compromis rend difficile d'obtenir un fonctionnement efficace au quotidien sans l'intervention d'une autorité forte. Mais celle-ci enfreint alors un certain idéal d'égalité, ce qui induit des formes radicales d'affirmation d'autonomie, auxquelles on a pu associer la figure de la « communauté délinquante[1] ». Peu compatibles avec le fonctionnement régulier d'une organisation, ces réactions se produisent de manière sporadique là où l'efficacité collective est une condition de survie. Et elles marquent de manière plus quotidienne l'existence d'institutions peu soumises à des obligations de résultat.

Pour évoquer cette diversité, on parle communément de « cultures d'entreprise ». Le terme peut être source de confusion. Il renvoie moins à un contexte commun d'interprétation qu'à un attachement partagé à des réalités communes, à un sentiment d'identité commun, à la création d'un corps (qui, à la limite, peut être affecté par des processus sectaires). Cette forme d'unité peut se réaliser dans une entité qui traverse les frontières sans pour autant les transcender ; on peut être *IBM man*, se sentir incorporé dans IBM, adhérer aux principes d'IBM, tout en restant anglais, italien ou français quand il s'agit de donner sens à un certain fonctionnement de l'autorité ou à une certaine manière de jouer avec les règles.

Cultures et conceptions de la culture

Les évidences propres à une culture n'épargnent pas la conception même de ce qu'est une culture. La France, « patrie de l'universel », a un rapport particulièrement réti-

1. Michel Crozier, *op. cit.*, p. 286, en référence à J. R. Pitts « Change in bourgeois France », in *Search of France* (ouvrage collectif), Harvard, Harvard University Press, 1963.

cent à l'idée de pluralité des cultures. Cette réticence, aussi vieille que la notion, venue d'Allemagne il y a deux siècles, d'une culture propre à un peuple, continue de marquer les sciences sociales françaises. Il est difficile pour des Français de bien gérer des rapports interculturels sans quelque peu l'exorciser.

Les réticences françaises à l'idée de pluralité des cultures

La notion de culture, au sens de culture propre à un peuple, est à l'origine une notion allemande, construite, à la fin du XVIIIe siècle, contre la vision française d'une culture (d'une civilisation) universelle. Cette notion n'a pas cessé d'être comprise différemment des deux côtés du Rhin. Selon Louis Dumont, la différence de conceptions entre les deux traditions est radicale : « J'ai ainsi contrasté le Français : "je suis homme par nature et français par accident", et l'Allemand : "je suis essentiellement un Allemand, et je suis un homme grâce à ma qualité d'Allemand" (...). Il doit être évident que si ces deux hommes nous parlent de la diversité des cultures, ils ne disent pas la même chose, ils ne parlent pas au même niveau : l'Allemand parle de l'essentiel, le Français de diversités constatées, mais secondaires [1]. »

Parallèlement, un vif contraste oppose les réticences françaises vis-à-vis de l'idée de culture et la place que tient celle-ci dans l'univers anglo-saxon. On le voit au sein des sciences sociales. Ainsi, pendant que, dans le monde anglo-saxon, la sociologie des organisations est actuellement marquée par l'essor d'un *new institutionalism* qui accorde une place centrale au contexte culturel, ce mouvement est largement ignoré en France ; tout en s'y intéressant aux différences d'institutions et de systèmes institutionnels, on y évite d'exa-

1. Louis Dumont, *L'Idéologie allemande*, Paris, Gallimard, 1991, p. 15 ; Louis Dumont avait précédemment analysé cette question dans *Essais sur l'individualisme. Une perspective anthropologique sur l'idéologie moderne*, Paris, Éditions du Seuil, 1983. On trouve une histoire de la formation de l'idée de culture dans Denys Cuche, *La Notion de culture dans les sciences sociales*, Paris, La Découverte, 1996, p. 10-14.

miner leur enracinement culturel[1]. Plus largement, les sciences sociales françaises sont marquées par une vive hostilité au « culturalisme ». Celui-ci est dénoncé en s'appuyant sur une combinaison d'arguments scientifiques et d'arguments éthiques.

D'une part (c'est le volet scientifique), parler de culture, c'est, affirment les critiques, ignorer le rôle fondamental de l'action dans l'existence des sociétés ; c'est oublier l'histoire, le changement incessant des hommes et des choses, et s'enfermer dans une vision fixiste ; c'est faire fi de la diversité des valeurs au sein d'une même société. Ainsi, pour le *Dictionnaire critique de la sociologie*, de R. Boudon et F. Bourricaud, très représentatif de cette attitude critique, « anthropologie culturelle, culturalisme peuvent être tenus, sinon pour des synonymes, du moins pour des termes fort proches[2] ». Il n'est donc pas besoin d'affiner la critique en distinguant diverses conceptions de la culture. Et cette critique est sans appel : « Sauf, peut-être, dans le cas des sociétés les plus simples, la conception totaliste ou holiste, suivant laquelle tous les membres d'une société participeraient à une culture unique, c'est-à-dire à un système commun de valeurs, représente une simplification outrancière » ; « le culturalisme (…) suppose que les valeurs et autres éléments du "système culturel" sont fidèlement intériorisés par l'individu, et constituent une sorte

1. Sur le *new intitutionalism :* Walter W. Powell et Paul J. DiMaggio, *The New Institutionalism in Organizational Analysis*, Chicago, The University of Chicago Press, 1991 ; Richard Scott, *Institutions and Organizations : Theory and Research*, Sage Publications, 1995. Côté français, les tenants de « l'analyse sociétale » sont les plus en pointe dans le combat « anticulturaliste » au sein de la sociologie des organisations ; Marc Maurice, François Sellier, Jean-Jacques Silvestre, « Analyse sociétale et cultures nationales. Réponse à Philippe d'Iribarne », *Revue française de sociologie, op. cit.* Ils sont loin d'être isolés ; cf. Ehrard Friedberg, *Le Pouvoir et la Règle*, Paris, Éditions du Seuil, 1993. Toutefois, leur position est parfois l'objet d'interrogations critiques : Denis Segrestin, *Sociologie de l'entreprise*, Paris, Armand Colin, 1992, p. 185-192. Et on trouve un point de vue qui, tout en rejetant la « tentation culturaliste », est relativement nuancé dans Michel Crozier, « Le problème de l'action collective ; l'éducation du regard », in *L'Analyse stratégique*, colloque de Cerisy autour de Michel Crozier, sous la direction de Francis Pavé, Paris, Éditions du Seuil, 1994.

2. Raymond Boudon et François Bourricaud, *Dictionnaire critique de la sociologie*, Paris, PUF, 1982, rubrique « culturalisme et culture ».

de programme qui viendrait régler mécaniquement son comportement. (…). A quoi on peut objecter que de nombreux comportements doivent être analysés, non comme le produit d'un conditionnement, mais comme le résultat d'une intentionnalité » ; « comme le structuralisme, le culturalisme prétend pouvoir gommer la catégorie fondamentale de l'action, sans laquelle les phénomènes culturels eux-mêmes sont inintelligibles » ; etc.

Autre reproche (c'est le volet éthique), parler de culture, c'est présenter les hommes comme enfermés dans une essence, c'est prétendre qu'ils subissent leur destin au lieu de le construire. Ainsi, on voit dénoncer, sous la plume de Pierre Bourdieu, « le mode de pensée substantialiste qui est celui du sens commun – et du racisme – et qui porte à traiter les activités ou les préférences propres à certains individus ou certains groupes d'une certaine société à un certain moment comme des propriétés substantielles, inscrites une fois pour toutes dans une sorte d'*essence* biologique ou – ce qui ne vaut pas mieux – culturelle (…)[1] ».

Quelle portée attribuer à cette argumentation ? Le volet « scientifique » n'est guère crédible, tant le « culturalisme » qui est dénoncé a peu de rapport avec la réalité de l'anthropologie culturelle contemporaine. Dans la critique présentée en 1982 par le *Dictionnaire critique de la sociologie*, la majorité des textes cités est antérieure à 1960 et le plus récent date de 1969. C'est en fait, pour l'essentiel, une anthropologie culturelle anglo-saxonne de la première moitié du siècle qui sert de cible, comme si l'anthropologie s'était figée depuis cette époque dans une sorte d'« essence » intemporelle. Le fait que, loin d'identifier une culture à des comportements stéréotypés ou à un système de valeurs, l'anthropologie privilégie, et privilégiait déjà quand le *Dictionnaire* est paru, l'analyse des propriétés d'un univers de sens (univers dont l'unité ne suppose nullement que tous adoptent les mêmes conduites) est totalement ignoré[2]. Cet ouvrage serait-il spécialement

1. Pierre Bourdieu, *Raisons pratiques. Sur la théorie de l'action*, Paris, Éditions du Seuil, 1994, p. 18-19.

2. Il est frappant de voir que, quand elle fait référence à l'idée de relativité des contextes d'interprétation, l'anthropologie anglo-saxonne

en cause, ou, déjà ancien, témoignerait-il d'une attitude maintenant dépassée ? Il n'en est rien, et les autres critiques, même récentes, sans être aussi précises dans leur argumentation, sont loin de donner une vision plus exacte de leur cible. Comment se fait-il que, malgré cette légèreté, la radicalité de la critique soit si facilement acceptée ? C'est que le plaidoyer ne tire pas sa force de sa rigueur scientifique et que l'argument éthique est en fait l'essentiel. Inscrite dans la continuité d'une tradition particulière, cette vision éthique demande à être examinée comme telle.

La culture française et la référence à l'universel

Chaque culture est porteuse d'une manière de concevoir l'intégration d'un ensemble d'individus au sein d'une société. Ainsi nous avons vu (chapitre IV) qu'à une vision suédoise, que l'on retrouve largement en Europe du Nord, d'un compromis pragmatique entre personnes s'oppose une vision française d'une allégeance commune à quelque chose de plus haut, et au premier chef à la majesté de la raison. La notion de culture nationale est inégalement facile à intégrer dans des univers de l'un et l'autre type.

Quand on conçoit l'unité comme fruit d'un compromis, il n'est pas gênant d'imaginer que celui-ci est établi entre des entités qui n'ont comme référence commune que la reconnaissance du devoir de s'entendre. Ainsi, dans la culture politique néerlandaise, l'unité est conçue comme résultant de compromis pratiques entre des groupes (des « piliers ») qui se réfèrent à des conceptions de l'existence différentes[1]. Le processus « d'accommodation » politique ne se fonde pas sur un rapport commun à l'absolu. Dans la vision qui l'anime, il va de soi que c'est en tant que membre d'un groupe particulier que l'on a accès, par une voie qui n'a rien d'universel, à

---

reconnaît largement sa dette envers des auteurs français, ou du moins francophones, qui, de Saussure à Foucault, sont très présents dans notre paysage intellectuel. La résistance française à appliquer cette idée à l'analyse de la diversité des cultures nationales n'en est que plus significative.

1. Arend Lijphart, *The Politics of Accommodation, Pluralism and Democraty in the Netherlands*, University of California Press, 1968.

ce qui donne ultimement sens à l'existence ; que l'on reçoit ce sens d'une culture particulière. Dès lors, la notion de culture propre à un peuple, qui régit la manière dont chacun de ses membres conçoit l'existence au sein d'une communauté soudée par un lien plus essentiel qu'un lien politique, n'a rien de choquant.

On peut tenir un raisonnement analogue pour les sociétés où l'unité est conçue comme le fruit du respect partagé de règles du jeu établies en commun, moins en fonction de doctrines qui se réfèrent à des principes transcendants que de leur efficacité pratique mise en lumière par l'expérience. Ces règles régissent les rapports entre des individus qui, tout en s'accordant sur l'obligation de les respecter, sont intégrés par ailleurs de manière beaucoup plus essentielle dans des communautés plus restreintes. Ceci est vrai, que ces communautés soient unies par une même appartenance religieuse ou ethnique (vision américaine) ou une même appartenance sociale (vision anglaise).

La conception française de l'unité relève d'une autre vision. Ce n'est plus un simple accord pratique qui fonde le lien, mais une référence commune à ce qui ultimement vaut : dans la France moderne, la raison universelle. Les référents ultimes (l'absolu) ne se rencontrent plus, sous des formes particularistes, dans chaque communauté. On y accède sous la forme de la raison universelle, au sein de la communauté la plus englobante (dans l'idéal, l'humanité ; faute de mieux et de manière provisoire, la France). Il revient à cette communauté englobante de protéger chacun des « préjugés » véhiculés par les communautés particularistes. La liberté de pensée n'est pas liberté de vivre en paix au sein de sa communauté, mais affranchissement par la raison des préjugés de celle-ci[1]. Dans ces conditions, la notion de culture propre à un peuple fait difficulté. En faire usage apparaît comme une

1. Jaurès, à qui ses amis politiques reprochaient d'avoir fait célébrer la première communion de sa fille, répliquait : « J'ai pensé que je n'avais pas le droit d'interdire aux enfants de participer au culte, sous la direction de leur mère. Mais j'ai pensé aussi que mon devoir était, en les faisant élever dans des établissements laïques, d'assurer la liberté de leur esprit. A ce devoir je n'ai jamais failli », *La Petite République*, 11 juillet 1901.

sorte de démission devant une immixtion indue des préjugés dans ce qui ne devrait relever que d'un face-à-face entre la liberté de chacun et la souveraineté de la raison.

On ne peut prêter attention aux différences entre cultures que si on se satisfait d'une vision de l'individu dont la liberté est imparfaite ; qui est certes assez libre pour concevoir des stratégies, négocier avec ses congénères, s'entendre avec eux pour bâtir des institutions et édicter des lois ; mais qui ne l'est pas assez pour choisir souverainement, en ne se référant qu'à la raison universelle dans toute sa pureté, ce au nom de quoi ses actions prennent sens. Sans doute la raison elle-même enseigne-t-elle que l'image du sujet souverain, pur être de raison, n'est qu'un mythe ; nous n'avons oublié, en la matière, ni les enseignements de Pascal ni ceux de Kant. Mais la version moderne de la culture politique française exige que les idéaux auxquels chacun se réfère ne soient bornés par aucun préjugé. Même si elle a renoncé à une laïcité militante (si peu compréhensible pour ceux qui baignent dans des cultures politiques dont la référence est le compromis pratique), elle entend bien reléguer dans la sphère inessentielle du « privé » ce qui ne relève pas de l'universel. Celui qui adhère à ses idéaux sans distance critique ne peut donc accepter, ne serait-ce qu'en tant qu'univers de sens, l'idée de culture propre à un peuple, et est tenté de caricaturer la notion de culture pour mieux pouvoir la combattre. En assimilant la culture, pour reprendre les termes du *Dictionnaire critique de la sociologie*, à un « programme qui viendrait régler mécaniquement [le] comportement [de l'individu] », à un « conditionnement » incompatible avec « le résultat d'une intentionnalité », etc., il mobilise contre cette notion un esprit de liberté qu'elle ne peut alors que révolter.

Ce refus de la notion de culture nationale n'interdit pas forcément d'utiliser le terme de culture pour évoquer des coutumes propres à un groupe professionnel, à une catégorie sociale, à une région ; des rites d'initiation à une profession fermée, une manière de servir le thé, la pratique de la pelote basque ou du biniou. On n'est plus alors dans l'essentiel d'une sphère politique où seul est légitime l'universel de la raison, mais dans celui de l'infinie diversité de mœurs qui, indifférentes au citoyen en tant que tel, relèvent d'une sphère privée sans véritable portée[1]. Il est possible également d'appliquer des analyses culturelles à des domaines de plus de portée, mais en évitant et le terme dangereux de culture et le terrain miné des cultures nationales. Ainsi Pierre Bourdieu, que la sociologie de langue anglaise situe, à une place éminente, parmi ceux qui se vouent à une approche culturelle[2], ne ratifie pas ce label. C'est à des « habitus » qu'il affirme s'intéresser, tout en liant cette notion aux « catégories de perception et d'appréciation » (éléments de fait éminemment culturels) qui orientent la manière dont les agents sociaux se déterminent[3]. De plus, il présente les habitus en question comme un produit de positions sociales et passe sous silence ce qu'ils doivent aux spécificités nationales, même si ses travaux sur la Kabylie montrent que cette dimension ne lui est pas étrangère[4]. Cette position, qui peut sembler scientifiquement illogique, ne l'est pas idéologiquement. La mise au jour d'habitus liés à des positions sociales alimente une dénonciation des situations de domination et de leur acceptation par ceux qui les subissent. Elle s'inscrit dans une tradition de luttes d'émancipation et relève d'une visée d'accès de l'humanité à l'universel. Au contraire, une mise en évidence des différences entre cultures nationales qui ne s'inscrit pas dans une visée émancipatrice, porteuse de la destruction de ce qu'elle décrit, peut être accusée de relever d'une adhésion au monde des « préjugés ».

Quand on porte vraiment attention, comme nous avons tenté de le faire, à d'autres sociétés, cette vision majestueuse de l'universel ne paraît plus tenable. On ne peut plus envisager la raison, dans ce qu'elle a d'universel, comme quelque chose que l'on habite et au nom duquel on agit (ou on agira

1. Ainsi, pour Condorcet, l'étiquette relève de coutumes qui ne méritent pas le nom de lois ; cité par Tzvetan Todorov, *Nous et les autres ; la réflexion française sur la diversité humaine*, Paris, Éditions du Seuil, 1989, p. 42.

2. Walter W. Powel and Paul J. DiMaggio, *op. cit.*, p 25 ; Pertti Alasuutari, *Researching Culture ; qualitative method and cultural studies*, Londres, Sage, 1995, p. 26.

3. Pierre Bourdieu, avec Loïc J. D. Wacquant, *Réponses*, Paris, Éditions du Seuil, 1992, p. 111.

4. Pierre Bourdieu, *Esquisse d'une théorie de la pratique, précédée de trois esquisses d'ethnologie kabyle*, Genève, Droz, 1972.

un jour dans un monde enfin libéré des pesanteurs du passé). On ne peut plus la regarder que comme une instance critique de particularismes auxquels, de toute manière, on n'échappera pas, mais par rapport auxquels on peut prendre suffisamment de recul pour rester attentif aux dérives dont ils sont porteurs. Et on peut s'attacher d'autant plus à cette vision modeste des rapports possibles à la raison (et donc de son propre rapport à la raison) que cette modestie paraît grosse de plus d'ouverture réelle par rapport à ceux qui relèvent d'autres cultures qu'une affirmation de principe d'un universel sans frontières [1].

A quelles conditions une telle position peut-elle trouver sa place dans la culture politique française ? Sans doute est-il difficile, quand malgré tout on y baigne, d'échapper, dans la façon même de s'intéresser à la diversité des cultures, à une fascination pour la raison, si étrange pour un anthropologue anglo-saxon [2]. Avons-nous pour notre part subi cette fascination ? Tenter de mettre au jour les voies par lesquelles, au-delà parfois des apparences, chaque culture fonde une manière rationnelle d'organiser une société est peut-être une manière d'y sacrifier [3].

1. Nous avons analysé ce contraste entre les conditions du respect de principe pour l'autre abstrait et le respect réel pour l'autre concret dans *Vous serez tous des maîtres*, Paris, Éditions du Seuil, 1996.

2. Clifford Geertz, « Le monde dans un texte ; comment lire *Tristes Tropiques* », in *Ici et Là-bas*, Paris, Métailié, 1996.

3. Louis Dumont, dans *Groupes de filiation et Pratiques de mariage ; introduction à deux théories d'anthropologie sociale*, Paris, Gallimard, 1997, met bien en évidence les manières différentes dont deux cultures (en l'occurrence la britannique et la française) s'intéressent à un même objet, dans leurs approches ethnologiques.

CHAPITRE XI

D'une collection d'études de cas à une classification des cultures

Observer la rencontre de deux sociétés permet de les situer l'une par rapport à l'autre. Peut-on aller au-delà ? Après avoir réalisé des investigations dans une vingtaine de pays allant du Canada à l'Inde, de la Suède au Cameroun, peut-on proposer des principes classificatoires susceptibles de fournir une appréhension structurée de la variété des cultures, telle qu'elle apparaît à travers les faits d'organisation ? Peut-on identifier, en la matière, des éléments proprement culturels, manières de donner un sens, d'établir des repères, de décoder les situations, qui permettent de saisir les racines des différences d'organisation observées, sans se contenter de comparer des pratiques et des institutions ? Au stade où nous en sommes, nous pouvons esquisser de premières hypothèses.

Chaque société gère à sa manière les contraintes que le fonctionnement d'une organisation implique pour ses membres : dépendre d'une autorité, être soumis à des jugements, risquer d'échouer. Les difficultés inhérentes à l'existence d'une entreprise plongée dans un monde de concurrence rendent ces contraintes souvent sévères. Elles sont réputées plus ou moins pesantes suivant la manière dont elles se matérialisent et chaque société a, en la matière, ses propres critères. Ainsi les conditions sous lesquelles le fait d'occuper une position subordonnée est réputé compatible avec la dignité (l'honneur, la face) de celui qui l'occupe varient beaucoup d'une société à une autre. Il en est de même pour les conditions auxquelles on peut être critiqué et sanctionné sans avoir le sentiment d'être en butte à des sentiments hostiles. Telle société met en relief le caractère pesant d'une certaine forme de contrainte, légitimant ainsi les oppositions les plus farouches à son égard. Telle autre voile au contraire ce caractère, décrit comme liberté ce qu'elle implique de sujétion, présente comme signe d'attention ce qu'elle comporte de privation et incite ainsi à l'accepter. Tout cela a une grande influence sur les fonctionnements d'organisations qui prévalent.

Comment caractériser une culture

Les comparaisons entre cultures qui portent sur plus d'un très petit nombre d'unités conduisent usuellement à caractériser chacune d'elles par sa position sur quelques échelles d'attitudes : degré d'individualisme, distance hiérarchique, etc.[1]. La comparaison est alors immédiate ; il suffit de confronter les chiffres. Une approche qui cherche à discerner la logique propre de chaque culture n'a pas les mêmes facilités. Aussi l'on voit parfois proposer, en s'appuyant sur la métaphore de l'arbre et de la forêt, un partage du travail entre une approche ethnographique vouée à étudier chaque culture (chaque arbre) de manière approfondie, et une approche faisant usage d'échelles d'attitudes, apte à situer l'ensemble des cultures (la forêt, prise dans son ensemble) les unes par rapport aux autres[2]. Pour être pleinement satisfaisante, une telle division du travail supposerait que les classements obtenus en utilisant des échelles d'attitudes ne soient pas trop biaisés par des artefacts statistiques et que les mots abstraits (tels qu'individualisme ou hiérarchie) auxquels ils ont recours n'aient pas des sens trop différents suivant les

1. Mason Haire, Edwin E. Ghiselli, Lyman W. Porter, « Cultural patterns in the role of managers », *in* Theodore D. Weinshall (éd.), *Culture and Mangement*, Londres, Penguin Books, 1977. Geert Hofstede, *Culture's Consequences : International differences in work related values*, *op.cit.*

2. On oppose classiquement les approches idiographiques qui considèrent chaque cas dans ses propres catégories et les approches nomothétiques qui comparent les divers cas à partir de repères communs. Ce partage du travail entre les deux approches est proposé par G. Hofstede, *op. cit.*, p. 339.

contextes culturels. En réalité, ces conditions ne sont pas remplies[1].

Dès que l'on est attentif aux singularités des diverses sociétés, les notions mêmes qui servent usuellement à les caractériser voient leur cohérence mise en question. Ainsi, on oppose usuellement les sociétés hiérarchiques aux sociétés démocratiques, les sociétés individualistes aux sociétés communautaires, ou encore les sociétés à forte ou faible confiance[2]. On suppose alors que des expressions telles que « société hiérarchique » ont un sens bien défini ; c'est-à-dire que l'ensemble des traits qu'elles lient dans le langage le sont également dans la réalité, indépendamment des cultures ; et que, corrélativement, les traits qu'elles excluent sont partout incompatibles, dans la réalité et pas seulement dans le langage, avec ceux qu'elles appellent. Mais, de fait, la clarté de ces notions se trouble dès que l'on sort de leur terroir d'origine.

Ainsi, l'expression « société hiérarchique » évoque un ensemble de traits supposés simultanément présents, tels un vif respect pour les supérieurs et une concentration du pouvoir dans leurs mains, et exclut la présence d'autres traits jugés incompatibles avec les précédents, telle la conviction que les humains sont égaux. Or, ces associations et ces exclusions ne se rencontrent pas nécessairement dans la réalité. Ainsi, à Bali, le respect pour les supérieurs s'associe traditionnellement à la faiblesse de leur pouvoir ; dans les pays du Maghreb, un grand respect pour l'autorité va couramment de pair avec une vive affirmation de l'égalité des humains[3]. De fait, l'expression « société hiérarchique » prend sens dans

1. Une discussion sur un exemple des résultats obtenus à partir d'échelles d'attitudes, en s'appuyant sur les résultats d'une approche ethnographique, est présentée dans Philippe d'Iribarne, « The usefulness of an ethnographic approach to the international comparison of organisations », *International Studies of Management and Organization*, vol. 26, n° 4, hiver 1996-1997. Clifford Geertz, dans *Islam observed, religious development in Moroco and Indonesia*, Chicago, The University of Chicago Press, 1968, p. 23-25 et 54-55, insiste sur le fait que des choses bien différentes peuvent correspondre au même mot dans diverses cultures.

2. Francis Fukuyama, *Trust ; The Social Virtues and the Creation of Prosperity*, Londres, Hamish Hamilton, 1995.

3. Clifford Geertz, *The Interpretation of Culture, op. cit*, pour Bali, et le chapitre IX du présent ouvrage pour le Maroc.

l'opposition entre Ancien Régime et société démocratique, telle qu'elle a été construite par les mouvements d'émancipation nés en Occident. Une société « hiérarchique » possède l'ensemble des traits que ces mouvements prêtent aux sociétés d'Ancien Régime[1]. Mais quand on sort du contexte où cette notion trouve son sens, elle permet mal de caractériser bien des sociétés, car celles-ci ne possèdent pas le type de cohérence qu'elle postule[2].

De même, il est classique d'opposer les sociétés communautaires aux sociétés individualistes, en prolongeant la vieille distinction entre communauté et société, sociétés traditionnelles et sociétés modernes[3]. On aurait à un pôle des ensembles humains dont les membres seraient indéfiniment soumis à une pression collective qui régirait tous les aspects de leur existence, et à l'autre des ensembles dont les membres, parfaitement autonomes, ne seraient liés que par les contrats où ils s'engageraient librement. Or, cette opposition rend mal compte des situations que l'on trouve dans des pays tels que les Pays-Bas ou la Belgique, ce qui incite à s'interroger sur les limites de sa pertinence. Ainsi la Belgique, telle qu'elle est apparue à travers le cas que nous avons étudié, est en un sens une société communautaire. Le devoir de s'accorder qui y est à l'honneur relève en effet d'une exigence d'harmonie de la communauté à laquelle l'individu ne peut légitimement opposer une conception stricte de ses droits. On est dans le registre de pressions diffuses, exercées par les membres ordinaires du corps social, qu'évoque l'idée de communauté. Mais, simultanément, ce devoir de s'accorder relève d'un extrême individualisme. Il correspond en effet à une conception des rapports entre individus selon laquelle on ne peut imposer quelque chose à autrui au nom d'une référence partagée, ce qui implique que son point de vue est considéré comme inviolable. A contrario, accepter que des décisions

1. La construction de cette opposition est analysée dans *Vous serez tous des maîtres*, *op. cit.*

2. De manière plus générale, c'est souvent de manière illusoire que l'on cherche à sortir une notion ou un débat de son contexte. Alain de Libéra, *La Querelle des universaux*, Paris, Éditions du Seuil, 1996.

3. Ferdinand Tönnies (1887), *Communauté et Société*, Paris, PUF, 1964. Max Weber (1917), *Économie et Société*, Paris, Plon, 1971.

s'imposent sans discussion dès lors qu'elles ont été prises conformément à une règle suppose, de la part des membres des sociétés dites individualistes, l'acceptation d'une forme radicale de soumission à la communauté.

A partir du moment où les notions qui servent usuellement à caractériser les sociétés perdent leur clarté hors d'un domaine restreint de validité, il faut chercher à mettre au jour des catégories plus significatives. On peut faire appel à cet effet à la diversité des manières de donner sens aux formes que sont susceptibles de prendre les contraintes inhérentes à la vie d'une organisation.

Être subordonné sans perdre la face

Il existe un riche vocabulaire en rapport avec l'idée de face. Le *Petit Larousse* rapproche cette notion de celles de dignité (sauver la face = garder sa dignité), de prestige (perdre la face = perdre son prestige). On peut y associer les termes d'honneur, considération, respect et, par opposition, d'humiliation, indignité, déshonneur. De manière très générale, cette face n'est pas évidente à conserver quand on est réduit à une position subordonnée ; de grandes précautions doivent être prises pour que pareille position apparaisse compatible avec la pleine dignité de celui qui l'occupe. Mais les conditions à respecter à cet effet varient fortement d'une société à l'autre.

Face et pouvoir

Pour un Français (et sans doute plus largement pour un Occidental) qui découvre la vie d'une organisation située dans un pays asiatique ou africain, la manière dont y sont vécus les rapports de pouvoir constitue un des points les plus surprenants. Il est étonné de rencontrer dans d'autres lieux des subordonnés qui semblent se satisfaire bien aisément du peu de pouvoir qui leur est dévolu. Et il est souvent gêné par l'intensité de leur demande de protection vis-à-vis de ceux qui les dirigent, attentes que, regardant le monde à travers les lunettes occidentales, il tend à lire comme une adhésion bien peu digne à une situation dépendante.

Ainsi, quand il paraît aller de soi que le paternalisme a quelque chose d'humiliant, les rapports à l'autorité des subordonnés maghrébins, tant dans leur pays d'origine que lorsqu'ils ont émigré, surprennent[1]. On entend couramment les intéressés exprimer une vive adhésion à une autorité qui nous paraît paternaliste. Les premières interprétations qui viennent à l'esprit font sans doute appel à un « habitus » lié à une position sociale, à une soumission craintive à l'autorité engendrée par une vie de dépendance. Or, loin d'observer pareille soumission, on rencontre au contraire chez les intéressés une fière affirmation d'une égalité fondamentale entre dirigeants et dirigés. Mais leurs attentes d'égalité se concentrent dans un registre symbolique, et négligent le partage du pouvoir.

De son côté, la société japonaise surprend par la place qu'elle donne, jusque dans le fonctionnement des entreprises, aux questions d'étiquette[2]. Si on adopte une grille de lecture occidentale, celles-ci paraissent prendre étrangement le pas sur les questions de pouvoir. Loin de conduire à une réelle codécision, les procédures de consultation *(ringi)* de tous ceux qui seront concernés par l'exécution d'une décision paraissent souvent constituer une simple manifestation d'adhésion de la base à des décisions déjà prises par les supérieurs. Plus largement l'étiquette japonaise, qui conduit parfois à « faire semblant » de demander l'avis des intéressés lorsque des décisions sont déjà prises, paraît étrangement hypocrite à un regard occidental[3].

Dans l'un et l'autre cas, ce qui paraît ainsi étrange s'éclaire

1. Pour la Tunisie, Riadh Zghal, *La Culture de la dignité et le Flou de l'organisation ; culture et comportement organisationnel – Schéma théorique et application au cas tunisien*, Tunis, Centre d'études, de recherches et de publications, 1994. Pour le Maroc, chapitre IX du présent ouvrage. Nous avons rencontré le même phénomène dans une enquête menée en France auprès d'ouvriers maghrébins.

2. Aucune étude de cas n'est consacrée au Japon dans le présent ouvrage, mais nous avons rencontré sa culture lors d'investigations faites dans des filiales françaises d'entreprises japonaises.

3. Groupe de réflexion sur l'automatisation de la production, « Deux entreprises japonaises aux rayons X, dialogues entre deux jeunes ingénieurs, une japonologue et quelques Gaulois », *Gérer et Comprendre, Annales des Mines*, n° 3, juin 1986. Cet article relate notamment une savoureuse histoire de choix de voiture.

dès lors que l'on perçoit que les fondements de la dignité (de la face) sont loin d'être partout identiques. L'horreur des sociétés occidentales pour les situations de dépendance est à la mesure de l'intensité de l'association qu'elles font entre dignité et souveraineté. Le Maghreb ou le Japon conçoivent autrement ce qui fonde la dignité ; celle-ci y est moins associée à l'exercice d'un pouvoir et plus au respect avec lequel, au sein même d'une position dépendante, on est traité par ses supérieurs. Corrélativement, les diverses sociétés ne font pas la même lecture de ce qui peut paraître, à première vue, une « même » forme d'autorité. Ainsi, une autorité de tonalité paternelle ne prend pas sens dans les mêmes oppositions, et est donc l'objet de lectures très différentes, au Maghreb et en France [1]. Ici elle prend sens dans l'opposition autocratie/démocratie, Ancien Régime/République, droit divin/règne de la loi. Par contre, au Maghreb, elle est perçue comme s'opposant à l'autorité indifférente et à visée purement utilitaire d'un maître envers son esclave. Liant, contrairement à une relation maître/esclave, des membres d'une même lignée, elle a une dimension d'égalité. De même, la vision moderne qui fait regarder toute dépendance comme humiliante n'a pas conquis le Japon [2].

Nos évidences relatives aux rapports entre souveraineté et dignité nous ont été léguées par le mouvement d'émancipation par rapport aux figures traditionnelles de l'autorité (monarque, suzerain, patron, père, etc.) qui a marqué la modernité [3]. Ceux qui, de Locke, Rousseau et Marx aux prophètes contemporains de la lutte contre l'ordre moral ou la famille patriarcale, ont mis en forme notre vision de l'autorité, ont produit une relecture radicale de ses conceptions « traditionnelles ». Ils ont offert, à cet effet, une réinterprétation saisissante des images, telles celle du père ou du berger, qui donnaient sens à ces conceptions. Ainsi, Rousseau associe un tableau sinistre de l'humanité « divisée en troupeaux de bétail, dont chacun a son chef, qui le garde pour le dévo-

1. Riadh Zghal, *op. cit.* L'opposition esclave/fils tient par ailleurs une grande place dans la Bible.

2. Ronald Dore, *Taking Japan Seriously*, Londres, Althone Press, 1987.

3. *Vous serez tous des maîtres, op. cit.*, première partie.

rer » à la métaphore antique du monarque, berger de son peuple[1]. La condition de sujet d'un prince, ravalé au rang de bétail, apparaît dès lors comme réduisant à une situation aussi inhumaine qu'indigne. Simultanément, de nouvelles formes de soumission au pouvoir politique ont été présentées comme affranchies de toute véritable subordination. Ainsi, Rousseau professe que le contrat social correspond à « une forme d'association (…) par laquelle chacun s'unissant à tous n'obéisse pourtant qu'à lui-même » et ajoute qu'il « ne faut plus demander (…) comment on est libre et soumis aux lois, puisqu'elles ne sont que le registre de nos volontés[2] ». Même si ces constructions intellectuelles relèvent souvent du tour de force[3], la vision qu'elles étayent s'est incorporée aux évidences que véhiculent les cultures européennes, rendant difficilement intelligibles à ceux dont elles ont formé le regard les pratiques de sociétés marquées par d'autres repères, ou même ce qui échappe à leur logique au sein d'univers réputés modernes[4].

Cette diversité de lectures n'éclaire pas seulement ce qui oppose les sociétés les plus marquées par le mouvement moderne d'émancipation à celles que ce mouvement n'a pas atteint en profondeur. Elle permet en outre d'opérer des distinctions d'un deuxième niveau au sein des familles ainsi définies. Les sociétés qui restent fidèles à une vision « traditionnelle » de l'autorité diffèrent fortement entre elles quant aux formes de respect pour les inférieurs qu'elles jugent significatives. De même, si les cultures d'origine européenne s'accordent pour regarder l'exercice d'une forme de souveraineté comme une condition *sine qua non* de dignité, elles diffèrent quant au type de souveraineté qu'elles estiment pertinente. Les frontières que chacune à sa façon trace en ce domaine s'enracinent dans une longue histoire.

1. Rousseau, *Du contrat social*, *op. cit.*, p. 42.
2. *Ibid.*, p. 75.
3. *Vous serez tous des maîtres*, *op. cit.*, p. 33-35.
4. Sur ces pratiques, voir *La Logique de l'honneur*, *op. cit.*, première partie. Pour une vision moderne des liens de fidélité, Pierre Bourdieu, *Le Sens pratique*, Paris, Éditions de Minuit, 1980, p. 219.

La variété des conceptions de l'homme libre dans les sociétés modernes

Lorsque, les esclaves ayant pratiquement disparu, la distinction entre l'homme libre et le serf se substitue au sein de l'Europe médiévale à la distinction antique entre l'homme libre et l'esclave, la conception de l'homme libre qui prévaut n'est pas partout identique [1]. C'est en France la maîtrise d'un fief, associée à l'exercice d'activités réputées nobles, qui sert de critère. En Angleterre, est réputé libre celui qui se trouve, dans ses rapports à plus puissant que lui, dans des relations contractuelles protégées par la loi. Dans l'aire germanique, c'est la participation au conseil des hommes libres qui compte. Quand, ayant affirmé qu'il n'est pas de dignité sans souveraineté, les sociétés de cultures européennes ont transformé leurs institutions et leurs mœurs au nom de la liberté, elles n'ont pas oublié les conceptions que chacune d'elles se faisait de la liberté. Les formes d'exercice de la souveraineté que chacune a jugé significatives en ont été profondément marquées.

Certes, la vision contractuelle de la société a partout triomphé dans les esprits éclairés. Dans la sphère du travail, Locke avait vu dans le contrat la pierre de touche de la liberté (encadré 1). Dans la France révolutionnaire, la loi Le Chapelier affirme que les relations de travail doivent être réglées par des « conventions libres, d'individu à individu [2] ». Mais l'impact réel de cette vision a été très divers suivant les lieux. Elle s'est réellement imposée dans les pays anglo-saxons, où elle était dans le droit-fil des conceptions traditionnelles ; aux États-Unis, le contrat aux clauses bien définies constitue aujourd'hui un mode privilégié de relations entre employeurs et salariés et la rigueur avec laquelle il est pris à la lettre est intimement associée à un refus radical d'un arbitraire où la culture politique américaine voit la marque de la tyrannie [3].

1. Marc Bloch, *La Société féodale*, Paris, Albin Michel, 1939 (édition de poche, 1970).
2. P. J. B. Buchez et P.-C. Roux, *Histoire parlementaire de la Révolution française*, 40 volumes, Paris, 1834-1838, t. 10, p. 195.
3. *La Logique de l'honneur, op. cit.*, deuxième partie.

ENCADRÉ 1 [1]

Travail libre et travail servile selon Locke

« Un *homme* libre se rend serviteur et valet d'un autre, en lui vendant, pour un certain temps, son service, moyennant un certain salaire. Or, quoique cela le mette communément dans la famille de son *maître*, et l'oblige à se soumettre à sa discipline et aux occupations de sa maison, il ne donne pourtant de pouvoir au *maître* sur son *serviteur* ou son valet, que pendant quelque temps, que pendant le temps qui est contenu et marqué dans le contrat ou le traité fait entre eux. Mais il y a une autre sorte de *serviteurs*, que nous appelons d'un nom particulier, *esclaves*, et qui (...) sont (...) sujets à la domination absolue et au pouvoir arbitraire de leurs *maîtres*. »

1. Locke, *Traité du Gouvernement civil* (1689), § 85, Paris, Garnier-Flammarion, 1992, p. 204.

Par contre, en France, la conception contractuelle des rapports de travail ne s'est jamais vraiment imposée. Elle a dû composer, dès l'époque révolutionnaire, avec la vigueur de traditions corporatistes qui regardaient les privilèges du métier comme le vrai symbole de la liberté. Quant au monde du travail français contemporain, il accorde toujours une place essentielle à la défense de la noblesse du métier associée à la délimitation, suivant des frontières coutumières, de « fiefs » où chacun agit à sa guise [1].

Cette diversité des conceptions de la liberté permet de comprendre pourquoi le rôle que joue l'autorité dans une multitude de domaines (décision, contrôle, évaluation, etc.) peut varier autant d'un pays européen (ou de culture issue d'Europe) à l'autre. On peut reprendre par exemple, muni de cette grille de lecture, nos observations relatives au fonctionnement d'une équipe de projet franco-suédoise (chapitre IV).

1. Wiliam H. Sewell, *Gens de métier et Révolutions, le langage du travail de l'Ancien Régime à 1848*, Paris, Aubier-Montaigne, 1983, chapitres VII et X. Michel Crozier, *Le Phénomène bureaucratique*, *op. cit.* Denis Segrestin, *Le Phénomène corporatiste ; essai sur l'avenir des systèmes professionnels fermés en France*, Paris, Fayard/Fondation Saint-Simon, 1985.

Le rôle de *primus inter pares* dévolu à l'autorité en Suède est en rapport avec la conception de l'homme libre (celui qui a part aux décisions collectives au sein d'un groupe de pairs) qui prévaut dans l'aire culturelle où l'on parle des langues germaniques. A la lumière de cette conception, le rôle du supérieur français ne respecte pas le fonctionnement d'une communauté d'hommes libres. Au contraire, dans une lecture française, le fait d'exprimer librement son avis, ne serait-ce que dans une sorte de « baroud d'honneur » si on est sûr qu'il ne sera pas suivi, et de conserver, une fois la décision prise, son indépendance de pensée par rapport à quiconque, et en particulier par rapport au groupe, est la marque de l'homme libre. L'existence d'un supérieur qui arbitre entre « barons » n'a rien d'offensant, d'autant moins que celui-ci apparaît comme le représentant terrestre de quelque chose de plus haut – dans un contexte moderne, la rationalité technique.

Au sein de chacune des grandes aires où, dans les sociétés de culture européenne, on partage une même conception de l'homme libre, et donc le même idéal de vie en société, il existe bien des nuances, qui fondent un troisième niveau de classification. Ainsi nous avons rencontré en Suède, en Suisse et en Slovénie une référence partagée à une communauté attachée à l'écoute réciproque, à la prise en compte des points de vue de chacun, à l'accord entre pairs (chapitres IV à VI). Cette propriété commune se remarquait d'autant plus qu'on était dans chacun des cas en situation d'interaction avec des Français, marqués par d'autres références. Mais des différences notables sont apparues entre ces trois sociétés « communautaires ». Ainsi, le supérieur slovène, tout en étant soumis au même devoir d'écouter et de persuader, paraît, dans son rôle de *primus inter pares*, beaucoup plus *primus* que son homologue suédois. Contrairement à ce dernier, il est l'objet de tous les regards, c'est lui qui donne la parole et il ne peut bien remplir sa fonction que s'il tranche par ses compétences sur ceux sur qui s'exerce son autorité. Par ailleurs, on trouve des formes de transition à la frontière de plusieurs zones. Le fonctionnement d'une organisation belge paraît combiner une référence, analogue à celle que l'on trouve dans les cultures germaniques, à l'égalité d'un groupe de pairs et une référence, plutôt française, à une souveraineté personnelle au sein d'un fief (chapitre II). Cette dernière rend difficilement acceptable toute forme de décision conjointe, de cogestion, pendant que la première rend peu supportable l'arbitrage par un supérieur. Le modèle de l'« arrangement » (chacun est maître chez lui, personne ne doit se mêler de ses affaires, mais il doit être prêt à faire des efforts pour satisfaire autrui) fournit une voie de conciliation entre ces deux références.

Le sens donné à l'épreuve

Dans les sociétés européennes, ou marquées par des cultures issues d'Europe, les réactions aux actes d'autrui s'expriment de manière privilégiée dans le registre du haut et du bas ; elles conduisent à mettre en avant des questions de statut, de rang, de considération et, corrélativement, de mépris, d'humiliation. Cela n'a rien d'universel. Dans les sociétés d'Afrique noire, c'est un autre registre qui occupe le devant de la scène, celui de la gentillesse et de la méchanceté, de l'ami et de celui qui vous veut du mal, de la confiance et de la peur. C'est moins la crainte de se sentir pris de haut que celle d'être menacé dans son intégrité physique, voire dans son existence (notamment par des actions de sorcellerie), qui est immédiatement visible. Ce type de crainte affecte les relations aux égaux et aux inférieurs autant qu'aux supérieurs. Il apparaît dès que l'on est éprouvé, que l'on soit critiqué, sanctionné, que ses projets échouent ou réussissent moins bien que d'autres. Ainsi, les sanctions ou les critiques sont facilement perçues, y compris au sein des entreprises les plus modernes, comme l'expression d'une intention hostile d'un ennemi ou d'un « méchant » (chapitre VIII). La force de ce type de réactions amène à se poser des questions non seulement sur les sociétés où elles sont omniprésentes, mais aussi sur celles où leur rôle est plus discret.

L'interprétation des sanctions et des critiques

Quelle différence de contexte d'interprétation rend plus crédible en Europe qu'en Afrique noire une lecture de l'action de celui qui sanctionne ou critique permettant ordinairement à celui-ci d'échapper à l'accusation de méchanceté ?

Dans les sociétés marquées par des cultures d'origine européenne (et en particulier dans les sociétés européennes), l'interprétation des critiques et des sanctions en termes éducatifs aide à écarter les soupçons d'hostilité à l'égard de celui qui les subit. L'adage « qui aime bien châtie bien » y possède quelque crédit. Cette lecture n'allait pas de soi. On trouve dans la Bible une volonté explicite de dissocier le registre des critiques et sanctions de celui des sentiments hostiles : « Tu n'auras aucune pensée de haine contre ton frère. *Mais* tu n'hésiteras pas à réprimander ton compagnon », affirme le Lévitique[1]. « S'ils ne gardent pas mes commandements, dit le psaume, Je [Dieu] châtierai leur révolte, *mais* sans lui retirer mon amour[2]. » L'emploi du terme « mais » montre bien que cette dissociation s'oppose au sentiment spontané. On peut penser que les schémas d'interprétation qui ont prévalu dans des sociétés dont le regard sur le monde a été très influencé par la perspective biblique ont été marqués par cette manière dont, avec insistance, la Bible présente les sanctions que Dieu inflige à son peuple comme empreintes d'une pédagogie prévenante. Cette lecture est plus ou moins largement reçue dans les cultures européennes (ou qui en sont issues). Quand la faute (comme dans la culture américaine) est regardée, dans tous les domaines de l'existence, comme une étape d'un processus grâce auquel on devient meilleur, dès lors que, s'étant reconnu coupable, on décide de s'amender, il n'est pas trop difficile d'interpréter la critique ou la sanction comme un acte positif. Par contre quand, au sein de vastes domaines de la vie sociale, la faute prend son sens non dans un registre religieux mais dans celui de l'honneur, et que dès lors il ne suffit plus de s'en repentir pour la laver, la critique et la sanction prennent plus difficilement un sens constructif ; on peut comprendre ainsi le cas espagnol[3].

1. Le Lévitique, 19,17.
2. Psaume 88.
3. Ce point est bien apparu dans une recherche que nous avons réalisée sur la mise en place d'une démarche de « qualité totale » dans une usine d'automobile située en Espagne.

Simultanément, les sociétés européennes lisent sans trop de peine l'action de celui qui sanctionne ou critique comme l'accomplissement d'un devoir auquel on ne peut se soustraire sans être soi-même coupable. La référence à ce qui est fait, *sine ira et studio*, pour obéir à une loi, remplir une mission, respecter des principes, c'est-à-dire pour se soumettre, d'une manière ou d'une autre, à une instance transcendante (Dieu, la raison) n'a pas partout la même crédibilité. Certaines cultures accordent foi à l'existence d'instances de cette nature, et le fait de s'y référer, ne serait-ce qu'implicitement, peut, si les circonstances s'y prêtent, être pris au sérieux. C'est le caractère crédible de l'invocation d'une telle instance qui permet d'interpréter des actions qui font mal non comme l'expression d'une intention hostile, mais comme le respect d'un devoir sacré – devoir dont il est impossible de s'exonérer, quelques sentiments que l'on éprouve pour la personne qui en subit les conséquences. Ces sentiments peuvent être exprimés par ailleurs, dans d'autres registres ; tout en faisant leur devoir, le juge ou même le bourreau peuvent témoigner par leur attitude qu'ils sont sans haine envers celui qu'ils condamnent ou exécutent.

Certes, les sociétés d'Afrique noire ne sont pas dépourvues de moyens de permettre à leurs membres de s'abriter derrière les exigences de forces qui les dépassent – exigences qu'on ne peut transgresser sans se mettre soi-même en danger – pour se protéger contre l'accusation d'être mal intentionné. Celui qui appartient à une tontine ne peut se dispenser de verser sa cotisation sans risquer d'être mis au ban de la société, ce qui lui permet de refuser de donner à ses proches ce qu'il a mis de côté pour l'apporter à la tontine, sans être aussitôt accusé d'être « méchant »[1]. De même, celui qui refuse d'embaucher un proche peut se protéger d'une telle accusation en obtenant la « caution » d'instances qui le dépassent[2]. Mais ce sont des instances immanentes (le groupe, le

1. Alain Henry *et alii*, *Tontines et Banques au Cameroun. Les principes de la Société des amis*, Paris, Karthala, 1991.

2. Philippe d'Iribarne, « Face à l'impossible décentralisation des entreprises africaines », *Revue française de gestion*, n° 80, septembre-octobre 1990.

supérieur) qui jouent ce rôle de rempart contre les procès d'intention, plutôt dévolu à des instances transcendantes (Dieu, la tradition, la raison, la loi naturelle) dans les sociétés de cultures européennes. Cette différence marque profondément la vie des entreprises et leur gestion.

A la différence d'instances transcendantes, des instances immanentes peuvent toujours être soupçonnées d'être corruptibles, ou peu clairvoyantes. La crédibilité de celui qui prétend s'y soumettre est plus facilement sujette à caution. Elles n'opposent que de faibles barrières à l'omniprésence du soupçon.

Les blessures infligées au nom d'une instance transcendante sont d'une autre nature que celles que l'on subit au sein de l'immanence. Les premières mettent à l'écart de ce dont la grandeur et la rectitude ne peuvent être discutées, provoquant ainsi un sentiment d'indignité. Au contraire, les secondes sont le fait d'entités sans aura particulière. Elles ne rabaissent pas mais éveillent les soupçons d'hostilité. On comprend dès lors les places différentes que tiennent d'une part les questions de dignité (de perte de face) et d'autre part celles de crainte des mauvaises intentions dans les sociétés européennes et dans celles d'Afrique noire.

Ces différences entre cultures affectent les pratiques de gestion regardées comme légitimes.

Les procédures conçues dans un univers européen font endosser à ceux qui sont chargés de critiquer et sanctionner le costume du gardien de la vérité et de la loi. Celui qui n'y abuse pas de son autorité n'a pas de mal à être crédible dans ce rôle. Il acquiert sans trop de peine la réputation d'être un homme droit et impartial. On admet, jusqu'à preuve du contraire, que sa conscience l'incite à utiliser honnêtement la marge d'appréciation que lui ouvrent les règles. Si, ferme quant au fond, il fait preuve d'humanité dans la forme, il peut sévir sans être soupçonné de régler ses propres comptes.

Il est beaucoup plus difficile en Afrique d'être crédible dans ce rôle. Dès que les procédures de jugement que l'on met en œuvre laissent une marge d'appréciation, on y est « naturellement » soupçonné d'utiliser celle-ci de manière intéressée. Pour faire taire ces soupçons, il faut écarter l'incertitude qui les alimente. La critique a posteriori de celui qui a pris des initiatives laisse trop de place à une interprétation toujours douteuse de ce qui a résulté du cours de l'action. Quand on a défini à l'avance les gestes à accomplir, on est sur un terrain plus sûr. On peut en effet déterminer sans équivoque si celui à qui on a confié une tâche a ou non bien agi, ce qui permet de le récompenser ou de le sanctionner sans être immédiatement suspect d'hostilité ou de favoritisme. On peut procéder à cette définition au coup par coup, ou encore faire usage de prescriptions qui définissent si finement les tâches à accomplir et laissent donc si peu de marge d'interprétation que celui qui les suit se trouve dans la même situation que s'il avait eu un accord formel. L'appel persistant à des « expatriés », lors même qu'on dispose localement de personnes dont la compétence technique est indiscutable, est lui aussi d'un grand secours[1]. Si un d'eux se montre rigide, tout en étant cohérent, dans l'application des règles, on peut croire que, sans être méchant, il est simplement fidèle à d'étranges manières de « Blanc ». De plus, mieux armé pour croire lui-même à la rectitude de sa propre conduite, il lui sera plus facile de résister aux pressions qui cherchent à le détourner de respecter les règles.

L'interprétation de l'échec

Dans de multiples situations il existe, d'une manière ou d'une autre, un lien plus ou moins direct entre l'action des uns et la situation des autres ; l'un voit ses avis écartés pendant que d'autres voient les leurs écoutés ; l'un échoue dans ses entreprises pendant que ses concurrents réussissent ; face à l'ampleur du succès des uns, celui des autres fait pâle figure[2]. Les diverses cultures offrent des sens très contrastés à ce type de situation. Là encore, il semble y avoir de grandes différences entre les sociétés de cultures européennes et les sociétés d'Afrique noire.

1. Alain Henry, « Quand donc les experts partiront-ils ? », *Gérer et Comprendre, Annales des Mines*, n° 39, juin 1995.
2. Ce point est exprimé par Marx avec une grande force. Karl Marx, *Travail salarié et Capital* (1849), in *Œuvres*, Paris, Gallimard, coll. « La Pléiade », 1965, t. I, p. 216-217.

Ces sociétés accordent un crédit particulier à des schémas d'interprétation qui associent l'échec des uns au succès des autres [1]. Ce fait incite à s'interroger sur ce qui limite ce crédit sous d'autres cieux, où on interprète plutôt le succès et l'échec en prêtant attention aux actes de celui qui réussit ou échoue : il a été courageux et travailleur, ou au contraire paresseux et négligent. Quand, comme c'est le cas aux États-Unis et, dans des mesures diverses, au sein des sociétés européennes, ce type d'interprétation domine, c'est celui qui attribue son échec à l'influence maléfique d'autrui qui se rend suspect de vouloir échapper au jugement qu'il mérite. Là encore la croyance des sociétés européennes en des instances transcendantes, réputées récompenser chacun ou le punir suivant ses propres mérites, directement ou par l'intermédiaire de leurs témoins en ce monde (l'examinateur impartial), ne paraît pas sans influence.

Vers une géographie des cultures

Nous ne cherchons pas à repérer chaque culture par rapport à quelques types idéaux construits a priori. Nous progressons de manière inductive, attentifs aux différences qui se manifestent entre les cultures sur lesquelles portent nos investigations, prêts à laisser de nouvelles comparaisons attirer l'attention sur de nouveaux types de contrastes. Quelle est la portée des regroupements auxquels nous avons été conduits ? Nous sommes largement retombés sur des catégories traditionnelles : cultures européennes, parmi elles cultures germaniques ou anglo-saxonnes, cultures du Maghreb, cultures d'Afrique noire, etc. Quel sens accorder à ces catégories ? (D'autres rapprochements n'en ont bien sûr pas d'autre que de traduire un contraste commun avec un troisième terme ; ainsi, leur contraste commun avec l'Europe conduit à rapprocher à certains égards le Maghreb et le Japon.) Sans être en état de répondre véritablement à de telles questions, il est possible d'esquisser quelques pistes.

1. Philippe Laburthe-Tolra et Jean-Pierre Warnier, *Ethnologie, Anthropologie*, Paris, PUF, 1983, p. 148.

Des cohérences limitées

Nous n'avons pas vu se dessiner quelques grands types cohérents entre lesquels on pourrait répartir les diverses cultures; deux cultures proches à certains égards peuvent en effet être fort dissemblables à d'autres. Ainsi, portées toutes deux par un contexte où celui qui incite ses subordonnés à la vertu n'est pas réputé empiéter sur leur liberté, les figures américaine et marocaine de l'autorité mêlent l'une et l'autre une autorité morale à une autorité politique. Par contre elles se sont construites dans des contextes où prévalent des lectures très différentes du pouvoir discrétionnaire de l'autorité. Suivant que l'on considère l'une ou l'autre dimension (habilitation à prêcher la vertu ou partage du pouvoir), les rapprochements auxquels on est conduit ne coïncident pas.

Est-il possible néanmoins de définir des ensembles de cultures qui se ressemblent plus que d'autres et d'expliquer d'où proviennent ces ressemblances? Les classifications de populations réalisées dans d'autres perspectives suggèrent quelques hypothèses.

Aires linguistiques, aires culturelles

Si la comparaison des cultures politiques est balbutiante, d'innombrables recherches conduisent à classer les ensembles humains que l'on trouve sur la planète suivant de multiples critères : différences linguistiques – domaine marqué par l'ensemble considérable des travaux de linguistique comparée menés depuis deux siècles sur l'ensemble indo-européen[1]; différences génétiques[2]; mythes, institutions[3]. Des corrélations entre les proximités et les différences ainsi mises en évidence, et au premier chef entre celles qui, dans les domaines génétique et linguistique, sont justiciables d'approches quan-

1. Bernard Sergent, *Les Indo-Européens. Histoire, langues, mythes*, Paris, Bibliothèque scientifique Payot, 1995.
2. Luca et Francesco Cavalli-Sforza, *Qui sommes-nous ? Une histoire de la diversité humaine*, Paris, Albin Michel, 1994.
3. Cf. les travaux de Georges Dumézil.

titatives, ont été établies[1]. Ces proximités et ces différences sont rapportées à l'existence d'ancêtres communs, d'autant plus proches que les proximités sont plus grandes, à des évolutions divergentes de populations relativement isolées, à des migrations et à des métissages. Les analyses qui sous-tendent ces conclusions s'appuient sur de riches données pour les périodes historiques, et certains chercheurs tentent de remonter loin dans la préhistoire. A la limite, les plus aventureux évoquent une humanité héritière d'une population unique, pourvue d'une langue commune, que l'étude des distances génétiques entre populations actuelles situerait (compte tenu d'estimations concernant la vitesse de dérive génétique entre populations totalement séparées) il y a quelques dizaines de millénaires[2].

Ces analyses sont-elles susceptibles d'éclairer la diversité des cultures politiques contemporaines ? Il n'est pas question d'expliquer simplement la culture par la langue, comme certains ont naguère tenté de le faire. Il suffit de comparer la France à la partie francophone de la Belgique et au Québec pour voir qu'on peut parler une même langue et avoir des cultures politiques bien différentes ; plus précisément, même si les différences de culture politique de ces pays vont de pair avec des différences fines de vocabulaire, ce n'est pas l'« esprit de la langue » qui est à l'œuvre. Par contre, comme les proximités linguistiques, les proximités entre cultures semblent être le fruit d'histoires communes, même si ce ne sont pas tout à fait les mêmes histoires qui sont en cause.

Comme les grands traits d'une langue, les grands repères d'une culture se transmettent de génération en génération. Cette transmission opère sur des périodes tellement longues que la différenciation des cultures politiques actuelles trouve ses racines dans un passé sur lequel les documents manquent.

Non seulement les différences actuelles entre les conceptions de la liberté qui prévalent dans les divers pays européens prolongent des différences médiévales, mais nous n'avons guère de raison de croire que cette différenciation soit alors apparue *ex nihilo*. On pourrait évoquer, à ce pro-

1. L. et F. Cavalli-Sforza, *op. cit.*
2. Merritt Ruhlen, *L'Origine des langues*, Paris, Belin, 1996.

pos, les écrits de Tacite sur les Germains. Et on trouve déjà des traces des oppositions contemporaines entre ces cultures dans les indices les plus anciens dont nous disposons sur les différences d'institutions entre les peuples indo-européens [1]. De même, la singularité des cultures politiques européennes considérées dans leur ensemble n'est pas un fruit de la modernité. Ainsi la référence, qui n'est pas seulement de façade, à des relations d'autorité régies par le droit y prolonge des constructions médiévales qui, par contraste avec ce que l'on observait à la même époque dans d'autres aires culturelles, ont limité en le codifiant le pouvoir des puissants [2].

Plus encore, la culture politique d'un ensemble humain paraît mieux résister que sa langue à une domination étrangère. Certes, là où cette domination s'accompagne d'un large remplacement de populations, comme aux États-Unis et au Canada, il y a bien importation d'une culture politique ; dans le cas du Québec, la culture que les colons ont apportée avec eux n'a pas été celle des élites de leur pays d'origine (culture qui était destinée à marquer ultérieurement l'ensemble de la société française quand la France est devenue un État-nation), mais une culture propre aux communautés paysannes de la région dont ils étaient issus. Ce changement de culture politique n'apparaît pas lorsque les transferts de population restent modestes. Ainsi la culture politique française ne semble pas avoir marqué profondément les organisations des ex-colonies ou protectorats français d'Afrique, même là où, la décolonisation venue, les institutions politiques et juridiques ont largement hérité des institutions françaises et où le français est devenu langue officielle. On peut s'attendre par ailleurs à ce qu'un certain métissage des cultures accompagne les métissages de population ; des

1. Bernard Sergent, *Les Indo-Européens*, *op. cit.*, p 306, à propos de la disparition des rois traditionnels chez les Germains.

2. Ce point a bien été mis en évidence par les non-Européens dans les travaux entrepris par l'Unesco sur les fondements des droits de l'homme, *Philosophical Foundations of human rights*, sous la direction de Paul Ricœur, Unesco, 1986. Jacques Le Goff, *Pour un autre Moyen Age. Temps, travail et culture en Occident*, Paris, Gallimard, 1977, met en évidence l'élément d'égalité que comportait en Occident le rituel de foi et d'hommage qui présidait à la constitution du lien de vassalité.

travaux en cours laissent supposer qu'un tel métissage s'est bien produit aux Antilles françaises [1].

De leur côté, les influences religieuses ne paraissent pas non plus capables d'effacer les caractéristiques des cultures politiques. Ainsi, si l'on en croit C. Geertz, l'islam marocain comme l'islam indonésien ont largement repris les conceptions contrastées de l'homme et de la vie en société qui préexistaient à l'islamisation des pays concernés [2]. De même, la conception de l'autorité que l'on trouve dans la Belgique « catholique » paraît plus proche de celle des Pays-Bas « protestants » (qui, plus précisément, ont hérité d'une culture politique qui y régnait à l'époque où ils étaient en majorité protestants), que de celle de l'Espagne « catholique » ; et on connaît les résistances de l'Église catholique hollandaise aux conceptions romaines de l'autorité. L'introduction d'une religion dans une société à laquelle elle était étrangère ne se fait pas sans une certaine inculturation, au moins implicite.

Si l'on peut étudier la transmission des cultures politiques au sein d'ensembles relativement fermés, et la manière dont elles se combinent quand des populations se rencontrent, la question de l'origine de ce qui les sépare risque fort de rester à jamais sans réponse. Cette origine, comme celle des langues, est sans doute à jamais perdue dans un passé sur lequel les données manquent. En revanche, il ne paraît pas déraisonnable d'interpréter l'existence d'aires culturelles au sein desquelles on observe des proximités entre cultures politiques par des héritages proches de ceux par lesquels on explique les proximités à la fois linguistiques et génétiques. Il y a là un gigantesque chantier de recherche qui s'ouvre.

On peut s'interroger sur ce qui est susceptible de transparaître, dans les cultures politiques actuelles, d'une communauté d'héritage indo-européen. Le premier rapprochement qui vient à l'esprit, quand on pense à l'organisation des entreprises, porte sur l'existence de frontières de métier, avec les droits et devoirs spécifiques qui leur sont attachés. Ces frontières sont relativement très fortes en Inde, où, traditionnellement associées à des différences de castes, elles restent

1. Des travaux d'Alain Henry sont en cours sur ce sujet.
2. Clifford Geertz, *Islam observed*, *op. cit.*

bien vivaces[1], comme dans les pays de culture européenne, marqués par une riche tradition de corporations et de guildes et où on affirme toujours couramment qu'on « est » membre de tel ou tel groupe professionnel. Par contre elles n'ont pas du tout le même poids aussi bien au Japon, où elles ne paraissent pas faire sens[2], qu'au Maghreb ou en Afrique noire. Peut-on y voir, dans les pays de cultures indo-européennes, un lointain héritage d'une vision de la société marquée par les différences entre *dharma* associées à la diversité des places occupées dans la société[3] ? L'hypothèse est à creuser.

1. Michel Matheu, « Taylor et Peters au pays d'Arjuna », *Revue française de gestion*, n° 64, septembre-octobre 1987. Marie-Caroline Saglio, « Travail et politique en Inde : une dynamique du changement social. L'exemple des Jati du cuir dans le Maharastra », thèse de doctorat, EHESS, décembre 1996.

2. La langue japonaise ne distingue pas la notion de rôle de celle de tâche *(yaku)* : X. Touffu, « Comment un raisonnement de type économique traite un problème lexical interlangues : quelques exemples empruntés au courant des institutions », projet d'article pour les *Cahiers de linguistique Asie orientale* ; 1995. Sur le faible poids des distinctions professionnelles par rapport aux distinctions de sexe, d'âge et de place dans la famillejaponaise, Suzuki Takao, *Reflexions on Japanese Language and Culture*, Keio University, The Institute of cultural and linguistic Studies, 1987. Sur la fluidité des catégories professionnelles au Japon, on peut citer : Jean-Jacques Silvestre, « Systèmes hiérarchiques et analyse sociétale », *Revue française de gestion*, janvier-février 1990 ; Jacques Magaud et Kurumi Sugita, « Le retour des réseaux ; une comparaison franco-japonaise », *Gérer et Comprendre, Annales des Mines*, n° 31, juin 1993.

3. Georges Dumézil, *Mythe et Épopée I*, Paris, Gallimard, coll. « Quarto », 1995, p 181.

CHAPITRE XII

Un usage créatif des ressources d'une culture

Quel usage peut faire d'analyses culturelles celui pour qui la gestion est matière à action ? En quoi lui est-il utile de ne pas se contenter de l'expérience quotidienne, mais de rentrer dans la complexité d'une approche anthropologique ; de s'intéresser aux subtilités de telle forme d'insertion de l'individu dans la communauté, ou de telle vision de l'autorité, afin de comprendre finement les réactions de ceux dont il est responsable aux formes de gestion qu'il tente de mettre en œuvre ?

Apprendre plus vite de l'expérience

Il est de l'essence de la gestion de chercher en permanence à tirer le meilleur parti de l'environnement où l'on se trouve et des ressources dont on dispose. Implicitement ou explicitement, le gestionnaire apprend, s'adapte, tire des enseignements des difficultés qu'il rencontre, cherche à comprendre l'origine de ses succès pour tenter de les étendre, ou du moins de les préserver. A cet effet, il se fait des idées de ce qui va concourir au succès ou à l'échec, des possibilités des techniques qu'il utilise, des réactions de ses clients, et de celles du personnel qu'il dirige. Comme Monsieur Jourdain, il fait alors, à l'occasion, de l'analyse culturelle, relie les conduites qui l'irritent, le préoccupent, ou le remplissent d'aise à ce qu'il pense être les propriétés d'une culture : le sérieux germanique, la susceptibilité hispanique, l'indiscipline française, etc. Mais les schémas d'interprétation qu'il utilise alors sont souvent bien frustes. Que penserait-on d'un gestionnaire qui se contenterait d'approximations aussi sommaires quand il s'agit de concevoir un dispositif technique ou d'appréhender l'état du marché ? Être capable de décoder avec justesse et précision des manières d'agir qui font question, pour le meilleur et pour le pire, permet de réagir plus vite et plus efficacement, de corriger le tir quand on constate des dérives et de travailler à généraliser ce qui est source d'efficacité.

Quand les routines ne suffisent plus

Quand les choses restent en l'état, quand on applique des procédures bien rodées dont une longue expérience a montré qu'elles fonctionnaient efficacement, quand on a affaire à des interlocuteurs familiers dont on sait parfaitement ce qu'on peut en attendre et avec qui on a établi des *modus vivendi* satisfaisants, ce serait un luxe pour l'homme d'action que de se demander pourquoi fonctionne ce qui de fait fonctionne. Heureusement, la vie des entreprises, comme la vie tout court, peut s'appuyer sur un grand nombre de routines. Mais, dès que l'on perturbe l'ordre institué, que l'on cherche à mettre en place de nouvelles manières de faire, que l'on a affaire à de nouveaux interlocuteurs, s'aventurant ainsi en terrain inconnu, de nouveaux ajustements sont nécessaires entre ceux qui sont parties prenantes à l'œuvre commune. Pour mettre les choses au point vite et au moindre coût, il est bien utile de comprendre les réactions de chacun.

Ceci, qui est vrai de manière générale, le reste quand plusieurs contextes nationaux interfèrent, que l'on mette en place des pratiques de gestion conçues sous d'autres cieux ou que l'on coopère avec des étrangers. Certes l'expérience est alors, là comme ailleurs, bonne conseillère. *Nolens, volens*, elle conduit à s'adapter. Si on tente d'imposer des institutions et des pratiques qui sont jugées inacceptables par ceux qu'elles concernent (même si, ayant fait ailleurs la preuve de leur efficacité, elles sont « rationnellement » inattaquables), ceux-ci vont se défendre, ouvertement ou par des transgressions silencieuses. Il est difficile pour un gestionnaire d'ignorer indéfiniment ces résistances, qu'il soit conduit à négocier ou s'adapte sans mot dire. Cela suffit pour que les manières de gérer soient influencées par la diversité des cultures. On voit ainsi rentrer dans les mœurs des formes de vie des entreprises raisonnablement adaptées à la diversité des contextes. De même, dans les coopérations internationales, l'expérience apprend à la longue ce que le partenaire accepte volontiers, supporte à la rigueur ou juge intolérable, et aide à mettre en place des compromis pratiques, pour peu que l'on ait quelque bonne volonté. Mais il ne faut pas surestimer les vertus de ce type d'apprentissage, surtout dans un environnement particulièrement mouvant. Il est, en effet, lent et peu efficace.

Cette lenteur est patente dans les pays où tardent à faire référence des pratiques de gestion bien adaptées au contexte local. Les experts qui y sévissent continuent à préconiser l'utilisation d'outils « universels » même lorsque ceux-ci ont fait et refait la preuve qu'ils y sont inefficaces, pendant que l'on n'écoute guère ceux qui ont bâti leur succès sur une approche originale de la gestion ; on le voit bien en Afrique noire (chapitre VIII). Même si l'on s'en tient à des adaptations de moindre portée, telles celles que demandent les transferts de pratiques de gestion entre pays industriels, l'apprentissage est long et difficile. Ainsi, après des années d'efforts, bien des entreprises peinent encore à transférer en France les méthodes japonaises de « qualité totale », en raison des difficultés qu'elles rencontrent à renouveler les relations entre services techniques et fabricants[1]. De même encore, en matière de gestion de filiales étrangères, l'apprentissage paraît souvent bien difficultueux.

Ces difficultés d'apprentissage sont d'autant plus grandes que ce qui est source de troubles est moins palpable. Quand on doit s'adapter à une législation étrangère, dûment couchée sur le papier, pour laquelle il existe une jurisprudence bien établie que des experts locaux connaissent parfaitement, on n'a pas trop de mal à cerner les enjeux et à définir comment s'y prendre. Mais il n'en est pas de même quand on n'a plus en face de soi que la résistance des mœurs, qu'il faut gérer

1. Philippe d'Iribarne, « Les dysfonctionnements des démarches de "qualité totale" dans l'industrie manufacturière : une étude de cas », *Annales des Mines. Réalités industrielles*, février 1997.

des « états d'âme », et que manquent les praticiens capables de fournir les bonnes recettes.

Une vision élargie

Décoder les subtilités de la fierté espagnole, de l'attachement français à la noblesse du métier, de l'entraide slovène, de la transparence mauritanienne, des arrangements belges ou du dialogue québécois n'est pas seulement utile pour comprendre les difficultés que l'on rencontre dans les pays concernés, mais l'est plus encore pour imaginer des solutions pertinentes. C'est à partir du moment où on saisit finement pourquoi telle manière de faire est inacceptable, ou inefficace, et où on discerne les points réellement sensibles que l'on devient capable de concevoir les modifications précises qui permettront de rectifier le tir dans les meilleures conditions. De plus, en apprenant à distinguer ce qui, dans une manière d'agir, correspond à des principes intangibles, avec lesquels il faudra bon gré mal gré composer, de ce qui relève de pratiques contingentes, qu'il n'est pas vain de travailler à modifier, on discerne ce qu'une culture offre d'ouverture au changement.

Est-ce à dire que, comme on l'entend parfois, l'analyse des cultures est un outil de domination ? Un moyen de remplacer le dialogue avec l'étranger, porteur d'autres convictions et d'autres valeurs, par une manipulation de celui-ci, d'autant plus subtile et perverse qu'elle s'appuie sur une connaissance plus précise de ses motivations ? (Ainsi l'ethnologie a-t-elle été accusée d'être un instrument d'asservissement au service de l'impérialisme occidental.) Certes, il n'est pas de connaissance dont on ne puisse faire mauvais usage. Mais, dans ce contexte, opposer la connaissance d'autrui au dialogue n'a pas grand sens. Quand, sans le savoir, on n'attribue pas le même sens aux mêmes mots, la compréhension ne naît pas spontanément du dialogue, quelque bonne volonté que l'on y mette. Il est bon alors de disposer d'un outil de traduction.

La mise en œuvre locale de principes universels

Les adaptations que la diversité des cultures rend nécessaires concernent tous les aspects de la gestion, de la mise en œuvre des grands principes de gestion des hommes, réputés universels parce que liés aux caractéristiques de la nature humaine, jusqu'à celle des outils de gestion des choses, également réputés universels, parce que de nature « technique ».

Donner corps aux valeurs d'une entreprise

Pour susciter l'adhésion de leur personnel, bien des entreprises souhaitent le rassembler autour de valeurs partagées, respect de chacun, membres du personnel et clients, confiance, transparence, etc. Elles cherchent à répandre par-delà les frontières une « culture d'entreprise », inspirée par ces valeurs. Il leur faut alors tenir compte du fait que les mêmes valeurs s'incarnent de manière très diverses selon les cultures.

Ce n'est pas parce qu'on partage les mêmes valeurs que l'on associe les mêmes pratiques aux mêmes mots. Si l'on donne valeur, par exemple, au respect de la dignité de chacun, on ne peut faire abstraction, dès que l'on passe à l'action, du fait que les moyens d'exprimer ce respect varient selon les cultures. Ici ce sera un partage du pouvoir, qui prendra des formes différentes suivant les manières d'agir « démocratiquement » qui font référence ; là, ce sera le respect des prescriptions d'une certaine étiquette, variable elle aussi selon les lieux. Il en est de même pour toutes les grandes valeurs : le respect de la liberté, quand les figures de l'homme libre n'ont rien d'uniforme, l'attachement à l'égalité, quand il est bien des manières de la signifier, le souci de la justice quand il est bien des conceptions de ce que veut dire être juste. On pose souvent la question : qu'est-ce qui l'emporte, des cultures nationales ou des cultures d'entreprise ? Ou encore, une entreprise peut-elle, là où elle s'implante, substituer sa culture aux cultures nationales ? En fait, quand on parle de culture d'une entreprise, en tout cas dans cette perspective, c'est pour se référer à des valeurs partagées (ou que ses dirigeants s'efforcent de faire partager) par ses membres. Dès qu'il s'agit d'incarner ces valeurs, l'entreprise ne peut faire abstraction des cultures nationales.

Les questions de traduction que soulève la codification de ces valeurs, sous forme de charte d'entreprise, ou de principes de management, montrent déjà qu'on ne peut associer une manière d'agir à une valeur en faisant abstraction des différences entre cultures. Regardons par exemple les « principes de management » d'une entreprise multinationale à direction française, qui existent en deux versions, française et anglaise. L'examen comparé des deux textes est très instructif. Ainsi, pour la transparence à l'intérieur de l'entreprise d'une part et les rapports aux clients de l'autre, les deux versions sont les suivantes :

version anglaise	version française
complete transparency is mandatory	la transparence est complète
satisfy a customer's requirements	répondre à un besoin exprimé par un client

La valeur accordée à la transparence est mise en avant de manière différente dans les deux langues. En anglais, il est question d'obligation *(mandatory)*. Ce vocabulaire renvoie à une pratique perçue comme légitime dans un contexte anglo-saxon où le fait, pour une direction d'entreprise, de fixer des règles de conduite peut être interprété, très positivement, comme ayant pour objet de clarifier ce sur quoi chacun sera jugé[1]. Au contraire, en français, la transparence est présentée non comme la conséquence d'une obligation, mais comme une réalité dont on constate simplement l'existence. Une telle formulation passe mieux, car une direction d'entreprise qui prétendrait dicter à chacun la façon dont il doit se conduire dans ce domaine serait perçue comme s'ingérant de façon peu acceptable dans sa sphère de souveraineté.

De même, dans un contexte anglo-saxon, parler des exigences *(requirements)* du client n'a rien de dévalorisant du moment que celles-ci s'expriment dans un cadre contractuel *fair*, support d'une relation équilibrée entre client et fournis-

1. Cf. la deuxième partie de *La Logique de l'honneur*, *op. cit.*

seur. Au contraire, dans un contexte français, il est peu noble de se soumettre aux volontés du client ; et il l'est beaucoup plus de répondre, avec bienveillance, à un besoin exprimé sous forme de demande. Une orientation commune, que l'on ne pourrait évoquer sous une forme susceptible d'être partout acceptable qu'à condition d'adopter un vocabulaire suffisamment vague, tel que « être tourné vers le client », s'exprime de manières contrastées dès que l'on évoque plus précisément les attitudes qui permettent de la traduire en acte.

Cette diversité d'expressions n'est pas une simple affaire de mots. Elle renvoie à une diversité de pratiques. Ainsi les Français et les Anglo-Saxons n'ont-ils pas la même manière de s'ajuster à leurs clients et (de même que pour le cas franco-suisse du chapitre VI) cette différence est susceptible d'affecter jusqu'aux produits qui sont conçus. Ce n'est pas, comme on l'affirme parfois à tort, que les Français soient indifférents à leurs clients, rebelles à la fourniture d'un service de qualité ou exclusivement soucieux de prouesses techniques. Mais la manière dont il faut s'y prendre pour les rendre sensibles aux attentes des clients doit être adaptée à la façon dont ils conçoivent ce que devraient être leurs rapports avec ceux-ci ; ainsi, il est important de leur fournir des éléments d'information de nature à les convaincre que le client a vraiment besoin de ce qu'il demande[1].

Ce type de rapports entre la culture et les valeurs, en même temps qu'il contraint les gestionnaires à s'adapter à la diversité des lieux, fait qu'ils ne risquent guère de se trouver dans des situations où la culture d'un pays est incompatible avec leurs valeurs. Sans doute toutes les valeurs sont-elles présentes, d'une manière ou d'une autre, dans toutes les cultures, même s'il peut arriver que les moyens d'obtenir qu'elles soient respectées en situation de travail ne manquent pas d'originalité. L'entreprise marocaine dont nous avons examiné les succès (chapitre IX) illustre bien ce type de situation.

1. On trouve une description savoureuse, sous une plume américaine, de la bonne manière de s'y prendre avec des Français quand on est client dans : Polly Platt, *French or Foe. Getting the most out of living and working in France*, Londres, Culture Crossings, 1994.

Selon les cas, les institutions et les pratiques auxquelles on peut se confier pour incarner des valeurs semblables dans des cultures différentes ont plus ou moins de traits communs. On a parfois le sentiment que l'on peut directement importer des pratiques étrangères, mais en fait il y a toujours des éléments de réinterprétation. Ainsi, quand une autorité profane qui cherche à éduquer moralement ne choque pas du moment qu'elle donne l'exemple, l'importation de pratiques de gestion qui impliquent un fort engagement moral prêché par les responsables se trouve facilitée. Mais, si l'on regarde les choses de près, on voit que le succès du transfert suppose que l'autorité qui promeut ces pratiques respecte en chaque lieu les canons locaux d'une autorité morale.

Le transfert d'outils « techniques »

Cette adaptation à la variété des cultures ne concerne pas seulement ce qui est ouvertement humain, mais des aspects de la gestion que l'on tend à considérer comme exclusivement techniques.

Quand on considère la place de l'homme dans l'entreprise, on sépare usuellement deux types de questions ; d'une part celles qui le concernent comme élément d'un système d'humains et d'objets techniques qui doivent être agencés rationnellement de manière à exécuter des tâches ; de l'autre celles qui le concernent comme être d'intérêts et de passions, susceptible d'être plus ou moins « motivé ». On suppose que cette motivation relève d'une « gestion des ressources humaines » qui porte sur des paramètres (salaire, conditions de travail, culture d'entreprise, etc.) indépendants de ceux qui servent à définir la manière dont le travail est organisé. On sépare ainsi l'administration des choses du gouvernement des hommes, les questions de coordination de celles d'incitation. Cette séparation se retrouve dans l'organisation des entreprises. On trouve d'un côté les services chargés de la mise en œuvre de la production, et de l'autre ceux à qui revient la gestion des « ressources humaines ». Les seconds ont pour fonction de fournir aux premiers un personnel compétent et motivé, et de gérer si besoin est des « états d'âme » plus ou moins irrationnels. Les premiers ont à mettre en œuvre des techniques, en s'appuyant sur des méthodes rationnelles d'organisation. Spécialement peut-être dans les entreprises françaises, où la gestion de la technique est considérée comme une stricte affaire d'ingénieurs, les questions de culture ne sont pas leur affaire [1].

Mais, dans la réalité, on n'a pas affaire à des individus qui seraient ou non globalement « motivés » pour satisfaire de manière indifférenciée aux exigences « rationnelles » de la production. Le même individu qui accomplira telle tâche avec enthousiasme traînera les pieds à l'idée de faire telle autre. Or les critères à l'aune desquels chaque tâche est estimée varient selon les contextes; la distinction si vivace en France entre tâches plus ou moins dignes de l'état que l'on occupe n'a rien d'universel, ce qui ne veut pas dire que d'autres n'opèrent pas d'autres distinctions, suivant d'autres critères. La « motivation » dépend de la manière dont des actes et des situations dits techniques et les rapports qui se nouent à leur propos prennent sens dans un contexte social et culturel donné.

Les cas présentés illustrent bien ce rôle que joue le contexte culturel. Un seul d'entre eux, qui touche à l'affectation des postes dans une usine québécoise (chapitre I), relève de la gestion des ressources humaines au sens strict. Les autres concernent des questions d'organisation, usuellement présentées dans la littérature managériale comme relevant de la mise en œuvre d'outils de gestion à caractère universel (décentralisation des décisions, démarche de « qualité totale », mise en place d'un système informatique, mise en œuvre d'une « démarche projet »).

Quand il s'agit de décentraliser les décisions, le modèle de la délégation en cascade, avec fixation d'objectifs, évaluation des résultats et sanction, positive ou négative, de ceux-ci, est regardé comme universel. Or, comme nous avons pu l'obser-

1. Nous avons rencontré ce cas de figure dans une filiale québécoise d'une entreprise française, où de grands efforts de communication interculturelle avaient été réalisés, mais sans toucher à l'organisation proprement dite, restée affaire d'ingénieurs, alors que là était sans doute l'essentiel. Jean-Pierre Segal « Les pièges du management interculturel; une aventure franco-québécoise », *Gérer et Comprendre, Annales des Mines*, n° 21, décembre 1990.

ver à propos de la France et du Cameroun (chapitres III et VIII), les relations que ce modèle instaure entre les divers niveaux hiérarchiques ne sont pas partout l'objet d'interprétations acceptables. Ainsi, au Cameroun, l'évaluation des performances d'un subordonné est difficilement interprétée comme fondée sur les propriétés objectives de ses actions ; elle tend à être perçue comme une expression des relations de connivence ou d'hostilité que le supérieur entretient avec celui qu'il note. Et si elle est négative, elle tend à être qualifiée d'acte méchant. Cela veut-il dire que la culture camerounaise rend impossible de décentraliser ? Certes non. Mais que, pour décentraliser, il faut utiliser d'autres procédures, qui fassent moins appel à l'estimation de performances, et plus à des prescriptions minutieusement détaillées qui fixent la conduite à tenir dans les circonstances les plus variées. En France, d'autres points demandent attention. Il y faut veiller à la compatibilité entre l'ensemble des tâches fixées à un individu et le rôle coutumier associé à son identité professionnelle. Faute d'y être attentif, on risque fort d'attribuer à certains des tâches qu'ils n'accompliront qu'à contrecœur, ou que, faute de légitimité, ils seront dans l'incapacité de mener à bien. Par contre, si on respecte ces conditions, il n'est indispensable de définir précisément ni tâches, ni objectifs, ni critères de jugement.

Plus largement, l'organisation des relations dirigeants et dirigés est partout un point sensible de la gestion. Partout on s'efforce de faire confiance tout en contrôlant, de donner des responsabilités à la base tout en gardant un fort leadership au sommet. On parle partout de démarche participative, d'*empowerment*, de transparence. Or, comme cela apparaît nettement dans les divers cas que nous avons examinés, les ressources sur lesquelles on peut s'appuyer pour concilier au mieux en la matière des impératifs qui paraissent parfois contradictoires, et les difficultés que l'on rencontre pour y arriver, dépendent beaucoup du contexte culturel. Cela est rendu particulièrement frappant par la distance culturelle en Mauritanie et au Maroc (chapitres VII et IX). Mais on le retrouve en filigrane en Suède, au Québec ou en Slovénie. Il est bon de trouver en chaque lieu la manière spécifique de conjuguer la liberté sans laquelle il n'est pas de vrai engagement dans le travail et une forte intégration dans un projet commun.

De même, les bibliothèques entières qui sont consacrées aux démarches de « qualité totale » font abstraction, pour l'essentiel, des questions que soulève leur adaptation à la diversité des contextes. Un de leurs fondateurs, Edward Deming, a certes protesté contre la manière dont elles ont été mises en œuvre aux États-Unis[1], mais sans voir quelle a été en la matière l'influence de la culture américaine. Or les situations que vivent ceux qui mettent en œuvre ces démarches sont l'objet de lectures très diverses selon les lieux. Nous l'avons observé dans diverses usines européennes d'un constructeur français d'automobiles[2]. Ces démarches, fondées sur l'observation et l'analyse des dysfonctionnements des processus de production, conduisent à mettre en évidence la manière dont les personnes impliquées ont agi. Partant de constatations relatives aux choses, elles conduisent à des jugements sur l'action des hommes. Or les conditions qui permettent à de tels jugements de s'exercer de manière acceptable pour ceux sur qui ils portent varient beaucoup selon les cultures. De plus, ces conditions ne concernent pas seulement des aspects « humains » (par exemple le ton avec lequel on fait remarquer à quelqu'un que le résultat de son action n'est pas parfait), mais également les procédures techniques de recueil et de traitement de l'information. Ainsi, en Espagne, faire remarquer à quelqu'un que certaines des opérations qu'il a faites n'ont pas conduit à un résultat satisfaisant est, quel que soit le ton adopté, susceptible de l'offenser. Et en Slovénie, où le même mot désigne le défaut (portant sur les choses) et la faute (faite par les hommes), cela est de nature à lui donner le sentiment d'être coupable, même s'il n'est pas directement accusé[3]. Les procédures « techniques »

1. Edward W. Deming, « Des changements énergiques pour le management occidental », conférence du 15 juillet 1986, citée dans Jean-Marie Gogue, *Les Six Samouraïs de la qualité*, Economica, 1990, p. 63.

2. Philippe d'Iribarne, Tatjana Globokar, François-Régis Orizet, *Cultures nationales et Gestion de la Qualité ; la qualité au montage dans l'automobile*, rapport Gestion et Société, 1993.

3. *Ibid.*

de recueil et de traitement des informations doivent être organisées en conséquence.

De même encore, il existe de vastes bibliothèques concernant l'ingénierie de la conception. Les questions d'échange d'informations, de construction d'interfaces destinées à aider les acteurs concernés à se coordonner, de mise en œuvre d'outils informatiques qui favorisent la mise en commun des données, ont été longuement étudiées. Il est apparu que cette coordination ne pose pas simplement des problèmes de cognition, mais aussi des questions d'acceptation par les acteurs du rôle qui leur est imparti [1]. Pourtant, la manière dont cette acceptation est affectée par le contexte culturel reste fort peu analysée. On sait très mal à partir de quand, et pourquoi, une procédure bien reçue dans un contexte, parce que le rôle qu'elle fait jouer à chacun est acceptable, cesse de l'être dans un autre. Or nous avons vu, à propos du cas franco-suédois (chapitre IV), combien les formes de coordination légitimes varient suivant les lieux. Outre les contrastes entre les rôles attribués à la hiérarchie, la place de la fonction d'architecte, question technique s'il en est, diffère dans les deux pays, parce que ce ne sont pas les mêmes processus d'ajustement des points de vue qui sont susceptibles de conduire à des décisions jugées légitimes.

Analyser les difficultés de mise en œuvre pour surmonter les « blocages »

Ces questions d'adaptation au contexte viennent au premier plan dès que l'on passe d'une décision de principe de mettre en place une organisation décentralisée, un système informatique, une démarche qualité, ou quelque dispositif que ce soit, à leur mise en place effective. Il faut alors entrer dans le détail de l'organisation et des procédures : délimiter la tâche de chacun ; décider à qui telle information sera transmise, en utilisant quel support et pour quel usage ; définir qui va participer à telle réunion, avec quels pouvoirs ; préciser quels documents vont être établis, à destination de qui.

1. Jean-Claude Sardas, « Ingénierie intégrée et mutation des métiers de conception », *Annales des Mines, Réalités Industrielles*, février 1997.

Questions d'intendance, sans doute, détails d'exécution, pour qui s'intéresse à l'esprit d'une démarche plus qu'à sa mise en musique[1]. Mais, comme les Allemands aiment à le dire, « le diable se loge dans les détails ». Le traitement correct de ces questions d'intendance décide souvent du succès ou de l'échec des « grandes réformes ». Lorsque les plans les mieux conçus se heurtent à « l'inertie », à la « mauvaise volonté », aux « blocages », à la « résistance au changement » de ceux qui ont à les mettre en œuvre, la tentation est grande d'osciller entre le découragement, les discours triomphalistes qui taisent ce qui se passe réellement et l'appel aux dirigeants pour qu'ils agissent de manière « volontariste ». Mieux vaut alors comprendre ce qui se passe et ajuster le tir.

En général, les avertissements ne manquent pas à un stade très précoce de la démarche, dès qu'un projet pilote commence à fonctionner. Mais les entreprises sont mal outillées pour en tirer parti. Les consultants qui ont reçu pour mission d'accompagner le changement sont justement ceux qui ont proposé les démarches « innovantes » dont on attend monts et merveilles. Ils ont déployé une énergie considérable pour que le projet pilote soit un succès, allant parfois jusqu'à accomplir eux-mêmes certaines tâches stratégiques auxquelles le personnel de l'entreprise rechignait. Ils ont su créer un certain enthousiasme, qui a un temps mis de l'huile dans les rouages, autour de l'idée de changement. Ils ont le souci de tirer des enseignements des premiers essais sur la manière de « vendre » leur démarche à ceux qui devront l'assumer dans la durée, non de remettre en cause des mesures dont ils ont promis qu'elles seraient efficaces. Certes, ils mettent souvent en place des « groupes de validation », composés de membres du personnel, qui ont pour rôle de les aider à adapter quelque peu la démarche au terrain, mais il est clair dès le départ qu'il ne peut s'agir que d'adaptations mineures. De toute manière, quel que soit leur souci de bien faire, leur compétence concerne les aspects techniques des outils qu'ils

1. Michel Berry, avant-propos du numéro « Pour une automatisation raisonnable de l'industrie », *Annales des Mines*, janvier 1988, à propos des réactions de responsables français à l'expérience d'un jeune ingénieur revenant d'un an passé dans une entreprise japonaise.

ont pour mission de mettre en place, non le décodage des réactions de ceux qui résistent. Si une fois qu'ils sont partis le soufflé retombe, cas loin d'être exceptionnel [1], il sera toujours possible d'accuser le caractère irrémédiablement conservateur du personnel.

C'est à ce stade, avant qu'il ne soit trop tard pour opérer des corrections de trajectoire significatives, qu'il vaut particulièrement la peine de chercher à comprendre les réactions de ceux qui doivent faire vivre les changements dont on souhaite le succès. Et il est d'autant plus utile de les analyser finement que les précédents manquent pour aider à les décoder, ce qui est souvent le cas quand il s'agit d'adapter une pratique à un contexte différent de celui où elle a fait ses preuves.

Les coopérations internationales

Les coopérations internationales, entre une maison mère et ses filiales ou au sein d'alliances, sont génératrices d'apprentissages réciproques. On apprend à se connaître en faisant des choses ensemble, des *modus vivendi* se mettent en place, chacun fait des efforts pour faire quelques pas vers l'autre, ce qui engendre une dynamique de compréhension et d'ajustements mutuels [2]. Mais cet apprentissage « naturel » montre tous les jours ses limites et les entreprises s'interrogent sur l'attitude à adopter pour l'améliorer. Elles se demandent parfois quelle attention elles doivent porter aux différences entre cultures. Ne risquent-elles pas, à le faire, d'alimenter des sté-

1. De l'aveu même des responsables d'entreprises françaises, la majorité des projets de changement y échouent. Cf. l'étude de A. T. Kearney et Management Surveys, *Réussir le changement*, dont les résultats ont été repris dans : Marie Béatrice Baudet, « Avoir les yeux plus gros que le ventre : le défaut français des projets de changement », *Le Monde*, 21 mai 1997.

2. Mary Yoko Brannen, Jane E. Salk, « Putting Japanese and Germans together : negotiated culture in a german-japanese joint venture », document de travail, 2 février 1996. Jane E. Salk, « Partners and other Strangers ; cultural boundaries and cross-cultural encounters in international joint-venture teams » in *International Studies of management and organisation*, vol 26, n° 4, hiver 1996-1997.

réotypes porteurs de mésentente ? De favoriser des forces centrifuges au sein de leurs filiales étrangères ? En même temps, il ne suffit pas de faire l'autruche pour résoudre les problèmes.

La force des malentendus

Un aspect essentiel des rapports interculturels réside dans la manière dont, en l'absence d'un contexte commun d'interprétation, ceux qui ont reçu leurs repères de cultures différentes interprètent mutuellement leurs faits et gestes. L'expérience montre que, non seulement ces interprétations sont souvent inspirées par des visions inadéquates de l'étranger, mais qu'elles demeurent quand la coopération dure.

Ainsi en est-il quand des Français coopèrent avec des représentants des pays d'Europe du Nord, au sens large (Pays scandinaves, Pays-Bas, Allemagne, Suisse allemande)[1]. L'expérience de l'élaboration de décisions communes au sein d'instances (groupe de travail, commission, comité, conseil, etc.) mixtes joue alors un rôle décisif. Comme nous l'avons vu à propos d'un cas franco-suédois (chapitre IV), il arrive fréquemment qu'après qu'une telle instance a pris certaines décisions celles-ci soient ensuite, côté français, remises en cause par la hiérarchie. Le partenaire étranger, très choqué, interprète cette « mauvaise manière » en pensant que les dirigeants français sont tout-puissants. Cette interprétation vient d'autant plus à l'esprit qu'elle est alimentée par des travaux de comparaisons interculturelles, très populaires dans les entreprises des pays d'Europe du Nord et des pays anglo-saxons, qui font voir la France comme un pays où la hiérarchie a plus de pouvoir que dans des pays tels que l'Iran, la Colombie ou la Turquie[2]. On la rencontre aussi bien chez ceux qui sont engagés de fraîche date dans une coopération

1. Nous avons pu le constater pour notre part à propos des rapports franco-néerlandais et franco-suédois ; on le retrouve à propos des rapports franco-allemands ; cf. Jacques Pateau, « Approches comparatives interculturelles : études d'entreprises françaises et allemandes », thèse, Paris X-Nanterre, 1992.

2. Geert Hofstede, *Culture's Consequences : international differences in work related values*, *op.cit.*, p. 287.

avec des Français que chez ceux qui en ont une longue expérience. Pendant ce temps, les Français construisent une interprétation guère plus favorable des manières d'agir de leur partenaire. Une fois qu'une décision est prise en commun, celui-ci, font-ils remarquer, lui témoigne un respect religieux, même si elle apparaît par la suite peu fondée. Et ils opposent volontiers le caractère un peu borné qui se révèle ainsi à l'intelligence et à la souplesse d'esprit françaises. Or, une analyse attentive des processus en cause montre que de fait les intéressés conçoivent bien différemment ce qu'est une décision. Pour des Allemands, Suédois, etc., c'est un compromis où s'exprime la volonté de chacun de s'accorder avec les autres membres d'une communauté quelque peu sacralisée. Pour des Français, ce n'est qu'un moment dans une confrontation d'idées et ce sont les idées, inspirées par la raison, qui sont sacralisées. Il est quelque peu sacrilège, pour les premiers, de revenir sur une décision prise par la communauté ; ce l'est, pour les seconds, de sacrifier la raison à ce qui, pour être apparu acceptable à un stade provisoire de l'évolution des idées, n'en est pas plus justifié au fond. Par ailleurs, comme l'affrontement français des points de vue « fondés en raison » n'a aucune raison de s'arrêter de lui-même, une décision politique, prise par une autorité, doit à un certain moment clore la discussion. Cela ne veut nullement dire que les Français sont soumis sans mesure à leur hiérarchie et, au moment de les mettre en application, les décisions prises par celle-ci sont, à leur tour, une base de discussion. Mais il est très difficile pour des Européens du Nord de percevoir quelle cohérence lie tout cela, comme il est difficile pour des Français de percevoir que la sacralisation des décisions prises en groupe peut avoir de tout autres sources qu'un refus viscéral du changement.

L'existence de ces interprétations erronées n'empêche pas de travailler ensemble. Mais elles alimentent un climat de méfiance, associé à une vision dépréciative de l'autre. Elles tendent à prévaloir chaque fois qu'il faut gérer de fortes divergences de vues, y compris sur des terrains techniques, et elles conduisent alors à être sourd aux arguments de l'autre partie.

S'il est si malaisé de comprendre une culture autre que la

sienne, c'est que ce qui est logiquement lié dans une culture ne l'est pas nécessairement dans une autre ; aussi, quand on rencontre une culture étrangère, on tend à la reconstruire de manière imaginaire en partant de traits que l'on a réellement observés et en supposant que leur présence implique celle de tout ce qui, *dans la logique de la culture de l'observateur*, leur est lié. Si on s'aperçoit que cette logique n'est pas respectée, la tentation est grande soit de déclarer que l'autre culture est incohérente, soit de négliger les observations qui montrent que l'image qu'on s'en est construite est caricaturale. L'une ou l'autre positions sont susceptibles de résister indéfiniment à l'expérience. Ainsi, la vision qu'ont des Français, et en particulier de leur fonctionnement hiérarchique, ceux qui relèvent des cultures des pays d'Europe du Nord se fonde sur des éléments d'observation parfaitement réels, tels ceux que l'on a cités à propos des processus de décision. Elle reconstruit logiquement l'univers français, dans une logique qui n'y est pas valide, à partir de ces éléments. Puisque ces cultures ignorent les subtilités du fonctionnement hiérarchique français, elles n'ont pas développé les catégories qui permettent de le penser facilement. Elles tentent de le faire à partir de la dichotomie fonctionnement démocratique/fonctionnement autoritaire et, lui associant le second terme, elles ont du mal à comprendre ce qui ne s'accorde pas à l'image qu'elles font correspondre à celui-ci.

Cette difficulté à saisir la cohérence d'une autre culture marque jusqu'aux tentatives de faire preuve de bonne volonté à l'égard de l'étranger. Là encore, en comprenant autrui suivant la logique de sa propre culture, on risque fort d'errer en croyant bien agir. On peut citer par exemple un responsable, français, de la filiale québécoise d'une entreprise française, arrivé au Québec en sachant qu'une certaine arrogance française y est très mal vue, mais sans avoir saisi pour autant les subtilités de la culture québécoise. S'imaginant bien faire selon les canons québécois, il n'avait pas délogé de son bureau directorial son prédécesseur, québécois, « appelé à d'autres fonctions » mais encore présent pour quelque temps dans l'entreprise. Ce faisant, il avait agi d'une manière que, suivant les canons français, il avait ressentie comme pleine de délicatesse, aux antipodes d'une arrogance de malotru ; c'est dans l'opposition délicat/malotru que sa conduite avait pris sens à ses propres yeux. Mais les Québécois n'en ont pas fait la même lecture ; la catégorie du comportement « délicat » n'a pas la même place dans les deux cultures. Ce n'est pas le registre des bonnes manières, mais celui du leadership, qui leur a fourni une grille d'interprétation. Ils ont cru à un signe de faiblesse de quelqu'un qui n'avait pas osé affronter la situation.

De meilleurs ajustements mutuels

Pour sortir de ces représentations simplistes, il faut accomplir le travail, difficile, que fait l'anthropologue quand, face à une autre culture, il met en question l'universalité des catégories dont il se sert pour penser, ou il faut du moins utiliser les résultats d'un tel travail. C'est dans les situations où l'expérience entretient une fausse compréhension de l'autre que l'on peut attendre le plus d'analyses fines des réactions des parties concernées. De telles analyses sont de nature à alimenter la construction d'une compréhension mutuelle plus élaborée, conduisant à des voies plus fécondes d'ajustement réciproque.

A partir du moment où on regarde les comportements « étranges » comme une expression de conceptions de l'existence et du travail marquées par des idéaux sensés, au lieu de les référer simplement à une déficience ou à une incohérence de l'autre partie, on est mieux à même non seulement d'accepter autrui, mais aussi de s'ajuster à sa manière d'agir. On devient capable de saisir de manière plus fine ce à quoi il tient réellement et ce sur quoi il est plus facilement flexible. On peut explorer plus intelligemment les ressources des cultures étrangères comme de sa propre culture, et les marges de jeu qu'elles ouvrent à l'action. Toute entreprise qui gère des situations de coopération interculturelle peut s'appuyer sur ce type d'analyses pour aider ceux qui y sont engagés à approfondir leur compréhension de leurs partenaires et d'eux-mêmes, de manière à construire des rapports plus éclairés et plus efficaces.

Un aspect essentiel de pareille exploration porte sur la manière dont, dans une culture donnée, les comportements varient en fonction de la situation précise où l'on se trouve. La même personne qui agit d'une certaine façon dans telle circonstance agira de façon qui paraît contraire dans telle autre, sans que ces différences relèvent pour l'étranger d'une quelconque logique, et sans qu'elle-même soit capable d'en formuler les lois [1]. Et si cela n'est parfois que source d'irritation, cela peut avoir des conséquences beaucoup plus graves, ne serait-ce que de faire percevoir celui dont on ne comprend pas la logique comme inconstant et donc peu fiable. Bien saisir ce qu'il en est peut être d'une grande aide lorsqu'on tient à obtenir, chez ceux que l'on dirige, des manières d'agir qui ne sont pas courantes dans leur culture, mais qui y prévalent néanmoins dans des contextes particuliers. Il vaut la peine, en particulier, de comprendre les conduites « étranges » que l'on observe dans d'autres cultures, la logique à laquelle elles obéissent, les circonstances qui les appellent et celles où elles

1. L'exactitude, objet courant de frictions, ou au moins de plaisanteries, dans les relations interculturelles, fournit un bon exemple pédagogique, même si son importance pratique n'est pas majeure. Les Français ont la réputation d'arriver en retard aux réunions, et on interprète parfois cela par une sorte de rapport élastique au temps, fatalité de leur culture dont il faudrait bon gré mal gré s'accommoder. Or il est des circonstances où les Français se font un devoir d'être à l'heure ; ainsi les cheminots attachent du prix à ce que les trains partent et arrivent à l'heure, et cela était déjà vrai à une époque où, dans l'ensemble, ils ne se souciaient guère de « l'usager ». Il existe en France des groupes de travail qui ont coutume de commencer les réunions très précisément à l'heure. Il n'y a donc pas, en la matière, de fatalité liée à la culture française. Cela voudrait-il dire que celle-ci n'est pas concernée ? Nullement, mais qu'il faut être attentif au sens que prend, en France, le fait d'être ou non à l'heure dans différents contextes. Dans le cas des trains, c'est une marque de maîtrise professionnelle, dont on peut s'honorer. Dans une réunion d'un groupe dont le président est d'une ponctualité sans faille, c'est une marque de courtoisie, elle aussi honorable (à moins que le président soit perçu comme peu légitime dans son rôle ; dans ce cas il peut être honorable d'adopter à son égard une attitude discourtoise). Dans une réunion où on est certain que des personnages importants vous feront attendre, c'est le signe peu honorable d'une situation subalterne. Les Français qui ont sucé leur culture à la mamelle saisissent ces distinctions comme d'instinct, même s'ils ne sont pas capables d'en expliciter les lois (comme ils savent souvent utiliser le subjonctif de manière appropriée, sans pour autant être capables d'expliciter les règles qui gouvernent son utilisation). Il est impossible pour des étrangers de maîtriser ces subtilités et de savoir en faire usage si elles ne leur ont pas été explicitement enseignées.

s'atténuent ; comprendre par exemple dans quel contexte des populations que l'on aurait tendance à taxer de « peu motivées » pour le travail le sont en fait ; ou dans quel contexte peut être accepté un processus de contrôle auparavant rejeté.

Il vaut la peine, simultanément, de comprendre la façon dont certains comportements courants dans sa culture d'origine sont interprétés et reçus ailleurs.

Il arrive que des manières d'agir soient très répandues dans sa propre société parce qu'elles y sont tolérées comme de peu de portée, sans que l'on y soit positivement attaché. Si on est en rapport avec des étrangers pour qui elles sont particulièrement choquantes, il vaut mieux s'en défaire. Ainsi, rien dans la culture française n'empêche de s'adapter aux mœurs de ceux pour qui il est important d'argumenter sans passion. Il suffit pour l'obtenir d'agir d'une manière telle que ceux qui sont invités à se réformer ressentent comme honorable (par exemple en tant que signe de courtoisie envers l'étranger) ce changement de leurs habitudes. Il sera d'autant plus facile de les faire évoluer qu'on saisira finement les ressorts de leur conduite.

Il arrive aussi que des manières d'agir habituelles soient presque impossibles à remettre en cause. Il reste alors à expliquer, aux étrangers qu'elles choquent, ce qui les rend sensées dans des repères autres que les leurs. Ainsi, on peut difficilement attendre d'une entreprise française qu'elle porte un respect religieux aux décisions prises en commun au sein d'un groupe. Mais, si on estime que l'on a de bonnes raisons de revenir sur de telles décisions, il est possible d'agir en sorte d'écarter plutôt que de conforter l'interprétation, usuelle en maint pays, selon laquelle cette manière de faire exprime l'arrogance d'une hiérarchie toute-puissante : en prenant la peine d'expliquer tout changement de décision, même assorti des meilleures raisons du monde, beaucoup plus soigneusement qu'on ne le ferait dans un contexte purement français ; en exprimant des regrets à ceux qui ont participé à la décision initiale. Et, pour limiter autant que possible ce type de situation, il est bon de s'abstenir de donner des accords un peu à la légère comme on tend à le faire dans des contextes où ils n'ont qu'une portée limitée.

Progrès de l'action, progrès des connaissances

Face à l'immensité des questions que soulève l'adaptation de la gestion aux réalités d'un monde multiculturel, les connaissances disponibles demeurent limitées. Mais on peut déjà en attendre beaucoup.

Les entreprises souhaiteraient disposer de recettes détaillées pour chaque point de gestion dans chaque culture : comment adapter une démarche de « qualité totale » à un contexte indonésien, faire fonctionner un groupe de projet au Mexique, organiser ses relations avec ses sous-traitants en Pologne, configurer un système informatique au Danemark, etc. Elles aimeraient également disposer d'une connaissance détaillée des points sensibles des interactions entre la culture de leur pays d'origine et d'autres cultures, et des manières les plus appropriées de traiter ces points ; pour les entreprises françaises, des interactions franco-allemandes, franco-chinoises, franco-brésiliennes, etc. Dans l'état actuel du savoir, ces éléments n'existent encore que de manière très partielle et, compte tenu de la diversité des cultures et des situations de gestion, ce n'est pas de sitôt qu'ils couvriront la majorité des cas significatifs. Mais les entreprises ne sont pas démunies pour autant.

Comme la connaissance d'une langue, la connaissance d'une culture est vite d'un grand secours pour l'action, même si elle peut toujours progresser. Face à une situation où on ressent plus ou moins confusément qu'on doit gérer des réactions que l'on ne sait pas décoder, et où on hésite sur la manière de réagir, les possibilités ne manquent pas.

Un premier stade consiste à être attentif aux réactions de ceux qui vous sont étrangers, à chercher à les comprendre et à ne pas trop vite condamner les manières de faire qui réussissent localement au nom des diktats d'une rationalité technique ou organisationnelle supposée universelle. Ce qui se dit parmi les gens d'expérience peut alors apporter quelque éclairage. A partir du moment où ce premier pas, que chacun peut accomplir pour son propre compte, a été fait, bien des avancées sont possibles.

Si, sans se contenter de comprendre dans leurs grandes

lignes les réactions de ceux à qui on a affaire, on veut saisir beaucoup plus concrètement ce qui motive leurs manières de mettre en œuvre telle procédure particulière, de façon à s'adapter finement au contexte local, on ne peut plus se contenter d'idées générales. De plus, les recettes ont toute chance alors de manquer. Mais il n'en est pas de même des démarches à suivre. Il s'agit, quand, plongé dans une situation concrète, on est attentif aux réactions de l'autre, d'en tirer un meilleur parti qu'on ne le ferait en étant simplement à l'écoute. Il s'agit de saisir, au-delà de ce qu'autrui est capable d'expliciter, ce qui est pour lui tellement fondateur qu'il manque de recul pour l'analyser. On est alors amené à découvrir ce qui inspire réellement ses réactions. Les méthodes correspondantes ont été mises en œuvre dans un ensemble déjà suffisamment diversifié de cultures et de situations de gestion pour qu'on puisse compter sur leur capacité à traiter une gamme très large de questions pratiques dans des conditions (et au premier chef dans des délais) compatibles avec les exigences d'une vie d'entreprise.

C'est, en outre, grâce à de telles investigations qu'on pourra enrichir le patrimoine, encore trop limité, des connaissances de base dont disposent les entreprises sur les adaptations de leurs pratiques qu'appelle la variété des cultures.

CONCLUSION

UN DESTIN MULTICULTUREL

Les particularismes culturels restent vifs aujourd'hui. Qu'en sera-t-il demain ? Constituent-ils un simple résidu d'un passé révolu, qui finira bien par disparaître au sein d'une humanité unifiée, même si cela doit prendre du temps ; et faut-il dès lors éviter de leur accorder trop d'importance, voire chercher à les éradiquer pour s'affranchir des divisions dont ils sont porteurs ? Appartiennent-ils au contraire, comme la division des langues, au destin de l'humanité, et est-il essentiel d'apprendre à mieux s'en accommoder, dans l'entreprise comme dans les rapports entre les peuples ? A saisir le type de continuité culturelle qui marque une société quand ses institutions se modernisent, on ne peut douter de leur pérennité.

Qu'a-t-on usuellement en tête quand on songe à un monde où les singularités des cultures politiques auraient perdu leur relief ? On imagine ce monde unifié par l'avènement planétaire d'institutions démocratiques, l'attachement universel aux droits de l'homme, le développement de rapports d'égaux, dans la vie économique et sociale comme dans le fonctionnement des institutions politiques, là où prévalait la soumission aux puissants. On suppose que l'émancipation commune des esprits, ouverts à la raison par le développement de l'instruction, l'exemple des pays les plus avancés et l'influence bénéfique des institutions internationales, va conduire à l'effritement progressif des conceptions traditionnelles de la vie en société, expression des préjugés du passé. On songe à une évolution des institutions et des mœurs qui les fasse ressembler à celles des pays dont les peuples ont été les premiers à lever l'étendard de la liberté. Et on imagine que cette évolution va aller de pair avec un effacement des particularismes en faveur d'une adhésion commune à des valeurs universelles ; si les préjugés sont multiples, la raison n'est-elle pas une ? Mais, en fait, ce n'est pas ainsi que le monde change. La situation actuelle des pays les plus avancés sur la voie de la démocratisation de leurs institutions est sans doute révélatrice de ce que le monde deviendra si les conceptions démocratiques achèvent de le conquérir.

Certes, ces pays démocratiques ont en commun un attachement profond (même s'il ne s'exprime pas toujours en acte) aux valeurs de liberté et d'égalité. Certes, ces valeurs y inspirent plus qu'ailleurs le fonctionnement du système politique et la vie quotidienne. Mais leurs cultures politiques ne se confondent pas pour autant. On y rencontre des conceptions différentes de l'égalité et de la liberté. Ces conceptions, nous l'avons vu, restent influencées, jusque chez leurs défenseurs les plus intraitables, par les « préjugés » qui marquaient ces sociétés au temps de l'Ancien Régime ; en France par un idéal d'activité noble et de possession d'un fief, dans les pays anglo-saxons par celui du contrat régi par le droit, et dans les pays de l'aire germanique par celui de l'assemblée des pairs qui délibèrent. Les pratiques inspirées par ces références se sont considérablement modernisées dans chacune de ces sociétés ; les statuts auxquels sont attachés les Français de la fin du XXe siècle ne sont pas identiques aux privilèges que leurs ancêtres ont abolis, le droit américain de la concurrence ou celui du travail sont des créations modernes. Mais, de même que les langues peuvent d'autant mieux garder leur identité dans un monde où il faut sans cesse inventer de nouveaux vocables qu'elles sont capables d'évoluer tout en conservant leurs traits distinctifs, les cultures politiques subsistent d'autant mieux que l'on peut devenir moderne sans s'en affranchir.

Le rapport à la raison lui-même, censé unifier les esprits au-delà des préjugés, ne joue ce rôle que de manière limitée, car les spécificités de chaque culture ne vont pas sans affecter jusqu'à l'usage qui est fait de la raison et ce qui est regardé comme une démarche qui lui est conforme. La raison dont les Français ont le goût est plus noble, plus vouée à la beauté de la théorie, plus attachée à ce qui est pur et gratuit, plus éprise de systèmes généraux et d'idées brillantes, plus féconde en démonstrations élégantes, plus vouée à la grandeur que la raison que cultivent les Anglo-Saxons. Ce que Tocqueville percevait déjà, en la matière, à propos des conceptions politiques[1], reste vrai de nos jours dans les domaines les plus divers, jusqu'à la manière d'enseigner les mathématiques aux futurs ingénieurs ou de prendre une décision industrielle.

Cette diversité des cultures politiques a d'autant moins de chance de disparaître que ceux qui regardent le monde à travers le prisme que fournit chacune d'elles sont parfois très choqués par ce qui fait au contraire référence dans d'autres sociétés ; et ceci reste vrai pour celles qui sont à la pointe de la modernité. On ne voit ni comment bâtir une sorte d'espéranto des cultures ni comment rallier à l'une d'entre elles ceux qui ont appris à regarder le monde à travers d'autres conceptions. A l'époque où la France, les idées politiques françaises, les institutions françaises, étaient une référence dans le monde, on ne s'est pas converti, hors de France, à la conception française de la vie en société. Les rapports entre la France et l'Allemagne au cours des derniers siècles sont exemplaires à cet égard, que l'on considère l'influence qu'a eue en Allemagne la société française de cour[2], la réinterprétation allemande des Lumières françaises[3], ou la façon dont en Allemagne certaines institutions, tel le droit du travail, un temps mises au goût français, ont retrouvé par la suite une facture allemande[4]. De même la fascination récurrente de bien des Français, depuis des siècles, pour les institutions politiques britanniques, n'a pas conduit la vie

1. Alexis de Tocqueville, *L'Ancien Régime et la Révolution* (1856), livre III, chapitre premier : « Comment, vers le milieu du dix-huitième siècle, les hommes de lettres devinrent les principaux hommes politiques du pays, et des effets qui en résultèrent », Paris, Gallimard, 1952, p. 193. Ce thème a été repris et développé par Taine dans *Les Origines de la France contemporaine*.

2. Norbert Elias (1939), *La Civilisation des mœurs*, Paris, Calmann-Lévy, 1973.

3. Louis Dumont, *L'Idéologie allemande. France-Allemagne et retour*, Paris, Gallimard, 1991.

4. Alain Supiot, « Jalons pour une interrogation sur le travail : qu'est-ce qu'un travailleur salarié ? », in *Travaux du Laboratoire européen pour l'étude de la filiation*, édités par Pierre Legendre. 1 : *Autour du parricide*. Bruxelles, Émile Van Balberghe librairie et Yves Gevaert éditeur, 1995, p. 168.

politique française à ressembler à celle de nos voisins d'outre-Manche.

La situation est-elle différente aujourd'hui, ou peut-elle le devenir demain ? Ce sont de nos jours les États-Unis qui donnent le la, et il est vrai que des institutions qui portent le sceau de la culture politique américaine influencent la planète ; l'Organisation mondiale du commerce est sans conteste d'inspiration américaine, la conception américaine de ce que l'on appelle encore en France les services publics s'impose en Europe, la référence américaine au droit conquiert le monde et, dans l'entreprise, les conceptions américaines de l'organisation s'imposent aux esprits comme modèle d'une bonne gestion. Mais, dès qu'il s'agit de passer à la pratique, les résistances sont innombrables.

Si les recettes « universelles » d'une bonne gestion, d'inspiration américaine, étaient la pure et simple expression d'exigences d'efficacité régies par une rationalité strictement technique, ou encore de valeurs communes à l'humanité, les difficultés à les mettre en œuvre pourraient être attribuées au poids des « conservatismes », des « préjugés ». On pourrait interpréter de même les difficultés de coopération lorsque les cultures se rencontrent. Et les dirigeants pourraient espérer qu'à la longue, à force d'expliquer, d'éclairer, de témoigner de leur attachement à des valeurs telles que le respect de chacun ou la volonté de constituer une communauté unie dans un enthousiasme partagé, ils arriveraient à surmonter ces refus. Mais quand ceux-ci s'ancrent dans des conceptions de la justice, de la dignité, de la liberté qui sont loin d'être semblables de par le monde, c'est se bercer d'illusions que de croire qu'elles vont disparaître. Il n'est guère sensé de faire comme si on se trouvait dans un monde en état d'apesanteur culturelle où la fameuse phrase de Pascal, « vérité en deçà des Pyrénées, erreur au-delà », aurait cessé d'être valide. Les entreprises aimeraient sans doute pouvoir se débarrasser à bon compte du souci d'avoir à gérer la diversité des cultures. Faute d'avoir quelque chance d'y arriver, elles ont un grand intérêt à la gérer avec compétence.

Les entreprises offrent un laboratoire privilégié où, ayant observé et analysé la rencontre des cultures, on peut se rendre plus capable de l'organiser de manière féconde. Elles ne sont pas pour autant les seules, ni même les premières, à être concernées par l'existence sur la surface du globe d'une pluralité de cultures politiques. Nous le sommes de même quand nous cherchons à créer une forme d'ordre mondial porteur de coopération pacifique entre les nations, à édifier des ensembles supranationaux régis par des règles communes, ou même à gouverner des pays où coexistent des communautés qui n'héritent pas des mêmes traditions. Nous rencontrons alors la difficulté à gouverner des hommes que ne divisent pas seulement leurs intérêts et leurs valeurs, mais la manière même dont ils conçoivent la façon de faire vivre ensemble ceux dont les intérêts et les valeurs divergent. Loin de diminuer avec le progrès des idées modernes, cette difficulté ne fait que croître. Naguère les empires voyaient coexister, parfois en bonne intelligence, des communautés qui s'auto-administraient largement pour ce qui relève du quotidien de l'existence, en étant chacune fidèle à ses propres conceptions, issues de sa propre culture. Si elles étaient soumises, les unes comme les autres, à un pouvoir qui n'émanait d'aucune d'elles et avait ses propres principes, celui-ci les laissait largement vivre à leur guise, du moment qu'elles payaient tribut et n'entretenaient pas d'intelligence avec ses ennemis. Quand, au sein d'États-nations étroitement intégrés, la souveraineté du peuple fait référence, il n'est plus admissible d'être soumis à un pouvoir étranger, d'être jugé suivant une loi qu'on ne ressent pas comme *sa* loi. Si la loi conçue par des peuples éclairés n'était que l'incarnation de la pure raison, cette exigence démocratique serait un facteur d'unité de l'humanité. A partir du moment où elle est toujours, à quelques égards, une expression des préjugés d'une communauté, elle constitue au contraire un facteur de fragmentation. Il nous faut plus que jamais assumer le poids des cultures dans notre existence.

ANNEXE

La dynamique d'une démarche

Philippe d'Iribarne

Avec l'avancement de travaux menés dans des pays variés et la confrontation des observations qu'ils ont permis de réaliser, une approche s'est progressivement dégagée. Non qu'on puisse présenter une méthode susceptible de conduire sans surprises à une vision exhaustive des spécificités d'une culture et de ce dont elle est porteuse en matière de pratiques de gestion ; l'appréhension progressive d'une culture est un processus peu rationalisable et sans doute indéfini. Mais il y a moyen, à la fois dans les données que l'on recueille et dans la manière dont on les interprète, de créer des conditions favorables pour progresser.

Dans la confrontation entre cultures ce qui, au sein de chacune d'elles, va tellement de soi qu'on n'y prête pas attention prend du relief ; le familier devient étrange, les évidences se révèlent problématiques. Et c'est en particulier en étant confronté avec des cultures étrangères que le chercheur peut découvrir à quel point, loin d'être naturel, ce qui est tenu pour acquis dans sa propre culture est un construit social. Cette remise en question ne fait que s'approfondir quand s'élargit le cercle des confrontations. Ainsi, ce ne sont pas les mêmes traits parmi ce que l'on peut observer en France qui se mettent à faire question dans des interactions avec des Suédois, des Américains, des Camerounais ou des Japonais ; pour sa part, quand il avance dans sa tâche en diversifiant ses terrains d'investigation, le chercheur n'en finit pas de prendre conscience de ses propres lunettes. Dans l'avancée de nos recherches, le fait de traiter chaque culture en ayant en arrière-fond des observations et des analyses concernant un grand nombre d'autres cultures, et donc en pouvant multiplier les comparaisons, s'est montré essentiel.

Par ailleurs, une collection d'étonnements ne fait pas une compréhension. En même temps que, dans un mouvement progressif de déconstruction, les évidences se défont, des ensembles de traits disparates s'assemblent en figures intelligibles. En la matière, il n'est guère de recettes pour progresser, tant la lumière arrive parfois de manière inattendue.

La meilleure manière d'éviter de donner une vision fallacieuse, parce que trop systématique, de la démarche suivie, et au premier chef de la façon dont progresse la découverte de la logique d'une culture, est sans doute de commencer par examiner comment cette progression s'est réalisée sur un point qui a tenu jusqu'ici une grande place dans notre entreprise : l'interprétation des spécificités des organisations françaises à la lumière des singularités de ce qui, dans la culture française, concerne l'organisation de la vie en société et le gouvernement des hommes.

Une exploration cahotante du contexte français

Des observateurs qui tentent de saisir une culture qui leur est étrangère sont amenés à prendre conscience des « évidences » au sein desquelles ils baignent eux-mêmes, en même temps qu'ils repèrent celles qui prévalent sous d'autres cieux. Les investigations auxquelles nous avons procédé en divers lieux de la planète ont été la source d'une identification progressive des singularités de ce qui va de soi dans notre propre culture.

D'un ensemble informe de données à la référence à l'honneur

Nos recherches ont débuté par une comparaison entre les fonctionnements de quatre usines, techniquement très voisines, qui appartenaient (ou avaient appartenu jusqu'à une date récente pour l'une d'elles) à la même entreprise, l'une située en France et les trois autres aux États-Unis, aux Pays-Bas et au Cameroun. Quand, en 1982, nous avons entrepris ces investigations[1], nous voulions reprendre une vieille question, marquée par l'héritage de Max Weber : quelle est l'influence de la culture sur le développement économique ? Nous étions convaincus que, pour mieux saisir cette influence, il fallait, en se plongeant dans la vie des ateliers, analyser de façon aussi précise et détaillée que possible la manière dont le travail s'y effectue ainsi que ce qu'il en résulte quant au fonctionnement technique des unités de production et à l'efficacité productive. Un examen de l'état du savoir dans les divers champs concernés, de la sociologie comparée des organisations à l'anthropologie du développement et à l'histoire des mentalités, avait conduit à retenir quelques hypothèses : on retrouve les mêmes formes de régulation aux divers niveaux d'une société, d'un État pris dans son ensemble aux organisations que l'on y rencontre ; ces formes relèvent à la fois des institutions et des mœurs ; leurs principes fondamentaux traversent les plus grands bouleversements sociaux et politiques, tout en étant l'objet de multiples réinterprétations[2]. En ce qui concerne les spécificités des entreprises françaises, nous disposions pour l'essentiel des analyses de Michel Crozier[3].

C'est dans cette perspective que nous avons cherché à comprendre, dans chaque usine, les fonctionnements comparés de deux départements de production et les activités correspondantes des départements d'entretien. Nous avons suivi à cet effet une démarche classique de sociologie des organisations. De multiples traces écrites du fonctionnement de chaque unité : manuels de procédure, rapports techniques, traces d'incidents ou de litiges, etc., ont été rassemblées. Nous avons interrogé des membres du personnel de toutes fonctions, du directeur d'usine à l'opérateur de base, en nous centrant sur leurs responsabilités et leur manière de les exercer. Nous nous sommes spécialement intéressés aux procédures qui régissent les opérations techniques et la gestion des hommes, ainsi qu'aux écarts entre la définition théorique de

1. Réalisées avec Alain d'Iribarne en France et aux Pays-Bas et avec Jean-Pierre Segal aux États-Unis.

2. Philippe d'Iribarne, *Régulation sociale et Performances économiques*, rapport Cerebe, 1982.

3. Michel Crozier, *Le Phénomène bureaucratique*, Paris, Éditions du Seuil, 1963.

ces procédures et leur mise en œuvre effective. Les propos tenus par les enquêtés ont été enregistrés et transcrits. Nous nous sommes ainsi retrouvés à la tête, pour chaque usine, de quelques centaines de pages de textes.

L'analyse de ce matériau a d'abord porté sur les usines camerounaise et néerlandaise, pour lesquelles de multiples traits d'organisation et de comportement spécifiques ont immédiatement pris du relief. Par contre, les matériaux recueillis dans l'usine française ont d'abord paru dramatiquement décevants par leur caractère décousu et leur banalité. Certes, de multiples contrastes se dessinaient avec ce que nous avions observé tant aux États-Unis qu'aux Pays-Bas (à ce stade, le contraste avec le Cameroun, qui devait se révéler riche d'enseignements dans une étape ultérieure, a conduit à s'interroger sur celui-ci, non sur la France). Mais c'était pour mettre en évidence l'absence des modes de fonctionnement bien réglés observés dans ces pays, non pour mettre en lumière un mode spécifique d'organisation. Nous ne retrouvions même pas la centralisation et la peur du face-à-face dépeintes par Michel Crozier. Nous avions l'impression d'être devant des affrontements et des jeux de pouvoir peu régulés par des procédures à la fois très succinctes (le contraste était particulièrement vif, en la matière, avec ce qui avait été observé parallèlement dans l'usine américaine) et peu respectées. Sur un point, essentiel dans la perspective de cette recherche, nous étions face à une énigme : un fonctionnement aussi peu ordonné aurait dû conduire à une faible efficacité productive, or l'usine supportait la comparaison avec ses homologues américaine et néerlandaise. Certes, en creusant un peu, quelques éléments de régulation apparaissaient : un certain devoir de modération qui limite les affrontements lorsque quelque chose de grave est en jeu, l'existence, parfois, de bonnes relations entre pairs qui ont « le contact ». Dans de premières publications, nous nous en sommes tenus à cette vision des choses[1]. Mais il paraissait douteux que cette explication fût suffisante.

1. Philippe d'Iribarne, « La gestion à la française », *Revue française de gestion*, janvier-février 1985 et « Régulation sociale, vie des entreprises et performances économiques », *Revue économique*, vol. XXXVII, n° 3, mai 1986.

Quatre ans après le travail de terrain, un pas significatif a été franchi. Les données d'enquête ont été reprises une nouvelle fois[1] pour décrire précisément la manière dont les intéressés présentaient leur activité. Un ensemble d'expressions auxquelles nulle attention n'avait été prêtée jusqu'alors et que nous n'avions pas eu idée de rapprocher a soudainement pris du relief par leur rapport commun avec l'expression traditionnelle « les devoirs de ma charge ». L'un parlait de ce qu'il devait faire « en tant que technicien », un autre affirmait qu'« un surveillant, ça doit faire ceci et cela », un troisième indiquait ce qu'il était « normal » de faire pour un membre de tel groupe professionnel et non pour ceux d'un autre groupe. Le terme de charge a vite paru bien pompeux pour désigner des activités parfois très modestes, et l'expression « devoir de son état » plus appropriée. D'où est venue cette attention soudaine envers des traces, assez discrètes pour être longtemps passées inaperçues, d'une manière spécifique de concevoir le travail de chacun ? Elle a sans doute été aiguisée par le fait que cette reprise du matériau recueilli en France a suivi de près une enquête réalisée dans une usine indienne. Or, en Inde, l'existence de devoirs coutumiers propres à un groupe social particulier reste très apparente, et nous avions rencontré des Indiens qui se posaient explicitement la question de la réinterprétation, dans l'Inde moderne, des devoirs traditionnels de leur caste. Cette notion était dès lors suffisamment présente à l'esprit pour être facilement mobilisée.

A ce stade, le fait de disposer, sous la plume de Montesquieu, d'une analyse fouillée de la logique d'une société divisée en états dont chacun possède ses droits et devoirs coutumiers s'est alors montré décisif. Un ensemble de données que nous peinions sans succès, depuis des années, à organiser en un ensemble cohérent a soudain pris sens à la lumière de ce modèle théorique[2]. Ainsi les bizarreries apparentes de l'exercice français de l'autorité ont perdu ce caractère dès qu'il est apparu que la notion de relation d'autorité recouvre en France une grande variété de rapports coutumiers marqués par la nature des « états » propres au supérieur et au subor-

1. En entreprenant la rédaction de *La Logique de l'honneur*.
2. Cf. *La Logique de l'honneur*, *op. cit.*, chapitre 1.

donné. Cette possibilité de structurer en un tout organisé un ensemble de données qui jusque-là apparaissaient disparates a montré que les faibles indices qui nous avaient mis sur la piste de ce modèle ne nous avaient pas égarés. De plus, la référence à l'honneur de métier a permis de comprendre l'intensité de l'engagement des acteurs dans leur travail, et en particulier le fait que cette intensité subsiste dans des circonstances où les « bonnes raisons » de se désengager ne manquent pas. L'efficacité productive obtenue par l'usine cessait dès lors de paraître incompatible avec son fonctionnement humain.

De manière générale, interpréter des données consiste à les mettre en correspondance avec des formes connues. Dans les cas favorables les acteurs utilisent eux-mêmes, quand ils évoquent leur expérience, des catégories qui permettent de donner sens à ce qui a été observé. Ainsi, les catégories de contrat et de *fairness*, qui ont permis d'organiser les données recueillies dans l'usine américaine, structuraient déjà les propos qui y ont été recueillis. Bien des choses, étranges pour un regard extérieur, que l'on trouvait dans cette usine ont pu s'interpréter en tenant compte de la difficulté qu'il y a à bâtir le fonctionnement d'une entreprise comme un ensemble de contrats *fair* entre un client et un fournisseur. Mais, dans le cas français, il était plus difficile d'avancer. En effet, les termes d'état ou d'honneur qui ont finalement permis de structurer les données françaises n'ont jamais été utilisés par nos interlocuteurs et étaient absents des documents que nous avons recueillis. De plus, à la différence du terme de contrat, ils ne correspondent pas aux catégories canoniques que l'on a « naturellement » en tête quand on aborde un fonctionnement d'entreprise (cela était vrai, en tout cas, avant qu'une certaine diffusion de nos analyses au sein des entreprises françaises ne fasse évoluer les choses).

La persistance de références « archaïques » dans une France moderne

Pour l'essentiel, l'acquis de cette première recherche s'est montré assez solide pour n'être pas remis en cause par la poursuite des travaux, et en particulier par les enquêtes réalisées en France dans d'autres entreprises. Mais bien des points restaient obscurs.

Si des formes contrastées de lien social traversent l'histoire, d'où peut bien venir leur capacité à subsister à travers ses péripéties ? Qu'en est-il de leur origine ? Au-delà de ressemblances apparentes, qu'y a-t-il qui se transmette réellement ? Ce sont à nouveau des données inattendues qui ont mis sur la piste d'une réponse.

Des recherches réalisées en Tunisie ont attiré notre attention sur l'opposition entre l'autorité que des hommes libres sont prêts à accepter et celle qui s'exerce sur des esclaves ; en outre, elles nous ont fait prendre conscience de la relativité des manières dont cette opposition s'incarne ; dans un contexte tunisien, une autorité d'inspiration paternelle est perçue comme relevant d'un rapport entre hommes libres, alors que celle qui s'inscrit dans une relation contractuelle évoque l'aspect strictement utilitaire d'une position d'esclave[1]. Nous avons alors revu nos données sous un nouveau jour. En France, l'honneur n'est-il pas traditionnellement l'apanage de l'homme libre ? Par ailleurs, l'attachement que nous avions observé aux États-Unis à une exécution pointilleuse du contrat liant l'entreprise à son personnel était lié par les représentants syndicaux au refus d'un pouvoir arbitraire, refus que la tradition politique américaine associe intimement à la volonté de construire une société d'hommes libres. Nous nous sommes alors demandé si la conception de l'autorité qui paraît légitime en chaque lieu n'est pas liée à la forme qu'y prend l'attachement à la liberté.

Il s'agissait à ce stade, une fois de plus, d'indices très ténus, et la question est un temps restée pendante. Puis la rencontre des analyses de Marc Bloch sur les conceptions de l'homme libre dans la France, l'Angleterre et l'Allemagne médiévales[2] a substantiellement renforcé la crédibilité de cette hypothèse (cf. chapitre XI). Le parallèle était saisissant entre la forme d'intégration de l'individu dans l'entreprise (le type d'autonomie revendiquée, la conception du devoir professionnel communément acceptée) qui prévalait dans

1. Riadh Zghal, *op. cit.*
2. Marc Bloch, *La Société féodale*, *op. cit.*

chacune de nos trois usines française, américaine et néerlandaise, et ce qui avait été la marque de l'homme libre en France, en Angleterre et dans l'univers germanique. Cette correspondance paraissait difficile à attribuer à un pur hasard.

Restait entière la question de la transmission. Si l'on est tenté de dire que les rapports hiérarchiques dans l'entreprise française d'aujourd'hui restent marqués par l'opposition entre la fidélité digne du vassal et la dépendance indigne du serf, quelle est la nature de la filiation ainsi présumée ? S'il s'agit de la permanence d'une conception singulière de la liberté, comment celle-ci a-t-elle pu traverser une histoire marquée par des transformations si profondes de la société ?

Pour comprendre cette continuité, il a été profitable de considérer une période d'intenses bouleversements : la chute de l'Ancien Régime et l'avènement d'une société de citoyens, en s'attachant à la manière dont cet avènement a été présenté comme nécessaire par ceux qui en ont été les prophètes[1]. Le refus d'une soumission à l'autorité, regardée comme une forme de servitude, l'appel à la création d'une société d'individus égaux dans leur commune liberté, ont été au cœur de leur argumentation. On retrouve ce refus et cet appel dans l'ensemble des mouvements d'émancipation qui, dans tous les domaines de l'existence, ont marqué les sociétés européennes au cours des derniers siècles. Or, ce qui a été réclamé au nom de la liberté s'est largement coulé dans les manières traditionnelles de concevoir ce que veut dire « être libre ».

Cette continuité apparaît à travers la place que l'univers sémantique où s'est exprimée la revendication d'égalité accorde en France, à l'époque de la Révolution, aux termes de *noble* et de *noblesse* (cf. les propos de Sieyès cités p. 260). Cette référence n'a pas cessé d'être vivace. On voit couramment affirmer, de nos jours, qu'une activité usuellement réputée inférieure (par exemple la science appliquée par rapport à la science pure ou l'enseignement technique par rapport à l'enseignement général) n'est en fait *pas moins noble* ou doit *conquérir ses lettres de noblesse*[2]. De plus, quand on

1. Tels Locke, Rousseau ou Sieyès. Cf., sur leur argumentation, *Vous serez tous des maîtres, op. cit.*

2. « Il n'y a pas une fonction noble qui serait revendicative et une fonction moins noble qui serait gestionnaire », Nicole Notat, *Syndica-*

compare ce pour quoi la noblesse est revendiquée avec ce pour quoi elle va suffisamment de soi pour n'avoir pas besoin de l'être, on constate que noble n'est pas un terme neutre, susceptible d'évoquer, au même titre que bien d'autres, ce à quoi on donne de la valeur. Il véhicule une manière particulière de valoir, associée à des critères implicites de noblesse remarquablement stables dans le temps, du refus de plier devant la force brutale et le pouvoir de l'argent au dévouement désintéressé pour une grande cause [1]. Cette stabilité va de pair avec le fait que, si la chaîne des modèles de noblesse se prolonge sans cesse avec l'écoulement du temps, les modèles anciens ne disparaissent pas pour autant de la mémoire commune. Ainsi Bayard est toujours présent dans les livres d'histoire et la manière dont est relatée sa conduite contribue à donner sens au courage et au dévouement de modèles plus récents, jusqu'aux héros de la Résistance. L'image de grandeur qui perdure ainsi sert de repère jusque dans les aspects les plus terre à terre de l'existence, quand il s'agit par exemple d'estimer le caractère plus ou moins élevé d'une profession ou de concevoir les manières honorables d'être traité par un supérieur.

Le rôle de l'autorité

Dans cette première approche de la culture française, le rôle de l'autorité a été laissé de côté. Nous n'avons guère fait que remarquer, ce qui n'avait rien d'original, que ce rôle diffère en cas de crise et dans le cours ordinaire des affaires. Nous n'avons pas rendu compte de l'existence de formes de soumission à l'autorité, voire de révérence pour celle-ci, qui paraissent difficilement compatibles avec le culte français

---

lisme hebdo CFDT, 10 octobre 1996. « La recherche appliquée n'est pas moins noble que la recherche fondamentale », Jean-Marie Lehn, club Science, recherche et société, *La Lettre*, septembre 1993, CNRS. « Il faut redonner ses lettres de noblesse à l'enseignement technologique. C'est une priorité essentielle », Claude Allègre, conférence de presse, 24 juin 1997, *Recherche*, n° 133, juin-août 1997. « Tout comme l'histoire des sciences, l'histoire des techniques a acquis ses lettres de noblesse », *Le Journal du CNRS*, octobre 1993.

1. Alexis de Tocqueville, *L'Ancien Régime et la Révolution* (1856), chap. XI.

de la liberté. Nous avons progressé sur ce point, à nouveau de manière inattendue, grâce à la conjonction d'interrogations nées en Afrique et de l'expérience d'une coopération franco-suédoise.

Comment arriver à des décisions auxquelles il n'y a rien à redire ? Comme cela fait difficulté en Afrique, y mener des recherches conduit à s'interroger sur ce qui y conduit en divers lieux. Le fonctionnement d'un groupe de projet franco-suédois (chapitre IV) nous a fait revenir sur cette question, en mettant en évidence une vive opposition dans ce domaine entre les deux pays concernés. Dans la culture française, une autorité qui peut avoir légitimement le dernier mot, dans la mesure où elle est réputée gardienne de quelque chose de plus haut (en l'occurrence une rationalité technique plus englobante) que ce au nom de quoi les pairs s'affrontent (des rationalités techniques plus locales), a un rôle crucial. L'autorité remplit d'autant mieux ce rôle qu'elle peut être regardée comme la messagère et l'interprète de ce devant quoi (ici la raison technique) on peut plier sans s'abaisser. Elle est alors pleinement légitime. Ce rôle moderne de l'autorité, truchement de la raison, elle-même compagne de l'intérêt général (référence à l'aune de laquelle sont jugés, sans complaisance, ceux qui ont la tâche difficile d'en être les dépositaires), s'inscrit dans la continuité du rôle jadis joué en France par l'autorité monarchique, messagère et interprète, dans son rôle d'arbitre, de la volonté d'en haut. Comme cette autorité, elle est à même de susciter une obéissance qui, n'abaissant pas, reste honorable. La ressemblance, souvent soulignée, entre l'autorité monarchique traditionnelle et celle d'un « monarque républicain » d'aujourd'hui ne relève pas seulement d'un pittoresque de façade. Elle s'inscrit dans la continuité d'une conception des voies par lesquelles le bien commun se révèle. En tenir compte permet de comprendre pourquoi et comment la volonté d'autonomie que l'on trouve dans les entreprises françaises se combine avec des formes de déférence pour la hiérarchie qui surprennent tant les observateurs étrangers ; formes qui leur font souvent croire que la réalité du pouvoir s'y concentre au sommet, inattentifs qu'ils sont alors à la manière dont chacun protège sa liberté dès que l'on échappe aux situations où seule l'autorité peut trancher.

Modèle français de gestion ou contexte français de gestion

Pendant que progressait ainsi, par touches successives, la compréhension des grands principes qui régissent la vie en société dans un contexte français, la multiplication des terrains d'investigation a conduit à mieux saisir la diversité des fonctionnements d'entreprise compatibles avec ces principes.

Dès lors que ce sont des règles d'interprétation qu'on cherche à mettre au jour, ce que l'on saisit à partir d'un point d'entrée singulier témoigne de propriétés largement distribuées au sein d'une culture. Par contre, à se limiter à un seul point d'entrée, on appréhende mal la diversité des pratiques qui coexistent dans un même contexte culturel et a fortiori on reste ignorant de ce qui explique la diversité de ces pratiques. Ainsi, la manière dont nous avons décrit les propriétés du contexte français d'interprétation en prenant comme terrain d'observation l'usine d'aluminium de Saint-Jean-de-Maurienne (le Saint-Benoît-le-Vieux de *La Logique de l'honneur*) n'a pas été remise en cause par la multiplication ultérieure des terrains d'investigation. Mais ce n'est qu'en diversifiant ces terrains que nous avons pu saisir ce que le fonctionnement de l'usine avait de particulier. En analysant par exemple le fonctionnement d'entreprises où beaucoup de cadres étaient « issus du rang », nous avons pu distinguer après coup ce qui provenait, à Saint-Jean-de-Maurienne, du fait que les cadres étaient tous hautement diplômés – ce poids de l'origine des cadres étant lui même spécifiquement français. De manière plus générale, nous avons de mieux en mieux saisi, en diversifiant les terrains d'observation, à quel point les règles d'interprétation qui prévalent en France confèrent à une même situation des sens qui dépendent de l'état de ceux qui sont concernés, ce qui incite à diversifier les manières de gérer en fonction de ceux à qui on a affaire ; ainsi une pratique de l'autorité acceptable chez un contremaître ne « sied » pas à celui que sa noblesse scolaire élève au-dessus du commun[1] ; une forme d'évaluation acceptable pour des commerciaux ne

1. Michel Crozier, *Le Phénomène bureaucratique*, *op. cit.*, p. 108.

l'est pas pour des chercheurs, voués à une activité plus désintéressée. Nous avons ainsi pu cerner les limites de l'expression « modèle français de gestion ». Pour évoquer ce que l'on trouve de commun dans les entreprises françaises, prises dans leur diversité, il est sans doute préférable de parler de contexte français de gestion.

Ce qui a été entrepris (mais non achevé) en France l'a été également, avec des degrés d'avancement divers, dans chacun des pays où des investigations ont été effectuées.

La conduite d'une étude de cas

Des études de cas telles que celles que présente cet ouvrage constituent la base de notre démarche. Chacune d'elles analyse les perturbations que provoque, chez les membres d'une organisation, une confrontation avec des manières de faire étrangères, par contact direct avec ceux qui en sont porteurs ou par importation de pratiques venues d'ailleurs. Elle utilise la capacité à dévoiler les propriétés d'une culture qu'offrent ces perturbations. Chacun, quand il réagit à des manières de faire nouvelles, dévoile, par ses actes et ses paroles, ce au nom de quoi il réagit, ce qu'il tient pour acquis sans en être forcément conscient, ce qui structure ses jugements, ce à quoi il est attaché. Réagissant à des pratiques étrangères, il dévoile ce qui, dans ce qui fonde ses réactions, est mis en question par ces pratiques.

Un travail de terrain

Le travail de terrain par lequel débute chaque étude relève d'une approche classique en sociologie des organisations : considérer un système d'acteurs interdépendants, chercher à quelles contraintes est soumis chacun d'eux, du fait de son environnement technique et institutionnel, et analyser les stratégies qu'il adopte ; combiner à cet effet l'observation, l'analyse de documents et un ensemble d'entretiens[1]. Ces

1. Michel Crozier, Erhard Friedberg, *L'Acteur et le Système*, Paris, Éditions du Seuil 1977, annexe, « Théorie et pratique de la démarche de recherche ».

derniers évitent les questions directement culturelles ; les évidences fondatrices qui structurent les réactions de chacun constituent pour une bonne part la dernière chose qu'il est capable d'expliciter et ce que l'on conçoit par simple expérience d'une culture étrangère va rarement au-delà de quelques stéréotypes. De plus, dès que plusieurs cultures sont en jeu, les enquêtés risquent d'utiliser, comme on l'a vu dans le cas franco-suisse (chapitre VI), un discours prudent, expression de la manière dont il est convenable, dans leur univers, de parler ouvertement de l'étranger (et qui risque d'être plus révélateur d'une conception de ce qui est « politiquement correct » que des réactions que suscite celui qui agit suivant d'autres principes). C'est en se centrant sur ses objectifs techniques, sur les mesures qu'il prend pour les atteindre, sur les difficultés qu'il rencontre pour exercer ses responsabilités et sur la manière dont il les surmonte, que l'on découvre ce qui fait référence pour chacun et ce qui le choque dans le monde étranger avec lequel il est mis en relation.

Toutefois, si nous posons les mêmes questions que les tenants d'une version pure et dure de l'analyse stratégique, l'usage fait des matériaux ainsi rassemblés diffère, ce qui n'est pas sans conséquence sur la manière de les recueillir. Il est essentiel, dans notre perspective, de mettre en rapport les stratégies des acteurs avec le sens qu'ils accordent aux situations où ils se trouvent et aux actes qu'ils sont susceptibles d'accomplir. Il est nécessaire, à cet effet, de déchiffrer les codes d'interprétation de la société à laquelle ils appartiennent. C'est par cette démarche que l'on peut progresser dans la compréhension d'une culture comme dans celle du fonctionnement des institutions édifiées par ceux auxquels elle fournit des repères. A ce titre, les catégories qui servent à ceux que l'on interroge à structurer leurs propos (la « forme ») sont aussi importantes que ce qu'ils énoncent (le « contenu »). Il est donc essentiel que cette forme soit bien conservée, sans que les propos tenus soient immédiatement traduits dans les catégories de l'enquêteur[1]. Comme les catégories qui sous-

1. Louis Dumont, *Groupes de filiation et Alliance de mariage ; introduction à deux théories d'anthropologie sociale*, Paris, Gallimard, coll. « Tel », 1997, p. 86.

tendent le discours de celui qui parle sont parfois loin d'être immédiatement perceptibles, au point de demander un long travail pour être mises à jour (on l'a vu pour la manière dont étaient conçues les attributions de chacun dans l'usine française où nos recherches ont débuté), il est prudent de disposer d'une transcription littérale des propos tenus, donc de les enregistrer.

A partir du moment où cette condition est remplie, il ne paraît pas nécessaire de séjourner longuement sur le terrain, même si cela fait partie des pratiques usuelles de l'ethnologue. L'essentiel des évidences partagées qui caractérisent une culture est présent dans l'ensemble des propos que tiennent ceux qui, pour donner sens à ce qu'ils vivent, se confient à ses catégories. Ces évidences apparaissent avec une extraordinaire redondance dans tout corpus constitué à partir de tels propos, au point qu'il cesse vite d'être utile, dans la perspective qui est la nôtre, de l'étendre[1]. D'après notre expérience, un temps très court (quelques semaines) suffit pour rassembler un matériau adéquat. Par contre pour traiter celui-ci, ce qui demande souvent qu'on le rapproche de données extérieures, il faut beaucoup plus de temps (en général plus d'une année de travail).

La construction d'une interprétation

Une fois les matériaux rassemblés, reste, et c'est la partie la plus délicate de la recherche, à les interpréter. Nous n'évoquerons pas ici les questions épistémologiques fondamentales que pose la mise en œuvre d'une approche interprétative des sciences sociales, tant leur portée excède le cadre de cet ouvrage[2]. Nous chercherons, de manière plus limitée, à préciser comment nous opérons en pratique face

1. Daniel Bertaux et Martin Kohli, « The life story approach : a continental view », *Annual Review of sociology*, 1984, parlent de saturation.

2. Hans-Georg Gadamer, *Vérité et Méthode. Les grandes lignes d'une herméneutique philosophique*, Paris, Éditions du Seuil, 1976. Sur la validité de ce type d'approche, Pertti Alasuutari, *Researching Culture. Qualitative method and cultural studies*, Londres, Sage, 1995. Sur les études de cas, Richard Butler, « Stories and Experiments in Social Inquiry », *Organization Studies*, 1997, 18/6.

au fouillis de données devant lesquelles nous nous trouvons au sortir d'une enquête, compte tenu des questions que nous nous posons.

Dès la phase d'enquête, certaines données attirent tout particulièrement l'attention par leur caractère étrange, c'est-à-dire non conforme à l'image de référence, véhiculée par les théories en vigueur, de ce que doit être le fonctionnement d'une entreprise, ou surprenant par rapport aux évidences que véhicule la culture de l'observateur. Ainsi, dans telle entreprise américaine, l'ancienneté *(seniority)* joue un rôle central dans la gestion du personnel ouvrier et est définie avec un luxe de détails qui étonne : une clause du contrat passé entre l'entreprise et le syndicat ne se contente pas de préciser comment départager ceux qui ont été recrutés le même jour (ils sont classés par ordre alphabétique), mais règle le cas de ceux qui auraient changé de nom entre la date de leur recrutement et celui où on applique le contrat (c'est leur nom initial qui continue à compter). Dans telle usine indienne, trois opérateurs chargés de réaliser trois phases successives d'une même opération (prélever de l'aluminium liquide dans une cuve) ne se coordonnent pas : le premier ne tient pas compte des conséquences de la manière dont il fait son travail sur la qualité du résultat obtenu par ses collègues, et il en est de même du deuxième à l'égard du troisième. Ou encore, dans telle entreprise belge, les membres de divers services déclarent qu'ils ne veulent surtout pas connaître ce que font les membres d'un service voisin avec lequel ils ont à coopérer quotidiennement. C'est à partir de l'étonnement que suscitent ces observations que l'on construit une première image d'une culture.

Cette image dépeint des manières de faire directement observables, qui, telle l'agitation des Parisiens pour le Persan de Montesquieu, paraissent caractéristiques des mœurs de l'endroit. Pour qualifier ces conduites, on utilise les termes du répertoire qui servent à décrire, dans les catégories de sa propre culture, la diversité des attitudes vis-à-vis des hommes et des choses. On qualifie volontiers les Américains de procéduriers, les Belges de cloisonnés, les Indiens de détachés du résultat de leurs actions, comme les Mauritaniens d'ouverts au dialogue, les Suédois de démocrates, etc. On utilise aussi, parfois, les catégories plus savantes dont font usage les travaux qui classent les cultures sur quelques échelles d'attitudes : forte ou faible distance hiérarchique, individualisme ou esprit communautaire, etc. Il s'agit toujours de comprendre les différences entre cultures à l'image des différences que l'on conçoit dans sa propre culture entre ceux qui sont plus ou moins ceci ou cela (autoritaires, prudents, coopératifs, etc.).

L'image que l'on construit à partir de cette première mise en ordre risque de n'être guère plus subtile que celle que se fait n'importe quel voyageur quand il rentre d'une contrée exotique. Elle rejoint souvent les stéréotypes usuels. C'est en partant d'une telle image que prend corps, dans sa difficulté, le véritable travail d'analyse.

Ce travail débute quand on commence à prêter attention à des manières de faire, à des attitudes, qui s'accordent mal avec l'image d'Épinal à laquelle on s'était d'abord arrêté ; quand on remarque que les Américains abandonnent à l'occasion les protections du contrat où tout est écrit pour confier leur sort à la bonne foi d'autrui ; quand on tient compte du fait qu'en Mauritanie des formes très entières d'autorité coexistent avec la religion du dialogue ; quand on est attentif aux manières dont l'autorité impose ses vues là où l'égalité est mise en avant, et comment chacun en prend et en laisse là où, au premier abord, la révérence pour l'autorité impressionne. On cesse alors de supposer qu'une culture engendre des conduites stéréotypées pour devenir attentif aux circonstances où ceux qui y trouvent leurs repères basculent, de manière souvent surprenante aux yeux d'un observateur étranger, d'une attitude à son contraire (par exemple d'une autonomie fièrement affirmée à une soumission zélée et réciproquement). Et on est amené à s'intéresser au premier chef à la lecture qui est faite, dans la culture considérée, de ces attitudes « contradictoires » (au sens qui leur est prêté, à la manière dont elles sont interprétées), et aux grilles de lecture au sein desquelles ces attitudes (par exemple, au Maroc, une affirmation d'égalité et l'attachement à un supérieur « paternaliste ») trouvent leur cohérence. On cesse alors de concevoir une culture comme un univers de pratiques uniformes pour l'appréhender comme un ensemble de codes au sein duquel la diversité des pratiques prend sens (que ces pratiques soient majoritaires ou déviantes, marquées par l'immobilisme ou porteuses de nouveauté).

C'est cette mise au jour de la manière dont chaque culture donne sens à la diversité des situations, qu'elles concernent la vie d'une entreprise ou la vie tout court, qui est au cœur de la compréhension que nous recherchons. Elle passe par le repérage des grandes oppositions qui servent à structurer une représentation du monde, telles les oppositions entre le noble et le vil, le *fair* et l'*unfair*, l'ami et l'ennemi, le pur et l'impur[1] et par celui des grands récits qui fournissent les modèles de « mise en intrigue[2] » en fonction desquels est conçu l'enchaînement des événements. Elle suppose, au premier chef, un décodage minutieux des propos recueillis lors de la phase d'enquête.

La recherche des repères implicites associés à des réseaux de mots

Ceux que l'on interroge fournissent en quantité des explications et des justifications de leurs faits et gestes, de ce qu'ils ressentent, et commentent les actions d'autrui. Ce faisant, ils laissent transparaître ce qui fonde leurs interprétations et conditionne ce qu'ils éprouvent. Ils associent des mots, des récits, des descriptions, des sentiments. Cherchant à rendre compréhensible ce qu'ils veulent dire, ils mobilisent, en même temps que les catégories d'une langue, les évidences propres à une culture, celles-ci étant susceptibles d'être influencées par celles-là mais ne s'y réduisant pas ; les évidences des Québécois ne sont pas toujours celles des Français. C'est l'étude de ces réseaux de mots, des structures dont ils sont porteurs, des catégories qu'ils dessinent, qui est au cœur de notre travail.

La nature de cette étude conditionne le type d'attention porté aux propos qui ont été recueillis. Alors qu'au cours des entretiens l'intérêt porte sur ce que l'interlocuteur veut dire et que l'on cherche à suivre le fil de ce qu'il a en tête, à

1. Claude Lévi-Strauss, *La Pensée sauvage*, Paris, Plon, 1962.
2. Paul Ricœur, *Temps et Récit*, *op. cit.*

entendre ses enthousiasmes, ses préoccupations, ses désirs, ses stratégies et ses refus, c'est à ce stade ce dont il témoigne sans l'avoir voulu, par la manière dont il décrit et argumente, qui passe, au moins pour un temps, au premier plan. Il ne s'agit pas tant de se demander s'il dit vrai ou s'il dissimule et de reconstituer la vérité des actes et des sentiments derrière des propos susceptibles d'être convenus ou manipulatoires (même si, à l'occasion, on se pose ce type de question), que de comprendre ce qu'il lui faut tenir pour acquis pour s'exprimer comme il le fait.

Prenons, à titre d'exemple, des propos tenus par un agent de maîtrise marocain (chapitre IX, p. 245) : « Actuellement mon chef c'est mon camarade, parce que, au dîner, je mange avec M. Georges A., à côté de moi, à la table ; il pointe comme je pointe, je ne sens pas la différence ; je prends la queue avec M. Georges A. au restau ; où est-ce que je peux voir, moi, la différence ; il n'y a aucune différence. » De quoi ces propos sont-ils révélateurs ? Témoigneraient-ils de pratiques habituelles, que l'on pourrait considérer comme typiques de la culture marocaine, telles que, pour un directeur général d'entreprise, faire la queue au restaurant avec son personnel ? Non, bien sûr ; il est difficile d'ignorer que ces pratiques sont exceptionnelles au Maroc. Voudraient-ils dire que cette entreprise singulière constitue une sorte de communauté d'égaux, où le plus haut placé n'est qu'un *primus inter pares* ? Le reste de l'entretien interdit pareille interprétation ; celui qui s'exprime ainsi témoigne d'une sorte de vénération pour son directeur général, laquelle s'exprime par exemple par les propos suivants : « Actuellement, quand on fait quelque chose de bien, notre directeur général vient, il te dit : “Félicitations, ce que tu as fait, c'était bien, c'est parfait.” Alors, quand tu as un directeur général qui te dit : “C'est bien ce que tu as fait”, je n'ai pas besoin d'argent, moi, ça m'a suffi l'éloge qu'il m'a fait. » N'y aurait-il qu'incohérence dans cette juxtaposition de propos ? Il n'en est rien non plus et la question est justement de saisir l'univers de sens au sein duquel l'ensemble trouve sa cohérence.

La première phrase que l'on a relevée est marquée par l'utilisation insistante du terme *différence*, avec une gradation enthousiaste de « je ne sens pas la différence » à « il n'y a aucune différence ». Elle suggère non seulement que l'*idéal* d'égalité n'est pas étranger à la société marocaine mais qu'il ne s'y incarne que rarement (sinon l'enthousiasme manifesté ne serait pas de mise). De plus, la nature des événements, réels ou supposés (dans le cas présent, le reste de l'enquête montre qu'il s'agit d'événements réels ce qui, en la matière, n'est pas essentiel) qui sont cités à l'appui de l'affirmation « il n'y a aucune différence » (« au dîner je mange avec » ; « à côté de moi, à la table » ; « il pointe comme je pointe » ; « je prends la queue avec, au restau ») renseigne sur l'*univers de sens* propre à la culture marocaine. Le fait que de tels événements se voient accorder une telle portée éclaire sur ce que, dans cet univers, on entend précisément quand on parle d'absence de différence et sur ce qui y est de nature à signifier celle-ci. Les propos qui évoquent le sentiment suscité par les félicitations reçues fournissent également leur part d'éclairage. Si on considère l'ensemble, on peut dire que, dans le contexte marocain, quelques signes d'égalité symbolique suffisent pour donner sens à une affirmation d'égalité, et que celle-ci ne débouche pas nécessairement sur des revendications de pouvoir. On voit ainsi, même si on ne la cerne encore que confusément, que la forme d'égalité qui fait référence n'est pas celle que magnifient les cultures européennes (et peut même être vue, si on érige ces dernières en repère absolu, comme une « fausse » égalité). Cet entretien apporte ainsi sa pierre à la compréhension d'un univers de sens ; intégré à un ensemble plus large de matériaux, il a permis de proposer en fin de compte une interprétation de la conception des rapports hiérarchiques qui y prévaut.

De manière générale, ce n'est qu'au bout d'un long chemin que l'on devient capable de saisir le sens précis des mots où se déposent les évidences qui, y structurant les perceptions, caractérisent une culture. Ces mots sont souvent de « faux amis ». Ceci est vrai qu'on établisse des équivalences entre des mots supposés avoir le même sens dans des langues différentes, ou même que l'on considère les mots d'une langue qui vous est (apparemment) familière, utilisée dans une autre culture. On l'a vu, par exemple, à propos du cas franco-suédois (chapitre IV) pour le terme de *décision*, ou du cas franco-suisse (chapitre VI) pour celui de *qualité*. On en trouve un exemple particulièrement significatif dans l'écart entre ce que des Américains et des Japonais ont en tête quand ils parlent d'*objectifs*[1]. Tout un travail d'analyse est nécessaire pour cerner ce qui, dans chaque contexte, est associé aux divers mots; les propriétés précises que les Suisses d'un côté et les Français de l'autre associent au terme « qualité »; les processus précis que les Suédois d'un côté et les Français de l'autre associent au terme décision, etc.

Parmi les mots qui sont utilisés, certains sont par eux-mêmes porteurs, dans leur contexte d'origine, d'une aura positive ou négative; ainsi, du côté positif, grand en France, *fair* aux États-Unis, écoute en Slovénie, s'arranger en Belgique et, dans bien des lieux, respect ou dignité. Les évidences fondatrices d'une culture s'appuient sur l'aura (avec la charge émotionnelle qui s'y attache) accrochée à ces mots en même temps que sur les associations, positives ou négatives, qui y relient telle ou telle situation ou action. Ainsi, en France, établir un lien entre une réalité sociale (une discipline scientifique, une stratégie syndicale) et le terme de *noble*, ne serait-ce qu'en s'appuyant sur la présomption républicaine d'égalité générale de noblesse (cf. p. 339), suffit pour en donner une vision valorisante. L'analyse d'une culture implique celle des chaînes d'associations par lesquelles chaque réalité sociale est susceptible d'être ainsi reliée, de manière plus ou moins crédible, à ce qui fait ultimement référence. Quand on passe d'une culture à une autre, une même réalité sociale est lue à travers des chaînes d'associations et d'oppositions différentes. Ainsi nous avons vu que des rapports hiérarchiques inspirés par un modèle paternel sont l'objet de lectures qui s'inscrivent dans des systèmes d'associations et d'oppositions très différents dans les cultures européennes et dans celles du Maghreb.

Ce travail de structuration d'un univers de sens ne concerne pas seulement les mots qu'utilisent ceux qui ont été interrogés, mais ce que ceux-ci évoquent par des expressions complexes sans le nommer directement. Ainsi, nous avons vu comment les expressions utilisées dans une usine française pour évoquer

1. William Ouchi, *Theory Z. How american business can meet the japanese challenge*, Avon, 1981, p. 33-34.

le devoir professionnel (« en tant que technicien », « un surveillant ça doit », etc.) ont mis sur la voie d'une compréhension de la forme que prend ce devoir en France, compréhension qui fait appel à la notion d'honneur de métier, même si les intéressés n'ont pas eux-mêmes utilisé ce terme.

C'est en s'appuyant sur un tel décodage que l'on se met en état de comprendre les pratiques, qu'il s'agisse d'actions instantanées, d'habitudes (de mœurs) ou d'institutions. Cette mise en relation se fait pour chaque personne interrogée, en cherchant à comprendre ses actes à la lumière de l'univers de sens qui transparaît dans ses propos. Elle se fait surtout à une échelle plus large. C'est en s'appuyant sur l'ensemble des matériaux d'enquête que l'on cherche à reconstituer les repères au sein desquels les conduites prennent sens. Ce n'est que dans la compréhension du tout que celle de chaque élément s'accomplit, en même temps que cette compréhension s'appuie sur l'examen minutieux de chaque élément. On a affaire au classique « cercle herméneutique [1] ».

L'appel à des données externes

Quand nous abordons une société pour nous inconnue, nous ne commençons pas par lire ce qui s'est écrit à son sujet, mais par mettre en ordre nos données d'enquête. C'est en partant de ces données que nous nous efforçons de construire une image d'une culture. Il est bon de les analyser avec le minimum d'idées préconçues, pour limiter le risque de n'y retrouver que ce que l'on avait déjà en tête. La confrontation avec d'autres travaux, portant sur les formes que prennent la vie en société et le gouvernement des hommes dans la société considérée, n'en est pas moins utile. Si, quand il cherche à comprendre les représentations qui y font référence, l'ethnologue qui se penche sur une société sans écriture n'a pas d'autre ressource que d'interroger des informateurs, celui qui étudie les sociétés « modernes » est dans une position plus favorable. Ces sociétés ont couché sur le papier leurs mythes de fondation. Elles ont réfléchi sur les singularités de leurs institutions politiques, savent plus ou

1. Hans-Georg Gadamer, *op. cit.*, éd. 1996, p. 286.

moins à travers quelle histoire celles-ci se sont formées et ce que pensaient ceux qui les ont bâties. Tout cela est souvent d'une grande utilité pour donner forme à ce que l'on a observé.

Dans l'entreprise, les formes de régulation propres au contexte local ne sautent pas immédiatement aux yeux. Si l'on se borne à ce qui est facilement visible, parce qu'institué, on peut avoir l'impression que ce sont des formes de gestion « universelles », qui regroupent des modes d'exercice de l'autorité, de délégation, de contrôle, de contestation, etc., eux-mêmes universels, qui sont à l'œuvre partout. On parle partout de fixation d'objectifs, de contrôle budgétaire, d'articulation entre opérationnels et fonctionnels, de mise en place de groupes de travail transversaux, de contestation syndicale, etc. Les manuels de gestion qui, en chaque lieu, font référence ne s'intéressent guère aux spécificités locales. Celles-ci sont vécues mais guère théorisées. Certes, certaines d'entre elles sont plus immédiatement perceptibles parce qu'instituées ; ainsi la diversité des relations professionnelles est marquée par celle des droits du travail. Mais cette visibilité est beaucoup moins grande dès que l'on se situe dans des domaines régis en principe par le libre accord des parties, ou par l'autorité en théorie souveraine de la direction ; c'est largement le cas pour l'organisation de la production[1]. On sait bien que, dans ces domaines, il peut y avoir très loin de la théorie à la pratique, du travail prescrit au travail réel, de l'exercice théorique de l'autorité à son exercice réel, etc.[2]. Mais, dès lors que la forme coutumière d'ordre qui prévaut n'est pas matérialisée par des institutions immédiatement visibles, ses propriétés ne se manifestent que de manière discrète. Aussi on croit souvent que le fonctionnement collectif que l'on observe ne relève que de jeux de pouvoir et d'arrangements locaux. L'écran que représente le modèle théorique du fonctionnement d'une entreprise « moderne » tend à dissimuler – comme dans l'histoire de la lettre volée[3] – son fonc-

1. Au point que certaines théories font comme si cette autorité organisatrice était effectivement totale ; Oliver E. Williamson, *The Economic Institutions of capitalism*, The Free Press, 1985.

2. Jean-Daniel Reynaud, *Les Règles du jeu. L'action collective et la régulation sociale*, Paris, Armand Colin, 1989.

3. Dans la nouvelle d'Edgar Poe, remise en honneur par Lacan.

tionnement réel, même si l'on perçoit que ce modèle théorique rend souvent mal compte de la réalité. Il existe peu d'analyses des formes spécifiques de régulation qui sont à l'œuvre au sein des entreprises dans divers contextes nationaux. A fortiori, ces formes ne sont pas mises en relation avec les particularités d'une culture.

La situation est bien différente dans les domaines qui, tels la vie politique ou le fonctionnement de la justice, sont régis par des formes de régulation fortement instituées. La diversité de ces formes a fait l'objet de nombreux travaux. Cela est vrai, plus précisément, pour les systèmes institutionnels (institutions politiques, droit) où elles s'incarnent, même s'il est rare que les singularités de ces systèmes aient été mises en relation avec celles des mœurs et des représentations. Le fait qu'elles aient été décrites là où elles sont bien visibles aide à les reconnaître là où leur présence est plus discrète. Ainsi, l'image de la *zaouia* nous a été d'un grand secours pour comprendre comment, derrière une façade institutionnelle relativement banale, les relations d'autorité se structurent de manière informelle au sein de l'entreprise marocaine que nous avons étudiée.

Parfois, comme nous l'avons vu à propos de la France (cas peut-être extrême en la matière), les indices de la forme de régulation qui est à l'œuvre ne sont pas seulement difficiles à interpréter mais même à repérer. L'existence d'une figure synthétique qui permet de leur donner sens aide alors à les remarquer dans le fatras des données recueillies. On rencontre ce cas lorsque des formes modernes de régulation ont en apparence si bien balayé les formes « traditionnelles » précédemment en vigueur que celles-ci non seulement n'inspirent plus les institutions, mais se voilent dans les discours. Ainsi, dans une France moderne qui se veut une société de citoyens égaux, la croyance en une inégalité foncière de noblesse entre diverses conditions n'occupe plus le devant de la scène. Non seulement elle n'inspire plus les institutions, au moins de manière immédiatement apparente, depuis l'abolition des privilèges, mais si, encore vivace, elle continue à alimenter un désir de s'élever et une crainte de déchoir qui constituent un ressort essentiel de l'action, elle a du mal à s'exprimer ouvertement. On la rencontre plutôt déguisée sous les dehors de sa négation (telle activité, traditionnellement regardée comme peu noble est déclarée « aussi noble » que telle autre), ou à propos de domaines sans signification politique (on dira qu'un matériau est noble). Dans ces conditions, le fait qu'une image d'une société régie par l'honneur ait été construite en observant l'ancienne France, aide à saisir ce que peut être, dans ses subtilités, la réinterprétation républicaine de la forme d'ordre qui régissait celle-ci[1]. De même, lorsque plusieurs formes de régulation sont simultanément à l'œuvre, il est plus facile de les reconnaître quand on dispose de représentations de chacune d'elles dans un état relativement pur.

Lorsque la forme de vie en société que l'on observe est suffisamment visible pour pouvoir être mise en évidence sans l'aide d'un modèle déjà constitué, l'existence d'un tel modèle est néanmoins utile, même s'il ne concerne que les institutions. Il aide en effet à tester la portée de ce que l'on a établi. Ainsi, analysant le fonctionnement d'une usine située aux Pays-Bas, nous avons pu saisir sa logique avant d'avoir consulté la moindre analyse du système politique néerlandais. Mais le fait de trouver après coup une stricte homologie entre ce que nous avions dégagé de nos données et la représentation classique de ce système[2] a confirmé que c'étaient bien des propriétés générales d'une manière néerlandaise de vivre en société que nous avions mises au jour.

Réciproquement, l'observation de domaines de la vie sociale dont la régulation relève essentiellement des mœurs aide à mieux saisir ce qu'il advient dans les domaines régulés par des institutions. Les différences d'institutions ne sont que rarement mises en rapport avec des différences de cultures ; l'héritage de Montesquieu reste modeste en la matière. Dans ces conditions, le fait de constater qu'une forme de régulation prévaut là où elle n'a pas été instituée, ou même en dépit

1. Marcel Mauss invite à fixer l'attention sur des sociétés « qui représentent vraiment des maxima, des excès, qui permettent de mieux voir les faits que là où, non moins essentiels, ils restent encore petits et involués », cité par Claude Lévi-Strauss, « Introduction à l'œuvre de Marcel Mauss », in Marcel Mauss, *Sociologie et Anthropologie*, Paris, PUF, 1950, 3e édition, 1966, p. XLI.

2. Arend Lijphart, *op. cit.*

d'institutions inspirées par une autre conception de la vie en société, est riche d'enseignements. En prêtant attention aux régulations informelles, on devient conscient du rôle du cadre culturel (des mœurs), ce qui aide à mieux saisir l'influence de celui-ci, là où prévaut une régulation instituée [1].

En même temps que les données extérieures aux matériaux recueillis aident à organiser ceux-ci en figures intelligibles, elles sont nécessaires pour saisir la source de ce qui s'y énonce sous forme d'évidences. Ainsi, dans une usine américaine, les enquêtés se sont montrés très attachés à ce que chacun soit jugé selon ses propres actes, à partir de faits précis et soigneusement établis, exigence explicitement mise en relation avec un vif refus de l'arbitraire. Mais ce refus lui-même, comme ses conséquences en matière d'exercice du jugement, étaient présents sous forme d'évidences fondatrices, jamais justifiées ; sans doute l'impudent qui questionnerait leur validité se disqualifierait-il aux yeux de celui dont la vision du monde est organisée par la culture américaine. Pour saisir ce qui fonde ces évidences, il faut, sortant de l'univers où elles vont de soi, remonter à l'époque où elles se sont formées. Chez Locke, le refus de l'arbitraire ne s'impose pas encore comme une évidence ; il est justifié en présentant celui sur qui s'exerce cet arbitraire comme ravalé à un état, incompatible avec la dignité humaine, d'esclave, de bête ou de chose. C'est l'exigence de respect de cette dignité qui est supposée aller de soi. De même, il faut considérer le temps où la frontière entre l'homme libre et le serf ne faisait pas encore partie des évidences, mais s'élaborait à tâtons dans les sociétés européennes, pour comprendre les différences entre les conceptions que ces sociétés se font aujourd'hui de la liberté [2].

Au fur et à mesure que des formes d'organisation (le contrat, la joute oratoire, la confrérie dirigée par un saint homme, etc.) sont mises en relation avec des manière de donner sens (de dessiner la figure de l'homme libre, d'interpréter l'échec, etc.), l'image d'une culture se structure. Plus on

1. Démarche qu'évitent ceux qui refusent de considérer autre chose que le cadre institutionnel.

2. Marc Bloch, *La Société féodale*, *op. cit.*

avance dans ce travail, sans doute sans fin, plus chaque donnée élémentaire (fait d'organisation, réaction, en actes et en paroles, à une situation) se relie à un vaste ensemble d'événements, d'institutions, de représentations. Plus on comprend comment ce qui reste invariant au sein d'une société se combine avec ce qui change au cours du temps.

Un ensemble de plus en plus riche de terrains

L'extension progressive de la diversité des sociétés étudiées est essentielle dans le développement de la recherche. Quand les terrains d'investigations se diversifient, de nouvelles interrogations surgissent, y compris à propos de sociétés déjà étudiées.

Il n'est pas de meilleur moyen de s'interroger sur ce qui, croit-on, va de soi que de constater que ce n'est pas partout vrai ; que ce que l'on tenait pour évidemment lié (ou évidemment incompatible) ne l'est pas toujours. Ainsi, un entretien avec un ouvrier néerlandais, réalisé dans les débuts de nos recherches, en a constitué une sorte d'épisode fondateur. L'intéressé détaillait longuement, sans avoir l'air de s'en offusquer, les contrôles dont il était l'objet de la part de sa hiérarchie. Celui qui l'interrogeait a été fort surpris par ce que, pénétré de ses évidences françaises, il a interprété comme une attitude de soumission et a demandé à l'enquêté s'il se sentait néanmoins libre. Il a été très troublé de constater que celui-ci ne comprenait pas sa question. C'est ainsi que nous avons découvert (ce qui nous paraît aujourd'hui évident, mais ne l'était pas à l'époque) que le lien si vif en France entre le sentiment d'être libre et la faiblesse des contrôles auxquels on est soumis n'a rien d'universel. Par la suite, chaque avancée significative de notre recherche a correspondu à une remise en cause d'associations qui nous paraissaient jusqu'alors évidentes entre une notion (telle la liberté ou la dignité) et les circonstances (l'exercice d'une certaine forme de souveraineté, une certaine manière d'être traité, etc.) où advient ce qu'elle évoque.

Les comportements qui surprennent incitent (pour peu que l'on ne considère pas ses propres critères de jugement comme tellement sacrés que l'on s'interdise de les regarder comme relatifs) à s'interroger simultanément sur ce qui les rend possibles dans la société où ils s'observent et bizarres aux yeux de l'observateur. Il faut pour cela mettre au jour les chaînes de significations qui les relient en chaque lieu à ce qui est d'évidence sensé ou insensé, bon ou mauvais, crédible ou non crédible. Plus on explore la diversité des voies empruntées pour surmonter les difficultés qu'engendre toute vie en société, plus on saisit ce qu'ont de contingent celles que privilégie sa propre culture. Ainsi, nous avons été frappés par les moyens qu'offrent les cultures d'Afrique noire pour arrêter le cycle des soupçons relatifs aux intentions d'autrui, ce qui permet de briser la chaîne sans fin des interprétations et des accusations. Ces moyens sont très étranges pour un regard européen (ne serait-ce que par le rôle que joue le personnage du voyant, réputé capable de déceler les intentions cachées). Notre étonnement nous a incités à nous poser des questions que nous avions négligées jusqu'alors sur les moyens qu'offre chaque culture pour poser des actes et produire des représentations telles qu'il n'y ait rien à en redire ; qu'on ne puisse les questionner sans se mettre *ipso facto* en situation d'accusé (de jalousie, de paranoïa, d'esprit mal tourné, etc. ; *honni soit qui mal y pense*). Cela nous a mis en position de mieux comprendre la place que tiennent, au sein des sociétés européennes, des formes de révérence pour des instances ou des procédures réputées légitimes (l'expert réputé compétent, le vote majoritaire) capables de faire barrage aux effets dévastateurs du cycle de l'interprétation et du soupçon.

Table

TROISIÈME PARTIE

Une gestion innovante pour le tiers-monde

QUATRIÈME PARTIE

Études de cas et démarche d'ensemble

RÉALISATION : PAO ÉDITIONS DU SEUIL
IMPRESSION : NORMANDIE ROTO IMPRESSION S.A.S. À LONRAI (ORNE)
DÉPÔT LÉGAL : MAI 2002. N° 54281 (02-0926)

Collection Points

SÉRIE ESSAIS

DERNIERS TITRES PARUS

310. Les Démocraties, *par Olivier Duhamel*
311. Histoire constitutionnelle de la France, *par Olivier Duhamel*
312. Droit constitutionnel, *par Olivier Duhamel*
313. Que veut une femme ?, *par Serge André*
314. Histoire de la révolution russe
 1. Février, *par Léon Trotsky*
315. Histoire de la révolution russe
 2. Octobre, *par Léon Trotsky*
316. La Société bloquée, *par Michel Crozier*
317. Le Corps, *par Michel Bernard*
318. Introduction à l'étude de la parenté, *par Christian Ghasarian*
319. La Constitution, *introduction et commentaires par Guy Carcassonne*
320. Introduction à la politique *par Dominique Chagnollaud*
321. L'Invention de l'Europe, *par Emmanuel Todd*
322. La Naissance de l'histoire (tome 1), *par François Châtelet*
323. La Naissance de l'histoire (tome 2), *par François Châtelet*
324. L'Art de bâtir les villes, *par Camillo Sitte*
325. L'Invention de la réalité *sous la direction de Paul Watzlawick*
326. Le Pacte autobiographique, *par Philippe Lejeune*
327. L'Imprescriptible, *par Vladimir Jankélévitch*
328. Libertés et Droits fondamentaux *sous la direction de Mireille Delmas-Marty et Claude Lucas de Leyssac*
329. Penser au Moyen Age, *par Alain de Libera*
330. Soi-Même comme un autre, *par Paul Ricœur*
331. Raisons pratiques, *par Pierre Bourdieu*
332. L'Écriture poétique chinoise, *par François Cheng*
333. Machiavel et la Fragilité du politique, *par Paul Valadier*
334. Code de déontologie médicale, *par Louis René*
335. Lumière, Commencement, Liberté *par Robert Misrahi*
336. Les Miettes philosophiques, *par Søren Kierkegaard*
337. Des yeux pour entendre, *par Oliver Sacks*
338. De la liberté du chrétien *et* Préfaces à la Bible *par Martin Luther* (bilingue)

339. L'Être et l'Essence
par Thomas d'Aquin et Dietrich de Freiberg (bilingue)
340. Les Deux États, *par Bertrand Badie*
341. Le Pouvoir et la Règle, *par Erhard Friedberg*
342. Introduction élémentaire au droit, *par Jean-Pierre Hue*
343. Science politique
1. La Démocratie, *par Philippe Braud*
344. Science politique
2. L'État, *par Philippe Braud*
345. Le Destin des immigrés, *par Emmanuel Todd*
346. La Psychologie sociale, *par Gustave-Nicolas Fischer*
347. La Métaphore vive, *par Paul Ricœur*
348. Les Trois Monothéismes, *par Daniel Sibony*
349. Éloge du quotidien. Essai sur la peinture hollandaise du XVIIIe siècle, *par Tzvetan Todorov*
350. Le Temps du désir. Essai sur le corps et la parole
par Denis Vasse
351. La Recherche de la langue parfaite
dans la culture européenne
par Umberto Eco
352. Esquisses pyrrhoniennes, *par Pierre Pellegrin*
353. De l'ontologie, *par Jeremy Bentham*
354. Théorie de la justice, *par John Rawls*
355. De la naissance des dieux à la naissance du Christ
par Eugen Drewermann
356. L'Impérialisme, *par Hannah Arendt*
357. Entre-Deux, *par Daniel Sibony*
358. Paul Ricœur, *par Olivier Mongin*
359. La Nouvelle Question sociale, *par Pierre Rosanvallon*
360. Sur l'antisémitisme, *par Hannah Arendt*
361. La Crise de l'intelligence, *par Michel Crozier*
362. L'Urbanisme face aux villes anciennes
par Gustavo Giovannoni
363. Le Pardon, *collectif dirigé par Olivier Abel*
364. La Tolérance, *collectif dirigé par Claude Sahel*
365. Introduction à la sociologie politique
par Jean Baudouin
366. Séminaire, livre I : les écrits techniques de Freud
par Jacques Lacan
367. Identité et Différence, *par John Locke*
368. Sur la nature ou sur l'étant, la langue de l'être ?
par Parménide
369. Les Carrefours du labyrinthe, I, *par Cornelius Castoriadis*
370. Les Règles de l'art, *par Pierre Bourdieu*
371. La Pragmatique aujourd'hui,
une nouvelle science de la communication
par Anne Reboul et Jacques Moeschler

372. La Poétique de Dostoïevski, *par Mikhaïl Bakhtine*
373. L'Amérique latine, *par Alain Rouquié*
374. La Fidélité, *collectif dirigé par Cécile Wajsbrot*
375. Le Courage, *collectif dirigé par Pierre Michel Klein*
376. Le Nouvel Age des inégalités
par Jean-Paul Fitoussi et Pierre Rosanvallon
377. Du texte à l'action, essais d'herméneutique II
par Paul Ricœur
378. Madame du Deffand et son monde
par Benedetta Craveri
379. Rompre les charmes, *par Serge Leclaire*
380. Éthique, *par Spinoza*
381. Introduction à une politique de l'homme,
par Edgar Morin
382. Lectures 1. Autour du politique
par Paul Ricœur
383. L'Institution imaginaire de la société
par Cornelius Castoriadis
384. Essai d'autocritique et autres préfaces, *par Nietzsche*
385. Le Capitalisme utopique, *par Pierre Rosanvallon*
386. Mimologiques, *par Gérard Genette*
387. La Jouissance de l'hystérique, *par Lucien Israël*
388. L'Histoire d'Homère à Augustin
préfaces et textes d'historiens antiques
réunis et commentés par François Hartog
389. Études sur le romantisme, *par Jean-Pierre Richard*
390. Le Respect, *collectif dirigé par Catherine Audard*
391. La Justice, *collectif dirigé par William Baranès*
et Marie-Anne Frison Roche
392. L'Ombilic et la Voix, *par Denis Vasse*
393. La Théorie comme fiction, *par Maud Mannoni*
394. Don Quichotte ou le roman d'un Juif masqué
par Ruth Reichelberg
395. Le Grain de la voix, *par Roland Barthes*
396. Critique et Vérité, *par Roland Barthes*
397. Nouveau Dictionnaire encyclopédique
des sciences du langage
par Oswald Ducrot et Jean-Marie Schaeffer
398. Encore, *par Jacques Lacan*
399. Domaines de l'homme, *par Cornelius Castoriadis*
400. La Force d'attraction, *par J.-B. Pontalis*
401. Lectures 2, *par Paul Ricœur*
402. Des différentes méthodes du traduire
par Friedrich D. E. Schleiermacher
403. Histoire de la philosophie au XXe siècle
par Christian Delacampagne
404. L'Harmonie des langues, *par Leibniz*

405. Esquisse d'une théorie de la pratique
par Pierre Bourdieu
406. Le XVIIe siècle des moralistes, *par Bérengère Parmentier*
407. Littérature et Engagement, de Pascal à Sartre
par Benoît Denis
408. Marx, une critique de la philosophie, *par Isabelle Garo*
409. Amour et Désespoir, *par Michel Terestchenko*
410. Les Pratiques de gestion des ressources humaines
par François Pichault et Jean Mizet
411. Précis de sémiotique générale, *par Jean-Marie Klinkenberg*
412. Écrits sur le personnalisme, *par Emmanuel Mounier*
413. Refaire la Renaissance, *par Emmanuel Mounier*
414. Droit constitutionnel, 2. Les démocraties
par Olivier Duhamel
415. Droit humanitaire, *par Mario Bettati*
416. La Violence et la Paix, *par Pierre Hassner*
417. Descartes, *par John Cottingham*
418. Kant, *par Ralph Walker*
419. Marx, *par Terry Eagleton*
420. Socrate, *par Anthony Gottlieb*
421. Platon, *par Bernard Williams*
422. Nietzsche, *par Ronald Hayman*
423. Les Cheveux du baron de Münchhausen
par Paul Watzlawick
424. Husserl et l'Énigme du monde, *par Emmanuel Housset*
425. Sur le caractère national des langues
par Wilhelm von Humboldt
426. La Cour pénale internationale, *par William Bourdon*
427. Justice et Démocratie, *par John Rawls*
428. Perversions, *par Daniel Sibony*
429. La Passion d'être un autre, *par Pierre Legendre*
430. Entre mythe et politique, *par Jean-Pierre Vernant*
431. Entre dire et faire, *par Daniel Sibony*
432. Heidegger. Introduction à une lecture,
par Christian Dubois
433. Essai de poétique médiévale, *par Paul Zumthor*
434. Les Romanciers du réel, *par Jacques Dubois*
435. Locke, *par Michael Ayers*
436. Voltaire, *par John Gray*
437. Wittgenstein, *par P.M.S. Hacker*
438. Hegel, *par Raymond Plant*
439. Hume, *par Anthony Quinton*
440. Spinoza, *par Roger Scruton*
441. Le Monde morcelé, *par Cornelius Castoriadis*
442. Le Totalitarisme, *par Enzo Traverso*
443. Le Séminaire Livre II, *par Jacques Lacan*
444. Le Racisme, une haine identitaire, *par Daniel Sibony*

445. Qu'est-ce que la politique ?, *par Hannah Arendt*
447. Foi et Savoir, *par Jacques Derrida*
448. Anthropologie de la communication, *par Yves Winkin*
449. Questions de littérature générale, *par Emmanuel Fraisse et Bernard Mouralis*
450. Les Théories du pacte social, *par Jean Terrel*
451. Machiavel, *par Quentin Skinner*
452. Si tu m'aimes, ne m'aime pas, *par Mony Elkaïm*
453. C'est pour cela qu'on aime les libellules *par Marc-Alain Ouaknin*
454. Le Démon de la théorie, *par Antoine Compagnon*
455. L'Économie contre la société *par Bernard Perret, Guy Roustang*
456. Entretiens Francis Ponge Philippe Sollers *par Philippe Sollers - Francis Ponge*
457. Théorie de la littérature, *par Tzvetan Todorov*
458. Gens de la Tamise, *par Christine Jordis*
459. Essais sur le Politique, *par Claude Lefort*
460. Événements III, *par Daniel Sibony*
461. Langage et Pouvoir symbolique, *par Pierre Bourdieu*
462. Le Théâtre romantique, *par Florence Naugrette*
463. Introduction à l'anthropologie structurale, *par Robert Deliège*
464. L'Intermédiaire, *par Philippe Sollers*
465. L'Espace vide, *par Peter Brook*
466. Étude sur Descartes, *par Jean-Marie Beyssade*
467. Poétique de l'ironie, *par Pierre Schoentjes*
468. Histoire et Vérité, *par Paul Ricoeur*
469. Une charte pour l'Europe *Introduite et commentée par Guy Braibant*
470. La Métaphore baroque, d'Aristote à Tesauro, *par Yves Hersant*
471. Kant, *par Ralph Walker*
472. Sade mon prochain, *par Pierre Klossowski*
473. Freud, *par Octave Mannoni*
474. Seuils, *par Gérard Genette*
475. Système sceptique et autres systèmes, *par David Hume*
476. L'Existence du mal, *par Alain Cugno*
477. Le Bal des célibataires, *par Pierre Bourdieu*
478. L'Héritage refusé, *par Patrick Champagne*
479. L'Enfant porté, *par Aldo Naouri*
480. L'Ange et le Cachalot, *par Simon Leys*
481. L'Aventure des manuscrits de la mer Morte *par Hershel Shanks (dir.)*
482. Cultures et Mondialisation *par Philippe d'Iribarne (dir.)*
484. Les Catégories, *par Aristote*